iHuman

成
为
更
好
的
人

理想的读者

Alberto Manguel

A Reader on Reading

[加] 阿尔维托·曼古埃尔 著

宋伟航 译

GUANGXI NORMAL UNIVERSITY PRESS

广西师范大学出版社

· 桂林 ·

理想的读者
LIXIANG DE DUZHE

著作权合同登记号桂图登字：20-2017-273 号

图书在版编目（CIP）数据

理想的读者 / （加）阿尔维托·曼古埃尔著；宋伟航译．—桂林：广西师范大学出版社，2019.8
书名原文: A Reader on Reading
ISBN 978-7-5598-1944-4

Ⅰ．①理… Ⅱ．①阿…②宋… Ⅲ．①散文集—加拿大—现代 Ⅳ．①I711.65

中国版本图书馆 CIP 数据核字（2019）第 134457 号

广西师范大学出版社出版发行
（广西桂林市五里店路 9 号　邮政编码：541004
网址：http://www.bbtpress.com）
出版人：张艺兵
全国新华书店经销
广西广大印务有限责任公司印刷
（桂林市临桂区秧塘工业园西城大道北侧广西师范大学出版社集团有限公司创意产业园内　邮政编码：541199）
开本：880 mm × 1 240 mm　1/32
印张：11.125　　字数：270 千字
2019 年 8 月第 1 版　　2019 年 8 月第 1 次印刷
定价：69.00 元

如发现印装质量问题，影响阅读，请与出版社发行部门联系调换。

目 录

Contents

第四部　字　戏

第五部　理想的读者

第六部　书如生意

第七部　罪与罚

第八部　神圣的文库

自　序

“你答谢的话要说得简单明了。”红王后说时还对爱丽丝皱了皱眉头。

——《爱丽丝镜中奇遇》第九章

本书的主题——我写的书几乎每一本都不脱这一主题——便是阅读，创作活动最有人味的一种。我认为我们人，真要追究到极致，应该要说是“阅读的动物”才对，而阅读的艺术引申到最广，堪称人类这一物种的定义。我们来到人世，随时随地都在找故事讲，万事万物无不要读：读大地，读苍穹，读人脸。当然，还有读我们这一物种创造出来的图像和文字。我们读自己的人生和别人的人生，读亲身所在的社会和远在天边的社会，读画面和建筑物，读书封之间的一切。

而最后这一句，“书封之间的一切”，则是一切的根本。在我眼里，世界便是由纸页的一字一句凝聚成形的。马孔多的居民身陷长达百年的孤绝；一日，忽然天降横祸，横遭厄疫侵袭，镇民罹患失忆一类的疾病，因而惊觉他们对周边世界的知识正在急速消失。未几，母牛叫什么、树木叫什么、屋舍叫什么，众人可能就不复记忆了。不过，他们也发现最好的解药便是文字。为了不想忘记他们认识的世界，他们写下一张张小纸条，挂在动物和物品上面：“这叫作树。”“这叫作房子。”“这叫作母牛，可以挤奶，掺进咖啡就成了牛奶咖啡。”所以，我们作为一个社会，对世界之所是的认信，由我们使用的文字即可判知。

“认信”：难处就是在这里。文字对应经验，经验对应文字；我们这些读者啊，筛检一则则故事：有的呼应我们的经验，有的供我们预习经验，有的述说我们永远不会有的经验。百般的经验，只有在炽烈如火的纸页上我们才有机会经历，这一点我们再清楚不过。所以，有些书我们原以为它是这样，却每重读一次，它就变上一次。这样经年累月下来，我的经验、我的爱好、我的偏见也一路在变。日子一天天过去，我的记忆也一天天在重组，不时有藏书上架、下架，换新编目。我的字句、我的世界，从未曾定于一尊——几块恒常不变的界碑除外吧。赫拉克利特谈时间的箴言转用在阅读，在我身上一样切中肯綮：“一本书你泡两次绝对不会一样。”

阅读之乐，倒是始终绝无二致。一书在手，展读之际，却见一串字句蓦地勾起惊喜、会意、寒战抑或是暖流，窜过心头，还说不出缘由。为书写评论，做翻译，编文集，在在为我这一份“负疚的愉悦”（guilty pleasure）提供些许正当的借口（仿佛快乐也要找借口！），有时甚至供我糊口。“这是美好的世界，但愿我还知道怎样在这样的世界一年赚进二百英镑就好。”诗人爱德华·托马斯[1]在写给朋友戈登·博顿利的信中，有过这样一句。评论，翻译，编辑，有时确实助我赚进这区区二百英镑呢。

亨利·詹姆斯创造了“地毯花样”一词，形容作家笔下一再迸现同样的主题，贯穿作品，如同隐秘的签名。我写过诸多名家的作品，不论是品评、专论还是引介，也都觉得他们于字里行间，真的有飘忽的花样依稀在目。这和我爱这文学之深，和阅读这一项技艺，和我阅读的地点，还有爱德华·托马斯说的“美好世界”，在在脱不了关系。我认为阅读也有其伦理应该奉行，

---

1 爱德华·托马斯（1878—1917），英国诗人，尚在大学时结婚，决定以笔谋生。视诗歌为最高文学形式，但在以评论家获得名声后才开始写诗，尤其因为受到美国诗人罗伯特·弗罗斯特的鼓励。“一战”爆发后入伍，1917 年死于阿拉斯战役。

有其责任应该承担，读者于翻动纸页、逐句展读之际，也有其公私两面皆具的义务必须履行。我认为有的时候，书籍也可以让我们变得更好、更有智慧，超乎作者的意图，超乎读者的期望。

于此，循“简单明了”的原则进行答谢，我想谢谢艾琳·史密斯和苏珊·雷提对文稿的通读，丹·希顿的细心校阅，玛丽莲·弗莱格精心制作的索引，还有索尼娅·香农设计出众的封面。

过去二十年我写过的一篇篇文章，克雷格·史蒂芬森始终是第一读者，本书的结构、组织、选材，也由他惠予指点（先前我写过另一本书，《曼古埃尔镜中奇遇》，1998 年出版，本书有几篇文章便选自该书，自序内有几句话也是）。有些文章我爱不释手，幸好有他压下我心头的不舍，没有收录。有些文章我忘了，幸好有他提醒，应该要放，却也一定要我修改一些段落或事例，免得于今显得过时。本书收录的文章适不适合，每一篇都有赖他想了又想，花的时间之多，依我这人的性子，绝对耐不住这样的折腾。缘此，即使他百般谦让不愿承认，我至深的谢忱所要致意的事，绝难尽述于斯。

第一部

我是谁?

“我是真的人！”爱丽丝说着说着就哭了起来。

“哭又不会让你变得有一点点像真的，”叮咚叮说，“有什么好哭的。”

“我若不是真的人，”爱丽丝回嘴——带泪却忍不住笑，觉得好滑稽啊！——“我哪会哭！”

“你以为你哭的是真的眼泪啊？”

叮咚咚插嘴进来，口气十分不屑。

——《爱丽丝镜中奇遇》第四章

读者镜中奇遇

“麻烦你跟我说接下来我该往哪里去？”

“那多半是要看你往哪儿去啰。”猫咪回答。

——《爱丽丝漫游奇境》第六章

我八九岁时，有一天，在一栋如今不复存在的屋子里，收到一本书：《爱丽丝漫游奇境／镜中奇遇》[1]。跟很多读者一样，我总觉得最先读到的版本便是一本书最原始的版本，一辈子都放不下这感觉。我读的那一版本，谢天谢地，有约翰·坦尼尔[2]的插图，增色不少，印在厚厚的米黄色纸上，有很浓的柴火烧过的神秘焦味。

头一次读爱丽丝的故事，有许多看不懂的地方，但又好像不碍事。我很早就学会了，读书这一件事，除非单纯享乐之外别有目的（就好像有时

1　在《爱丽丝漫游奇境》（1865 年）之后，刘易斯·卡罗尔又于 1871 年出版续篇《爱丽丝镜中奇遇》，本书作者读到的是两者的合编本。

2　约翰·坦尼尔（1820—1914），英国插画画家，长达五十多年为《笨拙周报》的主要政治漫画家。卡罗尔最初本来是想自己插图，奈何功夫不到家，身为《笨拙周报》读者的他，便找到了坦尼尔。

我们会为了罪过而阅读），遇上走不过去的泥淖就跳过去，卡在夹缠不清的乱林子里就抄小路，走进严肃又乏味的低地就绕过去，干脆任由故事强劲的洪流带着走，才是最好。

就我记忆所及，爱丽丝数次奇遇给我的第一印象就是身历其境，也就是我跟着爱丽丝一起去探险，是可怜的爱丽丝的伙伴。摔进兔子洞，穿过镜子，仅仅是开始，和抬脚踏上公交车一样简单又奇妙。不过，你看看那旅程！我八九岁时，“不信”与其说是“被悬置”，[1]不如说还没孕生；虚构的故事有时远比真实的日常生活还要像真的。倒不是说我觉得世上真有爱丽丝去的“奇境”那地方，而是我觉得“奇境”也就是像我家的房子、我玩的街道、我读的红砖墙学校那样的地方。

同样一本书，每读一次就变一次。童年第一次读《爱丽丝》，像是出游，如《奥德赛》或《木偶奇遇记》。我也总是觉得自己当爱丽丝比当尤利西斯或木偶要好。后来，读到年少的爱丽丝遇上三月兔请她喝酒，桌上却不见酒的踪影，或是毛毛虫要爱丽丝说清楚她是谁以及她是谁到底是什么意思，我也完全了解爱丽丝不得不忍受什么。叮咚叮和叮咚咚警告爱丽丝，说她只存在于红国王的梦里，此外啥也不是，一样害我难以安眠，醒着的时候还惨遭红王后老师出的考题折磨，像：“从小狗身上拿掉一根骨头，还剩下什么？”后来，待我二十出头，发现安德烈·布勒东把红心骑士的审判编进《黑色幽默选集》（*Anthologie de l' humour noir*），这才看出爱丽丝竟然是超现实主义的好姊妹；和古巴作家塞维罗·萨杜伊于巴黎有过一席谈，也才恍然大悟，原来憨弟蛋弟和《改变》（*Changé*）、《原样》（*Tel Quel*）阐扬的结构主义信条大有关系。后来的后来，待我徙居加拿大，又怎么会没发现白骑士（“但我正盘算着／把胡子染成绿色／再拿大大的

1　“悬置不相信”的说法源自柯勒律治，即在阅读时与作者达成的一项契约，明知虚构，但假装真的发生过。

扇子／遮得别人都看不得”）就跻身在无以计数的官僚群中，于这国家的每一栋公家建筑物内，匆忙奔走在一条条的走廊上？

多年展读、重读爱丽丝的故事，遇到诸多不同但也有趣的解读，只是，追究得深一点，我就不敢说有谁的看法被我吸收成我自己的了。读别人的看法，对自己的解读当然不无影响，会激发出新的观点，也会为某些段落添加色彩；但是，泰半还是像“蚊子”在爱丽丝耳边不断低声评论：“说不定你可以拿这来说个笑话呢！”害你不得安宁。我才不要。我这读者的醋劲儿可是很重的，我读的书，“初夜权”才不准别人染指。那么多年以前第一次读《爱丽丝》而建立起来的亲昵感，至今可是未曾稍减，而且每重读一次，亲昵的纽带就以私密且出乎意料的方式系得更紧。其他文句我也倒背如流。每一次我又——对，又——脱口念出那一段伤心的歌谣，《海象和木匠》，我那几个孩子就会叫我住嘴（我的长女就叫爱丽丝，还用说）。一有崭新的经验，在《爱丽丝》的纸页也都找得到预兆或是惆怅的怀想，再一次告诉我，“前方的道路就是这样”，抑或，“你曾经到过这儿”。

爱丽丝历经的诸多奇遇，有一桩，无关乎我先前有过或日后可能会有的经历，不过它似乎传达了一种更为博大的经验或生命哲学（如果这样的用语不算大而无当）。这发生在《爱丽丝镜中奇遇》第三章的末尾。爱丽丝穿过她在镜中的映像，走过镜子之后的棋盘国度，来到一片幽暗的森林。先前她就听说这地方的东西是没有名称的。“嗯，不管怎样也算一大安慰吧，”爱丽丝鼓起勇气说，“在那么热之后，能到——到这——这什么啊？”爱丽丝竟然想不出该用什么字，吓了一跳，开始绞脑汁用力想。“我是要说到——到——这个下面，你知道的嘛！”爱丽丝伸出一只手搭在树干上，“不知道它是管自己叫什么的？我真的觉得它没有名称——哎呀，应该是真的没有。”爱丽丝绞尽脑汁，要想出她站的地方叫什么，毕竟她已经习惯用文字来述说她在现实世界的经历，到了这时，才忽然发现没一样东西本来就有名称：那东西会一直没有名称，它始终都在，只是不出声，像鬼魂一样虚无缥缈，直到她自己来给它安个名称为止。而她非得把忘掉的名称想起来不可吗？还是说她必须自己编出全新的名称？好个千古难解的谜题啊。

上帝（依《创世记》第二章所述）“用地上的尘土造人”，创造出亚当，将他安置在东边的伊甸园，接着再创造出各类空中飞鸟和林野走兽，带到亚当面前，看亚当怎么叫这些飞鸟走兽，而且随亚当怎么叫这些生物，“那就是它的名字”。这样一来一往，十分特别，数百年来学者对此百思不解。所以，这是说亚当所在的地方（像镜中森林一样），万事万物一概没有名称，而必须由亚当为他所见的万事万物命名？抑或上帝创造出来的飞鸟走兽其实还是有名称的，亚当本来也知道，只是要由他像小孩一样在第一次看到小狗、月亮的时候开口拼读名称？

还有，我们说的“名称”，到底是指什么呢？这问题，或者说这一类问题，在稍后就提到了。穿过“无名森林”再过几章，爱丽丝就遇到了白骑士这一位悒郁的人物。而他呢，摆出了大人的威严，跟爱丽丝说他要唱一首歌来“安慰”她。“这一首歌，”白骑士说，“叫作《鳕鱼的眼睛》。”

> “哦，歌名是这样的，啊？”爱丽丝努力摆出有兴趣的样子。
>
> “不是，你不懂。”白骑士答得有一点生气了，“这歌是这么叫的，但歌的名称其实是《很老的人》。”
>
> “所以，我应该要说‘这歌是这么叫的’啰？”爱丽丝修正说法。
>
> “不对，才不应该，你这说的又变成另一回事了！这歌叫作《门道和手段》。不过，也只是这么叫罢了，你懂吧！”
>
> “哦，那这歌到底是什么歌？”爱丽丝再问一次，这一次可完全摸不着头脑了。
>
> “我正要说这个，”骑士回答，“这歌啊，其实是《门上坐一下》，曲子还是我自个儿写的呢。”

结果，曲子才不是他自个儿写的（如爱丽丝指出的）；还有，白骑士硬是要细细分出名字叫什么、名字是什么、名字指的东西怎么叫以及这东西又是什么，这些区分也不是白骑士自个儿的发明，它们古老得可以追溯到最早为《创世记》作注释的释经学者。亚当被送进去的世界，完全不识亚当其人，也不识亚当口说的话语。亚当看见的一切、感觉的一切、喜爱或恐惧的一切，无不由上帝带到亚当面前（最后也等于带到我们每一人面前），也无不罩上一层又一层的名称。名称，便是语言要为赤裸裸的经验穿的衣、戴的帽。所以，亚当和夏娃一失去了原有的天真无邪，才会一定要以兽皮为衣。"因为这样，"犹太法典《塔木德》的注释者说，"他们才有办法透过盖在身上的外形，明了自己是谁。"文字，万事万物的名称，便在为经验勾画外形。

命名，便是阅读的人在做的事。无力阅读的人，则必须尽可能将自身的经验化作言语，而在脑中想象自有的书，以之打造口语库。在我们以书为中心的社会，阅读的技艺代表打入族人的轨道，我们得以掌握族人专有的准则和要求，分享共通的文字记载库。然而，视阅读为单纯接收的活动，却不正确，其实还相反：斯特凡·马拉美就将"涤净族人的语感"标举为读者人人皆应善尽的责任。也因此，读者必须将所读之书化为己有。读者在无穷无尽的一座座图书馆，便像夜间的潜行盗贼，无不在窃取名称。浩瀚、神奇的人世名称有简单明了如"亚当"者，也有稀奇古怪如"侏儒怪"（Rumpelstiltskin）者。但丁写他在黑森林遇到三头野兽，说是正"走到了人生的半途"；而读者读到此句诗文，但丁的人生半途也成了读者的人生半途，同时映现另一片黑森林，读者童年见过的森林，满载梦想，洋溢松树、野狐的气味。

约翰·班扬写基督徒从家里飞奔而出，手指塞入耳朵，不想听妻小的呼唤。荷马写奥德修斯被人绑在船桅上面，强迫他听海上女妖的歌声。读班扬、荷马作品的人，将这样的段落套在我们这时代温良的普鲁弗洛克[1]听而不闻的习性上。埃德娜·圣文森特·米莱[2]自称“顾家如餐碟”，读者随之将日常的厨房陶瓷餐具重新命名，进餐必备的家伙随之蒙上新一层的含义。“人类与生俱来的诡辩伎俩！”卡尔·马克思抱怨（依恩格斯在《家庭、私有制和国家的起源》所述），“借改变名称以改变事物！”可是，对不起了马克思，我们就是专干这样的事。

只要是小孩子都知道，经验世界（如同爱丽丝的镜中森林）是没有名称的，人在其间只是迷乱游荡，满脑子塞满学习、直觉发出的嗡嗡低吟。我们所阅读的书，会照亮事物、感觉和认知，告诉我们在付出过于长久的牺牲后这是我们的心之所在，那是伊甸园的警戒岗哨，我们耳中所闻乃圣心修道院附近的吟唱，从而帮助我们学会称呼石块和树木、快乐或沮丧的时刻、爱人的气息、鸣禽的尖啸。这般的光照，有时有用；经验和命名孰先孰后，无关紧要。经验或许在先，读者要待多年之后才在《李尔王》读到得以名之的说法。经验也可能在后，一缕回忆的幽光映出一本破烂的《金银岛》里的一页，我们原以为早就忘了。有些作者杜撰的名目，读者拒绝使用。因为它们似乎出了错，或者太过老套，又或甚至对一般人的理解来说过于高妙，所以读者弃之不顾，或置诸脑后，又或束诸高阁，静待有朝一日（读者如此期盼），洞彻天机之时来到，可以一用。不过，它们有时能帮助读者命名原本无以名之的东西。“你要他知道无法言说的东西，并用同样的表达方式，做出完美的回答。”汤姆·斯托帕[3]在《爱的发明》中写道。有时啊，读者是可以在书页中找到完美的回答。

正如爱丽丝和她的白骑士所知，危险在于我们有时会把名字和对名字

1　英国诗人艾略特名诗《普鲁弗洛克的情歌》的主角。

2　埃德娜·圣文森特·米莱（1892—1950），美国诗人、剧作家，1923年获得普利策诗歌奖。

3　汤姆·斯托帕（1937— ），英国剧作家。他的剧作《爱的发明》刻画了英国古典学者、诗人 A. E. 豪斯曼的一生。

的指称混为一谈，把事物和对事物的指称混为一谈。纸页映现的典丽幻象，大家一见就贴上“世事”的标签，殊不知纸页的幻象根本不等于世事。对他人所受的折磨、子女的诞生，可能根本无以名之。在创造出普鲁斯特的诸天使或者济慈的夜莺之后，作者大可交代读者一声，“我把自己的灵魂交在你手里”，就此放手。只是，读者又该如何追随交到手中的作者灵魂，在难以言诠的现实丛林中，寻道觅路？

系统性的阅读无甚帮助。奉权威书单（经典库、文学史、禁书榜、推荐表、图书馆藏目录）为圭臬，固然有机会撞见有用的名目，但勿忘名单背后的居心才好。不过，我认为最好的指南，莫过乎一时兴起——以“乐趣”为依归，奉“随兴”为信念——这有时可以引领我们进入临时的恩典殿堂，供我们纺纱成金。

纺纱成金：1935 年夏，苏联诗人曼德施塔姆由斯大林授与身份证件，大概算是“法外施恩”吧；有效期限三个月，外带居留许可。依他太太娜杰日达·曼德施塔姆自述，单单这一份薄薄的证件就让他们的日子好过许多。那时刚好曼德施塔姆夫妇有一个朋友，演员、随笔作家弗拉基米尔·雅洪托夫路过他们住的城市。雅洪托夫和曼德施塔姆当年在莫斯科曾以朗诵配给证自娱，试图为失乐园点名。这时，两人又拿身份证件故技重施。娜杰日达在回忆录《犹存一丝希望》[1] 中描写过当时的场面：“不得不说，效果适得其反，害得大家更加沮丧。他们拿配给证一一唱名，有单口，有齐声：‘牛奶，牛奶，牛奶……奶酪，肉……’雅洪托夫念身份证件的时候，还故意怪腔怪调，口气凶狠又阴险：‘谨此核发……核发……准许……特别入境……准许居留，准许居留，准许居留……’”

但凡切中肯綮的解读，皆具颠覆、拂逆的性质，爱丽丝以一介清醒的

1　娜杰日达·曼德施塔姆在英语世界出版过两部回忆录，除了《犹存一丝希望》（*Hope Against Hope*，1970 年），还有《不再怀抱希望》（*Hope Abandoned*，1974 年）。译者为马克斯·海沃德。“娜杰日达”在俄语中是“希望”的意思。

读者之姿，在镜中世界疯疯癫癫取名称的众人当中，就体悟到了这一点。公爵夫人把芥末叫作“矿物”；柴郡猫低声咕噜，却自称是“咆哮”；加拿大有总理拆掉铁路，说是“进步”；瑞士有商人走私赃物，称之为“贸易”；阿根廷有总统包庇杀人凶手，也说是“特赦”。眼见如此误称，读者的反制之道便是翻开书页。面对执意扭曲作怪，阅读有助读者于错乱当中守住秩序。不去消灭，不将经验密封在约定俗成的话语结构，而容许混沌循其自有的迷乱轨道挟创造力往前推进。不迷信话语灿烂夺目的表相，而挖掘探寻幽暗之地。

我们这时代的神话，贫瘠、枯槁，似乎害怕深入表相之下。我们猜忌深奥，取笑沉思。大家任由恐怖片的影像遍及大银幕、小屏幕，却不容评论放慢影像飞掠的速度。大家要看格洛斯特[1]的眼睛被挖出来，却不肯耐心将全本《李尔王》看完。前一阵子，有一天晚上我在旅馆房间看电视，频道换来换去。也可能是巧合吧，电视屏幕每几秒便一闪而过的影像竟然无不是有人被杀、有人被打、有人一脸痛苦扭曲，或者是车子、楼房被炸。看着看着，我忽然发觉眼前掠过的景象，有一幕可不是影集的剧情，而是巴尔干半岛战争的新闻。层层叠叠的影像合起来将暴力的恐怖稀释、淡化，真人被实弹命中的影像，我看在眼里却无动于衷。

乔治·斯坦纳认为第二次世界大战犹太人遭遇的大屠杀，将世人想象里的地狱转化成了真实的焦肉和枯骨。说不定就是因为有了这样的转化，现代人才开始无力想象他人的痛苦。例如欧洲中世纪有无数画作描画殉道者承受可怕的酷刑，这样的画作从来就不单是恐怖的画面：它们由孕生、界定这类画面的神学作出阐发（虽然是教条化的，虽然像是教义问答），所呈现的事物是为了推助观者反省世上既有的苦难。虽说观者未必人人看得透画面表层的淫邪，不过，深入思考的机会倒是一定都在。图画或是文

1　莎士比亚名剧《李尔王》中的角色，因遭私生子背叛，被仇敌挖去双目。

本能给的，毕竟只在提供进一步或更深入解读的选择。这一选择，读者或观者可以拒绝，因为文本、图像也只是纸上涂鸦、木板或帆布上的色块而已。

我认为那一天晚上我看到的影像，顶多只是表面；像色情文本（政治口号、布雷特·伊斯顿·埃利斯[1]的《美国精神病人》、广告台词）提供的，仅止于官能立即能够捕捉到的，如过隙白驹一闪即逝，没有空间或时间思考。

爱丽丝的镜中森林就不是由这样的影像构造出来的：它有纵深，需要动脑思考，虽然（于穿行森林之际）没有语汇可以称呼森林本有的一切。真实的体验和真实的艺术（不论这形容词现在用起来有多别扭）有一点是相同的：二者始终比我们的理解还要博大，甚至超乎我们综合的理解能力。其外缘始终稍稍落在我们能力所及之外，有如阿根廷诗人阿莱杭德娜·皮扎尼克[2]一度写下的诗句：

> 但若灵魂要问，还很远吗？你就一定要答：
> 在河的彼岸，不是此岸，再过去才是。

而我就算只走了这么远，还是得力于诸多非凡的向导襄助。有的我敬畏有加，其他则亲切融洽，许多有趣得紧，也有一些振聋发聩得超乎预期。他们的著作，在我的记忆图书馆不断改变，在那里形形色色的境况——年龄与迫切感，不同的天空与相异的嗓音，新旧的评述——不断更动卷册，划掉段落，添加眉批，换书衣，起书名。我原本狭仄的图书馆，因为有这些无法无天的图书馆员偷偷摸摸搞这样的勾当，而扩张到无边无际；如今，我每重读一本书，都像先前未曾读过一般。

1　布雷特·伊斯顿·埃利斯（1964— ），美国作家，21岁以处女作《低于零》成名，《美国精神病人》为其最成功的作品，因暴力和厌女症广受谴责。

2　阿莱杭德娜·皮扎尼克（1936—1972），出生于布宜诺斯艾利斯东欧犹太移民家庭，1960年至1964年间在巴黎生活，自杀早逝。所引诗句来自其短诗《拯救》，曼古埃尔英译。

爱默生七十高龄之时，幽居康科德一处他叫作“野地”（Bush）的宅邸。当时他已经罹病，可能就是阿兹海默症。为他作传的卡洛斯·贝克写道：

> “野地”成了满载遗忘的殿堂……[不过]他说，阅读依然是“完好无损的乐趣”。“野地”的书房愈来愈像他的隐庐，他紧守着在独处中带来慰藉的日常规律，日日在书房读到日正当中，下午重返书房一直读到散步时间。日复一日，他连自己的著作也开始不复记忆，再见以前写过的文章，还会不胜欣喜，跟女儿说：“哎呀，这些东西写得真的很好。”

如今我重拾《名叫星期四的男人》[1]或是《化身博士》，也略有爱默生再见旧作的情状，直如亚当初见长颈鹿。

这样就好了吗？

有时，看起来像是够了。身陷无常与诸般恐惧之中，备受威胁——失去、变易，以及内外泉涌不绝、无可慰藉的痛苦，读书的人至少确知，此地彼地，尚有几处安稳的净土，真切如纸，怡人如墨，为吾人盖起一方顶盖，隔出一条甬道，得以穿行于幽暗的无名森林。

1　G. K. 切斯特顿于 1908 年发表的侦探小说。

给幻影的空间

“这很重要。”国王转头对陪审团说。陪审团才刚提笔要在石板上写下来，白兔就插嘴：“不重要。不用说这才是陛下的意思。”白兔的口气十分尊敬，说时眉心却皱在一起，在对国王做怪相。

“是不重要，我当然是这意思没错，”国王赶忙接口，紧接着声音放低，自言自语，“重要——不重要——不重要——重要——”仿佛在找哪个词听起来最好。

陪审团里有人写的是“重要”，有人写的是“不重要”。爱丽丝看得到，因为她靠得相当近，偷瞄得到陪审团的石板。“但有什么关系呢？”她心里想。

——《爱丽丝漫游奇境》第十二章

我以前并不想写作。有好多年，我都未察觉到这一无形的诱惑。书籍便是真实世界实实在在的体现，填满我每一可能的需求。不论一开始由人朗读给我听，或是日后由我自己默读，书籍始终一再向我保证，书籍所言不会改变，不像我入睡的卧房或是门外传来的人声。我们经常旅行，我是指我的保姆和我，因为我父亲服务于阿根廷外交部。形形色色的旅馆房间，甚至以色列特拉维夫的大使馆，对我来说还比不上一晚又一晚翻阅的书页熟悉。

待我学会了认字，要重返故事王国，就不用再看保姆有没有空、累不累、心情对不对，单靠我自己的兴致即可。每当遐想或渴求攫住了我，我便回到熟记的书册，逐页追随心中复诵的文字。我读，无论是早晨，在大使馆高墙花园那围成方格的四株棕榈树中的一株之下；还是坐车前往大大的野生公园，园内有野生乌龟沿着沙丘缓缓爬行，沙丘还长了一丛丛欧洲夹竹桃；特别是在夜间，保姆以为我睡了，就会坐进她的电动针织机前，胃痛的怪病折磨得她难以成眠，所以针织活儿常常一做就做到凌晨。伴着针织机把手每转一来回就会发出的、节拍器一般的刺耳声响，映着她做事用的昏黄灯光，我转身面墙，翻开我的书页，随阿拉丁一样的英雄小矮子穆克而去，还有性好冒险的狗儿克鲁索、拿三色酒对人下药的强盗新郎、命运乖舛的凯伊和格尔达、阴险邪恶的白雪皇后。

以前我从没想过，有一天，我的书架上也会多出几本我自己写的书。我要的都已经在那儿了，伸手可及。我也知道，我若想读新的故事，出了家门再走上小小一段路，就有书店，多的是我没读过的故事，可以放进我的收藏。所以，自己写故事？那时在我眼里根本就是痴人说梦，像是要再变出一株棕榈树种在花园里，或是再做出一只乌龟要它在沙丘上面奋力爬行。怎么可能成功？尤其是，何必呢？

我七岁时，举家回到布宜诺斯艾利斯，住进一栋很大、很暗、很阴凉的房子，房子在大鹅卵石街边。我有了自己的房间，位于后阳台边，和其他家人隔开。到那时为止，我只会讲英语和德语。我开始学西班牙语，西班牙文的书籍也就渐渐进驻我的书架。不过，依然没有什么事可以勾起我写作的念头。

家庭作业当然不算。所谓“作文”，规定你就发下来的题目写满两页，以贴近报道的体裁为准，不宜虚构。想象力？不需要。《家人的画像》《星期日这一天》《我最要好的朋友》，就这样带出一篇篇充斥甜言蜜语、口吻客客气气的散文，附带彩色铅笔画的插图，一样洋溢亲昵热切的情调，将文章写的主人翁或是事情画出来，再由老师仔细检查正不正确，有没有拼错的字。我的作文偏离老师给的题目，只有一次。那一次的作文题目是《海战》。无疑地，那老师以为他教的学生全都是男生，应该跟他一样喜欢玩打仗的游戏。我有几位同学就很爱看航空、军事题材的书，像毕格斯[1]丛书，或是节本世界大战史，附了许多飞机坦克的图片，印在软软粗粗的纸上，但我就从没读过。我心里清楚，写这题目需要用上的词汇我全没有，既然如此，那就拿这题目作不一样的发挥好了。所以，我写了一条鲨鱼和一只巨型乌贼的“海战”，灵感当然来自我心爱的《海底两万里》的插图。没想到我的作文老师看了我别出心裁的文章，不是高兴而是生气，说我明明知道他出这题目不是要我写这样的文章（他说得没错）。但我想，这应该算是我生平头一遭尝试提笔写故事。

我的第二次尝试为雄心壮志所激发。我们学校每年放暑假前都要演一场话剧，略带爱国色彩，样板化又无聊。我觉得我应该可以写一点东西，绝对不会比学校演的这些教学剧要差。一天晚餐过后，我坐下来写了一出戏，讲的是很久以前我们一位总统的童年，就像美国的华盛顿一样，他以从来没说过谎著称。开场的第一幕是一个小男孩正身陷两难的困境，不知是要

1　英国作家 W. E. 约翰斯（1893—1968）创作的冒险故事系列的主角詹姆斯 · 毕格斯沃思的昵称。

拿玩伴去告状，还是要骗自己的父母；第二幕就写这小男孩编了个说法，好包庇他的朋友；第三幕是我笔下的主人公因为良心不安而十分痛苦；第四幕，他的朋友自己开口承认他干的天大坏事；第五幕，主人公为先前说谎作了忏悔，就此巧妙避开两难的抉择。这一出戏的标题若说不算发人深省，至少还有简单明了的优点：《责任抑或真相》。承蒙校方青睐，搬上舞台演出，自己写的文字在台上由别人大声朗读，这种兴奋的滋味，我也第一次尝到了。

那时我十二岁，眼看初试啼声便有佳绩，自然想乘胜追击，再尝甜蜜滋味。《责任抑或真相》只花了我几小时就写成了，所以，我又再追加几小时，想学《魔法师的学徒》写一首长诗（从迪士尼动画片《幻想曲》得到灵感），再以佛陀、摩西、基督为主角写一部宗教剧，也想将格林兄弟的一则童话故事改编成《会讲话的马法拉达》。只是，没一篇写完。我也因此领悟，阅读之所以惬意、悦人，在于其强度和节奏由读者与选读的作品之间达成一致；写作不然，写作是严谨、刻苦、极耗体力的事。灵感泉涌的畅快淋漓固然美好，但也只像饥饿、口味之于下厨，是起点，是量尺，但不是主力所在。工作时间长，关节发僵，两脚酸痛，双手抽筋，工作场所太热、太冷，少了材料会着急，不知如何下手会觉得丢脸，洋葱会害人掉眼泪，尖刀会划破手指，在在等着让准备下厨大展身手或写出佳作的人来领教。十二岁的年纪，我才不要一连忙上几晚只写一篇文章！何苦？我乖乖回去舒舒服服当读者了。

而书，还是在勾我的魂，举凡和书有关的，无不在攘夺我的爱。我在布宜诺斯艾利斯度过青春期，先是课余在一家英、德文书店打工，后来在一家小出版社当实习编辑，有幸遇见几位名作家：豪尔赫·路易斯·博尔赫斯、阿道夫·比奥伊·卡萨雷斯、西尔维纳·奥坎波、玛塔·林奇、马科·德涅比、爱德华多·马列亚、何塞·比安科，等等。厕身作家群中，我当然欣喜，却也万分害羞。我在他们当中自然也和隐形人差不多，不过，偶尔也会有人注意到我，问上一句：“你写不写东西？”我的回答始终不脱“不写”二字。倒不是我没有偶尔去想有一天可以跟他们一样把名字印在书上，博得别人欣赏。只是我心里清楚、非常清楚，我写的东西绝对无法和书架上面我爱的书平起平坐。幻想有朝一日我写的书可以和康拉德、卡夫卡的作品并陈于架上，那不仅是痴心妄想，简直叫自不量力。即使那时还是少年郎，心高气傲得不得了，也不会不晓得怎样叫滑天下之大稽。

但是，我听。我听卡萨雷斯说写故事要先仔细将情节发展一一设计好，这样才知道角色到底要到哪里去，之后，再把踪迹掩盖掉，只留几条线索让读者以为他们挖出了作者都没看出来的东西。我也听奥坎波阐释为何琐碎小事的、平凡人生的悲剧，比复杂、伟大角色的悲剧更为动人。我听林奇又爱又妒地谈契诃夫，听德涅比谈布扎蒂[1]，听马列亚谈萨特和陀思妥耶夫斯基。我听博尔赫斯把吉卜林的一篇故事拆成许多片段，再重新组装回去，像钟表师傅检视古老而珍贵的仪器。我听这些作家跟我说我读的、我爱的作品是怎么创作出来的。这就像站在工作坊里听几位道行高深的老师傅，争辩哪几样材料最牢靠，怎样的组合最有效，有怎样的小诀窍、小妙方可以用来做出什么小玩意，即使角度很别扭也可以维持平衡，或是一路走下去都不会停，再要不然就是怎样可以把东西做到薄到不能再薄、简单到不能再简单，内部却塞了五花八门的复杂弹簧和齿轮。我听，重点不在于学新的手艺，而在于多了解一点我自己的手艺。

1969 年决定中辍大学学业后，我转往欧洲，从几家出版社接些自由职业的活，有一搭没一搭的。报酬少得可怜，钱包瘦得一个礼拜没办法供我吃几餐。一天，我听人说有一家阿根廷报社在办短篇小说征文比赛，首奖奖金有五百美元。我便决定参加，快笔用西班牙文写了四篇，还算读得下去，格式也规矩端正，只是了无生气。我先请塞维罗·萨杜伊过目。我是在巴

---

1 迪诺·布扎蒂（1906—1972），意大利作家，著有《鞑靼人沙漠》等。

黎认识萨杜伊的，他写得一手醇厚富丽的巴洛克西班牙文体，文学典故于字里行间回响不绝。他看了后，说我写的这几篇真糟。“用字活像会计在记账，”他说，“你不懂得要文字代你演出。你看，你有一个角色跌了一跤，一边的隐形眼镜掉了，你写他‘半瞎’一样从地板爬起来。多想一下嘛。你该用的字，不就是‘库克罗普斯’[1]吗？”恭敬不如从命，我把“库克罗普斯”写进去后，就把几篇文章一股脑儿全投递出去。几个月后，收到消息，我得奖了。我却尴尬大于得意，不过，起码有几个月可以三餐正常进食。

但我还是没有意愿写作。我信手写过几篇散文、几首诗，不过，全都是写过就忘比较好。当时的我，心不在此。一如爱乐人士难免自己也想弹一弹钢琴，我染指写作，与其说出于爱好，不如说出于好奇，只是想体会一下写作是怎么回事。之后我便停笔了。我为出版社做事，选稿，送稿子进印刷厂，帮别人的书想书名，搜罗各类文章编成各类文集。每一件事，我始终是以读者的身份去做的。“大卫有才气，写得出《诗篇》。[2]我？我写得出什么？”18 世纪的犹太拉比奥里发出此问，而他的回答是：“我总还可以朗诵吧。”

我在 1980 年出版第一本著作。《想象地名词典》，这是我和吉昂尼·瓜达鲁皮合作的结晶。吉昂尼是灵感丰富的编辑高手，我和他在一家意大利出版社共事，因而结缘。《想象地名词典》的构想就是从吉昂尼来的：为虚构的国度编一本严肃的指南。我们两人为此读遍两千多本书，工作之费神，只有年轻才有本钱。依我现今为写作下的定义，当年我们写《想象地名词典》其实不算写作，反而比较像是为我们读过的书作注疏，像是为“奥兹”“卢里塔尼亚”“基督城”等地的风土人情、历史习俗、花草树木，详细作注解。吉昂尼以意大利文写他的注，我写我的，等我把他写的也译成英文后，一

1　希腊神话中的独眼巨人。

2　《旧约·诗篇》中收录大卫诗作七十三篇。

整批再改成词典条目的格式，始终以我们预先设定好的贝德克尔[1]式旅行指南为编辑的依归。由于我们遣词用字的用途太广，以致写作极易和其他活动混为一谈：叙事（例如我们写的《想象地名词典》）、信笔涂鸦、指示、报告、通知、闲谈、训令、品评、哄骗、宣布、叫卖、劝诱、传教、编目、描述、做简报、做笔记。这些事情做起来是要用到语文没错，但我就是认为这些事情没有一件称得上是写作。

两年后，即 1982 年，我来到加拿大，借《想象地名词典》余威之助，常有人找我为报纸写书评，上电台谈书，将书译成英文，将小说改编成戏剧，等等。对此，我心满意足。我谈我少年同伴耳熟能详的书，听在加拿大读者的耳里却觉得新鲜。我也读到加拿大的经典名著，以前从没读过，不知怎的，却总觉得好像以前读过的故事翻版，真是不可思议。如此这般，我从四五岁就开始打造的图书馆，每隔一夜就变大一点，扩张得生猛有劲，无止无休。我向来是人到哪里，书就跟着长到哪里。所以，这时候在我多伦多的住家，每一面墙都爬满了书，每一间房间都塞满了书。它们始终在增长，我无意以自己的书壮大阵容。

我因此改走另一条路，进行各式各样的阅读。书籍开辟出来的可行道路不胜枚举。读者一册在手，固然形单影只，但是，由此之一端可以拉开一层又一层的网络：向朋友推荐你爱的书，听书店老板（在超级市场的时代幸存下来的少数人）向你推荐新书，和陌生人合作编书。一读，再读，经年累月读下去，这些活动随之蔓延增生，交相呼应。有少年时好喜欢的书，冷不防被人提起，那人也早早就听人推荐过这书；有书重新发行，本以为湮灭无闻的，就此以崭新的面目回到我们眼前；有的故事原先读的时候是一种时空脉络，换了封面，就变成另一则故事。书，就是有福气享有这般

1　卡尔·贝德克尔（1801—1859），于 1827 年创立贝德克尔出版社，其推出的旅游指南范例，沿用至今。

简素的不朽。

后来，机缘凑巧，因为一则问题未得解答，我对写作的看法幡然改变（我在另一篇文章，即收录在本书的《念故人》中写过这件事）。我有一个朋友在阿根廷军政府独裁期间流亡海外，对我透露了一件事。我的高中老师，明明知道宪兵逮人一定施以严刑甚至处死，竟然还自动向宪兵部队告发自己的学生。我对文学的爱，可是由这一位老师播下种子的。他在课堂上跟我们谈卡夫卡，谈雷·布拉德伯里，谈西班牙中世纪传奇中波吕克塞娜遇害的段落——至今我读到这段，耳边仿佛还听得到他吟诵：

> 迄至落日西沉
> 沙滩空无一人，
> 我走出特洛伊
> 穿过染血城门
> 于皮洛脚边却见
> 波吕克塞娜尸身。

这一披露，使得我进退维谷，不知道是要否定这位老师教过我的一切，还是闭上眼睛不去看他造的孽，抑或潜心领会一下（简直不太可能），这二者竟然可以活生生体现在同一人身上，何其荒诞丑恶。为了呈现心头的大问，我写了长篇小说《异乡消息》。

依我听到的说法，作家多半很小就知道自己会当作家。他们自身表露在外的某些东西，别人看他们的方式，或者他们看待赋予日常事物词语的方式，都在告诉他们：他们天生就是作家，一如身边有朋友从某些事情知道自己注定要当兽医或警察。某些事情让他们确信他们生来就是要做这样一件事，相信他们长大之后，名字就是会打在书的封面，像朝圣徽章。只是，我觉得当时我听到的声音却告诉我：我要当读者。和这一位流亡海外的老友重逢，是 1988 年的事。因此，我是活到四十岁，才有当作家的坚定念头在心头萌生。四十岁确实是蜕变的关口，是回头到老旧的柜子翻寻扔在里面、塞进了暗处的东西，面对蛰伏待发的力量。

而我的意向十分明确。结果虽然不佳，但未改变我本来的目标。我可是到了这时，才好不容易终于想要写作的呢。长篇小说。我要写长篇小说，将我觉得没办法口述的事，改用文字写下来——用文学的辞藻，如我架上一本本书内的文字，炽热灿烂的文字。我马上放手去写：在为稻粱谋的工作之余；在清晨；在深夜；出公差就在旅馆房间和咖啡厅。我就这样凑出了一篇故事，描写一名男子身具双重性格，或应该说是一分为二的性格吧。《化身博士》是我十三岁时耗了一晚上胆战心惊一口气读完的，之后便始终在我脑海盘桓，未曾远去。但我觉得我亟需大把时间持续写我的小说，才不会乱了步调、顺序与逻辑，尤其是节奏。我劝过自己，即使搁下几天没写或一连数周被外务打断，回过头来还是接得起线头的。我也骗过自己，没办法专心哪有什么关系，哪里断掉就哪里接起来，就像要接着读一本书，从夹了书签的地方往下读就好。我错了。只不过，没有大把时间供我专心写作，也不是我写不好的唯一原因。年少时从大师那边学到的东西，这时几乎全不管用。有几幕场景还不错，但是，通篇小说就是不行。

技不如人故也。读者看得出句子好或不好，感觉得出呼吸的抑扬顿挫和句子意念流转的韵律是搭配得天衣无缝呢，还是僵硬如敷油防腐的死尸。由阅读转向写作，这样的判断力不会没有，只是从未能说清楚。作家能做的，顶多是学习文法、拼字的规则，锤炼阅读的艺术。除此之外，作家的造化，便是在做中学，通过写作学习写作，循美丽而险恶的循环不断推进，每转过一处山穷水尽的转角，柳暗花明的体悟便多上一层。“写好书有三大铁律，”毛姆说过，“可惜没人知道是哪三条。”

人生体验大家都有；将人生体验化作文学体验，在大多数人身上可就遍寻无着了。即使拥有点石成金的文字功力，作家又可以拿怎样的人生体验来说故事呢？母亲之死？像艾丽丝·门罗短篇小说《素材》里主述者的情况。明知不可又情不自禁的欲望？如托马斯·曼写的《死于威尼斯》。亲爱的人喷出的鲜血？玛格丽特·尤瑟纳尔笔下的《王佛脱险记》，写到老画家眼睁睁看着爱徒惨遭斩首，还思忖鲜血的颜色衬着绿色的地板多美丽啊。作家难道就有权利用家人、朋友的隐私来创作？他们信任作家，却赫然发现自己于众目睽睽之下，讲出不可告人的私语。小说家玛丽安·恩格尔在身边有别的作家相伴时，一听到她中意的写作材料，再不可告人，她也会大喊："我先要了！"抢着将写作所有权划归自己。在写作的国度，搜奇猎珍显然没有道德约束。

我呢，一样，当然也是从自身的经验着手，搜寻人生的片刻、遭遇，为我从暗处召唤出来的东西润色增光。我就是从以前在报上见过的人脸，为笔下的主角赋形造象：温文儒雅、学富五车、慈祥和蔼，后来却发现这一张脸竟然是克劳斯·巴比[1]的。选中这一张表里不一的脸，却误打误撞和我笔下的角色一拍即合。我选用的名字亦然，"贝伦斯"，是从一个古怪的绅士那里借来的。我是在搭船从布宜诺斯艾利斯到欧洲途中，邂逅其人。他是作家，习惯往返大西洋两岸之间，却从来不在终点的港口停留。一天晚上，我得了重感冒，发高烧，他便说拉夫卡迪奥的故事给我听。拉夫卡迪奥在纪德写的小说《梵蒂冈地窖》中做了一件莫名其妙的事，他一把将懵懂天真的阿梅代从疾驰的火车推了下去。我也用布宜诺斯艾利斯的记忆，还有到珀斯一游的北魁北克记忆，勾画阿尔及尔的风情（布宜诺斯艾利斯一样是洋溢半吊子法国风的滨海城市）。为了帮故事收尾，我还必须描写施刑者在做的事，但不写具体的刑讯。所以，我便想象施刑者用种种酷刑对付的不是人，而是别的没反应、没生命的东西。我那没人管的冰箱有一

1　克劳斯·巴比（1913—1991），纳粹德国党卫军军官，有"里昂屠夫"之称，"二战"后逃到南美，1983 年被引渡回法国受审，因癌症死于狱中。

根放了很久的芹菜梗，我便拿芹菜作酷刑的对象来发挥想象力。结果，写出来的场景竟然完全到位，不可思议。不过，我还要写一下施刑者怎么替自己开脱才行，只是，一样不知如何着墨。“你要设身处地，像他那样想事情。”我的小说家朋友苏珊·斯万为我指点迷津。我原以为我做不到，没想到好丢脸，我发现自己竟然可以像施刑者那样去想事情。

尽管有一些段落写得还算不错，但文气终究不脱犹疑、踉跄、乏味。我发现要写一个人走进房间，写花园的光线变化，写小女孩感到自己受威胁，或写一般人日常无时无刻不在表达（或自以为表达）的简单明了的事情，反而是文学创作最棘手的难题。大家会以为这样的事很简单，因为“认知的负荷”是落在听者、读者这一边的。一般人都以为听者、读者应该凭直觉就知道我们在说什么，“知道我们的意思”。但其实，符号在其必须承载的负荷——代表声音、激发思想、勾起记忆、挖掘经验、召唤情感——之下会垮掉，它们很少，几乎从未能实现原本要达成的目标。不过，一旦达成目标，读者便看得出作家取得了成功，欣然感佩作家的妙笔生花。

G. K. 切斯特顿在一篇文章说过他发觉“一般的书，每一本都找得到五六个字，全书剩下的字都是为了这几个字而写的”。我想，每一个读者应该都能在自己心爱的书里找到这几个字；至于作家自己呢，我就不敢说了。我自己的小说，我是隐约感觉得到这几个字在哪里，如今（事隔这么多年）我觉得这几个字当年若是早早在我提笔之初就浮现心头，书也就不用写了。

我写成的小说跟我想的不一样，但我终究也当上了作家。我终究一样要把自己交到读者手中（完全在字面意义上），我这人于读者之所以存在，除了读者手中的书，别无其他。读者批判我、喜欢我，抑或弃我如敝屣——这个可能性比较大——仅凭我在书页之上写的东西，书页之外全不在读者考虑之列。我是谁？我以前是怎样的人？我有什么看法？我有什么意图？我对这题材的了解有多深入？我对小说的题旨是真心关切吗？这些在读者看来一概是不切实际的借口。作者仿佛如影随形、挥之不去的幽灵，很想跟读者说："你看这一段多荒唐，很好笑吧？"或是说："这一幕你一定会哭。"只是啊，读者也一定会回答："看你急成这样要人家抓到重点，你干吗不自己来抓抓看？"我在小说里没表达好的，就不在小说里面；懂得自重的读者绝对不会自行凭空添加我没表达出来的喜与悲。所以，每逢看到读者宽宏大量，愿意为败笔连连的作家弥补不足，我就不懂。看来平庸可能还不够；书要写得惨不忍睹，才会激得读者要当一下好撒玛利亚人，出手拔刀相助。

至于我还算精彩的区区那几页，就不知该找谁负责了——我亲炙的文学大师给的诸多教诲、书里立的诸多范例，还是我从小到大目睹的人世众生相、耳闻的诤语流言？学写作这一件事可是会教人心碎的，因为捉摸不透。下再多的苦工，立再大的志向，有再好的参谋，做彻底的研究，有惨痛的人生际遇，读遍世间经典，耳朵会听音乐，品鉴的能力高强，没一件可以保证写得出好作品。"没笔，没墨，没桌子，没房间，没时间，没安静，没意愿。"这是乔伊斯1906年12月7日写给弟弟的信中的一句。就是说啊。

所谓写作，大概便是在缪斯（古人的说法）或者灵感（今人羞怯的叫法）的驱使之下，经过筛选与组织、剪裁与缝补，做出一件文字的大氅，套在脑海深处翻搅、难以言诠、无形无相的幻影之上。有时候，也说不清楚是什么原因，万事俱备：体裁对了，观点对了，口气和色调对了。并且，在某一句或一段中，可以看到幻影在其令人敬畏的神秘之中羽翼丰满，无法转化成其他东西，不为理念或情感服务，甚至不属于故事或是文章的组成部分，而是作为纯粹的神显：一如古老的比喻，笔下乾坤便是大千世界。

18世纪前半叶，法国人进戏院看戏，若是有钱人，依照习俗，是可以花钱坐到——不是头等座，不是包厢——而是径自坐到台上去的。这样的"坐"法十分流行，搞得"登台入戏"的观众人数往往还多过台上的演员。伏尔泰写的《塞米勒米斯》首演时，坐上舞台的观众之多，害得饰演国王尼努斯鬼魂的演员脚下一绊，差一点摔倒，就此毁了关键的一幕。观众当然爆发哄堂大笑，据说伏尔泰见状站起来大喝：“给鬼魂腾出空间！”[1]

这样的趣闻很有用。写作也像舞台上的戏剧，一样要讲究巧妙平衡的手法，灯光要精准到位，时机要恰到好处，配乐要天衣无缝，外加技巧和经验要有水乳交融之妙。因为机遇、金钱、声望、友谊、家族责任等因素，作家准许观众上台，夹在演员当中就座，以致观众就这样从“闲杂人等”变成非志愿的参与者——占去地方，破坏效果，绊倒演员——最后也成了推托的理由、失败的成因、正当的干扰、合理的引诱。写作上的成功（我是说写出好东西），依赖于一些微小、脆弱的东西。虽说天才足以克服万难，固然不假——卡夫卡的几部杰作，确实是在气氛剑拔弩张的父亲家里，困居走廊而写就；而塞万提斯的《堂吉诃德》，也是在坐牢时向壁虚构的——小有才华所需的心理环境，就要比大多数作家的再宽敞一点，再少一点拘束才行。幻影需要空间；而且，即使有了空间，也还是什么都说不准。

目前，身为读者的我，是以微笑包涵的态度在评判我想要当的那一个作家，看他为新练出来的功夫想出了什么新的招数。幻影厕身幽黯，无比强大又无比脆弱，极其诱人又略带恐怖，每当我从书页的这一边朝另一边走去，它在朝我招手（我是觉得它在招手）。

1 此句原文为法英对照，法语中的“ombre”和英语中的“shadow”都兼具“鬼魂”和“幻影”之意。

身为犹太人

“唔，我们既然已经见面，”独角兽说，“你信我，我就信你。成交？”

——《爱丽丝镜中奇遇》第七章

取了《法国人的身份认同》《论男子气概》《身为女性何指》这类名字的书，我不太读。所以几年前，拿起阿兰·芬基尔克劳特带警示性的论文《假想的犹太人》，我一时颇为犹豫。

读别人的东西有时难免莫名想起自己的生平，所以，读到书中一段，我就忽然想起很久以前，在很远的地方发生的一件事。那时我七岁，刚进布宜诺斯艾利斯一所英语高中的小学部就读。一天下午，放学坐校车回家，一个男生——我始终不知道他的名字——从后座喊我：“喂！犹太人，你爸爸很爱钱吧？”我记得当时听到这样一问，一头雾水，不知该如何作答。我觉得我爸爸没有特别爱钱啊，但是，他问的口气带着侮辱，我就不懂了。尤其是他还叫我“犹太人”，这我更惊讶。我奶奶是会上犹太会堂没错，但我父母都不是教徒，我也从来没用这样一个词来想过自己。我以为这样一个词是我奶奶那一辈的老人家专用的呢。只是，既然这样的称号用在我们身上有界定的意思，在那一刻，我好像不得不作决定（虽然在那一刻，我自己并不晓得），看看我是要接受这样一个好大、好难戴的帽子，还是要否认我有这样的身份。

芬基尔克劳特在他的书里写过类似的时刻，也认为这样的经验确实相当普遍。不过，他的主题不在“恨”的传续。“我自己，”芬基尔克劳特写道，“反而想要提出相反的状况来作思考——有一个孩子，一个青春期的少年，不仅以身为犹太人为荣，而且乐于当犹太人，他开始一点点地有了疑问：以外人、以流民的身份兴高采烈地活着，是否存在某种自欺。”这些个体有着假定的身份，继承未曾亲身经历的浩劫，被芬基尔克劳特以一针见血的笔下功夫，安上了个名号——“假想的”或“空想的”（armchair）犹太人。

我心头一震——这概念真好用，正好可以处理我自己困扰久矣的问题：“我是谁”的看法，对我对周遭世界的看法有何影响？爱丽丝漫游镜中森林期间，知道她是谁（也就是英国维多利亚时期认为像她这样一个小女孩应该是谁）对她有多重要？显然极为重要，因为这一“知道”，决定了她和漫游途中邂逅的其他人、事、物的关系。例如忘了自己是谁的爱丽丝，在森林巧遇一头忘了自己是鹿的小鹿，和小鹿交上了朋友。

> 他们便结伴一起穿过林子，爱丽丝还伸出两手搂住小鹿轻软的脖子，直到走出了林子来到另一处空旷的野地。这时，小鹿却忽然一跳，挣脱爱丽丝的手，大喊：“我是小鹿！”声调十分快乐。“欸，妈呀，你是人类的小孩！”小鹿漂亮的褐色大眼睛忽然满是惧意，一溜烟儿就拔腿狂奔，跑了。

芬基尔克劳特以“被建构的身份”这一概念为中心，不惮其烦，提出一连串问题，就每一问题之于身为犹太人（或者，我看我应该加这一句——身为爱丽丝或是身为小鹿）到底有什么意义，细细阐发。由于每一定义都是在分疆划界，所以，芬基尔克劳特不肯就他提的问题给出明确的答案。

芬基尔克劳特的诘问，中心的题旨在一句看似老套的肯定句：犹太人确实存在，不管是什么身份，不管是个人还是群体，犹太人始终都在，连纳粹机器也无法抹杀。这一存在并不容易承担，遑论分类。

海涅写过："听着，博士，别再跟我提犹太教什么的。我连我最恨的人也不会替他安上这样的名号。跟着这来的，除了骂名、侮辱，没别的。它才不是宗教，它是厄运。"遭到迫害的犹太人的每一声哭喊"为什么是我？"都有假想的犹太人依样画葫芦，但是出之以轻声喟叹，无限厌烦。芬基尔克劳特以自身为例，坦承他虽然将他想当犹太人的愿望公告周知，却同时在对自己下"去犹"的工夫，把自己转化为"他者"，成为他"非犹"同伴的传声筒：在这里我就看到了自己鲜明的身影。芬基尔克劳特的父母一提到纳粹对犹太人的大屠杀，他就拿越南回嘴；他的父母一提到"反犹"，他就拿法国找不到当垃圾工的犹太人挡回去。"为什么是我？"就变成了"为什么我不是别人？"

在这一镜中森林，"假想的犹太人"已然失去所有的归属感。因为这样的犹太人在这里找不到犹太人的"我们"。在傲慢的成见中，这个"我们"，被理解为一个暗商各种诡计、图谋主宰世界的秘密社会。"假想的犹太人"的回应，是否认有这种团结一致，宣称"并不存在'我们'，因为信不信犹太教是个人的事"——即使犹太人现在又再次普遍自认为一个共同体。可是为什么，芬基尔克劳特尖锐质问，集体表达"就一定只能落在政治的领域不可？为什么一有事情不是说'我'，就一定是权力或是国家范畴内的问题？"为什么犹太人不是用单数的"我"来讲，就会落得不是在躲躲藏藏，就是在声明自己属于过去惨遭屠杀的几百万犹太人？

这是块危险的水域。也许要质疑的不是记住先人所受迫害的必要性，而是其中时常蕴涵着的英雄主义的错觉。不少人自承对同胞活在"对历史的遗忘中"颇为不屑，反过来却忘了自己可疑的身份认同是建立在"历史幻象"的基础上。这样的过往，如梦幻泡影织出来的网带，一个个犹太人因此获赐层层叠叠的家族，时间远溯古往，空间辽阔广远，搞得年轻一辈的犹太人有时觉得自己不过像是观众。看我奶奶点安息日蜡烛，口中喃喃轻念仪式祈祷文，双手在轻颤摇曳的烛火上方以反方向画圆圈，勾不起我对奶奶出身的幽暗、古老林子、寒冬浓雾、历史悠久的语言有一丝丝的连结。她是我奶奶，但她的存在始于且终于我所属的现在。其他祖先，或是她出生的地方，她绝少提起。所以，她是有一些简短、零碎的生平故事在我脑海凑出神话，但和我生活的关系，远远不如格林童话和爱丽丝奇遇的森林。

芬基尔克劳特认为，若要给犹太教找到中心教谕，这教谕应该不是“身份的问题，而是记忆的问题：不在模仿迫害或把大屠杀戏剧化，而在缅怀受害者”，在护住“大浩劫”不致沦为俗滥，这样犹太人才不会被判死上两次：一次惨遭屠杀，再一次是湮灭遗忘。即使于此，我和犹太人的惨痛遭遇也只停留在“感同身受”的层面：据我所知，我们家没有近亲死于纳粹之手，我母亲、我父亲的父母早在第一次世界大战之前就已经移民，来到阿根廷北部赫希男爵[1]为犹太流亡人士开辟的移民聚落。在这样的聚落可以看见一个个不是叫艾萨克就是叫亚伯拉罕的高乔人，嘴里吆喝意第绪语在放牧牛群。

我自己也是长到十几岁才知道有“大屠杀”这样的事，还是读了安德烈·施瓦茨-巴特[2]和安妮·弗兰克的书才有所了解。所以，这样的惨痛遭遇，也算是我的历史吗？除了同为人类之外，也叫作我的？很久以前在校车朝我扔过来的鄙夷封号，难道就给了我公民权，将我划归到这一支历史悠久、腹背受敌、心有质疑、顽强不屈、聪慧过人的民族当中？我——以前——现在——真的是他们的一员？我，就是犹太人？我，究竟是谁？

爱丽丝，人类的小孩；小鹿，猎物之一员——二者都呼应了这最后一

1　即莫里茨·冯·赫希（1831—1896），德意志犹太金融家，犹太殖民协会的创立者。

2　安德烈·施瓦茨–巴特（1928—2006），法国小说家，以《最后的正义》获 1959 年龚古尔奖。其父母在 1924 年移民法国，1941 年被放逐到奥斯维辛。

个问题，也都像我一样，忍不住不想用自己心知所属的语言，而改用站在外围指指点点的人所造的语言来作答。每一身受歧视的族群，都有这样的话要说：我们等于别人谈我们的话语，等于别人看我们的形象，等于别人强迫我们记住的历史，因为我们硬是被挡在当下之外，无法积极参与。可是，我们也等于我们用以质疑这些臆断的语言，也等于我们用以推翻这些成见的形象。我们也等于我们所在的时代，我们不可以缺席的时代。我们自有独立的存在，我们不愿一直假想下去。

同时，在森林另一边

“第七格全是森林——不过，有个骑士可以为你带路。”

——《爱丽丝镜中奇遇》第二章

在我猛读连环图画书的时期，看了最兴奋的句子——因为它预示着要揭晓在故事明线之外的事情——就是：“同时，在森林另一边……”这一般都用大写，打在连环图的格子左上角。这几个字在我眼里（我这人可是和全天下爱书成痴的人一样，衷心巴望故事不要完结），差不多允诺了故事的无限：表示可能可以知道另一条岔出去的路上出了什么事。这条我们没去走的路，没那么明显，神秘但一样重要，通向惊险连连的森林另一头。

探勘森林

诅咒使人振奋，祝福教人松懈。

——威廉·布莱克

公元前 3 世纪中叶，昔兰尼诗人卡利马科斯动手要为著名的亚历山大里亚图书馆的五十万册藏书编目。工作之繁重、艰巨，不仅在于所需检视、拂尘、归架的著作数量庞大，也在于这样的工作连带有建立文学秩序的意味，而所建立的文学秩序还应该像是更浩大的宇宙秩序于人间的反映。在将某本书归到某个书架时——例如荷马放在"诗歌"，希罗多德放在"历史"——卡利马科斯必须先决定世间的文字作品可以划分成多少类别，或用他自己的说法，"表"（pinakes），之后，他又必须决定数千万本妾身未明的著作应该放进哪一类别。卡利马科斯把汗牛充栋的图书馆藏，划分为八大"表"，以囊括莎草纸上写下的一切可能的事实、推测、思考、想象。后世的图书馆学者又再将此区区八类增至无可尽数。博尔赫斯就记得"布鲁塞尔国际书目学会"用的数字编目法，第 231 号是"上帝"。

任谁对读书之乐略能体会，对史上所见多种编目法应该都没多少信心。举凡题材索引、文学类型、思想和风格流派、依国家或种族分类的文学、编年史纲、按主题汇编的文选，对读者提示的只是千头万绪的观点之一而已，绝非总和，论起幽微深奥的著作之深度和广度，甚至连蜻蜓点水也谈不上。一本本书，也绝对不肯乖乖待在架上不动。《格列佛游记》就可以从"编年史"跳到"社会讽刺小说"，再跳到"儿童文学"，而且，这些标签无一完全贴切。我们读书，和"性倾向"颇为类似，都有多重面向、流动不居的特质。惠特曼就写过："我便是大，我包罗万象。"

"同性恋文学"这样的名称，犯下三大罪。第一，其寓含的文学类型，乃以作者或角色的性倾向作为划分标准，太过狭隘；第二，其寓含的性向类型，多少在一种文学形式中受界定，太过狭隘；其三，其寓含的政治活动，只限于捍卫特定性倾向团体的人权，太过狭隘。只是"同性恋文学"的名称纵使问世得晚，却也确实在大众的脑中落地生根。有的书店就有"同性恋文学"的专架，有的出版社出版"同性恋文学"丛书，也有杂志、报纸固定以"同性恋文学"的标题刊登小说、诗歌。

所以，"同性恋文学"究竟是指什么？

冒着犯“同义反复”的风险，“同性恋文学”，依一般的理解，就是以同性恋为题材的文学作品。所以，这样的名称就可以从模糊暗示“不敢说破名分的爱”——出自阿尔弗雷德·道格拉斯[1]勋爵自动噤声的名言，在19世纪不少作品中历历可见——摆荡到我们这时代直白的同性恋活动纪事，下笔的作家还未必都是同性恋。

有时，同性恋作家写的非同性恋题材，例如福斯特的《印度之旅》、爱德华·阿尔比的《谁怕伍尔夫？》，照样被放进“同性恋文学”的专架，和明确描写同性恋的作品并陈，例如玛格丽特·尤瑟纳尔的《亚历克西斯》，或是曼努埃尔·普伊格写的《蜘蛛女之吻》。好像评论家、编辑、书店老板故意就是要以作家其人，而非作家的作品，来做作品的分类。有些作家不乐见自己的作品被人套上“同性恋”的标签（例如帕特里克·盖尔、蒂莫西·芬德利），就自称他们的作品“正好是同性恋作家写的”罢了。这样的标签也不脱惯例，凡下定义必有例外，以致定义到最后变得毫无用处，标签每贴一次也就必须重新定义一次。

克劳德·J. 萨默斯在编文选《男同性恋小说》时，为文选的题材下过定义：“男同性恋和女同性恋作家以男同性恋为题材而虚构的作品。”这样的定义就把不少非同性恋作家的作品排除在外了，而排除的理由仅仅是作者的性倾向。作家的性倾向是有可能为文本添加色彩，但是，读者不需要先钻研《国家询问报》[2]才有办法欣赏文学作品。读者若是事先知道劳伦斯本人偏好年长的女子，或许有助于享受阅读《查泰莱夫人的情人》的乐趣，又或许不会，但这绝对不是读这一本名气大得不得了的小说的必要条件。研究一下梅尔维尔的生平，大概比较容易看出《白鲸记》流露的同性情欲；不过，这样的研究，真的是看出这类情欲不可或缺的条件吗？威廉·福克

1 阿尔弗雷德·道格拉斯（1870—1945），英国诗人、作家，因与王尔德的恋情闻名。

2 美国媒体公司（AMI）出版的超市小报，创立于1926年。

纳以同性恋为题材所写的短篇小说，难道一定要先证明福克纳在这方面有亲身经验，他这一本小说才有可读性吗？英文“fiction”（虚构）一词，难道不就意谓创作的是假想而非亲身体验的世界？若是知道作者的性倾向是了解文本的必要条件，那么，匿名作品（色情文学多的是匿名出版），不就根本没办法读了吗？

林中小径

传奇[1]一路的写作，靠的全是想象力。

——约翰·德莱顿，《亚瑟王》

每一文学类型都会自创史前史。爱伦·坡发明侦探小说，结果，古老如《圣经》故事也放得进侦探小说的定义里去。“同性恋文学”的标签是问世未久的发明，说不定还没有创刊于1975年的同性恋杂志《克里斯托弗街》老，但如今它涵盖了时代久远得多的作品。若是编一本英语同性恋诗集，会有传统经典的巨擘出场演重头戏，从莎士比亚到拜伦。英语同性恋小说可就没有这般“年高德劭”了，可能是因为诗歌先天特别方便作模棱两可的解读（例如莎士比亚于其商籁流露的同性情欲，就激发了许多捕风捉影的解释）或作褊狭的诠释。而散文因为社会礼法的缘故，比较不容易颠覆。哈代就说作家“写在诗里没事，改用散文，包准会有上百个格伦迪太太对你穷追猛打”。

若要为英语同性恋小说作编年表，起头的作品可能就是鲜为人知的几部长篇小说，例如贝亚德·泰勒写于1871年的《约瑟及其友人》，或是

1　fairy在俚语中有男同性恋者的意思。

西奥多·温思罗普写于1876年的《塞西尔·德里姆》。比较出名的，则有王尔德1890年前后写成的短篇小说《W. H. 先生的画像》。接下来就有亨利·詹姆斯写于1891年的、未免太过隐晦的、描写迷恋同性的《弟子》，E. M. 福斯特写于1914年但死后方才出版的《莫里斯的情人》，D. H. 劳伦斯同样写成于1914年的《普鲁士军官》，以及罗纳德·费尔班克写于1926年的《皮雷利主教的怪癖》，再到戈尔·维达尔写于1948年的《城与柱》——最早打入主流的描写同性恋生活的小说之一。1948年也有另外两本同性恋经典著作出版，一是杜鲁门·卡波特的《别的声音，别的房间》，一是田纳西·威廉斯的《独臂与其他故事》。其他语言的文学作品也列得出类似的书单。

到了1950年，英语同性恋文学已汇聚成两大潮流。其一惭惶有愧，向“异性恋”（straight）的阅读大众发言，力图为身为同性恋者的事实辩解、补过。另一就泰然自若，坦荡礼赞另一种一样出于生命本然的性倾向，发言的对象是思想开明的读者。《城与柱》的走向，两大潮流多少兼而有之，不过，作者用上了一种很重要的手法（可能是从1926年安德烈·纪德的《如果种子不死》中学来的），前所未见，此后的同性恋小说几乎全跟着用：这便是“自传”的口吻。爱德蒙·怀特本人也写过一本自传体的同性恋小说《少年自述》（1982），于北美影响极大。怀特便说：“没人是从小就被当成同性恋养大，所以，[男孩]一发觉有异，他就必须给自己找个说法。”异性恋者有千百处地方可以学习一般的性习俗：家、学校、工作场所，以及电视、电影、印刷品。同性恋者可就没有福气享有这样的地理优势；他们在成长的过程中一直觉得自己像隐形人，青春期的人生见习遍尝孤独滋味，几乎无一例外。同性恋小说——尤其是自传体的同性恋小说——因而像是指南，既反映读者的自身经验，也供读者对照自身的经验。

这一类纪实文章，许多都有启迪、鼓舞的效用（值此艾滋世纪，倍加需要），也有助读者坦然接受同性恋是日常世事固有的一环。卡米儿·帕利亚点出同性恋者不同于其他少数族群之处，在于同性恋者无法将生命延续给下一代，因此便像世界各地的艺术家一样，“生命延续的唯一途径便是通过文化——他们协同建立的文化”。

像克里斯托弗·伊舍伍德（《单身》的作者）、戴维·莱维特（《鹤的失语》的作者）、阿米斯泰德·莫平（长篇肥皂剧《城市故事集》的作者），这几位作家便将“通过文化延续生命”明白揭示出来：他们都将笔下的同性恋角色摆在多重面向的社会当中，这样，角色的现实就不是历史文化整体的“其他”（other）部分，而是“另一”（another）部分，没有霸权中心依自己的形象来决定何者才算正常。

由于同性恋文学也可以用来发挥教育的作用，因此，同性恋小说要是向歧视偏见低头，暗自接受父权判定的“罪的代价”，便形同“文学恐怖主义”，应该和维多利亚时代一味道德说教的寓言放在同一架上。有一些优秀作家便落在这一分类里面：例如丹尼斯·库柏，他以小说描写“死亡-同性情欲”的渴望，探索腐败病变的美学，以死亡为必然的终点。胆子不大的纪德有时也是，他认为同性恋是“生理的错误”，笔下的主人翁备受天主教的忧惧感折磨。

由于需要去教育，由于需要作见证，男同性恋文学多半坚守写实的道路。相较于其他受压迫群体要求权利也争取到一部分的权利，男同性恋群体算是落后，于文学的描写，多半还是在传播知识或是文献记录的阶段。女性文学可以制造奇想，例如玛格丽特·阿特伍德的《使女的故事》或珍妮特·温特森的《激情》；黑人文学可以创造幽灵，例如托妮·莫里森写的《宠儿》；同性恋文学除了一两本出类拔萃的例外——马上迸现脑中的有王尔德的《道林·格雷的画像》、让·热内的《鲜花圣母》——就看不到其他奇想的故事、假想的世界了。同性恋文学的力量，反而是在于语言的颠覆潜质。

挪借日常语言，侵蚀共同语词的官方用法，运用超现实派的游击战术为平凡无奇注入危险的气息——这些才是同性恋文学擅场之处。法国诗人、剧作家、小说家让·热内，1985 年辞世，他以独创的文学口音探索同性恋的经历，其他同性恋作家不论使用何种语言，无一能望其项背。热内知道面对压迫者绝对不可以作半步退让。伪善的社会谴责同性恋性行为却坐视对女性的剥削，遇到扒手就抓却奖励强盗富豪，杀人凶手要问吊却颁给刑讯者勋章；热内身在这样的社会，当男妓，当小偷，再将社会弃儿所见的世界刻画成荒淫的幻觉。热内所见如此令人不安，以致让·科克多把《鲜花圣母》文稿拿给保罗·瓦莱里看时，瓦莱里的反应是“烧掉”。在英语这一边，王尔德、乔·奥顿[1]、威廉·巴勒斯，一个个不是被迫就是自愿成为“化外之民”，也都拿社会语言作武器，反抗高高在上的统治者。

被排挤在外的群体，所创作的文学大概都必须走过这一段类似的历程吧：自辩，自述，教育；扯上政治，加以称扬；标新立异，肆无忌惮。果真如此的话，那么，下一阶段，我想应该就是以艾伦·古尔加努斯[2]或艾伦·霍林赫斯特[3]的几部作品来作标识。小说的角色“恰巧是男同性恋”，但是，处境远非性倾向的界域所能限制，而是再度融入错综复杂、无奇不有的大千世界。

在树上做记号

多年后，新世纪曙光或见
幸运啊！远胜吾等世道
毋须奋励亦成圣贤
快活一样不必轻佻

——马修·阿诺德，《作于查尔特勒修道院的诗行》

---

1 乔·奥顿（1933—1967），英国剧作家，以黑色喜剧著称。在其事业巅峰之际，被无法承受落差的文学导师兼爱人肯尼思·哈里沃尔杀害。

2 艾伦·古尔加努斯（1947—），美国小说家。

3 艾伦·霍林赫斯特（1954— ），英国小说家，2004 年凭《美丽线条》获曼布克奖。

身上不穿别的，只披一件镶毛皮的薄纱居家长袍，晃晃悠悠地赤脚走路。加里·格兰特扬声对满脸狐疑的梅·罗伯逊说他穿成这样，只是因为他“在搞同性恋”（gone gay）。这一句话出现在 1938 年的电影《育婴奇谭》里，加里·格兰特用来指称同性恋的名词 gay，就此堂而皇之打进北美英语。

这样的起点，可不算吉利。加里·格兰特这个词的用法，反映了时人心中的刻板印象：不管怎样，所谓的男同性恋就是要穿女人家的衣服，心里想当异性，随后无意中，便成了对女性的拙劣模仿。男同性恋当中，当然有人爱作“变装”打扮，但是，不是全天下有异装癖的人都是同性恋，也不是全天下的同性恋都有异装癖。

社会，在加里·格兰特的多数观众眼中，看似一成不变的现实，男有分，女有归，有其一定的角色，也有其一定的服装，有一定的举止仪态需要遵行。若是对于既定的角色、样式是否必要，有所质疑的话，便等于逾矩越轨——自然也就是不对。这样的观念到了现在已经有所改变，不过，改变泰半流于浮面。加里·格兰特的新世代观众于看似宽容的态度底下，其实还是以同一套传统标准为依归，依然有着与过去一样的不安。

gay 这个词出现“同性恋”的意思，历史渊源有一点暧昧不明。Gai Savoir，在 13 世纪的普罗旺斯语的意思是“诗歌”。由于有些吟游诗人随口唱的诗歌带有同性爱欲，这个词可能就因此被用来指称他们作品当中的这一面向。另有穷追不舍的语源学家，追这个词的源头一路追到古英语，挖出 gal 的意思有一种便是“淫荡”，一如现代德语的 geil。不过，不论追本溯源到哪里，gay 在 20 世纪初，已经被英语世界的同性恋次文化通用为通关密码或是代号；gay 或是 gai 未几就在法文、荷兰文、丹麦文、日文、瑞典文、加泰罗尼亚语中，成了“男同性恋”的通用名称。

gay 通常只用来指称男同性恋。女同性恋——在此我用 lesbianism，虽然它依然被 1971 年版的《牛津英语词典》忽视——可就有专属的词汇和沿革了。尽管依一般的偏见都将非正规的性倾向笼统划归为一批罪人，尽管因为同属同一偏见歧视的对象而汇流为同一股政治力量，男同性恋和女同性恋的公众形象、使用语汇、历史发展，并不相同。例如，女同性恋因为和女性主义联手而产生强大的能量，男同性恋就没有同一类的男性团体给予助力。有的异性恋法律根本不管女同性恋在搞什么，例如英国19世纪恶名昭彰的反同性恋法，就是专门以男性为箭靶而制定的，因为（依历来的说法）当时英国在位的维多利亚女王就是不信“女人家也会做这等事”。大多数的国家都觉得女女为伴是“规矩端正”的，男男为侣则除了可憎、可鄙不作他想。之所以如此，可能是因为依主宰大多数社会的男异性恋想象，两名女子之所以同居，应该单纯是因为钓不到金龟婿；这样的女子，或是因为人生有憾而应该可怜，要不然就应该看到她们懂得自力自强，扛起原本应该由男人来扛的重担，值得赞扬。同理，男异性恋的色情作品对于女同性恋的形象不以为忤——其实，还多多益善呢——在这中间的男性幻想，就是“女性找女性做爱是在期待男性出现”。这样一来，男异性恋的面子问题，也就保住不会崩坏了。

有谁胆敢不依这一套预设的准则去做，对于拥护这些社会准则的人所接受的身份，便形同威胁。所以，想要轻松就将违法犯纪的不肖分子赶开，最好的做法便是丑化他们，像《一笼傻鸟》[1]这一路不用大脑的作品推出之后轰动卖座，似乎就证明了这一点。“好同性恋”的神话也就此应运而生。所谓“好同性恋”，就是像哈维·费尔斯坦[2]的《火炬之歌三部曲》所示，指男子于内心深处渴望像自己的母亲一样——有丈夫、有孩子，待在家里无事忙 ——却因为老天爷作弄而全要不到。埋在这样的“好同性恋”神话之下的定见就是同性恋只不过是异性恋走歪了（这样的看法，在1973年之前都有美国心理学会的理论支持呢）：大概就是多一个基因，多一点罣

1　法国同志电影中的经典，获得1980年美国全球奖最佳外语片。

2　哈维·费尔斯坦（1954— ），美国演员、剧作家，凭《火焰之歌三部曲》获托尼最佳男演员奖，为音乐剧《一笼傻鸟》所写的书获得托尼作家音乐书籍奖。

固陋，一杯热茶加些许同情，同性恋是治得好的，是可以“恢复正常”的。万一治不好（毕竟也有病入膏肓的人嘛），那么，这家伙最好的做法，便是循社会规划的两性双轨制去演出另一个、居次要的角色，也就是假充女性。我记得我以前做过一项心理测验，是学校的辅导老师因为担心我们全都是男生的班级会出现“特殊友谊”而要我们做的。前一班做过测验的人警告我们，假如我们画女生，辅导老师就会假定我们遐想的对象是女的，假如画的是男生，那就变成我们心仪的对象是男的。而不管画男画女，都会被老师拿行为若是出现偏差会有严重后果来好好训上一顿。辅导老师就跟做过测验的那一班说，出现偏差行为的人，准会在码头那儿为水手所杀。所以，轮到我做测验时，我画了一只猴子。

历史中的森林

并伸手向火堆取暖，扬声说：“若没这些柴火[1]，我们该怎么办？”

——沃尔特·司各特爵士，《肯纳尔沃思堡》

同性恋在世上未必尽遭众人唾弃。世上还是有不少社会，认为性倾向可有更多类型。例如古希腊和古罗马，同性和异性的情爱于道德就没有分别。在日本，同性恋的关系在武士之间是正当的，不必避讳。在中国，有皇帝自身就有男性爱人。危地马拉的原住民族也不把同性恋看作非我族类的外人，当地原住民领袖里戈韦塔·门楚[2]就说：“我们的人不会去分谁是同性恋，谁又不是；我们只有走出我们的社会，到了外面，才会遇到这样的事。

1　柴火（fagot），与同性恋（faggot）双关。

2　里戈韦塔·门楚（1959— ），1992年诺贝尔和平奖得主。

我们的生活方式，好的地方就在于我们把一切都看作是天生自然如此。”

欧洲社会敌视同性恋，也是迟至 12 世纪中叶才开始普遍起来。“有这样的转变，”耶鲁历史学家詹姆斯·鲍斯威尔写道，“还找不到充分的解释，不过，这可能与宗教和世俗建制在 13 世纪到 14 世纪间对少数群体的包容力明显下降有密切的关系。”尽管有此敌意，同性恋在 19 世纪以前，始终没被视为异于常人，没被视为人格有别于异性恋，没被视为不必做“违反自然”之举、单凭存在人世便可被迫害的人。福柯在他的《性史》就指出，在那以前，“鸡奸是暂时的错乱；但现在，同性恋却变成一支人种”。

“同性恋”这样的人种既然发明出来了，不宽容的心态便创造出其猎物。偏见一旦树立，就会有一个异质群体困在偏见划出来的疆界之内，该异质群体里的一个个人唯一的公分母，便是那个偏见。例如肤色，例如对特定宗教程度不同的信仰，例如性偏好的某一面，都可以变成爱欲对象的反面——恨的对象。这些选择不循逻辑的法则，偏见可以把印度尼西亚来的一个律师和拉斯塔法里（Rastafari）运动的诗人捆在一起称为“有色人种”，反而将日本来的商人排除在外，标为“名誉白人”。辱骂埃塞俄比亚犹太人、美国哈西德犹太教徒，却向所罗门和大卫致敬，将之奉为基督教传统的栋梁；怒斥同性恋少年和倒霉的王尔德，却向艾尔顿·约翰喝彩，对达·芬奇和亚历山大大帝的同性恋倾向也视而不见 。

由偏见创造出来的群体，不是因为群体中人各自的选择而存在，而是因为群体之外的人的反应才会存在。性欲形形色色，变化万端，却不会是一个人生命运行的轴心。可是，同性恋男子却硬就是被他人用单单这一项特征来作划分——也就是单凭他们在同性身上感受到情欲魅力来论断其人，而无视于吸引他们的人，其实遍及人类男性的整个光谱：有高、有矮，有胖、有瘦，有严肃、有傻气，有粗犷、有秀气，有聪颖、有鲁钝，有蓄须、有秃头，有右翼、有左翼，有年轻、有老迈，在在不同，唯一的共通之处：生殖器。一旦被人这样框住，划定在这样的群集之内，就成了猎物，被嘲弄，被排挤在社会某些领域之外，被剥夺掉某些权利，有时甚至被捕、被打、被杀。英格兰直到晚近，鼓吹同性恋还是犯法的。在纳粹德国时期，同性恋中有许多人横遭迫害，至今未得平反，理由是他们当年是因犯罪活动而非政治活动才遭迫害的。

一个群体、一种类别、一个名称，可能会随历史而成形，而变形。不过，作家未必需要对之有亲身体验，才能以艺术的手法，例如诗歌、小说，将之表达出来。许多触及同性恋主题的小说，出于被迫活在同性恋“特区”的作家之手。不过，也有许多作品，其男性或女性作者并没有困在这样的封闭环境中。作为文学创作，它们幸而彼此不加区别。

万般风景

变化乃欢乐之灵魂。

——阿芙拉·贝恩[1]，《浪子》，第二篇

《奥德赛》第四卷讲到普洛透斯的故事，他是埃及国王，人称“海洋老人”，能够预知未来，也能随心所欲地变形。依故事的版本之一，普洛透斯是世上最早出现的“人”，而依众神的构想，这“人”具备无穷的蜕变能力。人的欲念，便如老王的诸多外在形貌，毋需设限。异性恋和同性恋无疑也在变化万端的形貌之列，只是，二者既不专擅排他，也非封闭僵固。人与人是否情欲相投，也像文学的口味，唯有迫于裹胁才会需要作宣

1　阿芙拉·贝恩（1640—1689），英国王政复辟时期剧作家，最早通过写作谋生的英国女性之一。

示、作划分。飘飘欲仙的当口，无法形容，飘飘欲仙的我们，一样无法名状。说不定这般弥天盖地的快感，有一天终究会胜过一切。

只是，我们的社会组织依然需要标签，依然要作分类，以致难免还是要形成等级和阶级制度，由一部分人享有权力，其余则被排除在外。每一座图书馆都有阴影：一架又一架的书，无以计数，都是没选上的、没人读的、被淘汰的、被遗忘的、被查禁的。然而，文学一有题材遭到排除，不论出于读者的用意还是作者的用心，都会腐蚀众生的人性，是万万不可的钳制。因偏见而被排斥的群体或许就此被隔离在外，一般也确实隔离在外，但是并非长此以往就此不变。当今世人应该皆已明了，不公不义对人的声音反而有奇妙的效用，它能使之雄浑昂扬、清澈嘹亮、机灵慧黠、新颖独特，对于要写作的人来说是非常好的。

离英格兰愈远

“扔得多远有啥关系？”长了鳞的朋友答。

“另一边还有一个海岸，你晓得吧？

离英格兰愈远，等于离法兰西愈近——

别发愁啦，好蜗牛，来嘛大家一起跳舞。”

——《爱丽丝漫游奇境》第十章

从布宜诺斯艾利斯高中毕业，到欧洲开始全职做出版，其间我有十年的灿烂人生在巴黎和伦敦度过，忙着读，说是上天下地乱读一通也差不多。太贵买不起的，蜻蜓点水扫一下；朋友随手借我的，随便浏览一番；公立图书馆借几本回家做伴，但没有学习的大用。还有，几乎没一本书好好读完。我这人读书，不讲方法，不为博学多闻，没有责任感，也没有强烈的求知欲。那时的我，于身、于心，一概漂泊不定。

“披头士”出最后一张黑胶唱片那一年，我离开我快活住了一年左右的巴黎，转往伦敦落脚几个月，和三个小伙合租一栋房子，一个礼拜要付五英镑的租金。由于我拿的是阿根廷护照，在欧洲根本申请不到工作许可证，所以在伦敦卖起了彩绘皮带，以求填饱肚皮。先是在卡纳比街叫卖，后来在一家叫“菲什先生”的店里寄卖。有一天，我的光荣时刻来了，米克·贾格尔[1]本人大驾光临，买了一条我的皮带，还在一场音乐会上穿上了台。人生对我之慷慨，就以此刻为最，之后不复得见。

只是，我们总是小看了命运。一天我一时兴起，陪一个朋友回巴黎，在花神咖啡馆抱着咖啡泡了好几天，不懂这么活泼热闹的城市，当初我怎么会一走了之。后来，心头数度浮起气冲牛斗的顾客在皮卡迪利广场跑来跑去，一个个腰间都没有皮带，我就决定是时候回伦敦去了。那时还是“欧洲之星”问世之前的“史前时期”，火车票价没那么贵。我买了票，当天傍晚启程朝加莱出发 。

巴黎北站往加莱的快车——焦糖褐色的车厢，人造皮的椅面处处龟裂，窗框竟然还结了一层污垢，并不是世上最宜人的地方。我想读一点书，却无法专注，心神不宁的。列车开出灰蒙蒙的市区，开始穿越很丑的北郊。车厢里一个个人霎时像是中邪一般，全体陷入惆怅幽思：角落里的那个妇人嘴里不再哼歌，小婴儿止住了哭，原本吵吵闹闹的那一群少年全都闭嘴。列车就这样载着诡异的静默，顶着暗夜，驶入诺曼底辽阔的平野。列车快速穿过阿拉斯，这个城镇我从没来过，在我的脑海里，阿拉斯属圣埃克絮佩里[2]版权所有。接下来，空气变得带有霉味和咸味。月台边的招牌宣告我们到了加莱。

接下来要穿越英国人喜欢称作“英吉利海峡”[3]的这一道水湾，人尽皆知，那会全程害你作呕。即使迎接晕船旅客的景致是多佛白崖——它映着淡淡的月光，像硕大无朋、微微发霉的农家奶酪——也无济于事。我摇摇晃晃走过跳板，排队等着通关上船。

---

1 米克·贾格尔（1943— ），英国歌手，滚石乐队主唱。

2 圣埃克絮佩里的《战斗飞行员》于 1942 年以《飞向阿拉斯》为名在美国出版，获得广泛好评。

3 法国人喜欢称其为拉芒什海峡，意为“袖子海峡”。

法国的验票员做事严格但公正。你可以想象他们晚上写十四行诗、周末种果树，不管是押韵还是杀蚜虫都十分严谨。移民官，那就不同了。不管是法国还是英国（尤其在半像无国界的欧共体出现之前），移民官崇尚的不是“正义女神”而是“权力的鬼影”，所以像屠夫一样爱用冷冷的手把你的身份证件拎在空中，活像拎的是你的肝脏或者小腿。坐通关柜台的那一个，长得还很像演《阿拉伯的劳伦斯》的彼得·奥图尔。他那淡蓝色的眼珠审视了我的护照，抬起来盯着我看，再盯着护照看，又再盯着我看。他看到的一切似乎弄得他好不忧愁。

那时候，我的打扮走那年头卡纳比街的新潮风格，衣服也是在克利昂库跳蚤市场淘到的。我脚上的凉鞋和宽松飘逸的白色棉布衬衫产自印度，樱桃色的长裤还有着大喇叭的裤脚。腰间系的则是我自己设计的皮带，彩绘的花样是“丽达与天鹅”，（要我自己说的话）地道的普桑[1]风格。一头鬈发披在肩头，无限妖娆。

“你来此有何目的？”彼得开口问我，嗓音低沉，透着苦涩。

我赫然明了，正如走到天堂门口会被一个也叫彼得[2]的家伙给堵住，我得给眼下这位彼得一个正当理由，好踏进他的国度。我的大脑飞快转了转。这人是个官僚。官僚就吃官僚主义那一套。我爸爸可是阿根廷大使——十五年前。没几个人会比大使更官气十足。我便尽量使出我的半吊子阿根廷腔，告诉他，我是要来找我爸爸，前阿根廷大使是也。

彼得的眉毛微微一扬。

“那你是要到哪里去找……呃……大使？”

又一次，我紧急绞脑汁找答案。伦敦有一家救世军青年中心，我在那里住过。青年中心对面就有一栋（我那时觉得）非常雅致的酒店。我想起

1　普桑（1594—1665），法国巴洛克时期绘画大师，代表作有《阿卡迪亚的牧人》等。

2　指圣彼得，耶稣将天堂之门的钥匙交给了他。

酒店叫什么了。

“圣詹姆斯酒店。”我说。

（多年后我才晓得，那一家圣詹姆斯酒店竟然是法国人说的“旅馆”，寄宿着一些乱七八糟的史密斯先生、史密斯太太。）

“你订了房间吗？我是说……呣……在圣詹姆斯那边？”彼得问道。

“我想……爸爸帮我订了的。”

“那打电话问一下，好吗？”彼得说。

这时，其他旅客已经陆续通关，登上渡轮。这下子，我不晓得该怎样才过得了海峡回伦敦。我口袋里有十法郎和两英镑。搭顺风车，在英格兰的名声向来不好。

彼得放下电话。

“圣詹姆斯说他们没有……呃……曼古埃尔大使订的房间。”

另一个移民官加入了。彼得脸上露出笑意，驱散了一些苦相。

“这位先生说他父亲是阿根廷大使，他要到伦敦去找他，准备住圣詹姆斯那里。”

“圣詹姆斯？”新加入的移民官眼珠子一翻，“这样子啊。”

“可是他们那里没有曼古埃尔名下的订房。说不定我们应该打电话到阿根廷大使馆去问一问。”

我马上反驳，说这时间大使馆不会有人在。已经快半夜十二点了。

新加入的移民官说：“打打看嘛，好吧？”

他就打打看，有人接，只是，看来对方只会讲西班牙话。他把话筒交给我。

“问他认不认识你父亲，能不能帮你作保。”

我便用西班牙语问电话那一头是谁。

“我叫何塞。”电话那一头答道。

“何塞，”我说，“不管你是什么人，可否麻烦你跟移民官说你认得我爸爸，就是以前的大使曼古埃尔？”

“没问题。”何塞答道。

我在心里无声赞美阿根廷同胞爱，把话筒交回给移民官。

“他会跟你说清楚。”我说。

新加入的移民官听了何塞用西班牙话发表的声明。

“你说什么我听不懂，你可不可以用英语再说一遍？啊哈，是。那请问您在馆内的职务，先生？我知道了，谢谢。”

他放下话筒。

“我看让看门人为你作担保恐怕不太够。”他对我说。

在此期间，彼得正饶有兴致地翻我的帆布背包。他打开我的牙膏，挤出一点尝了尝。我带的那一本黑塞的《悉达多》，他也拿起来翻过一遍。他闻了闻线香，最后翻出我的通讯簿，一头钻进办公室。等再见到他的人影时，他脸上带笑，得意得活像劳伦斯攻下喀土穆。

“你好像没跟我们说你在伦敦和人合租房子。你那里的一个朋友跟我说，你在卡纳比街卖一些小玩意。我看你应该是没有工作许可证，对吧？所以，大使的公子为什么会做这种事？”

我就这样被带进一间白色的小房间，里面有一张行军床，他们交代我待在这里不准跑，等第一班往巴黎的火车把我送回去。我一整晚都在想这下子损失惨重：分租的房间没了，搜集的藏书没了，手艺活儿没了，米克·贾格尔可是来光顾过的呢。打从我开始读书，伦敦在我心里便像是伊甸园，我最喜欢的故事都发生在伦敦。透过切斯特顿和狄更斯的笔，伦敦对我来说变得十分熟悉，跟一些人熟悉北极或撒马尔罕一样。但这时候，就因为遇上了两个鸡蛋里挑骨头的讨厌鬼，伦敦竟然变成遥不可及。官僚主义、不公不义的移民法、允许蓝眼睛雇员乱挤别人牙膏的权力，当时（还有现在）在我眼里简直可憎可鄙。法兰西啊，可就另当别论，法兰西是自由、博爱、平等的国度，只是次序未必就是这样。我不禁深深怀念起罗伯斯庇尔其人。

就这样，1970 年 11 月，我蜕变为中度的无政府主义信徒。

向普洛透斯致敬

“我到底是谁？唉，巨大的谜啊！”

——《爱丽丝漫游奇境》第二章

我的图书馆跟我说，这“巨大的谜”，是个古老的问题。

据说，普洛透斯不仅是埃及国王，也是海神，是海中牧群的牧者，有预知未来的本领，外貌也不断变形。但丁将此变形视作惩罚：他在《地狱篇》的第八层地狱幻想盗贼生前窃取非分之财，死后被判连尘世凡躯的外形都无法拥有，不断变成别的样子，“以前的一切外貌均遭破坏”[1]。

“你是谁？”毛毛虫在奇境问爱丽丝的要命问题，我们一个个终有一天必须面对。是啊，我们是谁？人生在世，随际遇不断开展，也不断在回答这问题，却从未给出信服力十足的答案。我们是镜子里的面庞，是别人给的名字、国籍，是我们的文化为我们牢牢划定的性别，是我们在别人眼里所见的映像，是爱我们的人所编织的幻象，是恨我们的人所营造的梦魇，是摇篮里的初生躯体，是裹尸布里的僵硬尸身。这些，在在是我们；但是，

1　本书所涉《神曲》段落均引自黄文捷译文。

在反面，我们于暗处的自我，一样是我们。貌似忠实的肖像、力求准确的描述当中所错失的秘密特征，也是我们。我们是即将孕生的人，也是早早就已现形的人。我们的身份，我们存在的时和地，如水一样流动不居，瞬息即变。

《爱丽丝漫游奇境》还有一幕，恰似女主角多重身份的写照，比之于读者亦然。这一幕出现在头几章。爱丽丝在摔进兔子洞之后，觉得自己好像不是自己了，不禁纳闷：那原来的那一个她，是换作谁在做？不过，爱丽丝并未气馁，反而决定等等看有没有谁会探头下来说："上来吧，亲爱的！"这时，她就要问："那我是谁？你先跟我说清楚，假如我还喜欢当那一个人，那我就会上去；若不喜欢，我就要待在这里直到我当上别人为止。"

一张又一张脸（都是我们自己的脸），在梦里，在书里，在日常生活里，等我们追根究底的眼去看个清楚，唉，后来确实也都成了我们的脸。起初，我们可能觉得它们有趣，或是不解；过一阵子，一张张脸却像人皮面具一样，紧紧贴在我们的体肤，渗入我们的骨血。普洛透斯能改易形貌，不过，他若是被人紧紧抓住不放，那就不一样了：这时，海神就会露出他真实的形貌，综合他所变一切的形貌。我们形色繁多的身份，亦复如是。它们在我们眼里，在他人眼里，会变形，会消融，直到我们突然能够说出"我"这个词的那一刻。之后，它们不再是想象、幻觉、谜语，而是以惊人的信服力显现。

第二部

大师上的课

“回来！”毛毛虫在爱丽丝身后大喊，“我有很重要的事情要说！”

——《爱丽丝漫游奇境》第五章

恋爱中的博尔赫斯

"是啊，"公爵夫人说，"这教训便是——噢，是爱，是爱在推动地球转动！"

"有人说，"爱丽丝轻声嘀咕，"大家管好自己的事，地球才会转动！"

"啊，好嘛，意思差不多嘛。"公爵夫人说。

——《爱丽丝漫游奇境》第九章

1966年的一天下午，在布宜诺斯艾利斯，我应邀到作家埃斯特拉·坎托的公寓用晚餐。她是位年约五十的妇人，有一点耳背，染了一头漂亮的红发，有着深度近视的大眼睛（她在人前不肯戴眼镜，免得减损风情）。她在又小又脏的厨房撞来撞去，忙着用罐头豌豆和香肠凑合出晚餐，大声朗诵着济慈和罗塞蒂[1]的诗句。博尔赫斯最好的短篇小说中，有一篇《阿莱夫》是题献给她的，她也绝对不会让人忘了这一件事。不过，博尔赫斯本人倒不想跟她一样念念不忘。至少我跟他提起坎托，说要去见她，博尔赫斯听了一声不吭。后来有人跟我说，博尔赫斯一声不吭，在他，是礼貌。

1　但丁·加布里埃尔·罗塞蒂（1828—1882），英国拉斐尔前派诗人、画家。

我认识坎托的时候，她的书在阿根廷文坛已经退场。在所谓的“拉美文学爆炸”风起云涌，将曼努埃尔·普伊格一辈作家推送至巅峰之后，编辑已经不想再出版她的著作。她的小说那时在书店都是以清仓特价甩卖，满布灰尘，和她的厨房一样。很久以前，20 世纪 40 年代吧，她可是用（她欣赏的）威廉·赫兹利特风格，为好几份当红的文学期刊写过文章，从博尔赫斯当过一阵子主编的《布宜诺斯艾利斯纪事》到《南方》都可见到。

坎托的写实小说，（她自认）遥应列昂尼德·安德烈耶夫的手法，曾经刊在《国家报》和《新闻报》的文学副刊；她的长篇小说则徘徊在心理学和象征主义两端，于布宜诺斯艾利斯知识界纵使不算风靡一时，评论也都不错。依坎托自述，她之所以风光不再，全是因为她卖弄聪明。她有个哥哥，帕特里西奥·坎托，是出色的译者，当年兄妹俩乱伦的谣言，就是她哥哥精心炒作出来的。当年两兄妹一起密商要去赢一项文学奖。博尔赫斯、小说家爱德华多·马列亚、短篇小说家及评论家卡门·甘达拉，都在评审委员之列。坎托兄妹讲好要写一篇小说，将每一位评审的喜好一网打尽：引述但丁文字给博尔赫斯看，写关于美术、文学、道德的哲学讨论给马列亚看，引述一段甘达拉的话给甘达拉看。

两人藏身在一位文坛才女的名号后面，他们相信才女会是忠实的朋友。小说冠上《光是她的名字》（*Luz era su nombre*）的标题交出去，也由评审一致决议颁与首奖。不巧，艺术家惺惺相惜的交情不过如此，文坛才女竟然背弃他们，拆穿得奖的诡计，兄妹俩就此被布宜诺斯艾利斯的每一个文学沙龙扫地出门。一半是衔恨在心吧，一半是因为喜爱俄国文学而误入歧途，坎托兄妹加入了何塞·佩内隆创立的党派（如萨瓦托[1]所说，它跟保守党根本无法区分，因为党内的老家伙们开会时大多数都在打瞌睡）。而博尔赫斯对红色颇为厌恶，他年轻时虽然写过一本诗集赞美 1917 年，但很后悔。

1　埃内斯托·萨瓦托（1911—2011），《隧道》的作者，继博尔赫斯后第二位获塞万提斯文学奖的阿根廷作家。

晚餐之际，埃斯特拉·坎托问我想不想看《阿莱夫》的手稿（这一份手稿二十年后被她送进苏富比拍卖，卖出二万七千美元的高价）。我说想。她拿出一只泛着油光的牛皮纸袋，从纸袋抽出一份文稿，总共十七页，用“小矮人的字”写得工工整整（“小矮人的字”是博尔赫斯自己的说法，他的字写得很小、一个个字母都不相连）。稿子上有一些小小的修正和改动。坎托将写在最后一页的献辞指给我看，再从餐桌对面拉住我的手，轻轻搭在她的脸庞（那时我才十八岁，吓呆了）。“你摸我的骨头，”坎托下令，“就会知道我那时候很漂亮的。”

“那时”指的是 1944 年，是坎托在阿道夫·比奥伊·卡萨雷斯和西尔温娜·奥坎波夫妇家里初识博尔赫斯的那一年。西尔温娜诗写得不错，短篇小说还要更好。她的姐姐维多利亚·奥坎波，是财力雄厚、贵族气质浓厚的《南方》杂志创办人。比奥伊比西尔温娜要小八岁，本身也是阿根廷首屈一指的乳品王国继承人。家族乳品的厂牌商标“玛托纳”，是从比奥伊母亲的名字“玛塔”变来的。博尔赫斯和比奥伊一开始的合作，便是为“玛托纳”的酸奶写一系列广告文案。

埃斯特拉·坎托初识博尔赫斯，依她自己的看法，离天雷勾动地火（coup de foudre）还差得远呢。“可是啊，”她脸上一抹怅然的笑，说，“贝雅特丽齐初见但丁，不也没怎么动心。”

仿佛要为她的反应找佐证似的，坎托写起四十五岁的博尔赫斯——后来放进她的回忆录《博尔赫斯剪影》——也故意把他写得一无是处：“胖胖的，相当高，背挺得很直，脸苍白而多肉，脚特别小，手呢，握的时候跟没骨头一样，软绵绵的，好像觉得不得不和别人蹭一下很不舒服。讲话不太流利，像是在找词儿，在征询同意。”

我倒有一次听博尔赫斯以他这种不太流利的讲话方式发挥出了好得不得了的效果。那一次是有记者问他最欣赏圣马丁将军哪一点——圣马丁将军是阿根廷的建国英雄，在阿根廷独立战争期间力抗西班牙大军。博尔赫斯答得很慢、很慢："他的半身铜像……散见……各地的……公家机关……学校……操场；他的名字……不断地……在军队……行军时……被复诵……他的头像……印在十比索……的钞票上……"顿了好久，那一名记者呆坐在椅上，茫然无措。记者正要开口问博尔赫斯怎么会挑这么特别的切入点来说，博尔赫斯又开口说了："……都害我和这一位英雄真正的身影隔得好远。"

那一晚初识博尔赫斯后，坎托便常到比奥伊·卡萨雷斯家用晚餐。比奥伊家的晚餐，谈话向来十分热闹，因为西尔温娜·奥坎波有个不安分的习惯，喜欢冷不防迸出问题扔向客人，譬如"要是可以自杀，你会选什么方式？"

有一天，夏日傍晚，博尔赫斯和坎托恰巧一起离开，博尔赫斯便说要送坎托去搭地铁。到了地铁站，博尔赫斯又吞吞吐吐说他们两个人可以再走远一点。一小时后，两人竟然坐在五月大道的一家咖啡馆里了。显然两人的话题转向了文学。坎托提起她很欣赏《康蒂妲》，也引述了这一出戏结尾的一段。博尔赫斯听得不胜陶醉，说他还是头一次遇到女士喜欢萧伯纳。接着，博尔赫斯用他已经初现失明症状的眼睛，瞅着坎托看，用英语献上赞美："笑如蒙娜丽莎，动如骑士棋子。"咖啡馆要关门了他们才离开，又再散步到凌晨三点半。翌日，博尔赫斯送了一本康拉德的《青春》到她的住处，但没见她就走了。

博尔赫斯追求埃斯特拉·坎托，历时两年。于此期间，坎托说："他爱我，而我只是喜欢他。"两人常作长时间散步，或是搭电车漫无目的地在布宜诺斯艾利斯南区穿梭。博尔赫斯爱坐电车。他也是在七号电车上，于往返市立图书馆的讨厌工作途中，靠着双语对照本的但丁《神曲》，自学意大利文的。博尔赫斯说过："我从英文的《地狱篇》开始；等我读完《炼狱篇》，已经看得懂原文了。"

博尔赫斯不在坎托身边的时候，就会写信给她，写个不停。博尔赫斯的信写得相当动人，后来也被坎托收入《博尔赫斯剪影》中。例如博尔赫斯有一封未标日期的信，为他没有告知坎托便径自到外地去而道歉：“一则以惧或者以礼吧，总之悲哀的是我深恐我这人于你，不外是不便或责任而已。”接着他又坦承：“命运显现的形貌不断重复，像循环绕圈的图案；如今，这又再出现：我又一次身在马德普拉塔，心却飞奔向你。”

1945年夏，博尔赫斯告诉坎托，他要写一则故事，讲有一处地方是“世上每一处地方”，他还要把小说题献给她。两三天后，博尔赫斯拿了一个小包裹到坎托家，说里面是《阿莱夫》。坎托打开包裹，看见一个小小的万花筒，只是它马上就被女佣的四岁儿子打破了。

《阿莱夫》的故事，随博尔赫斯对坎托痴迷的爱而往前推进。在一张给坎托的明信片上，博尔赫斯用英文写道：

> 星期四，约五点
>
> 我在布宜诺斯艾利斯。今晚我要见你，明天我要见你，我知道我们在一起一定会很快活（快活，闲晃，有时不发一语，大半时候傻得痛快），但我已经感觉到和你分离而如肝肠寸断的痛，我被河流，被城市，被一丛丛杂草，被形势，被日夜，硬生生从你身边拉开。
>
> 这几句，我保证是我最后一次自溺于这样的心情。以后，我再也不会一肚子自怨自怜。亲爱的，我爱你，我愿你享有世间一切的幸福；广大无边、错综复杂、密密交织的幸福未来，就横亘在我们眼前。我像某些糟糕透顶的散文诗人那般写着这些；这一张明信片不如不写，我可不敢重读。埃斯特拉啊，埃斯特拉·坎托，当你读到这一张明信片，我应该已经快把我答应为你写的故事写完了，这是一个很大的系列里打头阵的一篇。
>
> 你的乔治[1]

1　乔治（Georgie）是博尔赫斯的小名，成年后才改成豪尔赫（Jorge）。

“关于那个是世上所有地方的地方的故事”（博尔赫斯在另一张明信片如此提到这篇小说），是以布宜诺斯艾利斯一位美丽的贵族贝雅特丽斯·维特波死去的那一年夏天起头的，博尔赫斯，也就是主述者，深爱着她。贝雅特丽斯有个表哥，叫卡洛斯·阿亨蒂诺·达内里，是个爱掉书袋、装模作样的诗人（有此一说：博尔赫斯写这角色是以他的妹夫，也就是作家吉列尔莫·德·托雷为蓝本而塑造出来的。德·托雷本人的行文，恪守西班牙皇家学院颁布的推荐用字），正在写一部恢宏壮阔的诗篇，要将世间万物和天堂一切悉数尽现于笔下。而他的灵感来源就是阿莱夫，宇宙万物尽存于阿莱夫这一处地方。达内里跟博尔赫斯说，这地方就在贝雅特丽斯家往地下室去的第十九级台阶的下方，躺在地板上还要摆对姿势，才看得到。博尔赫斯闻言照做，阿莱夫果然出现在眼前：“阿莱夫的直径大约为两三厘米，但宇宙空间都包罗其中，体积没有按比例缩小。”万事万物无不出现在他惊诧的眼前，他如惠特曼一般细数家珍：“我看到浩瀚的海洋、黎明和黄昏，看到美洲的人群、一座黑金字塔中心一张银光闪闪的蜘蛛网，看到一个残破的迷宫（那是伦敦），看到无数眼睛像照镜子似的近看着我……”主述者将看到的事物一一道来，延续到下一页。在诸象中，博尔赫斯不可思议地看见了自己的脸、他的读者们的脸——也就是我们的脸，以及“曾是美好的贝雅特丽斯怵目的遗骸”。不止，还有教博尔赫斯看了大为屈辱的：他看见了几封“猥亵的、难以置信但又千真万确的信”，出自遥不可及的贝雅特丽斯之手，写给达内里。“我觉得眩晕，我哭了，”博尔赫斯总结道，“因为我亲眼看到了那个名字屡屡被盗用、但无人正视的秘密的、假设的东西：难以理解的宇宙。”[1]

故事写好后，博尔赫斯投稿到《南方》杂志，刊登在1945年9月那一期。之后没多久，博尔赫斯和埃斯特拉·坎托在阿德罗格的德利西亚斯酒店用

1　《阿莱夫》段落引自王永年译文。

晚餐。阿德罗格在布宜诺斯艾利斯郊区一带，这里对博尔赫斯有重大的意义。年轻时，他在这里和家人一起度过几年快乐的暑假，博览群书；三十五岁时，极度痛苦的他于1934年8月25日在这里试图自杀（他在1978年写了一篇故事纪念此事，时间设在未来，叫作“1983年8月25日”）；他以这里为背景，写下一部形而上侦探小说《死亡与指南针》，将德利西亚斯酒店变成一栋别墅，还取了很美的名字，“悲伤罗伊”（Triste-le-Roy）。薄暮时分，他和坎托沿着愈来愈暗的街道散步，博尔赫斯用意大利文背诵贝雅特丽齐央求维吉尔陪但丁到地狱走一回的诗句。于此附上多萝西·谢尔斯的英译[1]：

啊！曼图亚的温文尔雅的魂灵！
你的声誉至今仍在世上传颂，
并将和世界一样万古长存，
我的一位朋友——不算走运
正在那荒凉的山地中途受阻。

坎托对我复诵诗句，跟我说博尔赫斯还取笑贝雅特丽齐为了达到目的，不惜阿谀奉承维吉尔。“接着，博尔赫斯面向我，”坎托说，“虽然衬着雾蒙蒙的街灯，他几乎看不清楚我，但他问我愿不愿意嫁给他。”

坎托半开玩笑半认真地作答，说她兴许会答应。“可是，乔治啊，你别忘了我是萧伯纳的信徒。所以，没有先上床，我不嫁给你。”坎托在餐桌对面对我追加了一句：“我知道他绝对不敢。”

博尔赫斯和坎托的关系就仅止于此，似是有情却又无意，也只勉强再拖了一年。依坎托的说法，两人分手有博尔赫斯的母亲从中作梗。博尔赫

1　多萝西·谢尔斯（1893—1957），以侦探小说最为人所知，但自认为最好的作品是对《神曲》的翻译。

斯的母亲作为儿子一贯的监护人，对儿子的女性友人一概没有多少好感。之后，1967 年，博尔赫斯的母亲看似同意他迎娶艾尔莎·艾斯泰德·米兰（“我看你娶艾尔莎应该不错，因为她是寡妇，懂得人生。”），坎托的评语则是：“她帮他找了个替代品在身边。”不过，博尔赫斯娶艾尔莎却是大不幸。

不管博尔赫斯对谁亲近一点，艾尔莎都会妒火中烧，她阻止博尔赫斯探望他母亲，也从来不邀请他母亲到他们的公寓来。博尔赫斯对文学的兴趣，艾尔莎不屑一顾。艾尔莎连书也不太读。博尔赫斯爱在每天早晨就着咖啡和吐司畅谈他的梦想，艾尔莎才不做梦，或声称自己不做梦，而博尔赫斯觉得这是不可想象的。艾尔莎在乎的，是名气为博尔赫斯带来的排场，博尔赫斯本人却特别瞧不起这些东西：勋章、鸡尾酒会、和名流见面。

有一次博尔赫斯受邀到美国哈佛大学演讲，艾尔莎坚持校方要提高酬劳，安排更豪华的食宿。一晚，一名哈佛教授看到博尔赫斯待在住处外面，穿的还是拖鞋和睡衣。“我太太把我锁在外头。”博尔赫斯万分尴尬地解释。那位教授把博尔赫斯带回自家留宿，翌日早晨去找艾尔莎理论。艾尔莎回嘴：“又不是你要看他盖在被单底下是什么样子！”

另一次，在布宜诺斯艾利斯他们住的公寓，我去看博尔赫斯，博尔赫斯趁艾尔莎不在房间的时候压低声音问我：“告诉我，别波[1]在吗？”别波是博尔赫斯养的一头白色大公猫。我跟他说别波在，正窝在一张安乐椅上睡觉。“谢天谢地，”博尔赫斯说，“她跟我说它跑掉了。可我能听得到它在屋里，我还以为我要发神经了。” 活像纳博科夫《黑暗中的笑声》里的一幕。

博尔赫斯从艾尔莎身边仓皇逃走，当然绝不光彩。由于“离婚”一事在阿根廷根本闻所未闻[2]，所以，博尔赫斯唯一能用的手段便是合法分居。

1　与拜伦 1817 年作于威尼斯的长诗同名。这首诗是拜伦首度尝试意大利八行体，被认为是《唐璜》的先导。另，博尔赫斯到 1955 年已完全失明，故有此问。

2　阿根廷信奉的是罗马天主教，在婚姻上特别保守。

1970年7月7日，博尔赫斯的美籍翻译诺曼·迪·乔凡尼在国家图书馆（博尔赫斯在那儿有办公室）用出租车将博尔赫斯接走，并偷偷陪他到机场，一起搭机到科尔多瓦。博尔赫斯先前已由迪·乔凡尼协助找了一名律师和三名搬家工人，交代好事情，他们在这时候也依博尔赫斯的意思，抵达艾尔莎住的公寓按门铃，出示法律文件和法院命令，将博尔赫斯的藏书全数搬走。博尔赫斯和艾尔莎的婚姻维系不到四年。

再一次，博尔赫斯觉得他这一生注定是与快乐无缘。文学可以提供慰藉，但也有不足。因为文学也会将生命的每一失落或失败的回忆，重新撩上心头。博尔赫斯写双连十四行《一九六四》的时候，第一首的最后几句便已道出他的心境：

> 人们失落的（你徒劳地重复说）
> 只是他们没有和从未得到之物。
> 然而为了掌握遗忘的艺术，
> 单有勇气还远远不够。
> 一个象征，一朵玫瑰使你心碎，
> 一首吉他乐曲可能要你性命。[1]

博尔赫斯于近百年的人间岁月，以不急不躁的规律追寻爱情，而他对爱情的向往，也以不急不躁的规律一再落空。我们在文学作品中不时读到的爱侣，他都不胜钦羡：吉卜林的短篇小说《没有教会豁免权的情侣》有英国士兵约翰·荷尔顿和他的印度籍伴侣阿米娜（“你从什么时候起变成了奴隶，我的女王？”[2]）；《沃尔松萨迦》有西古尔德和布伦希尔特的贞

1　引自王永年译文。

2　引自文美惠译文。

洁之爱（博尔赫斯在日内瓦的墓碑就刻了《沃尔松萨迦》中的两行文字）；史蒂文森和妻子芬妮（他想象他们很幸福）；切斯特顿和妻子（他想象他们很美满）。博尔赫斯爱过的人，从他的小说、诗歌题献的对象可以列出一长串人名：埃斯特拉·坎托、海蒂·兰格、玛丽亚·埃丝特·巴斯克斯、乌丽卡· 冯·库曼、西尔温娜·布勒利奇、贝雅特丽斯·比比罗尼·韦伯斯特·德·布勒利奇、莎拉·迪尔·德·莫雷诺·胡耶奥、玛戈特·格雷罗、塞西莉亚·因赫涅罗斯——“全都独一无二，”比奥伊说，“无法取代。”

一天晚上，在多拉酒店的餐厅里，就着照样乏味的意大利面，博尔赫斯跟我说，他，一秉文学创作的信仰，信奉他说的“女性的奥秘，男性英雄式的命运”；而他觉得自己无力在纸面再造女性的奥秘。他的短篇小说有几位女性根本只是情节里的榫头，算不上角色。例外的大概就是复仇心切的埃玛·宗兹，而关于她的情节，是博尔赫斯从塞西莉亚·因赫涅罗斯那里得来的。

在《决斗》（一篇恰当地承认对亨利·詹姆斯欠下债务的故事）中，两名较劲的女性艺术家除了名字，看不出性别；《老夫人》里的老妇也是如此。《第三者》当中，那个兄弟一起分享的女人，说是兄弟为了手足之情而不得不除之后快的东西也差不多。博尔赫斯小说里最怪异的一个女性乌尔里卡，在同名小说里面不如说是个幽灵人物：这个年轻的挪威女学生，献身给上了年纪的哥伦比亚大学教授哈维尔·奥塔罗拉，还叫哈维尔“西古尔德”，哈维尔则叫乌尔里卡“布伦希尔特”。乌尔里卡欲迎还拒，惹得奥塔罗拉对她说：“布伦希尔特，你走路的样子，活像巴不得我们两人当中横着一把剑。”小说的结尾是：“我们之间没有剑。时光流逝如沙。爱，流荡于暗影，散发凡俗的气味，我第一次也是最后一次占有了乌尔里卡的形象。”

反之，博尔赫斯笔下的男子则以坚忍不拔的毅力，完成来到人世的英雄宿命，也不怎么清楚自己是否有所成就，有时还会意识到自己已经失败。

《环形废墟》里的做梦魔法师，发现自己一样落在别人的梦里；辛苦写作的小说家赫伯特·奎因承认他的作品“不属于艺术，只属于艺术史”[1]；有形而上学头脑的侦探埃里克·伦罗特主动赴死；迷宫里的牛头人身囚犯，耐心等待他的救主来取他的性命；剧作家亚罗米尔·赫拉迪克蒙上帝赐予众所不察的神迹，得以于死前将未竟之作写完；在《南方》中，镇日伏案工作的胡安·达尔曼忽然获得机会，用史诗般的死为自己平静无波的一生加冕——这些故事里的男子的命运，令博尔赫斯心有戚戚。他有一次在布宜诺斯艾利斯大学演讲，开场就是这样一句：“柏拉图，他和天下的男性一样，不快乐……”我想博尔赫斯觉得这便是人生无法逃避的真相。

博尔赫斯追寻的两情相悦，是单纯、没有纠葛的关系。命运分配给他的却是剪不断、理还乱，宛如亨利·詹姆斯安排的情节。博尔赫斯虽然十分欣赏詹姆斯写的情节有新颖独到之处，有时却也觉得詹姆斯笔下的心理变化，绕得未免太过曲折离奇。博尔赫斯最后一次浅尝婚姻的滋味，是迎娶玛丽亚·儿玉为妻，婚期看似在1968年4月26日，离他过世不到两个月，而且，结婚证书是由巴拉圭一处小镇的镇长缺席授予的。

我用“看似”这样的词，是因为两人结婚一事始终罩在混沌的谜团里，因为博尔赫斯先前和艾尔莎的婚约始终未曾撤销，所以，他再娶玛丽亚，可能会触犯重婚罪。玛丽亚是博尔赫斯以前在大学教盎格鲁－撒克逊文学时的学生，后来在1960年代开始陪他四处旅行。儿玉嫁给博尔赫斯，一般人以吃惊的反应为多，不过，愤怒者也不少，他们觉得儿玉故意把老人家和亲朋故旧隔离开来。其实是，他们只要看到任何人得到博尔赫斯的亲近或关注就眼红，而博尔赫斯也如耶和华的性情，乐得让他们的嫉妒心大发。

此时，八十多岁的博尔赫斯，受到玛丽亚·儿玉左右，不再到比奥伊·卡萨雷斯家去用晚餐，不再与老熟人碰面：这一切，人们全怪在玛丽亚的头上，

1　引自王永年译文。

而不怪博尔赫斯本人性情多变。没人多想一下：博尔赫斯多年来屡屡将诗歌题献的旧爱名字换成新欢，像小孩子一样喜新厌旧，而最新题献改名的受益人，当然也是玛丽亚。连他辞世前的最后岁月是在日内瓦度过，而不是他心中永恒的布宜诺斯艾利斯，玛丽亚都要为此背上嫉妒心重的骂名。

博尔赫斯在逝世前的一两天，曾经从日内瓦致电比奥伊。比奥伊说博尔赫斯的口气无限哀伤。“你待在日内瓦能做什么？回家来吧。”比奥伊对他说。博尔赫斯回答：“没办法，而且，反正哪里不都可以死。”比奥伊说，他和博尔赫斯虽然是多年知交，但这么妙的退场台词，身为作家的他不太想碰。

不过，也有人有不同看法，例如博尔赫斯在法国伽利马出版社的编辑赫克托·比安齐奥蒂，还有科塔萨尔的遗孀奥罗拉·贝纳德斯。他们觉得玛丽亚·儿玉单纯只是博尔赫斯身边忠心、热情的伴侣。依他们的说法，博尔赫斯终于在垂暮之年遇见了他坚毅、善妒、孤傲、保护心切的“贝雅特丽齐”。博尔赫斯曾经对比安齐奥蒂说：“我得肝癌已经不久人世，我其实想死在日本，但我又不懂日文，只会讲几个词。我可是希望死的时候嘴里还可以讲个不停的。”

他在日内瓦要比安齐奥蒂从法国寄几本书给他，都是他在亲笔著作中从未曾提过的书，如莫里哀的喜剧、拉马丁的诗、古尔蒙的作品。比安齐奥蒂随即了解到，原来这些都是博尔赫斯少年时住在日内瓦读过的书。博尔赫斯挑中的最后一本书，是诺瓦利斯的《海因里希·冯·奥弗特丁根》。博尔赫斯要讲德语的护士念给他听，陪他熬过漫长的痛苦等待。博尔赫斯死前一天，比安齐奥蒂去看他，彻夜守在他的床边，握着老人家的手，直到翌日清晨。

博尔赫斯于 1986 年 6 月 14 日溘然长逝。十年后，为了怀念他，我重拾《阿莱夫》一书，读着读着不禁纳闷，博尔赫斯笔下这包罗万象的小小大千世界，我是在哪里也读到过？——《阿莱夫》还引用了霍布斯的“现在时的停滞”或是“现在的停驻”[1]作为题辞。我在家里两大柜的博尔赫斯作品东翻西找。破旧的埃梅塞出版社原版，排版很乱。厚厚的两大册《全集》和《全集目录》残编，排版一样很乱。精装但也比较累赘的“联合”版。七零八落的英文译本。法国“七星诗社”的精美法译版《全集》，这是让－皮埃尔·贝尔内斯以无限深情主编的全集，在我心中甚至凌驾西班牙文的原版全集。（博尔赫斯应该不会介意。威廉·贝克福德的《瓦赛克哈里发史》，原版是以法文写的，后来有英文译本，博尔赫斯曾说：“法文原版未能忠实呈现英文译本。”）

博尔赫斯得以扬名法国，罗杰·凯洛斯当居首功，博尔赫斯自己就说：“我算是凯洛斯一手打造出来的。”而凯洛斯认为大师写作的中心题旨，是迷宫。博尔赫斯文集最为知名的版本，也是译笔较为粗陋的英文本，标题就是“迷宫”英文的复数形式。令人惊讶（至少我自己很吃惊，我可是自命对博尔赫斯的著作知之甚详）的是，重读博尔赫斯的书，我发现博尔赫斯的中心题旨不仅在于迷宫，还在于这一概念：一物涵盖万物，一地囊括世界，一人等于众生，片刻尽纳古往今来。这样的概念贯穿了博尔赫斯的著作，随处可见。

我在我的“七星”版《全集》的空白页列了个清单，但我可以确定，我记下的离完整还差得远。清单上打头的是最显而易见的那篇：《阿莱夫》的姊妹篇《扎伊尔》。Zahir 一词，在阿拉伯文中的意思是“目视可见”，是教人一见就永生难忘的东西（如一个钱币，或一头老虎、一具星盘）。博尔赫斯引用丁尼生描写开在裂缝里的花朵的诗句，说：“他或许想说，事物不论多么细微，都涉及宇宙的历史及其无穷的因果关系。”[2]

1　见霍布斯《利维坦》第四部分第四十六章：“但他们只是告诉我们说，永恒是现在时的停滞，是现在的停驻（经济学派语）。这一名词他们自己不懂，别人也不懂，正像他们用此处的停驻来表示空间的无限大一样。”引自黎思复、黎廷弼译文。

2　引自王永年译文。

接下来是驰名的《通天塔图书馆》，“有的人称之为‘宇宙’”。小说有一附注提到人世这宇宙就收录在单单一本书之内，书的纸页薄得不得了。后来博尔赫斯将这一想法扩充成《沙之书》。所以，故事很长的《代表大会》，主述者说他们要找穷尽一切的百科全书，并非不可能：这一套大百科已经存在，就是宇宙，像《梦中的老虎》[1]里“制图师之国”所绘的地图。这样的地图在刘易斯·卡罗尔写《西尔维和布鲁诺》的时候已经有所预见，而在博尔赫斯写的简短寓言里，国家与据之绘制的地图大小完全一致。

至于角色，也像博尔赫斯作品里的地方、物品，可以以“一”包罗“一切”。托马斯·布朗爵士是博尔赫斯很喜爱的作家，他就一语道尽一切：“每一个人不仅是他自己；第欧根尼很多，泰门也很多，只是少有人使用同一姓名。人们一遍遍重复地活着，现今世界一如千百年前，唯独彼时尚无一人，一待有了人，后世便出现了和他一样的人，仿佛他的重生之身。”[2]博尔赫斯很喜欢这一段，曾要我念了好几遍给他听。布朗看似天真的“只是少有人使用同一姓名”，他十分赞同，说：“这让他变得和我们特别亲切，对不对？”他轻声笑了起来，没有要我回答的意思。

而这般的“重生之身”，最早的例子有一则便是汤姆·卡斯特罗，《恶棍列传》里自不量力的冒牌货，这人尽管是半个白痴，却还要奉行“一人等于众人”的格言，冒充起贵族世家蒂奇伯恩的子孙。这一类变形人物的分身还有富内斯（见《博闻强记的富内斯》），这个角色过目不忘也教人难忘，拥有过人的记忆力，却像垃圾堆般塞满了短短一生的所见所闻。还有阿拉伯哲学家阿威罗伊（见《阿威罗伊的探索》），力图跨越数百年岁

1　即博尔赫斯 1960 年出版的诗集《诗人》，第一个英译本名为《梦中的老虎》。此处所涉内容出自诗集中的《科学的严谨》。

2　托马斯·布朗（1605—1682），英国博学者，著有《医生的信仰》等。第欧根尼和泰门皆为古希腊哲学家，前者是犬儒学派代表人物，后者是怀疑主义哲学家皮浪的学生。

月的隔阂去了解亚里士多德的哲学，很像博尔赫斯往回去找阿威罗伊，我们读者又去找博尔赫斯。《永生》里也有人曾是荷马，是古往今来每一个人的样本，他创造出一个人叫尤利西斯，尤利西斯又说自己叫作“谁也不是”。皮埃尔·梅纳尔苦心化身为塞万提斯，就为了将《堂吉诃德》在我们这时代再写出来一遍。《什么都是和什么都不是》当中，莎士比亚央求上帝容他只当一个人，只当他自己，他这一生当过的人太多了，上帝却对莎士比亚坦承，他一样谁也不是，“[上帝说]世界是我梦出来的，犹如你的作品是你梦出来的，我的莎士比亚，而且你在我形形色色的梦里，和我一样，谁都是也谁都不是”。《巴比伦彩票》里每一个人都当过执政官，也都当过奴隶，也就是说，每一个人什么人都当过。

我列出的清单里有一条出自博尔赫斯评论维克多·弗莱明[1]执导的电影《化身博士》的结尾：“在斯蒂文森双重寓意的背后和接近阿塔尔[2]写的《鸟儿大会》（公元12世纪），我们可以构思一部泛神论的电影，它的众多人物，最后都归结为一个人，他是永恒的。”[3]这构想后来由博尔赫斯和比奥伊·卡萨雷斯联手写成剧本《别人》，交由乌戈·圣地亚哥执导。就连日常谈话，博尔赫斯也动辄冒出这类“大千即一”的说法。英国和阿根廷宣战、马岛战争爆发之后未久，我匆匆和他见过一面。我们一如往常聊了聊文学，便碰到了“双重”这一主题。博尔赫斯忧伤地说道：“你想为什么没人注意到加尔铁里将军和撒切尔夫人其实就是同一个人呢？”

只是，这种存在和地点的多样性，这种对一个永恒的存在和永恒的地点的玄想，未足以带来幸福；博尔赫斯可是认为追寻幸福是人生在世的道

1　维克多·弗莱明（1889—1949），美国电影导演。他所执导的《化身博士》于1941年上映，斯宾塞·屈塞和英格丽·褒曼主演。

2　阿塔尔（1145—1221），波斯诗人，苏菲派神学家，直到15世纪才被发现。《鸟儿大会》作于1177年，讲述鸟儿们历尽艰险寻找国王，最后只有三十只鸟儿来到国王所在的山上，并发现国王就是它们自己。

3　引自徐鹤林译文。

义责任。博尔赫斯过世前四年，又再出版了一本书——《但丁九篇》，集结了他写于 20 世纪四五十年代、多年后重作修订的几篇文章。他在导言的第一段，写他想象在一栋虚构的东方图书馆有一幅古老的版画，细细描绘了普天之下的万事万物。博尔赫斯认为但丁的诗便像这一幅无所不包的版画，但丁的《神曲》便是阿莱夫。

这九篇文章，透着博尔赫斯本人迟缓、精准、气喘发作似的独特嗓音；翻阅书页，仿佛听得到他刻意的犹豫语气，或是结束原创妙语时喜欢用的挖苦的疑问口吻，要不然就是如庄严的宣叙调般的、全凭记忆的大段吟诵。他谈但丁的第九篇文章《贝雅特丽齐最后的微笑》，开头便像闲聊一样，和蔼可亲、简单明了："我写这一篇文章的目的，是要评论文学史上最动人的一段诗篇，出现在《天堂篇》的第三十一首。这一段虽然很出名，却好像没人注意到诗句隐藏的忧伤，没人好好去听个清楚。其实，这几段诗句蕴含的悲剧意蕴，更多地属于作者而非著作，更多地属于身为作家、创作者的但丁，而非书中的主角但丁。"

博尔赫斯接下来开始讲诗里的故事。但丁到达炼狱山的山巅，维吉尔已经不见踪影。贝雅特丽齐为但丁带路，两人每穿过一重天，贝雅特丽齐的美丽就增添一分，最后，但丁到达最高天。这里无边无际，远处、近物同等清晰（博尔赫斯括注"宛如拉斐尔前派的画作"）。但丁看到有一条光之河，高高在上。天使群集，正义的灵魂整齐有序地组成天国玫瑰。但丁转头要听贝雅特丽齐描述此情此景，却发现他的佳人已经不见人影，换成了一名庄重的老翁。但丁喊道："她呢？她在哪里？"老翁指点但丁抬起眼睛，但丁看到贝雅特丽齐高高在上，栖身在天国玫瑰中的一层，那里光华笼罩。但丁向贝雅特丽齐献上谢辞。接着，诗中写道：

> 我就是这样祷告；而那一位，尽管显得如此之远，

看似[1]嫣然一笑，并看我一眼；

随即又转向那永恒的泉源。

博尔赫斯（始终不脱他巧匠本色），指出“看似”的用语虽然和距离遥远有关，却也严重有损于贝雅特丽齐的笑容。

博尔赫斯再问，那这几句诗文又应该怎样解释呢？以寓言角度进行注疏的前人，已经抓出“理性”或“理智”（维吉尔）是追寻到信仰的工具，信仰或神学（贝雅特丽齐）是追寻到神的工具。所以一旦抵达目的地，二者便一起消失。只是，博尔赫斯说：“读者应该会注意到，这样的解释有多死板就有多少问题；这些诗，绝对不是用这样狭小的等式做出来的。”

意大利评论家圭多·维塔利（博尔赫斯读过他的作品）认为但丁创造天堂，是因为渴望为他的佳人打造王国。“但我想更进一步，”博尔赫斯说，“我怀疑但丁写下这样一部文学史上无与伦比的杰作，只是想安插机会，让他自己和苦唤不回的贝雅特丽齐得以见面几次。更确切地说，地狱一层层的刑罚、南边的炼狱、九层同心圆、弗朗西斯卡、塞壬、狮鹰兽、贝尔特朗·德·鲍恩，都可以看作是安插进来的配角；他知道早已失去的那一抹笑容、一个声音，才是根本。”

再下来，博尔赫斯就会让读者一瞥他心底话透出来的淡影：“不快乐的人幻想快乐，绝对不奇怪。大家每天都在做这样的事。但丁也跟我们一样，只是，怎样也总有一些事让我们一瞥这些快乐的虚构背后暗藏的可怕之处。”博尔赫斯继续写道：“老翁指向高空里天国玫瑰的其中一层。贝雅特丽齐就在那里，位于光环之中；这贝雅特丽齐啊，她的双眼曾经教他觉得不胜幸福；这贝雅特丽齐啊，以前常穿一身红袍；这贝雅特丽齐啊，他朝思暮想，一天早晨在佛罗伦萨遇见几位朝圣客，发觉他们竟然没听过贝雅特丽

1　黄文捷译本此处为“却仍”，王维克译本相似，都没有“看似”（seemed）这一意思。

齐的芳名，不胜惊讶；这贝雅特丽齐啊，对他冷眼相待；这贝雅特丽齐啊，才二十四岁便离世；这贝雅特丽齐·德·福尔科·波尔蒂纳里啊，嫁给了巴尔蒂。” 但丁遥望贝雅特丽齐，献上祈祷，宛若在向上帝祈祷，但也像在对心仪的佳人祈祷。

> 你是我的希望所寄，
> 你曾为了拯救我，不惜
> 把你的足迹留在地狱。

祈祷过后，贝雅特丽齐看向但丁一眼，嫣然一笑，便永远地转过了头，面向永恒的泉源。

博尔赫斯作结："我们姑且记住一件不争的事实，单此一件、简单明了：这一幕是但丁的想象。在我们看来，这十分真实；在但丁看来，就没那么真实了。（但丁的现实，就是贝雅特丽齐先是因为现实人生，接着因为死神，而被夺走。）永远再也见不到贝雅特丽齐，孤单一人，说不定还觉得屈辱，但丁想象出整个场景，只是为了想象他和贝雅特丽齐重逢。对但丁来说很不幸，而对几百年来读他著作的人来说很幸运的是，但丁也明白他得以再见贝雅特丽齐，纯属想象，以致所见随之变形。也就是因为如此，才会出现这般残酷的景况——当然，其残酷甚至远甚于地狱，因为这可是在最高一重的天堂，即最高天：贝雅特丽齐先是消失，由老翁取而代之；继而她蓦地高踞天国玫瑰中，只留下倏忽即逝的浅笑和匆匆而过的一瞥，就此永远转过头去了。"

看到一个人在解读书的时候有自我投射，不管解读得有多精妙，我都会审慎以待。对此，博尔赫斯倒是一定会申辩，说读者有权接受或是拒绝，不是每一本书都被每一位读者用以映照自身。然而，以《但丁九篇》而言，我觉得作这样的推演，言之成理：博尔赫斯对但丁命运的解读，有助于我解读博尔赫斯。博尔赫斯1926年登在《新闻报》上的一篇短文就明白写道："我向来都说，文学永恒不灭的目的，就在于揭露我们的命运。"

博尔赫斯认为但丁写《神曲》，为的是要和贝雅特丽齐重聚片刻。在某种程度上，也并非不可以说，博尔赫斯是为了和一位女性，他所渴慕的诸多女性中的任何一位在一起，是为了一晓她的奥秘而非仅仅当个语言大师，是为了去爱或尝试去爱，为了因自身而非他的创作而被爱，博尔赫斯才创造出阿莱夫，且一而再、再而三，在他的著作重复出现。在博尔赫斯想象的包罗万象、可能与不可能之事都在发生的地方，或在那个将所有人合为一体的男子的臂弯，她，可望而不可即的佳人，或许就会属于他。即使照样不属于，这种不属于至少是发生在不需要承受那么多痛苦的情形下，因为这些情形是他所创造出来的。

不过，博尔赫斯这一位大师也十分清楚，创作的规律不会比我们说的"真实"世界的规律要容易扭曲。《扎伊尔》里的特奥德利娜·比利亚尔、《阿莱夫》里的贝雅特丽斯·维特波，都不爱主述故事的、有学究气的博尔赫斯，但博尔赫斯爱她们。出于故事的需要，这些女子都与贝雅特丽齐不相称——特奥德利娜是个势利鬼，盲从于时尚，"在乎的以加工润饰为多，而不在美"；贝雅特丽斯则是社交花蝴蝶，爱上面目可憎的表哥，沉湎于淫欲——这样子安排，是为了故事要讲得通，奇迹（也就是要看到阿莱夫，或是令人铭记不忘的扎伊尔）就一定要安排在盲目、卑微的凡人当中才好，主述者也包括在内。

博尔赫斯说过，现代英雄的命运并非抵达伊萨卡或获得圣杯。博尔赫斯的忧伤或许最终源自他意识到，他的技艺需要的，并非他渴望已久的、超尘脱俗的情爱邂逅，而是失败：贝雅特丽斯不会成为贝雅特丽齐，他也不会成为但丁，而只能当博尔赫斯，一个笨拙地做梦的情人，即使在自己的想象中，也无法将其憧憬的合乎理想、几近完美的女性召唤出来。

博尔赫斯没当成的犹太人

> “好！那你是什么？”鸽子说，“看得出来你准要捏造个不知什么！”
>
> ——《爱丽丝漫游奇境》第五章

1944 年，希姆莱辖下的特务开始来到西班牙马德里，为落败的纳粹策划从德国出亡的路线。两年后，基于安全顾虑，秘密行动转移到阿根廷的布宜诺斯艾利斯，当时才当选总统不久的胡安·庇隆，还特准他们在总统府内设下行动据点。

阿根廷于第二次世界大战期间始终维持中立，不过，军方大半支持希特勒和墨索里尼。富裕的上层阶级虽然几乎反对与庇隆有关的一切，但他们本身就以反犹著称，对于庇隆亲纳粹的行径噤声不语。与此同时，相关的流言已在犹太社群当中传开。1948 年，为了抑制阿根廷犹太人中已经开始出现的抗议，庇隆决定指派大使出使才刚建国的以色列，而且挑中的是我父亲，巴勃罗·曼古埃尔。

由于我父亲是犹太人（家族自欧洲移民南美，落脚在赫希男爵于阿根廷内陆开辟的移民聚落），对于他的任命有诸多反对声浪，尤其是外交部，那里历来是天主教民族主义分子的大本营。外交部另外举荐一名经梵蒂冈同意的人选，但庇隆知道犹太人的向心力对他有多重要，不为所动。多年之后，纵使文献档案中的证据不断增多（至今依然），庇隆却矢口否认当年曾经暗助纳粹余孽，也一定以他提名我父亲出任大使一事来证明他同情犹太人的遭遇。但如今大家都已经知道，在庇隆暗中庇护的、最为恶名昭彰的纳粹党徒中，有阿道夫·艾希曼和约瑟夫·门格勒。

阿根廷于庇隆主政期间，知识界中胆敢发言反对纳粹的仅寥寥几人，博尔赫斯便是其中一位。早在 1934 年 4 月，为了回应阿根廷民族主义杂志《大熔炉》的编辑的抨击（指博尔赫斯“恶意隐匿身为犹太裔的事实”），博尔赫斯就发表了短文《我，犹太人》，自承他不时会以假想自己为犹太人自娱，可惜啊，唉，他没办法在此前两百年的家谱找到一位犹太裔先人。犹太文化是滋养他文学创作的养分（《圣经》的故事、《塔木德》的智慧、革舜·肖勒姆[1]的学术研究、古斯塔夫·梅林克[2]和卡夫卡笔下的梦魇、海涅的诗、泥人哥连的传说、卡巴拉的奥秘），尽管他从未觉得有必要为自己相信犹太文化的重要性和价值而辩护，但他嘲讽反犹分子不在每一个敌人身上挖出一丝丝犹太的根，誓不干休。

“以统计数字来看，”博尔赫斯细细思量，“犹太人其实少之又少。若是公元 4000 年时，有人觉得世界各地全都有圣胡安 [阿根廷人口最少的一省] 居民的后裔，各位会怎么想那一个人呢？我们的审判官啊，怎么找的尽是希伯来人，就是找不到腓尼基人、努米底亚人、塞西亚人、巴比伦人、匈奴人、汪达尔人、东哥特人、埃塞俄比亚人、伊利里亚人、帕弗拉哥尼亚人、萨尔马提亚人、米提亚人、奥斯曼人、柏柏尔人、布立吞人、利比亚人、独眼巨人或拉庇泰人。亚历山大里亚、巴比伦、迦太基、孟斐斯等古城的

1　原名为格哈德·肖勒姆（1897—1982），“革舜”是从德国移民以色列后改的，被公认为关于卡巴拉的现代学术研究的奠基者。

2　古斯塔夫·梅林克（1868—1932），奥地利小说家、剧作家，以超自然小说《哥连》（1915年）最为知名。“哥连”在希伯来的传说中，是用黏土、石头或青铜制成的无生命巨人，施以魔法可令其行动，但不会思考。

夜晚，就从未成功地产生过一个祖父；唯有含沥青的死海的诸支族才获赐此等厚礼。”

博尔赫斯也从未声讨德国文化。他有一篇文章，1939 年 3 月 24 日发表在《家庭》杂志（阿根廷当时十分畅销的家庭周刊）。这是一篇书评，评的是一个叫刘易斯·戈尔丁的人写的书；书名还不太吉利，叫《犹太问题》。

博尔赫斯同意戈尔丁抨击反犹思想之所言，但不同意他所用的手法。博尔赫斯说反犹思想“千方百计就是要否定犹太民族于德国文化的贡献（愚蠢可笑）；戈尔丁千方百计就是要说德国文化纯属犹太民族的贡献（愚蠢可笑）。他指责种族主义是愚蠢可笑的，可他所做的不外乎以几近模仿的对称性，用犹太种族主义来反对纳粹种族主义。他的论说动辄从必要的辩护跳到没必要的攻击。之所以没必要，是因为以色列之‘长’不需要德国之‘短’来作支持。之所以既没必要又太不智，是因为这样形同接受敌对一方的命题，也就是同意对方假设犹太人和非犹太人有位处两极的种族差别”。

一年后，德军入侵丹麦未久，博尔赫斯抄录了一段他和阿根廷亲德派人士的对话。博尔赫斯认为对话的另一方根本就矛盾重重：对方根本谈不上热爱德国（他对德国文化一无所知），单纯只是痛恨英国罢了。而这人也是反犹派，也就是说，他想要把阿根廷境内斯拉夫－日耳曼社群全都赶出阿根廷，这些人以日耳曼姓氏自豪（罗森布拉特、格伦伯格、尼伦施泰因），讲的还是日耳曼的一支方言，意第绪语。

不过嘲弄之外，博尔赫斯认为犹太文化于形而上承载了象征的重量。他觉得希特勒的目的——消灭犹太文化——终究不可能，因为（博尔赫斯相信）犹太文化对于人类文化来说必不可少。如果是这样，那么，希特勒消灭犹太人的愿望，不过是宇宙于冥冥当中安排好的、证明犹太民族之永存的一部分。“纳粹主义患了脱离现实的毛病……”博尔赫斯在《对一九四四年八月二十三日的注解》（这天是巴黎解放日）中写道，“那是不能居住的；人们只能为它去死，为它说谎，为它厮杀，为它流血，谁也不能在他内心的孤独中渴望获胜。我斗胆猜测：希特勒希望自己被打败。”[1]

两年后，博尔赫斯又在短篇小说《德意志安魂曲》（可以说是乔纳森·利特尔[2]《复仇女神》的先声）安排了一名德国军官为他的为人、为他所做的事强作狡辩：“世界由于犹太教，由于犹太教的毛病——对耶稣的信仰——而趋于死亡；我们用暴力和对剑的信仰来教导世界，那把剑如今在杀我们；我们好比那个建了一座迷宫结果自己困死在里面的巫师；也好比大卫，他审理一个隐掉名字的人，判了那人死刑，然后听到揭示：‘你就是那个人。’”到了这里，纳粹军官说出一段有力的话，诅咒自己：“如果胜利、不公平、幸福不是为德国所设，那就让别的国家去享受吧。让天堂存在下去吧，即使我们的去处是地狱也无所谓。”[3]

“就像德鲁兹人、月亮、死亡、下一礼拜，遥远的过去也可以用无知来美化。”博尔赫斯在《我，犹太人》文中写过这样一句。在这样的情况下，善恶一概会被同等的冷漠扫到一边，那么，以前的历史便可以改写，虚假的记忆也可以为真。他后来写的短篇小说《一个厌倦的人的乌托邦》，就有这样的写照。博尔赫斯在该小说中描绘了一个时间落在未来的噩梦世界。博尔赫斯遇上乐于助人的善心人，带领他认识这个美丽新世界。途中博尔赫斯看到一座圆顶高塔。“那是火葬场，”向导说明，“里面有死亡室。据说发明者是个慈善家，名字大概是阿道夫·希特勒。”[4]

作为一个庄重、谦抑、在理智上诚实的人，博尔赫斯并不希望被人记

---

1 引自黄锦炎译文。

2 乔纳森·利特尔（1967— ），美国作家，双语写作。《复仇女神》（或译为《善心女神》）为其处女作，厚达九百页，2006 年在法国伽利马出版社出版，引起轰动，获该年龚古尔奖和法兰西学院小说奖。

3 引自王永年译文。

4 引号内文字引自王永年译文，原小说场景中数人同行，未点明这句话是谁说的。

住；他只愿作品能有几篇传世，对于名声淡然以对。他渴望个人被淡忘（博尔赫斯在一首诗写过“求其永远而非曾经”），怕历史的记忆说变就变，或者说，世人常会按捺不住最低劣、最卑鄙的冲动，去篡改历史事实。这也就是为什么博尔赫斯瞧不起政治（他说是“人类最龌龊的活动”），而相信虚构的真实，以及我们讲述真实故事的能力。

作　伪

“求求您啊陛下，”红心骑士说，“不是我写的，他们也没办法证明是我写的啊，末尾又没签名。”

“假如你没签名，”国王说，“那就更糟了，表示你准没安好心，要不然你一定会跟诚实的人一样签上名字。”

——《爱丽丝漫游奇境》第十二章

1932 年 10 月 29 日，布宜诺斯艾利斯《评论报》刊载如下一则消息，用的当然是该报一贯哗众取宠、读者早已见怪不怪的调调：

> 《评论报》即将刊载史上最惊险刺激的侦探小说，根据布宜诺斯艾利斯的真实事件改编。不久前，布宜诺斯艾利斯发生一桩社会案件，全市上下为之震动。作者自此事件取材写出《阿戈斯街疑案》，故事扣人心弦，每翻过一页，悬疑就加深一分。谁杀了棋士加勒凡之妻？还是这其实是离奇的自杀案件？歹徒犯案之后又如何在不破坏任一门锁的情况下逃离被害人房间？一箱珠宝的曲折之旅。明日（周日）起连载，全国各版同步刊登。

小说挂名的作者叫撒乌利·罗斯塔尔，奇怪透顶的名字；连载相当轰动，一年后自然就出版成书。1933年11月4日，同一家报纸刊登广告，宣布《阿戈斯街疑案》已经上市发售：“阿根廷第一本侦探小说杰作。此书迥异于此一类型吓人却又缺乏真实感的老套模式，情感洋溢，写实逼真，读得教人脊梁发麻，不忍释手，成就突出。一大巨册，附插图，售价仅九十五分。”这本书由安巴斯出版社出版，二百四十五页。插图由佩德罗·罗哈斯绘制，由封面可知，插图风格和内文的笔调可谓天作之合。

在此要让英语读者感受这一本小说的文笔有多差劲，很难。我姑且一试：

> 一会儿过后，就在警卫办公室隔壁的小房间，奥斯卡·拉腊和苏亚雷斯·莱尔马——后者还在小啜马黛茶——谈起在这么不平静的一晚引来记者的案件动机。不用多久的时间，助理就在跟他传达一些事，另一个也赶忙特别小心记下。他们才把这一件事情处理完毕，便听到电话叮铃铃响。助理莱拉走过去，拿起话筒，搭在耳朵上面，于是警官和打电话来的人之间，开始如下的对话，事后由对话者本人重述一遍。

这本小说问世三十年后，《语言学》杂志刊出一篇文章，作者是评论家恩里克·安德森－因贝尔特，文章的标题是《博尔赫斯创作取材新解》。安德森－因贝尔特于文中指出，博尔赫斯可能取法《阿戈斯街疑案》而写成他的《接近阿尔莫塔辛》。博尔赫斯这一短篇小说，声称是对一篇同名小说的评论，小说的作者是叫米尔·巴哈杜尔·阿里的印度律师。依作者博尔赫斯的说法，附有插画的原作是1932年在印度孟买出版的，两年后在伦敦由维克多·戈兰茨重版上市，还加上了多罗斯·萨耶尔斯写的序文，但是删掉了插画（博尔赫斯说这“搞不好是一大恩泽”）。

博尔赫斯这一篇《接近阿尔莫塔辛》，第一次发表并不是在杂志（不像他的大部分作品），而是收录在文集《永恒史》（1936）中。这篇小说由非小说的文集夹带问世，还放在最后面的附录，标题也简单明了——《评注两则》（第二则“评注”的短文叫《伤害的艺术》），形同在对最先读到这篇短文的读者暗示，写下小说的阿里真有其人，书在坊间也真买得到(还以令人尊敬的戈兰茨的名义出版）。博尔赫斯的好友比奥伊·卡萨雷斯看了博尔赫斯热心的评论竟然上钩了，真的要从伦敦订一本。没订成。

博尔赫斯这篇文章后来又至少“投胎”两次。1941 年，他把《接近阿尔莫塔辛》收进短篇小说集《小径分岔的花园》，这一次显然是当成虚构的小说了。三年后，他再把全本《小径分岔的花园》放进他的《虚构集》当作第一卷；《虚构集》大概是他最有名的文集。《虚构集》的第二卷则是《杜撰集》，收录了六篇博尔赫斯新写的小说。之后，竟然愈搞愈乱，近年新出版的博尔赫斯作品集（例如“联合”版全集），《接近阿尔莫塔辛》又从《虚构集》抽出来，放回原来的《永恒史》。

1997 年 7 月 13 日，布宜诺斯艾利斯《国家报》于文学版块刊登出一篇文章。阿根廷短篇小说作家胡安·哈科沃·巴哈利亚又在安德森 – 因贝尔特的猜想上下工夫，说他觉得博尔赫斯不仅读过《阿戈斯街疑案》，根本就是《阿戈斯街疑案》的作者。依巴哈利亚的说法，作家乌利塞斯·佩蒂特·德·穆拉（博尔赫斯年轻时和他是好友），跟他私下透露，这部没人记得的侦探小说，作者其实就是博尔赫斯。穆拉跟巴哈利亚说这部侦探小说是博尔赫斯“每天分配两小时的时间，直接用打字机打出来的”。

一个月后（8 月 17 日），小说家费尔南多·索伦蒂诺发表一篇文章回应巴哈利亚的说法，一样登在《国家报》。索伦蒂诺以客气、坚定、明确的口吻，指出博尔赫斯为幕后作者一说纯属无稽。索伦蒂诺举出事实、技巧、伦理、风格等诸般理由，将巴哈利亚的论点各个击破。第一，博尔赫斯从来就没学会打字。第二，博尔赫斯从来不写长篇小说，他本人就多次表明这一文类他敬谢不敏，至少依他本人的才具来考虑，最好如此。（“构想长篇小说的情节固然痛快，”博尔赫斯有一次说，“但是，真要提笔写出来，就属非分之想了。”）第三（可能也是索伦蒂诺最有力的一点），小说堆砌冗赘的风格和蹩脚的西班牙文，较诸博尔赫斯字斟句酌的散文（不论是他 20 世纪二三十年代精雕细琢的巴洛克腔，还是晚年趋于清简的格调），实在很难想象有人可以脚跨这样的两条船。

“我认为一个人再怎样写也写不出完全不同的风格，”索伦蒂诺再作合理的推断，“即使绞尽脑汁要写出最离奇的戏笔仿作，于作假的字里行间还是迟早会露出马脚，透出作者本有的风格。”索伦蒂诺也提醒大家，虽然博尔赫斯确实偶尔会在自己的作品当中穿插“外国腔”（例如他在短篇小说《阿莱夫》，就把一首其烂无比的诗作挂在死对头的名下），不过，博尔赫斯本人睿智、幽默、细腻的语汇，依然在糟糕透顶的诗句背后透着幽光。索伦蒂诺认为所谓完美的文字伪装术，根本就不存在。

在此，应该还可以追加一句：博尔赫斯对于拙笔劣作，感应之敏锐异于常人，看到了还会无情加以嘲弄。由于博尔赫斯拥有非凡的记忆力，鼎鼎有名或是默默无闻的作家写下惨不忍睹的诗文，他都有办法一大段一大段再背出来，也曾（如索伦蒂诺所说）在几篇作品当中模仿别人的口吻作戏。他和比奥伊·卡萨雷斯合写了一篇滑稽小说《证人》，两位作家拿阿根廷史上最烂的演讲来作谑仿。小说题辞为“《以赛亚书》第六章第五节”，没有引出经文。我查了一下，经文如下：“那时我说：‘祸哉！我灭亡了！因为我是嘴唇不洁的人，又住在嘴唇不洁的民中……’”[1] 这样的文学自觉，《阿戈斯街疑案》里压根找不到。

索伦蒂诺以一件不争的事实为文章收尾，也将巴哈利亚的论证打得粉碎：“撒乌利·罗斯塔尔”这个显而易见的笔名背后的真身。1997 年 2 月

1　本书凡涉《圣经》处均引自和合本。

27 日，有个叫托马斯·乔尔达诺的人投书到布宜诺斯艾利斯《号角报》，声称他看到《阿戈斯街疑案》重新出版的广告打出这样一句，“作者身份至今未明”，觉得不出来解开谜团不行。乔尔达诺说，“撒乌利·罗斯塔尔”的拼法，是将“路易斯·史塔罗”打散重组而成。这位先生一度和乔尔达诺的父亲有生意往来，他不是文人，而是商人。他是个文化涵养丰富的意大利人，游历遍及世界，后来选择落脚阿根廷。“他生性定不下来，”乔尔达诺写道，“加上又爱读书，手不释卷，因此于 1933 年决定参加当时当红的晚报《评论报》所办的征文比赛。比赛的主旨在广邀读者为加斯顿·勒鲁写的《黄色房间疑云》改写更新奇的结局，该报认为勒鲁的书有一点虎头蛇尾。”于是此人就写出了《阿戈斯街疑案》。再查一查布宜诺斯艾利斯的电话簿，1928、1930、1931、1932 年这几年，确实都有名叫路易斯·史塔罗的人住在布宜诺斯艾利斯。虽然这些都是无法反驳的事实，《阿戈斯街疑案》却还是就这样一直挂在博尔赫斯的名下。连由墨西哥经济文化基金会于 1997 年出版、尼可拉斯·赫夫特编的博尔赫斯作品《目录大全》也百密一疏，于后来的版本还是将《阿戈斯街疑案》挂在博尔赫斯名下。

挂在博尔赫斯名下的劣作，《阿戈斯街疑案》名声最响，却不是唯一。例如 1984 年，意大利声名赫赫的杂志《新论》，由阿尔贝托·莫拉维亚、莱奥纳多·夏夏、恩佐·西西利亚诺（当时意大利文坛锋头最健的三位要角）主编，登出了一篇短篇小说《十字架之谜》，挂名博尔赫斯。小说后附信说明它写于 1934 年，由顶尖作家、翻译家弗兰科·卢琴蒂尼迻译为意大利文，经博尔赫斯本人及其在意大利的出版商之一的弗兰科·玛利亚·里奇，惠予同意而刊登出来。结果，卢琴蒂尼投书都灵《新闻报》，以公开信否认译过这一篇小说，说它一点也不像博尔赫斯的文笔，“好像是半文盲写的”。

1989 年，诗人奥克塔维奥·帕斯创办的墨西哥杂志《多数》登出一首诗，题为《片刻》，据说是博尔赫斯过世那一年写的。诗行之前有一段短论，署名为“毛里西奥·齐坎诺威”，以巴结的口气指这一首诗“寓含精辟的合成手法”。这一首诗读起来却活像不用大脑、穷开心的沉思语录，最适合印在“贺曼”[1]贺卡上。翻译如下（紧贴字面，以我看，译笔还略嫌留情了点）：

人生若是可以重来
下一次我要多犯一点错。
不再事事追求完美，放松一点。
傻气比先前要再多一点，事实上
很少事情会令我严肃面对了。
洁癖不要那么重。
多一点冒险精神。多一点游历。多看
几天日落，多爬几座山，多游几条河。
多去几处没去过的地方，多吃
冰淇淋，少吃青豆，多面对真实的问题
少幻想问题。
我曾是那些理智、多产的人之一，
无时无刻不是如此。我当然也有过快乐的时候。
但若人生可以重新来过，我会努力
只品尝美好的时刻。
万一各位没注意到，人生就是如此，只是由一个个片刻组成；
千万不要错过了此时此刻。
我这人曾经不论到哪里都要带着温度计
热水瓶、雨伞和降落伞；
人生若是可以重来，我出门的装备就要少一点。

1 贺曼公司创立于1910年，为美国最大的贺卡生产商。

人生若是可以重来，我会在早春降临的时候
光脚散步，一直光脚走到秋日。
我要把旋转木马多坐几圈，要多看几天日落
多和小孩子玩耍，要是我有下一段人生
只是，我已八十五岁，我知道我的来日已经无多。

三年后，这一首诗又有新的译本出现，译者是阿拉斯泰尔·雷德。雷德先前译过几首博尔赫斯的诗，译得极好。他这一篇译文发表在《女王季刊》。无人提出异议。

之后，1999年5月9日，评论家弗兰西斯科·佩雷希尔在马德里《国家报》发表文章，透露“这一篇伪作，真正的作者为美国一名默默无闻的作家纳丁·斯泰尔，于1978年——博尔赫斯八年之后才于日内瓦辞世——发表，当时她已经八十六”。这个文本（应该说是堆砌的散文诗），于1978年3月27日发表在美国肯塔基州路易斯维尔杂志《家庭马戏团》，之后连番以大同小异的版本转载于多处，从《读者文摘》到T恤，所在多有。

无疑，自从有文学起，著名作家于名下硬是被人塞进形形色色的作品，原因也五花八门：有的是真心要为文章找正主，有的是假意要为文章找虚名，也有的是狡猾地要借发掘文章来沾光。博尔赫斯本人在他脍炙人口的短篇小说名作《〈吉诃德〉的作者皮埃尔·梅纳尔》中，也为可能的原因再多加一条（当然是反讽的）：赋予文章新的生命，也就是说，作全新的解读，将之置于不同的、出乎意料的作者背景下来看。博尔赫斯在小说结尾写道：“将《效法基督》归入塞利纳或乔伊斯名下，难道未足以为这些贫弱的灵修金句找到新的生命？”

我也拿不准这些误把《阿戈斯街疑案》或纳丁·斯泰尔的诗文赖到博尔赫斯头上的人，到底在打什么主意。不管是什么主意，博尔赫斯前述的大问倒是值得深究一番；因为“伪作”一词说不定就此蒙上另一层我们通常予以否认的正面意味。

1938 年平安夜，博尔赫斯从家里出门去接朋友埃玛·里索·普拉特罗。博尔赫斯约好和她共进晚餐，他还带了一份小礼物，那当然就是一本书。由于电梯坏了，他沿着楼梯跑上去，没发觉新上漆的外推玻璃窗有一扇是开着的。他觉得额头好像被什么擦了一下，但没停下来察看。埃玛一打开门，博尔赫斯从她脸上惊恐的表情马上就晓得有事情很不对劲，伸手一摸额头，竟然满手鲜血。虽然做了初步的急救，但伤口还是感染发炎，害得博尔赫斯就此卧床一周，发烧、谵妄不止。一天晚上，他竟然无法开口说话。博尔赫斯经人紧急送医动手术，不过，他还是因此染上败血症，有一个月的时间群医束手，都觉得他可能过不了生死难关。博尔赫斯在他英文口述的自传里提过这件事，这事后来也成为他的短篇小说《南方》的素材。

他写道："待逐渐康复，我就很担心自己的心智是否还健全。我记得那时我母亲想读一本书给我听，是我刚订购的 C. S. 路易斯的作品《沉寂的星球》，但一连两三个晚上都被我推托掉了。到最后，还是我母亲赢了，才听她读一两页，我就不禁泪下。母亲问我为什么流泪，我回答她：'我哭是因为我听得懂。'过了一会儿我又想，那不知我还能写吗？我先前写了不少诗，也写了几十篇短评。我想，若是我尝试写评论却写不出来，那我的心智准会整个被打垮。但若是尝试写以前我从没真正写过的东西，那写不出来也不会太糟，说不定还因此可以做好心理准备去面对最终的结果。所以，我决定写短篇小说。写出来的便是《〈吉诃德〉的作者皮埃尔·梅纳尔》。"

《〈吉诃德〉的作者皮埃尔·梅纳尔》登在 1939 年 9 月号的《南方》杂志。故事伪装成一篇怀念故人的文章，要收在《皮埃尔·梅纳尔纪念文集》一类的书里。博尔赫斯写这一位纯属杜撰的皮埃尔·梅纳尔想将《堂吉诃德》重写一遍：不是重抄，不是凑出一部仿作。博尔赫斯写道："他值得赞扬的壮志是写出一些同米格尔·德·塞万提斯逐字逐句不谋而合的篇章。"[1]

1　引自王永年译文。

这一篇短篇小说大获成功。博尔赫斯一名德高望重的文友向他道贺，但说博尔赫斯费这般手脚有一点浪费，因为读者只要真的有文学素养，梅纳尔的那些事不会看不出来。

博尔赫斯用的手法是一柄双刃剑。一来，他像是在说“作者”谁属是机缘巧合在决定的事（当然不脱戏谑），只要天时地利皆具，任何一部作品，随便哪一个作家都写得出来。他出版的第一部诗集，《布宜诺斯艾利斯激情》，写于未满二十四岁之时，却已经明言：“如果本书诸页能俯允一首快乐的诗作，尚祈读者见谅本人先行据有之不恭。本人与诸位几无差别，但凭琐细偶然的际遇，各位成为这些习作的读者，而本人忝为作者。”

再来，博尔赫斯却又像是在说，文本的性质乃由读者通过许多方面来决定，作者的归属便是其中一个方面。同样的文章，归在某一位作家名下，读起来便会和归入另一位作家名下大不相同。塞万提斯（17 世纪文化素养深厚的学者）的《堂吉诃德》，绝对不同于梅纳尔（威廉·詹姆斯的同时代人）的《堂吉诃德》。作者署名为撒乌利·罗斯塔尔的《阿戈斯街疑案》，和署名为博尔赫斯的《阿戈斯街疑案》，读起来也不一样。没有哪一本书摆脱得了弦外之音，每一位读者不仅读纸面上的文字，也读与作者特有之存在相伴的、在文脉上的无尽的波动。循这样的观点，那就无所谓“伪作”，仅仅是不同的作品刚好有相同的内文罢了。

博尔赫斯自己的著作就充斥这样的补偿式伪作，其中包括：

· 作家们，例如有前文已经提过的作家米尔·巴哈杜·阿里和皮耶尔·梅纳尔，还有其他一些，如英国的怪作家赫伯特·奎因，拿一部“始创小说”（one-ur novel）弄出无以计数的变体。

· 鱼目混珠的学术文献，例如多部博尔赫斯文集当中的“译文”。有一点在此值得一提：博尔赫斯初试小说啼声，就是以马塞尔·施沃布[1]的作品《假想的人生》为本而写的仿作，也就是博尔赫斯从1933年起为《缤纷周六杂志》写的人物小传，两年后结集为《恶棍列传》。博尔赫斯在这一篇篇小传当中使用的文献和引述，都经他以诠释、迻译再作变形。只是，那个可厌之极的安德鲁·赫利译的、维京出版社于1998年出版的“要命版”《恶棍列传》，竟然下工夫将之“还原”，结果做出了荒唐透顶的成绩。“我改用英文文献的原文，”赫尔利写道，“所以，《作恶多端的蒙克·伊斯曼》（其中收录的一则故事）里的纽约黑帮，讲的话就改用赫伯特·阿斯波里的书中引述的话，而非将博尔赫斯的西班牙文照通常的字面意思转译为英文；循博尔赫斯的译文再回译为英文，似乎没有什么道理。”所以，赫尔利等于不打自招，承认力有未逮。赫尔利显然没注意到博尔赫斯本人说过，他写这几篇短篇小说是在做“叙事散文练习”。

·细加注释的假想之书，像他在短篇小说、散文里写的诸多文献出处，或是引述。例如那部中国大百科就教人难忘，书中理直气壮地将动物分成“（a）属于皇帝的；（b）涂香料的；（c）驯养的；（d）哺乳的；（e）半人半鱼的；（f）远古的……（k）用驼毛细笔描绘的；（l）等等；（m）破罐而出的；（n）远看如苍蝇的”[2]。当然还有神话一类的假想物，例如《特隆、乌克巴尔、奥比斯·特蒂乌斯》里的平行宇宙，以及“通天塔图书馆”。

话虽如此，所有这些虚构绝非无端：它们一样样皆属必要，是在弥补文学史疏忽未填的空白。前述中国大百科的引文，就为福柯搭起了跳板，

1　马塞尔·施沃布（1867—1905），法国犹太裔象征主义作家，最为知名的作品为《双心》《戴黄金面具的国王》和《假想的人生》。其中《假想的人生》为二十二名古代历史人物写神话式小传。

2　引自黄锦炎译文。

供他写下《词与物》。要不是先有了“通天塔图书馆”（以及博尔赫斯本人，化名为胡安·德·布尔戈斯），翁贝托·埃科可写不出《玫瑰的名字》。赫伯特·奎因也是“乌力波”得以问世的必要前提。梅纳尔明显便是劳伦斯·斯特恩与詹姆斯·乔伊斯之间的连接。法兰西忘记生出博尔赫斯，也不是博尔赫斯的错。这些粗心的事，真该谢谢有博尔赫斯帮我们纠正回来。

所以呢，伪造，在博尔赫斯的世界，不是与创造相对立的一桩罪。伪造便寓含在创造这一件事当中，而且，不论是公然承认还是巧妙隐藏，每次需要“悬置不信”的时候，伪造也就发生了。“太初有道（言）”，要我们相信不仅“道（言）与神同在”，而且“道（言）就是神”。《堂吉诃德》不仅是梅纳尔读的文字，梅纳尔同时也是写下这些文字的作者。

人生，于我们有太多伪托的假象，却供博尔赫斯本人一个博尔赫斯式虚构设计的完美“拟相”（simulacrum），而读者们可用这种虚构，对一段文本予以必要的完善，使之成为无所不包的解答。

1976 年 4 月，莎士比亚学者齐集美国首府华盛顿，举行第二届世界莎士比亚大会。大会的高潮就在博尔赫斯要以莎士比亚为主题发表演讲，讲题为《莎士比亚之谜》。数千名学者活像摇滚乐团的追星族，争先恐后挤进希尔顿大饭店最大的一厅，想抢到一席座位。有幸听讲的众人当中，有一位是戏剧导演扬·科特[1]。他和其他人一样，好不容易才抢到座位，得以亲耳听取大师揭开莎士比亚之谜。博尔赫斯由两人搀扶步上讲台，来到麦克风前。科特在《本质剧场》描述过当时的情景：

> 讲厅里人人起立，掌声雷动，长达好几分钟。博尔赫斯却动也没动。掌声终于停歇。博尔赫斯的嘴唇动了动，听众却只听到模糊不清的低

1　扬·科特（1914—2001），波兰戏剧评论家、理论家。著有《莎士比亚：我们的同代人》，对西方 20 世纪下半叶的莎士比亚戏剧创作有很大影响。

吟。大家费尽力气竖起耳朵，也只从他单调的低吟听出来有一个词反复出现，像远方的船只一再发送的、被海浪声掩盖的号音：“莎士比亚，莎士比亚，莎士比亚……”麦克风放得太高了，可是，整个大厅却无一人有胆子走向前，把年迈的失明作家面前的麦克风拉低一点。博尔赫斯就这样子讲了一小时，这一小时唯有“莎士比亚”这一个词传到了听众耳中。但这一小时却没一个人站起来或走出去。待博尔赫斯演讲结束，人人起立，鼓掌喝彩不绝，仿佛无止无休。

科特无疑和其他听众一样，为听不见的讲辞加上了他自己的解读，在反复传来的这一个词——“莎士比亚，莎士比亚，莎士比亚”——当中听到了莎士比亚之谜的谜底。但搞不好博尔赫斯本来也没有别的要说。借着仪器失灵之助，这位作伪大师达到了他要的目的。他将自己的讲稿转化为四处回荡的伪作，由满座的皮耶尔·梅纳尔协力写就。

第三部

备忘录

“那一刻之可怕啊，”国王继续说，“我永远、永远都忘不了！”

“你会忘掉的，”王后接口，“不要做备忘录不就忘了。”

——《爱丽丝镜中奇遇》第一章

切·格瓦拉之死

"那要是找不到呢？"爱丽丝又问。

"那它就会死，还用说。"

"那一定常常这样子啰。"爱丽丝沉吟道。

"总是这样。"蚊子回答。

——《爱丽丝镜中奇遇》第三章

政治可以当文学来读吗？某些时候，在某种状况下，也许可以。例如1967年10月8日，一小队玻利维亚突击队员在苏克雷东边荒野的伊格拉村附近设下埋伏，一小撮游击队就在长满矮林的小山沟里中伏，其中两人遭到生擒。一位是玻利维亚游击队的革命斗士，只知叫威利。另一位则是埃内斯托·"切"·格瓦拉，古巴革命的英雄，当时在玻利维亚境内带领游击队，进行玻利维亚总统雷内·巴里恩托斯将军说的"外国侵略行动"。

安德烈斯·塞利奇中校收到消息，匆匆跳上直升机往伊格拉村飞去。在小村破败的校舍内，塞利奇和生擒的俘虏谈了四十五分钟。"切"生前最后几小时的遭遇，直到1990年代末期都鲜为人知。在噤口二十九年后，塞利奇的遗孀终于同意将塞利奇当年为那一场会谈留下的笔记，交由美国记者约翰·李·安德森参阅。除了是重要的史料，塞利奇的笔记看了也教人感伤，因为它留下了一个人生前最后的话语，由他的敌人带着敬意记录下来。

“指挥官，我觉得你好像有一点沮丧，”塞利奇说，“可以说一下你怎么会给我这样的感觉吗？”

“我失败了，”“切”回答，“全完了，所以你才会看到我这样子。”

“你是古巴人还是阿根廷人？”塞利奇问。

“我是古巴人，也是阿根廷人、玻利维亚人、秘鲁人、厄瓜多尔人……你懂吧。”

“你为什么要到我们国家来打游击？”

“你看不出来这里的农民过的是什么日子？”“切”问他，“他们几乎跟野人一样，穷得教人椎心，只有一间房既当卧室又当厨房，没有衣服穿，像动物一样被遗弃……”

“古巴不也是这样？”塞利奇反驳。

“不对，不一样。”“切”回击，“我不否认古巴一样有很穷苦的民众，但 [最起码] 农民还能怀抱进步的幻想。玻利维亚这边就不一样了，生活没有一点指望。出生时这样，死时还是这样，永远看不到人的境况有一丝丝的改善。”

美国中情局要留“切”活口，只是命令可能没送到古巴籍的中情局探员费利克斯·罗德里格斯手上吧，他是负责此次行动的美方主管。翌日，“切”遭到处决。为了制造俘虏死于作战中的假象，行刑手还故意先朝他的四肢开枪。尚未气绝的“切”在地上痛苦扭动，“明显还用嘴咬住一只手腕，免得痛叫出声”，最后一枪正中他的胸口，导致肺脏积满血水。“切”的尸体由飞机送到巴耶格兰德镇，展示长达两天，供官员、记者、镇民参观。塞利奇还连同几位军官一起站在格瓦拉的头旁边，摆姿势拍照。

之后，格瓦拉的尸体就“消失”在巴耶格兰德镇的小机场附近，坟地末作标记。死去的“切”于多张照片的遗容，还真是很难教人不联想到死去的耶稣（半裸的瘦削身躯，一脸胡须，痛苦的脸庞）。格瓦拉也就此成为我这一代不可或缺的偶像，在1959年古巴革命爆发时，我这一代人还不满十岁呢。

切·格瓦拉的死讯传到我耳里时，我在布宜诺斯艾利斯大学读大一已近期末，而我也只读了这么一年。暖暖的10月（1967年入夏特别早），我和几位朋友正计划去南方旅行，准备到巴塔哥尼亚安第斯山脉露营。那一带我们很熟，高中那几年的暑假，大半都在那里作野外徒步旅行，由几位热心的左翼学长带队。他们的政治信仰从保守派斯大林主义到思想自由的无政府主义，从抑郁寡欢的托洛茨基主义到帕拉西奥的阿根廷式社会主义都有。大家围着营火坐成一圈的时候，他们带的书包每每被我们抢夺一空，里面有布拉斯·德·奥特罗[1]、聂鲁达的诗集，萨基[2]和胡安·鲁尔福的短篇小说，阿莱霍·卡彭铁尔和罗伯特·路易斯·斯蒂文森的小说。看到科塔萨尔有一篇短篇小说从“切”的日记摘下一句话作题辞，我们就讨论古巴革命的理想。我们唱歌，从西班牙内战的歌曲唱到意大利文艺复兴时代，从慷慨激昂的《伏尔加船歌》唱到猥亵的伦巴小曲《我的小亲亲大腿好丰满》，还唱各种探戈，以及一首又一首阿根廷的桑巴。不说是大杂烩还真不知该怎么形容。

去南方露营，不仅是旅行而已。我们的巴塔哥尼亚可不是布鲁斯·查特文[3]的。几位带路的学长以澎湃的少年热情，要带我们去认识阿根廷社会不为人知的一面——我们这些人窝在布宜诺斯艾利斯的舒适住家、永远没办法认识的一面。我们住的富裕小区周遭也有贫民窟——我们叫作悲惨村

1　布拉斯·德·奥特罗（1916—1979），西班牙诗人，1950年代“社会诗”运动的代表，提出“为大多数人写诗”的口号。

2　原名为赫克托·休·门罗（1870—1916），出生于缅甸的英国小说家，以短篇著称。

3　布鲁斯·查特文（1940—1989），英国旅行作家，以《巴塔哥尼亚高原上》奠定名声。

落（villa miseria），所以，我们对于贫民窟倒不是一点模糊的概念也没有。但是，“切”向塞利奇形容的那般奴隶似的处境，依然是阿根廷各地大庄园的许多农民遭遇的处境，而原住民族遭军方堂而皇之赶尽杀绝，迄至 1930 年代为止，对此我们浑然不知。我们的学长多少是出于热心，要带我们去看看“真正的阿根廷”。

一天下午，在埃斯克尔镇附近，几位学长带我们走到一处巍峨、崎岖的峡谷。我们排成一字纵队前进，心里纳闷这样一条石头小路，尘土飞扬，风景又不好看，是要走到哪里去？等到爬上了峡谷的岩壁，就看到那里开了好些口子，像是通往洞窟的入口，洞口露出一张张瘦削憔悴、满是病容的脸，男女老少皆有。几位学长领着我们一行人穿过峡谷走过去再走回来，从头到尾一声不吭。不过，入夜后架起了帐篷，他们就开口为我们说明白天所见的那些人过的是怎样的日子：以岩洞为家，像动物一样；平常以当农工打零工糊口，生养的孩子没几个活得过七岁。翌日，我有两个同学就开口问他们的学长，怎样可以加入共产党。其他人走的道路就没那么平静了。有几人在 1970 年代成为对抗军方独裁的斗士，其中一位，马里奥·菲尔梅尼奇，更成为阿根廷“庇隆主义左翼城市游击队”（Montoneros）的嗜血队长，多年一直名列军方头号通缉要犯之列，虽不是美名，但也够响亮了。

“切”的死讯虽是无比沉重的打击，却也不出意料之外。“切”在我这一代等于是社会的英雄化身，我们大都知道自己永远无法成为他。坚韧不拔又狂放不羁，这般特异的结合体对我这一代有强大的魅力；即使是追随在“切”身侧的人，“切”一样是完美的化身。他生前在我们眼中便已是传奇，我们认为他所展现的英雄气魄是不朽的。所以，听到罗德里格斯，也就是那个美国中情局的奸诈特务，在“切”死后忽然开始为哮喘所苦，仿佛逝者生前的痼疾转移到他身上，我们一点也不意外。

“切”看到的我们同样看得到，对于“人的境况”根深蒂固的不公，他感受到的愤慨我们同样感受得到；不过，他不像我们，他主动采取行动。纵使他用的手段可争议，纵使他的政治哲学肤浅单薄，纵使他的道德观冷酷无情，纵使他最终的目标根本就难如登天，但在当时（说不定现在依然如此），更重要的是这一事实：他勇于反抗他认定是错的事，虽然他也始终不确定到底怎样才对。

埃内斯托·格瓦拉·德·拉·塞尔纳（这是他原本的全名，出名之后，才缩减为简单的“切”），1928 年 5 月 14 日生于阿根廷的罗萨里奥市，但为了掩盖他父母仓促成婚的理由，他于出生证明的生日被改写为“6 月”。他父亲那一边的先祖早年随西班牙征服者来到阿根廷，在亚热带气候的米西奥内斯省拥有一座大农场。由于格瓦拉有困扰终生的哮喘痼疾，他们一家搬到了气候更有益于健康的科尔多瓦省，后来又于 1947 年移居到布宜诺斯艾利斯。格瓦拉在布宜诺斯艾利斯读医，拿到了医生的头衔，之后，出发前去探索拉丁美洲大陆，“看遍大陆惊险刺激的奇景”。格瓦拉迷上了所见的一切，难以放弃浪游的人生。他从厄瓜多尔写信给母亲，宣布他已经蜕变为“百分之百的冒险家”。

格瓦拉于其“壮游”期间遇见众多人物，有一位特别教他难忘：一位他在危地马拉遇见的、逃离集体迫害（pogroms）的老马克思主义者。“你死的时候要紧紧握拳，咬紧牙关，”这位浪迹天涯的“提瑞西阿斯”[1]说，“彻底证明你的恨，证明你的战斗，因为你不是象征，你是正在瓦解的社会里真正的一份子，蜂群的精神正在透过你的嘴讲话，渗透在你的行动当中；你和我一样有用，只是你不晓得为了这个牺牲你的社会，你所作的付出用处有多大。” 格瓦拉绝想不到这老人家已经为他写好了墓志铭。

格瓦拉在危地马拉对政治冲突的认识变得特别敏锐，也头一次对革命的理想有所认同。他先是在危地马拉，未几又在墨西哥，认识了几位古巴

1 古希腊城邦底比斯的盲人占卜者，奥德修斯曾被派往冥界请他预卜未来。

流亡人士，他们都是对抗古巴独裁者富尔亨西奥·巴蒂斯塔的领袖。巴蒂斯塔的腐败政权令当时的作家海明威和格雷厄姆·格林既入迷又排斥。当时美国中情局派驻中美洲的探员戴维·菲利普斯，凭他对“乱党”的灵敏嗅觉，注意到有这样一位年轻的阿根廷医生，便开始搜集数据，建立他的档案——这份档案经年累月下来，将成为美国中情局史上最厚档案之一。

1955 年 6 月，格瓦拉和菲德尔·卡斯特罗第一次见面，地点在墨西哥。早在 1948 年，卡斯特罗还是读法学院的二十一岁学生时，便已经在筹谋推翻巴蒂斯塔。他对这个阿根廷人一见如故，而其他古巴革命人士已经开始用阿根廷人日常打招呼的用语“切”[1]来称呼这个阿根廷人了。格瓦拉在日记也写过：“我觉得我们两个气味相投。”格瓦拉写得没错。

1959 年古巴革命成功之后，格瓦拉试图追寻伟大的革命续篇。他把眼光放到了未来：古巴革命有了结果，他相信革命志士会将战火朝邻近的国家扩散（而以玻利维亚为首选）。所以，他们要在玻利维亚挑起战事，推翻寡头政治和在他们背后撑腰的帝国主义主子。战争到最后一定会把他们最大的死对头——美国，逼得跳下火坑。这样一来，拉丁美洲各国就可以团结起来，对抗“外国入侵势力”，在本土大陆击溃帝国主义。“切”的战争不在于反抗一切形式的权力，甚至不在于反对“阶层社会”（tiered society）这样的观念。他才不是无政府论者，他认为社会需要有组织的领导，想象成立“泛美洲国”，由手段强硬但讲道德伦理的政府统治。

法国历史学家雅克琳娜·德·罗米伊写过一本小书《探求自由的古希腊》，谈古希腊人对自由的看法。她指出，安提戈涅的反叛不是在排斥权威本身，相反，她是在服从一项道德律，而不是专断的命令。格瓦拉应该也一样觉得他不服从这样的道德律不行，为此他愿意牺牲所有的事、所有的人，他自己当然也包括在内。但我们也知道，革命的战火始终未曾烧到玻利维亚

1 类似中文的“喂”。

的战场之外。格瓦拉是否认识到自己的牺牲用处到底何在，这个问题并没有答案。

然而，即使如今贪婪几乎升华成道德，企业的野心凌驾于单纯的社会（遑论社会主义的）考虑之上，格瓦拉的理想并未因政治挫败而沦为绝响。在某种程度上，他成为了又一个富有个性的拉丁美洲人物，和埃米利亚诺·萨帕塔、潘乔·比利亚一样，头像常常印在T恤或是购物袋上。玻利维亚的国家旅游局还招揽旅行团，到格瓦拉人生最后一战的地点和曾展示遗体的医院去。不过，格瓦拉留给后世的，绝不止于此。格瓦拉的面容——不论是生前头戴五星贝雷帽，还是死后双眼宛若能看到我们身后般凝视——似乎依然涵括着一种从广阔的、英雄史诗式的视角看待男人和女人在世间的角色的观点，而这样的角色如今在我们看来，似乎完全超乎我们的能力或兴趣。

格瓦拉无疑是“人如其形”的写照。英烈的故事必须搭配图像，才能相得益彰。生前，蒙面侠佐罗和侠盗罗宾汉（通过道格拉斯·范朋克和埃罗尔·弗林）将他们的容貌赋予了他，在大众的想象中他等于年轻版的堂吉诃德、拉丁美洲版的加里波第。死后，正如巴耶格兰德医院的修女所说，她们偷偷剪下一小绺格瓦拉的头发好放进圣龛，那时的他就像耶稣基督被人从十字架放下来时一样，围在他身边的穿深色制服的人，也像身穿现代服装的古罗马士兵。在某种程度上，格瓦拉死后的容颜盖过了他生前的相貌。

导演费尔南多·索拉纳斯拍的纪录片《燃火的时刻》（1968）长达四小时，为阿根廷的历史从草创到格瓦拉遇害留下了精彩的大事纪，其中一段很有名：镜头对准格瓦拉了无生气的脸，一停好几分钟，逼观众向格瓦拉致敬。是他，在不公不义面前代我们发泄立起而行的冲动；是他，为我们承担良心不安的啃噬。观众看着他的脸不禁扪心自问：他，是在什么时候，不再只是哀叹世上的苦难，不再只是可怜穷人的命运，不再只是开口痛骂当权者贪得无厌，而是越过了界线，开始动手去做，身体力行，力挽不公不义的狂澜?

格瓦拉是何时越界的呢？说不定真的找得到时间点。1957年1月22日，格瓦拉第一次动手杀人。格瓦拉和一批游击队同志走在古巴一处灌木丛中，时值正午。忽然有一名士兵从一栋小屋朝他们开枪；小屋离他们站的位置不到七十英尺。格瓦拉发射了两枪。第二枪正中该名士兵，士兵倒地。此前，面对弥天盖地的不公不义，格瓦拉心头的义愤再澎湃，也只能借拜伦式的姿态发泄，拿19世纪铺张华丽的调调写一写蹩脚的诗文；要不然就写文诌诌、掉书袋的散文，这样的散文在拉丁美洲叫作“富有革命气息”，却只是乱塞一些就职大典的辞藻和虚浮华丽的比喻罢了。不过，初尝杀人经验之后，有些什么改变了。原本热切但传统的知识分子格瓦拉，此后摇身一变成为行动派，再也不会回头。步向这样的命运，可能也是早已注定，即便他身上的一切似乎都联合起来反对他走这一步。

格瓦拉备受哮喘折磨，讲话时间一长就无法连贯成句，长时间行军就更别谈了。出身于一个从不公体制中获益的阶级，却挺身而出要打倒这样的阶级，个中的悖论他当然心知肚明。骤然投身行动而不去反省确切的目标到底为何，以执着无悔的决心，格瓦拉就此承担起浪漫的斗士 - 英雄的角色，成为我这一代为了减少良心不安而必须仰望的偶像。

梭罗断言:“秉诸原则的行动——知道什么是对的事,也去做对的事——会改变事物和关系；于其根本，就叫作革命，和先前的一切完全无法契合。这样的行动不仅导致国家分裂、教会分裂，也会导致家庭分裂；唉，这样的行动也会导致个人分裂，将个人身上的魔性和神性分开。” 格瓦拉（一定和当时阿根廷的所有知识分子一样读过梭罗写的《公民不服从》）应该也会同意梭罗对《马太福音》第十章第三十四节至第三十五节的释义。

失明记账人

跟他们说一遍，跟他们说两遍，他们就是不听我的意见。

——《爱丽丝镜中奇遇》第六章

1943 年春，诺思罗普・弗莱写了一篇论文。依弗莱在打字稿边缘写的小注，可知这篇文章是为伊曼努尔学院一份“从未出版”的刊物而写的。论文的标题是《世界的现状》，主旨在于如何“在陈腐和悖谬之间”，在“奥林匹亚山的超然与酒神的嘶吼”之间，走出“一条中间路线”。弗莱也特别指明，他讨论的现状就是指普遍的战争。弗莱秉其一贯的清简文风，警告大家不宜就目前的战事遽下“不无益处”的断言。

“腐树只长得出腐果，说目前这般邪恶、惨烈的人祸其实也有好处，只不过是一厢情愿、可悲可叹的看法，也是致命的错觉。”弗莱也归结：“而且，说此等好处‘值得’以战争的血腥、苦难、毁灭作为代价，纯属荒唐，除非后世众人都是尖酸刻薄到神智昏聩的记账人。”

弗莱这一篇论文的重点主要在于提醒世人，自然神论的社会是以战争为目的的。弗莱点破的事实，在来到第三个千禧年的时候，颇值得我们旧话重提。弗莱的见解一针见血，我们只能感叹他这一篇论文怎么没有写完。

不过，这一篇文章也和弗莱其他著作一样，多的是发人深省的旁枝末节。其中有一样特别有意思，和这好战的社会当中的一份子有关，说不定值得我们深究。我指的是“记账人”，专门负责统计世人愚行蠢事的人。

记账（bookkeeping）是个绝妙好词，它如今的意思完全合理。在人世曙光初露最光辉的时刻，文字被发明了，而第一个在泥块刻下可识读符号的人，不是诗人，而是记账人。现有文字的最早纪录——可能已经因为巴格达的伊拉克国立博物馆遭劫而被毁——是两块小石版上对于几头山羊或是绵羊之类的记录，而这记录其实是做生意的收据。世上的第一本书，便是账册。所以，后世的诗人保留了早前记账人的两大特征自然不足为奇。这两大特征：一是爱列清单，另一就是记录的责任感。

而西方书籍的两大基石，《伊利亚特》和《奥德赛》，在这两方面同样出类拔萃。它们的作者和弗莱一样认为战争不可能有所成就，更不会觉得战争可能结出和平的果实。荷马鄙弃战争，形容起战争用的也是“残暴”“天谴”“欺诈、两副面孔”一类的形容词。荷马的诗中，战场附近绝对不乏哀悯、悼亡的呼声；《伊利亚特》不论开头还是结尾都有恳求怜悯的字句，一样不是巧合。荷马账册里的“借方”和“贷方”，都不是我们的政客。荷马这一位记账人，从来就不会尖酸刻薄到神智昏聩。

那么，像荷马一样帮我们把账记得一清二楚的清醒而慈悲的记账人，有谁呢？他们应该具备哪些特质，或者说我们认为他们应该具备哪些特质，才能将他们的工作富有成效地做好？我们为什么要创造出荷马这样一个人，然后把我们两部原生故事的作者（father）归于他？

写作史——其中阅读史既是第一章也是最后一章——有诸多奇妙的产物，有一类在我看来独树一帜：有待后世为之创造出作者的佚名之作。佚名有其魅力，在每一类型的文学中都占据了不小的位置。只是有时候，大概是因为文本的深度和回响太过普遍，单单一位读者的书架供奉不下吧，大家就开始动脑筋，要为文本勾画出一位有血有肉的诗人，一位足以当作“人人”的诗人。就像是看到有一本著作竟然写出了我们私心深处悸动但又无以言喻的经验，便会希望这样的文字也是出自人手、出自人脑，希望有一个像我们那样的男性或女性，代我们这些后生小辈，将我们眼前一闪即逝或是心头一闪而过的形诸文字。为了找到这一个人，解析评论的学科拔刀相助，发挥侦探长才，抽丝剥茧挖掘出史诗《吉尔伽美什》或是《来日方长》[1]背后不知所踪的作者。不过，他们的工夫只是作确认而已。在读者的心中，神秘的作者早已经和他声气相通，宛若故旧，说是真有其人也差不多，只是差个名字罢了。

荷马便是在他的诗作写成之后很久才出现的，宛如当父亲的被子女挑中领养。几百年的文学批评史为他勾画相貌，有具体的，有象征的，先是杜撰他的传记，之后化为一则寓言、一类观念、一支民族的代表，甚至当作诗歌的化身。然而，不管是哪一种情况，都有赖读者先将诗歌的作者假想出来，才有办法假想其他。

假想作者史，在某种程度上，可以说是文学的平行史。荷马在希腊人眼中，等于是希腊一切的发端，是希腊文明和历史的发端。荷马在维吉尔眼中却是罗马人，出生地除外。荷马在拜占庭的诗人心中是历史学家，只是这一位历史学家于人性的认识十分了得，于历史的认识却不太可靠。荷马之于但丁，则是大名如雷贯耳但归隐久矣的匠人而已。托马斯・德・昆西在近 1850 年时，问过“荷马”会不会是闪语“Omar”这一名字变形而成的（“荷马”这名字之下，除了挂了两部史诗，在希腊文学完全找不到蛛丝马迹），还假想他和讲出《天方夜谭》故事的那一帮人，应该也有一点关系。

备受嘲弄的海因里希・施里曼[2]跟着历史学家卡尔・布林德一起误入歧

1　法国作家罗曼・加里以化名埃米尔・阿雅尔于 1975 年出版的小说，使得他第二次获得龚古尔奖。1980 年吞枪自杀后，他的遗作发表，才解开了这个谜团。

2　海因里希・施里曼（1822—1890），德意志商人。致富后为实现童年梦想，勤奋自学，投身考古事业，证实了特洛伊和迈锡尼古国的存在。

途，说荷马可能跟他笔下的特洛伊人一样，属于雅利安人种，碧眼红发，尚武，有音乐天分，冷静明达。亚历山大·蒲柏将荷马比作一名英格兰绅士。歌德在荷马身上看见了自己，可能就是因为这样，他才会在 1805 年决定躲在帘子后面听弗里德里希·奥古斯特·沃尔夫开设的著名的荷马课，由于自觉是这位诗人的日耳曼化身，他在听到沃尔夫的描述时还有一点尴尬。塞缪尔·巴特勒[1]还竟然像在讽刺一样撰文申辩荷马是女的。对于像吉卜林、庞德、乔伊斯、沃尔科特、博尔赫斯来说，全天下每一个人都可以是荷马，也没一个人是荷马。语言学家米尔曼·帕里和艾伯特·B. 洛德则把荷马和“古兹拉歌手”（guzlar）连在一起。“古兹拉歌手”是塞尔维亚的史诗吟游歌手，现在依然游走于各地的村庄，吟诵他们口传的诗作。2008 年，德国诗人拉乌尔·施罗特认为荷马是从苏美尔人的古代歌谣找到灵感的，还说荷马是从中东迁徙到希腊的诗人，他的诗艺是在巴比伦或是乌尔学来的。施罗特提出的“巴比伦影响论”并不离谱，《吉尔伽美什》的气氛和《奥德赛》确实没多大差别。吉尔伽美什和恩奇都（Enkidu）两人，总让读者觉得像是同一个人，而他们的历险，和荷马史诗当中那个自称“谁也不是”而读者觉得他“谁都是”的人的历险，似曾相识。

职业五花八门，影响五花八门，族裔五花八门——这便是我们叫“荷马”的这人的漫长“生平”的特色。而所有人——不管是亚里士多德还是乔伊斯——都没有争议的，似乎就是：不管是真人还是假想的，不管是一人还是多人，荷马于外貌最大的特征，便是失明。早在约公元前 7 世纪，《阿波罗颂歌》便唱道，提洛岛的少女遇到陌生人问：“到你们这里的歌手，谁是最温柔的男子？”她们应该回答：“住在多岩石的希俄斯岛的盲人，他唱的歌每一首都绝顶出色，不论现在还是以后都无人能及。”

1　塞缪尔·巴特勒（1835—1902），英国小说家，著有乌托邦讽刺小说《埃里汪奇游记》以及半自传体小说《众生之路》等。

只是，我们这一位记账人的画像始终摆脱不了失明这一点，有没有原因呢？从公元前 5 世纪开始出现的荷马“传记”，无以计数，众说纷纭，唯一不变的就是荷马的失明。其中最广为人知的一部《荷马传略》，写于公元前 5 世纪或前 4 世纪，一度挂在希腊史家希罗多德名下。这部《荷马传略》写荷马并非天生失明，而是因为到伊萨卡岛染上眼疾才告失明，而他也是在那里听到了奥德修斯的故事，之后，奥德修斯便因他的诗歌而永垂不朽。伊萨卡的居民当然乐见有此时间巧合。诗人听到故事的时间和地点，也是他失去视力的时间和地点，恍若内在有灵光涌现，就会失去外在的光明。

不过关于伊萨卡的设想，也不是人人服气。荷马到底是在哪里失去视力的，对读者来说显然十分重要，所以，“伪希罗多德”（后来知道他应该是爱奥尼亚人）随后又否定了关于伊萨卡的说法，转而明指荷马是在爱奥尼亚的科罗丰一地失明的。“伪希罗多德”在书里信誓旦旦加了这一句：“科罗丰无人不同意此一说法。”另外也有不少地方竞相宣称是荷马的祖籍所在，或是荷马身亡埋骨的处所。荷马的出生地，也有七处城市在抢。不过就文学而言，害荷马失明的地方，才是要点。

依照“伪希罗多德”的说法，诗人流传后世的名字始终起自他失明这一件事。还是小孩子的时候，这位日后会写下《奥德赛》的人，取的名字是梅莱斯吉涅斯（Melesigenes），这是跟着梅莱斯河而取的。日后诗人才改名荷马，那是在西米里的事。吟游四方的诗人来到西米里，向该地的元老院提议，说他唱的诗歌说不定可以帮他们的城邦打响名号，因而希望官府提供食宿作为交换。元老院的衮衮诸公（循大多数政府机构的惯例），当然一口回绝，指出他们若是开下这样的恶例，西米里没多久就会被蜂拥而来的瞎子乞丐淹没，哀求施舍——西米里人的“乞丐”一词，发音近似“荷马”。诗人为了给官府难看，此后便以“荷马”自称了。

失明之为象征，有双重但矛盾的寓意。有人说失明反而是打通了另一片视野，像是开了天眼；但也有人说失明是失去了眼光，代表判断力有误，这以女神阿忒为代表，凡人因阿忒作怪而会判断失误，沦为不分青红皂白的报复女神涅墨西斯的祭品。失明的双重特质，在荷马的诗作中清晰可见：奥德修斯在阿尔喀诺俄斯的王宫中以无名氏的身份晋见国王。可是，宫中的失明吟游诗人得摩多科斯，却能透过黑暗发觉别人看不到或不知道的事。所以，宫中没人认出奥德修斯是谁，但失明的得摩多科斯却看透真相，唱出了奥德修斯的故事，讲述奥德修斯和阿喀琉斯失和，木马屠城的计谋得逞，唱得这一位神秘的浪人想起久远的往事，潸然泪下。然而，不管奥德修斯对得摩多科斯的异禀有多欣赏，他深知黑暗也是逝者的归宿，他们的国度光明无法抵达，他们为自己被强加的失明而哀叹。不止于此，奥德修斯还知道失明可以是惩罚，是虽生犹死；当以人为食的库克罗普斯囚禁他和他的同伴时，他便让其受到这样的惩罚。缪斯女神加诸吟游诗人撒米利斯[1]的刑罚，也是失明，因为他竟然夸口他唱的歌赛过缪斯。

“失明”于希腊文明模棱不一的寓意，流传到犹太－基督教的时代。依《旧约》所述，亚伦的后代若是失明，就没有资格担任祭司向上帝献祭。索多玛城的男子因为对外地来的人没有爱心，也被判处失明的惩罚。不过，失明的人同时又蒙上帝护佑，例如《利未记》便有诫令，不准阻碍盲人的路，依《申命记》所述，故意领盲人走错路的，也要受上帝长久的诅咒。瞎子巴底买认出耶稣就是“大卫之子”，而向耶稣要求“得到”（receive）——不是某些译本所用的“恢复”（restore）——视力。巴底买天生失明，而有看透真相的能力，此时他希望双眼能够真的张开（《马可福音》第十章第四十六至第五十二节）。

弥尔顿于《失乐园》哀叹“我也忘不了另外两位和我／同命运，声名相似的人，盲人撒米利斯和美奥尼得斯”，“一年四季不停轮转，但白昼总／轮不到我，无论清晨的或黄昏的赏心乐事”，但他依然庆幸他失明的

1　一译塔米里斯。

双眼，“以能激起微妙和声的思想／为食饵，好像那不眠的鸟儿／在暗夜中歌唱，隐身于浓荫密林，／独自谱奏她那夜的歌曲”。[1]

所以，荷马便如千年传统所述，既是可怜的瞎子，也是灵通的先知。这双重特质，使得我们有正当的理由对他的诗作进行多重解读。我们创造了一个失明的荷马，这样就有借口对《伊利亚特》《奥德赛》进行例行的理解，将二者视为生命的隐喻：生命即战斗，生命即远航。这样的解读，同时也意味着荷马是原初作者，是神话一般的“诗歌之父”，从而保证两部史诗的声望。不论大家是要将荷马想作是《伊利亚特》《奥德赛》的作者，还是要将荷马伟岸的身影想作是这两部作品所造就的，也就是说，不论我们是要循尼采提的论点认为人是“概念”的产物，还是要认为“概念”是人的产物，这样的循环勾画出我们和诗歌活动本身的关系；这一活动，一端是漫无止境的一连串诠释，每一诠释所用的语汇和观点都是从特定的世界观来的，另一端则是我们和一位无所不备的创作天才之间的联系，这位天才来自最遥远的时间之域——无人可超越，他不为大千世界的万般迷乱所动，且由于失明，得以看透迷乱背后的真相。

“失明”这一概念，建立在失明之上。失了明，也就看不到外在的现实；但这也暗含着一种猜测：内在的现实可能因为没有外在的现实窒碍，而感觉得更为清楚。若是诗人不再去把握充满光色形状的大千世界（就像威廉·布莱克说的，受限于人的五官），便得以无拘无束将浩瀚无涯的宇宙一体尽纳于领会当中，透过故事的过往领会过往，透过角色的未来领会未来。这样，诗人可以在十足的意义上，既成为我们的先知，也成为我们的记账人。赫克托尔在《伊利亚特》中对妻子安德罗马克说：

终有一天，神圣的特洛伊必会灭亡

1　引自朱维之译文。

普里阿摩斯亦然，普里阿摩斯手持桦木杆长矛的人民亦然。

读者读到这里便都明白赫克托尔所说的命运到底何指，而展现于诗人眼前的，也不单单是普里阿摩斯的命运而已。

我于先前已经提过美索不达米亚发明书写有其实用的理由。只是，技术的发展往往会——也许应该说，总是会——偏离原始的目的。原本只是买卖的交易记录，没多久就加进了买卖成交的过程，而直到那时仍是各自栏目抬头的买家和卖家，也开始加进个人的特征和各自的陈述。书写在很大程度上，变得不仅在记录我们的世界，也在创造我们的世界。之前，语句仅限于口说，仅限于将记忆讲出来，将经验和要求说出来；之后，语句开始写在泥版上，留下故事供一代又一代的读者传阅。之前，为了将山羊或绵羊的交易记下来，记账士需要双眼明亮，但之后，变得失明反而才好，至少在象征层面上，因为读者开始了解，有意义的故事不会是从自然世界死板照抄下来的，而要由人将自然和社会世界的事情经过萃取、精炼，再转化成神话的语言才行。弗莱在前述他那一篇没写完的论文结尾，又写下一小段话，说先知的角色是在宣扬天启宗教而非自然宗教之“道”。若是我们追究一下 religion（宗教）这一术语在词源学上的含义（有“再绑一遍”或“绑紧一点”的意思），我们便获得了某种类似于诗歌定义的东西。

循此字源来看，对立两端的“自然”和“天启”重新绑了起来，衍生的意涵就教人心神一震了。一来，我们是和尘世及尘世之物绑在一起的造物，与其他种种生物并无不同，甚至往下拉到分子的层次，与没有生命的物体也无不同。人类渺若星尘这一古老的意象从科学上说也是真的。我们身上的原子，确实来自远古爆炸的星球。不过，达尔文学说也指出世上的每一物种为了适应物质世界，各自发展出来的方法并不相同。我们这一物种就于演化的过程发展出自觉的能力，不只知道我们在这世间，还知道是我们在这世间。

我们经由这样的自觉，或者说连同这样的自觉，而有了想象的天赋。这里说的想象力，不是某种空想出燃素的——我们的先人以为燃烧是由它引起的——微不足道的特质，而是和吃喝、呼吸一样的生理功能。我们因为有想象力这样的生理功能，才懂得在脑中虚构实际并不存在的状况供自己研究，动脑筋去克服可能会遇到的障碍，日后在现实生活真的遇上了，便派得上用场了。在我们真的不得不拿起武器或是踏上旅途之时，我们已经先在脑中模拟过打斗的过程，先在脑中探索过陌生的异域了。《伊利亚特》和《奥德赛》便是我们为每一场战斗、为每一次流徙所作的准备。所以，诗歌——也就是文学 ——将我们再绑回尘世，而且这一次绑得更紧，因为这样我们对尘世、对我们自己的觉察，才会更敏锐。

弗莱在第二次世界大战将近末了之时，说世界的现状是普遍的战争。放诸当今的世界现状，“普遍的战争”一说虽然不中，亦不远矣。（依弗莱在打字稿边缘手写的注记），他在 1943 年说美国是“国家之典型”（archetypal country）。这种情况如今依然，即便有不少征象显示“典型”正在变化。战事已经转移沙场，士兵已经更换军服，只是武器杀伤力之强大，双方拼个你死我亡的狠劲，丝毫未减。通过自杀来杀死非利士人的参孙，先是变形成日本皇军的“神风特攻队”，于今又再转化成自杀式恐怖分子，天天都在世界的某一处角落荼毒尘世的凡人。

而且不论站在哪一边，我们都不断在为自己制造敌人。我们不仅需要敌人来维系军火工业，还需要敌人来维系我们在感知上的自我封闭。我们害怕我们没听过的故事，唯恐说故事的人要把他们那一版本的世界，强行套在我们身上，害我们再也不知道自己是谁。我们也不肯拿耳熟能详的情节去换听不懂的故事，唯恐一旦换了自己却不觉得感动，或者虽然感动却莫名所以。我们要的是床边熟悉的脸，这样我们才会安心。我们执意认定自己的故事绝对比谁的都好。我们不信任外语；我们不鼓励翻译。20 世纪作家为战争的致命经验所做的资产负债表，可以归纳为“再也不要”几个字。

只是东风马耳，日常的经验都是明证。屠杀、破坏留下的斑斑血泪，交织成一部部历史纪录片，一篇篇真实、虚构的故事，一样样象征，一则则寓言；不知怎么的，却是再多也无法为我们建立和平，连为我们建立比较适合人类居住的世界也不可得。若真有上帝在细看我们这样的人世，那他的耐性或者冷漠确实非同小可。

海涅在其《阿塔·特罗尔》第八章，假想熊族眼里的上帝应该也有熊性，一身熊毛"不染一点尘埃，洁白如雪"，十分神圣。时间往前拉到离《伊利亚特》比较近的年代，科罗丰（就是有幸害荷马失明的科罗丰）的色诺芬尼，也主张牛、马、狮子若是有手指，像人类一样会画画、会雕刻，那么，牛就会把它们的神画成牛的样子，马的神就是马的样子，"以此类推，无不如此"。我们怎样想象上帝，和我们怎样想象作者是一样的，也和我们怎样想象自己差不多。而我们之所以想象作者和诸神已经失败，说不定就是因为我们清楚我们自己容易犯错。

所以，感觉故事讲得不成功，不是单方面的事。文学是协力创造的事，这不是指编辑或是写作课那种协力，而是从泥版刻下人世第一行诗文起，读者和作者就懂得的的那种。诗人字斟句酌、百般推敲的创作，在写下最后一个句点的时候告终，在第一位读者的眼中复活。只是，这一双眼睛不可以是普通的眼睛，不能被亮晶晶的小饰品和镜子闪得分神，而要专注将文字吸收、消化到自己身上，也就是要读得既消化书也被书消化。弗莱就说："书，是要你去住进去的。"

我们为自己假想出来的荷马也十分清楚，单靠诗人一人，即使有失明之助，也没办法只手创造出崭新的世界。得摩多科斯的歌，要有奥德修斯去听且掉泪，要他头一遭去理解自己打过的仗、跋涉过的旅程。为了诗，奥德修斯一定也要跟着失明，失明如得摩多科斯，必要的话被热泪烫得失明也好。这样，他才能将双眼从阿伽门农的野心、阿喀琉斯的坏脾气、喀尔刻的美貌、库克罗普斯的残暴挪开，看到自身内在更黑暗、更美好、更深邃的角落。

所以，说不定读者也一样要有“积极的失明”才好。这不是要你看不到世上万物，更不是要你看不到世界本身，看不到世上日常闪现的喜乐和恐怖，而是要你看不到身边环伺的浮华和虚荣。因为我们是直立在自私的一角向外张望的，对于我们所占的这一角，我们自己是看不到的，这使得我们相信我们便是世界的中心，世上的一切可予取予求。这样的眼睛好贪婪，只巴望万事万物都以我们的标准为标准，连我们听的故事也是如此：不可以比我们伟大，但也不可以太过渺小，而害我们朝内心深处探寻始终未曾认清楚的自我。我们只要在表层上探险就好，简单就可以完成，很快就可以领会，不用掀起一丝波澜。我们拿到的书，一本本包装得漂漂亮亮的，厚薄和色彩都差不多，出版社还信誓旦旦保证读起来轻松愉快，让我们不必动脑就有思想，祭出简单、速成的模型，伟大，自私，单薄，供我们心向往之，但不必作一丁点儿付出。我们要诗人都像奥登在《一位暴君的墓志铭》中所描述的暴君：

某一种，完美，是他的追求，
他所创作的诗歌容易理解；
他对人的愚蠢瞭如手背，
且对军队和舰队兴味极浓；
他笑，可敬的议员们爆笑，
他哭，小孩子死在街头。

吟游诗人失明是个普遍的范式。我们的荷马，以人为尺度的神话世界的创造者，需要这一项特征来防止被感官误导，被俗套的现实分神，被预设的思考模式“程式化”（借用现在的流行语）。不过，我们读者，既然身在书页的另一面，一样需要有这样的才能，才不致——如鲁珀特·布鲁克[1]准确表达的——“被我们的双眼蒙蔽”。而依照弗莱对我们的教导，这样的才能，乃真正的阅读技艺之核心。

1　鲁珀特·布鲁克（1887—1915），英国诗人，以“一战”期间写作的对战争理想化的十四行诗最为知名。在随英军远征达达尼尔海峡时，因蚊子叮咬引发败血症而亡，葬于希腊。

真相的韧性

“我有权利去想啊。”爱丽丝尖锐地说，因为她有一点担心了。

“你这权利啊，”公爵夫人回答，“就像猪想飞上天……”

——《爱丽丝漫游奇境》第九章

2007 年 1 月 19 日，我读到土耳其的亚美尼亚裔记者赫兰特·丁克因批评土耳其政府否认有亚美尼亚种族大屠杀一事，而于伊斯坦布尔遭十七岁的土耳其民族主义分子枪杀。记者因为讲出真相而遇害，也算历久不衰的习俗了，而为这样的罪行搬出各式各样的说辞，一样是乐此不疲的悠久传统（我用“历久不衰”“乐此不疲”这样的字眼，不是在耍嘴皮）。从施洗约翰和塞涅卡到鲁道夫·沃尔什[1]和安娜·波利科夫斯卡娅[2]，讲真话的人和刽子手在文学浩瀚的书海所占的架位可是多得吓人。

二千四百多年前，也就是公元前 339 年，三位雅典公民以哲学家苏格拉底危及社会为由，发起公诉。在审判中，原告、被告双方陈词，之后，

1 鲁道夫·沃尔什（1927—1977），阿根廷作家、记者。以发表《一位作家致军政府的公开信》知名，后遭绑架失踪。

2 安娜·波利科夫斯卡娅（1958—2006），以报道车臣战争而闻名，遭暗杀。

由雅典公民代表组成的陪审团经多数决，判苏格拉底有罪，刑罚还特别严厉：死刑。苏格拉底众多门徒中最爱戴老师的，可能就数柏拉图了。柏拉图后来提笔写下了对苏格拉底答辩的记录，也就是流传后世的《申辩篇》。在《申辩篇》中，柏拉图笔下的苏格拉底探讨了许多主题：不虔诚的概念，控方的人格，对异端、毒害青年以及危害雅典民主认同的指控。最后一项指控在我们现代人听来，有种奇特的熟悉感。而苏格拉底讨论公民于公义社会应该尽到的责任，则如一条清晰的线，贯穿整个陈述。

苏格拉底于申辩半途，曾经谈及一个人身在政治世界，若有讲真话的意愿，会遇上怎样的危险："凡是坦诚地反对你们或别的大众，阻止在城邦里发生很多不义或犯法的事的人，都活不了，而其实，谁若一定要为正义而战，并且想多活一段，他必须私下干，而不是参与政事。"[1]

的确如此。从最早的先知起，为了讲真话这一人的天职而付出生命的人，可以列出一个长长的名单。"国际特赦组织"每年还要印发厚厚一大本年度报告，提醒大家全世界还有多少人单纯因为勇于发言而被关进牢里。安徒生写《皇帝的新衣》时，忘记跟我们说那个小男孩在指出皇帝根本没穿衣服之后下场如何。若是下场凄惨，当然也不奇怪。

苏格拉底向法庭解释他十分清楚讲真话的风险，说一个人站出来抗议错误、不法的事，会由于说出真相而送掉自己的性命。说到这里，都很清楚。只是这时，苏格拉底——追求真理可是他人生的首要目标，也应该是人人的生命首要目标——接下去却说，若是要保住性命，"并且想多活一段"，追求真理就应该局限在私人的生活圈子里就好，不要越界到外面社会的大圈子。

只是，这怎么做得到呢？

除非苏格拉底是在冒险说反话。他和所有人一样，当然知道追求真理，

1　引自吴飞译文。

诘问谎言，拆穿欺罔、假冒、诈骗，一语道破皇帝根本就没穿衣服，每一次必然都要踏入公众的领域，进入我们和公民同胞共有的世界。我们于人生的两端——子宫、坟墓——都孑然一身，但在两端之间，就是公共领域，在其间我们的权利和义务，会受到我们每一个同胞的权利和义务的限定，而每一偏见、伪托、欺瞒，无不在伤害这一领域内的每一个人，而且帐算到最后，连骗人者也一样会遭殃。苏格拉底被迫送掉自己的性命之后，雅典人民后悔莫及，关闭摔角场、体育场以示哀悼，还将两名出面指控苏格拉底的人驱逐出境，另一名则处死。

苏格拉底当然明了，每一社会皆循两条途径为自己作界定：一是准许，一是禁止，也就是说，通过将某些事物包容进来，将之认同为自身的形象，而对另外的事物则予以排除、忽视或否定。每一位公民身处社会的高墙之内，无不身负双重的责任：一是服从社会共同纳入或排除的事，也就是服从社会的规则；一是服从自我。一个有活力的社会于其肌理一定要有途径供其成员完成各人的双重责任：一是服从，一是质疑；一是遵从社会的规则，一是改变社会的规则。如果社会的公民只准去做其中之一（独裁或无政府状态），那就表示这样的社会连自身的信条都不相信，自然就有灭亡的危机。人类需要法律作为共同的保障，也需要表达想法、见证、质疑的自由，就如同需要呼吸的自由。这是不可或缺的。

苏格拉底有一位遥远又古怪的门徒，如果我们听一听这位门徒遥相应和的说法，或许会更容易理解苏格拉底的话。这是来自拉曼却的一位绅士，读骑士小说读到入迷，无法自拔，一天，毅然出发去当游侠，四处行侠仗义，发挥骑士勇敢、荣誉、正义的精神，“一方面为自己扬名，一方面为国家效劳”[1]。堂吉诃德一如苏格拉底，对于“凡是坦诚地反对你们或别的大众，阻止在城邦里发生很多不义或犯法的事的人，都活不了”，心里不是不知道。

1　本书涉《堂吉诃德》处均引自杨绛译文。

所以，堂吉诃德才会被人看作是疯子。

不过，他到底是疯在哪里？堂吉诃德把风车看成巨人，把绵羊看成士兵，相信世上真有魔法师和飞马。不过，他再荒诞不经，也还是相信一件事，一件和他脚踏的土地一样实在的事：对维护正义的义务。堂吉诃德看待世事像在看故事书，发挥的是“情境想象”的功力，这是他面对乏味现实的对策。但他无法自拔的执迷、无法动摇的信念，是路见孤儿必助，遇见寡妇必救——即使拔刀相助的大侠和幸获相助的苦命人因这一义举而更加倒霉。这也是塞万提斯要我们正视的吊诡：即使正义未必能够祓除不义，正义也不可或缺。恶行即使未能真的遏止，甚至还可能因之引发更大的恶行，也不可以坐视不理。对此，博尔赫斯也借笔下最恐怖的角色之口说道：“让天堂存在下去吧，即使我们的去处是地狱也无所谓。”

在追求正义之路上（这是人想要获得真理的方式），堂吉诃德踽踽独行。堂吉诃德数度历险，却始终未曾贪求权位，谋个一官半职。反而是他的随从桑丘，依骑士侠义小说的传统，因为追随堂吉诃德之功而得以统管一地。堂吉诃德向桑丘提出了关于公共事务的建议：要看场合穿衣，要涉猎武器、文学的知识，要懂得谦虚，不要感情用事。堂吉诃德的忠告介于嘲谑与睿智之间，勾画出了一个政府首脑的角色——但是，这样的角色显然不在他心向往之列。

一切历险过后，也被公爵及公爵夫人好好修理、嘲弄过一顿，堂吉诃德带着桑丘返乡。堂吉诃德对故乡说：“你的儿子堂吉诃德也回来了，张臂迎接他吧！他虽然败在别人手里，却战胜了自己；据他以前跟我讲的话，这是为人在世最了不起的胜利。”堂吉诃德这一段话，也许就是我前面那个问题的部分答案。说不定这正是苏格拉底说“谁若一定要为正义而战，并且想多活一段，他必须私下干，而不是参与政事”这一段话的含意。不求公开的胜利或赞美，但求秘密地战胜自己，在切身的领域成为一个高贵的角色，克服怯懦的冲动，对不公不义不会闭上眼睛，对社会的错误不会噤声不语。

这才是堂吉诃德于表面之下的基本关怀：面对社会的暴行不会装聋作哑，面对权贵作伪也绝不坐视，尤其要为历史留下记录。如果为了抵达真理，堂吉诃德必须以他自己的文学词汇重述现实，那就这样做吧。把风车看成巨人，终归强过完全无视风车之存在。虚构在塞万提斯那里，便是讲出真相的手法，彼时西班牙决意将自身历史重建在所谓纯粹、不受污染的基督教王国的谎言之上。西班牙先前大举驱逐犹太人、阿拉伯人也才过了不到一百年，却又要再将皈依基督教的犹太人、阿拉伯人尽数赶走。所以，为了拆穿虚假的现实，塞万提斯创造出最真实的虚构故事，告诉读者他不是《堂吉诃德》之父，只算是继父。孕育《堂吉诃德》的另有其人，叫熙德·阿梅德·贝南黑利，是阿拉伯学者，也在当时一大批不知所终的人之列。这样，好骗的读者才会相信他们捧在掌心的书，只是从他们国家早就查禁的外国语言翻译过来的。塞万提斯这样子做也像是在说，虚构必须揭穿西班牙历史想要覆盖自身的身份的欺骗性，这个身份肃清犹太人和阿拉伯人的遗绪，不需要有所质疑、反躬自省，因为它被假定笼罩在纯净的基督精神当中。堂吉诃德天真一如安徒生童话里的小孩子，手上的长剑指向这一身份，大喝："可是没穿衣服啊！"

历史虽是忠实叙述发生过的事，但塞万提斯却是可以用很多方法去"转译"，以便讲得更好。历史可以由长篇小说揭露，可以假托一名神秘的阿拉伯作家之笔，可以说成充斥魔法、暴力、奇迹的故事。不过，再怎么说，说出来的历史追究到最底层，一定要"真"。堂吉诃德于故事开始未久，便跟桑丘说历史是真理之母，"它能和时间抗衡，把遗闻旧事保藏下来；它是往古的迹象，当代的鉴戒，后世的教训"。西班牙却是直到现在才学到塞万提斯四百年前想要教他们的事——只是，即使事到如今，西班牙依然不愿正视历史，彻底接受一切。虽然现今对于"犹太人的西班牙""阿拉伯人的西班牙"，泰半不会再回避了，但是假民族身份的问题，却因为西班牙不愿承认佛朗哥时代的罪行而借尸还魂。不合理的是，巴尔塔萨·加尔松法官要求开挖西班牙强人佛朗哥时代的万人冢，准备调查西班牙民族主义者和共和派两边都犯下的暴行，竟然遭到驳回。只是，一如塞万提斯时代的西班牙假身份，这一件事说不定日后也会变成文人大书特书的故事。

其实和过去、现在的西班牙差不多，我们作为集体，都不太容易承认所属的社会曾有不太光彩的过去。怯懦也罢，无知也罢，傲慢也罢，连比较少见的羞愧也罢，大多数社会面对过去历史应该谴责的事，都有嘴硬否认或是企图扭转的时候。公元前第二千禧年的前半段，美索不达米亚太阳神庙的祭司们就为他们新盖好的纪念碑捏造落成日期，多加了八百多年，他们这一古老团体才好向国王多要一点津贴。中国的秦始皇于公元前213年也下令将境内书籍全数烧毁，让历史从他登基之日起算。再到“第三帝国”，为了证明犹太人于德国文化未曾有过丝毫贡献，宣传部长戈培尔宣布海涅名闻遐迩的诗作《罗蕾莱之歌》，其实是由古日耳曼一位无名氏所写的歌谣。唉，这样的事例不胜枚举。

遭到否认的事件，有时涉及的只是一个被希望就此湮没的个体，有时则关系到千千万万被蓄意地、系统地杀害的男女老少。而不论属于哪一种情况，社会要想否认根本不可能；连中世纪神学家都知道，即使上帝出马也做不到这一件事：改写过去。爱丽丝在《爱丽丝镜中奇遇》想要解释她为什么要到山顶去，但被红王后打断。王后说她可以带爱丽丝去见识什么叫山丘，“一比起来，你就会改口叫那作山谷了”。“不会，我不会，”爱丽丝壮胆回嘴，“山丘不可能变山谷。这样根本就是胡来——”的确是胡来没错。而我们的社会一而再、再而三地胡来，强辩山丘就是山谷，纵使事实明摆在眼前，教人痛苦，却还狡辩没有这样的事。

13世纪，亚美尼亚诗人霍夫汉内斯（Hovhannés d’ Erzenga），绰号“布劳兹”（Blouz），写下诗句：“唯真正的烈日带来光明：吾人务必明辨烈日真伪。”个中的道理简单明了，却是知易行难。虽然有少数的例子确实是因为真假难辨，因为烈日的真伪难辨，但主要还是因为一旦要作分辨，就表示公众已犯下错误，做出不义之事，而大多数社会用于谢罪、忏悔的词汇都很有限。

或许正因为如此，正因为集体悔过以洗刷良心不安难于做到，所以，世上的宗教大多将忏悔一事化作仪式。天主教在举行弥撒的时候，会重复诵念三次“我罪”。犹太人每逢赎罪日就要向亲朋好友邻居祈求宽恕。穆斯林每日进行五次祈祷，次次要求真主赦罪。这些无一不在承认人间的社会不乏人性的弱点，人类也会犯下凶残的罪行。这样的仪式当然是在向受害人致意，但仪式主要还是为加害人而举行。加害人若是没忘记犯过的罪，始终没忘也永远莫忘，就起码还有机会承认犯错，进而悔过。语言确实可以乱用，可以用来编织谎言，可以用来粉饰罪孽，可以用来捏造原本没有的历史，还要后人不相信不行。不过，语言也有治疗、创生的力量。错误的事，经由加害人的嘴，一字一句成形，传到被害人的耳里；错误的事，由发生过转化为被承认发生过，文字这时便真的让历史成了真理之母，像堂吉诃德说过的那样。

因此，为了不让说不出口的事情永远不说出来，所谓的民主社会，作为世俗机构，有时也会建立纪念碑，一来纪念受害者，二来为过去的暴行立下见证。不过，纪念碑的危险在于，纪念碑若是没能转化成活生生的、共有的经验，就会沦为记忆的哑巴载体，使得社会能够卸下记忆的重担，说不出口的事再次变得无声无息。所谓社会负有的“记忆的义务”，必须是一项积极义务，是带强制性的记忆。这样，暴行才不会重复，或者假如再次发生，也休想重弹不知其意味着什么以及未来的社会将如何评判的老调。

2009年，诺贝尔经济学奖得主保罗·克鲁格曼于《纽约时报》撰文指出，除非奥巴马总统下令彻查小布什主政时代出过什么事（大家都觉得奥巴马不会去查），大权在握的人就会认定他们凌驾在法律之上，“因为他们即使滥权也不必面对后果”。对此，堂吉诃德应该也会申辩，不仁不义的行为大多是因为应该负责的人晓得他们逃得过制裁，才会放胆去做。在这样的情况下（这里便又要回到苏格拉底），每一位公民皆有义务“坦诚地”“阻止在城邦里发生很多不义或犯法的事”。这样的义务便也包括记忆的积极义务，在这一世俗的赎罪仪式中，将过往的罪愆形诸语文，让所有人闻知。

但记忆也可能背叛我们。1960 年代心理学家发现在人的心智中存在一个他们叫作“记忆的韧性”的现象。我们信以为真的事常有后来又被推翻的情况，只是，先前接受到的讯息太强，即使知道事实遭到推翻也涂销不了，以致还是坚持先前信以为真的事情不变，不因为遭到推翻而改变。也就是说，记忆中被当作实情来吸收的错误信息，牢牢嵌在我们的脑中无法拔除，连正确的讯息也无法取而代之。果真如此的话，也就是明明知道是错的事却还是在脑中“记成”是真的，那么，集体的“记忆义务”确实有可能出现扭曲，“修正版往事”反而取代史家考证为真的史实。在雅典的法庭，苏格拉底明明证实了自己没做被指控的事，却还是被认为做了，被判处死刑，所以，美国小布什政府日后在世人记忆当中，也很可能真如时任国务卿赖斯所言，“为中东带来和平”。历史或许是真理之母，但也可能生下私生子。

纵使有时政府可以靠这一类社会的“记忆韧性”来进行误导、曲解，但政府也千万别忘了，还另有一种一样强大的韧性需要提防，我称之为“真相的韧性”。英语有一句老话：“真相终会大白。”在我们的想象和逻辑之外，在我们构造的社会领域、我们为世界假想的童话之外，还有顽强不屈的已成和现存的事实，不论层层叠叠的欺瞒再多也掩盖不了，终究有水落石出的一天。自欺欺人的伎俩多练几次，确实可以像白王后对爱丽丝说的一样，“连早餐都还没吃，就已经相信六件不可能的事是真的了”，只是，这般蒙蔽理智的绝技，终究丝毫改变不了世界势不可挡的进程。

这样的伎俩，希特勒就练得很精。1939 年入侵波兰前夕，他问他的军事内阁：“毕竟，现在还有谁在提亚美尼亚人被灭族的事？”希特勒这一反诘式问句，回答的声音其实千千万万，因为从超过一百五十万亚美尼亚人于十年之间惨遭奥斯曼土耳其政府屠杀以来，世界各地便有一个个堂吉诃德一再发声：“这是不可原谅的暴行，这是不可遗忘的恶行，这是不公至极的骇行。你可能想认为这不可能，这样的滔天大罪根本就没发生过。只是，真有其事。不论你怎么说，都无法改变惨剧确实存在的事实。”1915年，美国便有无名的抗议民众为亚美尼亚劝募到上百万美元的款项；之后，又有赫兰特·丁克勇于为亚美尼亚大屠杀发声。希特勒的反诘一问，世人不会坐视不答。

只是，千千万万的声音依然不足。从希特勒的时代以降，世间谴责“第三帝国”暴行的声浪始终不绝于耳，德国先前、于今也始终承认犯下暴行。“没错，”德国表示，“确实出了这样的事。我们谨代表前人深切忏悔，如果有可能寻得宽恕，我们也祈求宽恕。我们更不会忘记在我们土地上发生过的事，也不会任由他人遗忘，我们一样不会任这样的祸事重现人世。”每逢德国的新纳粹团体企图改写历史，德国和大多数德国民众都会异口同声表示：“不行。”这，便是我说的“真相的韧性”。

不过，土耳其，至少土耳其政府，不幸就还没走到承认的关口。虽然世上千千万万承认的声浪不绝于耳，土耳其社会还是有很大一批人，依然不肯承认历史昭昭在目的事实，像是在以共犯的缄默为希特勒当年的反问打气。安纳托利亚一地的亚美尼亚人，是土耳其一带历史最久的亚美尼亚族群，总计一百五十万名男女老少，于1909年至1918年间惨遭消灭，诗人卡罗琳·佛雪（Carolyn Forché）称之为“现代第一宗种族灭绝事件”。

赫兰特·丁克要的，不过是每一位严肃的记者、每一位正直的知识分子、每一位自尊自重的公民都想要的：承认真相。他之遇害，证实了我在本文开头引述的苏格拉底的话：“凡是坦诚地反对你们或别的大众，阻止在城邦里发生很多不义或犯法的事的人，都活不了。”赫兰特·丁克生前对此一定了然于心，苏格拉底之后的推论，“而其实，谁若一定要为正义而战，并且想多活一段，他必须私下干，而不是参与政事”，丁克当然也不会不知道。只是对自己的这种约束是难以实现的，丁克知道，苏格拉底本人一样心知肚明。因为世人以公民个体的身份所做的每一件事、所下的每一决定、所发表的每一意见，都有其政治效应。

政治，推到根本，就是由少数人掌握大权、其余人扮演剩下的诸多角色的集体活动。要想社会少一点虚假的伪托，多一点忠于自我的诚正，必须持续地斗争，而在这一斗争中，没有哪一位公民是可有可无的，也没有谁的声音是没有用处的。“我唯一的武器，便是我的真诚。”丁克在生前发表的最后一篇文章有这样一句。苏格拉底也应该比谁都清楚，真诚这一武器，杀伤力绝对不止于一端。这便是丁克为世人上的最后一课：虽然追求真理的人或许有无法言语的一天，但是，他的真诚（sincerity，此词源自拉丁文 sincerus，意为“清洁”“纯净”）一样也有涤除谎言的一天。

艾滋与诗人

“我想呢，要是我写下来，”爱丽丝答得非常有礼，“应该会理解得更好。”

——《爱丽丝漫游奇境》第九章

1990年代末期，报载南非政府宣布要成立项目计划，进口、制造治疗艾滋病的低价药物。消息宣布之后将近四年，制药产业协会代表欧洲、北美几家最大的药厂，在南非首都比勒陀利亚向高等法院提起诉讼，宣称南非政府此一项目根据的法条——该法由当时的南非总统曼德拉签署——违反旨在保护科学家、艺术家、作家权利的国际知识产权和专利权协议。

南非当今总计有好几百万人感染艾滋病毒，接近南非人口总数的百分之十，说不定还是全球最高的比例。而这么多人得不到适当的治疗，原因无他，就是经济因素而已。欧洲、北美一人一年的艾滋药物花费，大概在二万到三万美元之间。这在非洲远非普通人做得起的大梦（亚洲、南美大多数地方亦然）。不过，当地的药厂还是设法制造出“仿制药”，也就是药品和欧洲、美国同业生产的昂贵药品同类，但没有原厂标签，要价也只要几分之一，一年的治疗花费大概是四百美元。西方世界的药厂为了因应这样的局面，就由全球最大的药厂葛兰素史克（由两家英国的大药厂葛兰素威康和史克必成合并而成)出面,郑重宣示“务必不计代价维护专利体系”。好个不计代价!

有人会说没有这样的大药厂投下大笔经费，就没有科学研究。为了得出新发明，一定要先哄得有钱人愿意拿钱出来投资作研究，而为了哄有钱人拿钱出来投资，就一定要哄得他们相信投资会赚钱，不仅会赚钱，还会赚大钱、保证赚大钱才行。在人世还有什么比步向死亡的疾病以及人性对克服死亡的渴望，能带来更大的保证？因此，在我们这样的年代，开药厂的诱因显然就很强了。开设药厂的动机并非某些人所说的“慈善”：治病的需求在药厂的使命从来就排不到最前面。16 世纪法国手抄本《鲁昂协会皇家之歌》中有一幅彩绘插图，画的就是耶稣基督化身为药剂师，将永生的药品发放给亚当和夏娃（我敢说一定要收钱）。葛兰素史克大药厂的董事一定不晓得还有这样的图画。

几年后，由于国际压力，三十九家全球大药厂撤销了他们在南非提起的诉讼。“无国界医生”和其他组织发起连番抗议和陈情攻势，被药厂指责为“过分负面的宣传”。然而仔细衡量高利润的收益和形象受损的亏损，深谙广告三昧的药厂终于选择谈判。只是，药厂坐拥如此厚利是否正当，这问题至今无解。

我们（我是指我们的社会）该如何劝诱大公司投资科学研究但又不必拿千百万人的性命作交换呢？我想，资金、信托、价格、税负等实务问题，就留给专门搞信仰治疗的经济学家。我呢，宁可把注意力放在这一则方程式的其他因子上面，也就是这样的生意得以发达背后的道德。

所以，我们的社会在有效地满足科技产业的实际需求的同时，是否也能令人信服地提出那些道德律令？我们的社会是否有可能既顾及科技发展的紧迫性，又兼及科技发展的背景？“Erst kommt das Fressen, dan kommt die Moral”，布莱希特的窃笑还余音在耳，意思是：先填饱肚皮，再来谈道德。道德和粮食在我们的社会是不是有办法兼筹并顾？社会的善良风气和商业利益是否可以等量齐观？这一古老的问题，一而再、再而三地突然冒出来，各年代、各地方都不例外。

阿伽门农牺牲女儿伊菲革涅亚以求海上扬起顺风，供希腊船只航向特洛伊时，这问题就出现了。萧伯纳写《芭芭拉少校》时，演绎过这问题。玛丽·雪莱写《弗兰肯斯坦》，H. G. 威尔斯写《莫洛博士岛》，都触及了这一问题。这问题的基本精神，也被王尔德写成故事——由人民吃尽苦头而打造成的珠宝冠冕，少年国王不肯戴，还问了一句："难道富人和穷人不是兄弟？"听到的回答却是："是啊，富人兄弟不就叫该隐吗？"

这一问题，至今虽然无解却至关重要。文学并不提供答案，这一点大家再清楚不过；不过，文学倒可以提供好的难题。文学在讲故事的时候，可以将道德问题推展出无以计数的迂回转折，又剖析得亲切简明，让读者心头豁然开朗，觉得自己对世事又有一番难称总揽但也算个人切身的领悟。"这究竟是怎样的感觉？"丽贝卡·韦斯特[1]读完《李尔王》之后问道，"无与伦比的艺术作品对我的生命做了什么，让我感到如此快乐？"形形色色的文学作品，有伟大无比的也有渺小无比的，其中这里或那里的一句或一段，又或有时就是一整本书（但不太常见），也会让我生出这般感觉。看不出明显的理由，反正读到某一个角色或某一个场景，忽然间，有东西打中了心坎，以至于它对作为读者的我而言有了莫大的、私人意义上的重要性。

堂吉诃德看到农夫痛打少年学徒，上前斥责农夫，结果，农夫在堂吉诃德走得不见人影之后，反而对学徒加倍惩罚。这般堂吉诃德式的做法，真的应该嘉许吗？大侦探波洛走到漫长人生的终点，以谋害杀人凶手来预防日后再有人被害，是否算是正当呢？埃涅阿斯放弃热忱相迎的狄多，任

1　丽贝卡·韦斯特（1892—1983），英国作家、记者、文学批评家，笔名源自易卜生《罗斯莫庄》（1886）。

其悲伤落泪，说是为了未来罗马帝国的荣耀，算是正当理由吗？赫麦先生在可怜的包法利夫妇双双弃世之后，应该获得“十字勋章”吗？麦克白夫人是恶魔还是受害者？我们是该可怜她还是鄙弃她，抑或（要困难得多）既怕她又可怜她？

现实假借普遍谈论特殊，文学却是反过来。所以，《百年孤独》才会有助于我们领会迦太基的命运；贡纳莉的强辩才会帮我们说明虐待阿尔及尔人的保罗·奥萨雷斯将军暧昧的道德困境。[1] 所以，我才忍不住要说，文学真正的作用，大概尽数在这里了。所以，我才忍不住要说，每一本书，只要真的抓得住读者的心，便都在问道德问题。或者应该这样子说：只要读者有能力潜入文本的浮面之下，探及深处，就能从中挖掘出道德问题。即使作者未曾就此问题多加着墨，而显得影影绰绰的，却依然足以触动读者坦露的心弦，勾起某种预感，抑或单纯唤起一段对久远往事的回忆。透过这样的炼金术，每一文学文本若要说成是隐喻，未尝不可。

中世纪以降，文学手册纷纷卖力区分“隐喻”（metaphor）与“意象”（image）之别，“意象”与“明喻”（simile）之别，“明喻”与“象征”（symbol）之别，“象征”与“标志”（emblem）之别。当然了，究其根本，想出这些说法所需动用的悟性，其实都是同一类，也就是所谓的“直觉联想”：不直接去了解经验的现实，而要拐个弯去领会。珀耳修斯要看清楚戈耳工或是摩西想看到上帝，便是这样。现实，是我们所在之处，所以，只缘身在现实当中，以致未能识得其相。“拐个弯”（透过想象、典故、情节），反而才看得清楚我们身在何方又身为何人。隐喻的定义拉到最宽，就成了我们得以把握（有时也几乎可以说是理解）世界和困惑惶乱的自我的途径。也许，文学一概可以视作隐喻。

1　保罗·奥萨雷斯（1918—2013），法国陆军将军。他在 2000 年接受的访谈以及 2001 年出版的书《卡斯巴之战》中，承认在阿尔及利亚战争期间使用过酷刑，并为此辩护，引起广泛争议。

而隐喻当然会再生出隐喻。我们要说的故事其实不多；和故事对应得出意义的意象，在大家的脑海也不多。当华莱士·史蒂文斯跟我们说：

> 那一年十一月，特万特佩克外海
> 滚滚白浪有一晚静了下来

他所看到的海面，是马拉美在倾诉过“肉身尽皆悲伤”而他已“读遍天下万卷”之后，深情向往的（同一片）海面，是保罗·策兰侧耳倾听“鲨鱼蓝的大海传来咆哮”的同一片恐怖海面，是白浪为至痛而无言的丁尼生连连扑打“冷冷的灰岩”的同一片海面——相同的“震颤的律动”，使马修·阿诺德于多佛海岸，蓦然想起索福克勒斯“于久远往昔／在爱琴海听过，于心中勾起／潮汐浑浊涨落的／人世苦难”。远在天边的遥迢海岸，史蒂文斯看到了铁浆似的浪涛粼粼发光，静了下来；马拉美、策兰、阿诺德、索福克勒斯，蓦地皆映上了史蒂文斯的诗心。而看到这样的景象，听到这般的声响，读者又发觉了什么呢？阿诺德写得一针见血，我们在“这种声响中”找到了“一种思想”。我们甚至要追加一句，这种思想还借助隐喻的力量转化为一句提问，转化为如幻影缥缈的一声答复。

但凡提笔写作，但凡拈出隐喻，无不在作两大类“迻译”（translation）：一是重塑外在的体验或是心中的想象，以之勾起读者进一步的体验或想象；另一则是将一样东西从一地移到另一地——这是中世纪的用法，以形容从一地的圣龛窃取圣髑移到另一地的圣龛供奉，美其名曰“圣髑盗”（furta sacra）。而写作这件事——阅读也是这样——便有些像是在将阿诺德所谓文学“思想”的精神，窃取、供奉、转变，一个作者传过一个作者，一个读者传过一个读者，积累创作的经验，更新、改写我们之于世界的体验。

卡夫卡去世后几年，他所挚爱的女子米莱娜·耶森斯卡，被纳粹逮捕，送进集中营。生命突然之间像是反了过来：不是死亡，死亡还算了结，而是无法理喻、没有意义、残酷不仁的折磨。何以至此呢？看不出来。终点何在呢？看不出来。为了熬过漫无止境的噩梦，米莱娜的一名朋友想出了办法：求助她读过的书，存在于她记忆当中的书。而她硬逼自己记起来的文本中，便有高尔基的短篇小说，《人之诞生》。

故事由一名少年主述。一天，少年沿着黑海的岸边随兴漫步，忽然听到农妇痛苦的尖叫。农妇有孕在身，因为出生的家乡闹饥荒而逃难在外，到了这时，惊慌又孤单的农妇即将临盆。少年见状，不顾农妇反对，协助农妇生下孩子。少年在海边为婴儿洗净身体，又生了火，泡了茶。故事的结尾是少年一手搀着农妇，一手抱着小婴儿，随一群农民离开。

高尔基写的这一则故事，成了米莱娜朋友的天堂，一处又小又安全的地方，供她日日于备受恐怖折腾之余，稍作逃避。这一则故事在她，既无法为她的痛苦添加意义，也无法为她的痛苦作解释或找理由，甚至未能提供她未来的希望。这一则故事，单纯只供她作为平衡点，提醒她，在天崩地裂最黑暗的时刻，世上依然有光。

浩劫：猝不及防、猛烈的剧变，可怕又费解。罗马人依老加图的主张，挥军夷平迦太基，刨土撒盐。汪达尔人于公元455年洗劫罗马，宏伟的古城只剩遍地残垣。欧洲第一次十字军东征，横扫北非各地城市，所到之处，屠杀男女老少，焚毁图书馆。西班牙境内的阿拉伯、犹太文化血脉，遭历代西班牙君主肃清，托莱多的犹太拉比将藏经柜的钥匙朝天上扔，求主暂时保管，以待较好时机。即使阿塔瓦尔帕皇帝以礼相迎，皮萨罗依然将之处决，彻底摧毁了印加文明。第一名奴隶被卖到美洲。众多美洲原住民遭欧洲移民故意以沾染天花病毒的毯子传染病毒（应该算是史上第一次生物战）。第一次世界大战壕沟里的小兵为了遵守做不到的命令而命丧烂泥、毒气。日本广岛的市民于升入空中的巨大黄云下眼睁睁看着身上的皮肤大片脱落。库尔德人遭化学武器攻击。数以千计的男女老少在卢旺达被大砍刀活活砍死。自杀客机撞上纽约曼哈顿的世贸双子星大楼，纽约就此加入马德里、贝尔法斯特、耶路撒冷、波哥大等无以计数的悼亡之城，同样因恐怖攻击而受难——一场又一场浩劫，可能有幸存者会跟米莱娜的朋友一样，也到书中求取缓解悲痛的片刻，求取理智尚存的一点确证。

作为读者，这一点或许便是文学的本质所在，也可能是文学存在唯一的正当理由：这世上的疯狂无法完全吞噬我们，哪怕它先是侵入我们的地下室（这比喻来自马查多·德·阿西斯[1]），之后又悄悄占据餐室、起居室，到最后拿下一整栋屋子。布罗茨基沦为西伯利亚的囚犯时，就在奥登的诗句里找到了这一点。雷纳多·阿里纳斯[2]关在卡斯特罗的大牢里时，在《埃涅阿斯纪》的史诗当中找到了它。王尔德关在雷丁监狱时，在基督的话语里找到了它。阿罗多·孔蒂[3]落入阿根廷军方手中，备受折磨时，在狄更斯的小说当中找到了它。当世事无法理解，当夜以继日尽是恐怖行动以及对恐怖行动的可怕报复，当我们感到失去方向而又不知所措，我们就找一处地方，那里用文字记下了道理（或是对此的信念）。

每种恐怖行为，都扬言有自身存在的理由。据说罗伯斯庇尔每逢又要下令施行新的暴行时，就会问："以何之名？"然而，只要是人，心底都晓得恐怖行为从来就找不到道理可言。世事总是残酷，但不管怎样，日日却也都有美、善和慈悲的奇迹，看得我们惊奇不已。因为，美、善和爱的奇迹来得完全不讲道理，像（上帝跟约伯说的）天降甘霖的神迹就是会行在"无人之地"。宇宙创生的力量，看似得来全不费工夫。

这些我们全都晓得，正如那些颠扑不破的道理我们也无不明了：以暴

1　马查多·德·阿西斯（1839—1908），巴西小说家、诗人，为巴西公认最优秀的作家之一，著有《沉默先生》等。

2　雷纳多·阿里纳斯（1943—1990），古巴诗人，早期是卡斯特罗的同情者，后来转向批评者。1987 年被诊断出艾滋，后自杀。

3　阿罗多·孔蒂（1925—1976？），阿根廷作家。1976 年 5 月 5 日在家中被军政府带走，自此下落不明。为了纪念他，这一天被设立为布宜诺斯艾利斯省作家日。

只会养暴；权力无不滥用；狂热一概是理性的天敌，不管为何狂热；宣传就是宣传，即使宣传的是团结对抗不义；战争绝不光荣，唯有赢的那一方才说是光荣，还认为上帝站在军火比较强的一边。就是因为这样，我们读书；就是因为这样，深陷黑暗的时候我们读书：为了找回原本就知道的语言，原本就知道的隐喻。

隐喻建立在隐喻之上，引述建立在引述之上。有的人会拿别人的话作为引述的语库，表达自己的想法。有的人则把别人的话当作自己的想法，而单单是将别人的话写成白纸黑字，就等于是在将别人先想出来的话变成是新想出来的，变成是用不同的腔调或在不同的情境再想出来的。少了这样的沿用、偷窃、迻译，就没有文学作品。而正是通过这样的交往，当周遭的世界流转，文学一如倦浪[1]依然不变。

尤涅斯库写的《犀牛》一剧，在阿尔及利亚独立战争打得火热时曾在阿尔及尔演出。剧中的主角贝兰吉说出剧中慷慨激昂的最后几个字："绝不投降！"全场观众，阿尔及利亚的"独立派"连同法国这一边的"殖民派"，都大声喝彩。贝兰吉的宣言听在独立派耳里，呼应的是他们的心声，说的是他们绝不放弃争取自由的战斗。至于法国人这一边，他们觉得"绝不投降"也是他们的心声，说的是绝不放弃前人于非洲打下的江山。尤涅斯库的文字当然都一样，但是，（读出来的）意思未必都一样。

在此不妨谈一谈知识产权于实务层面的问题，也就是说，所谓文学版权的观念。这一概念于问世之初，目的不在保护像荷马这样的人，说他是"葡萄紫的大海"的"单一发明人"，而是要控制像庞德或是希腊旅游局想出来的用语遭人不当利用。马休尔[2]虽然夸口他的诗作连派驻在罗马帝国最远边疆的百夫长也在读，但也抱怨出版商竟然有权利这样子卖他的作品，而他，

1　出自阿波利奈尔诗作《密拉波桥》，据戴望舒译。

2　马休尔（38／41—102／104），古罗马诗人，以十二卷《讽刺短诗集》最为人知，于86—103年间出版。

作者本人，竟然连半毛钱也没分到。就是为了保障马休尔拿到钱，1789 年 8 月 4 日，巴黎革命议会废除了法国所有个人、城市、省份、组织原有的“特权”（privilege），代之以“权利”（right）的概念。作者，和出版商、印刷厂、书商一样，对文本亦享有特定的权利，此后，对于作者之著作、出版商之出版、印刷厂之印刷、书商之销售，作者均得以分享利润。两大基本原则就此确立。第一，“作品一经作者构思出来，即使并未完成，亦视为作品已被创作，与是否公开发表无关”。第二，“知识产权独立于实物产权之外”。也就是说，即使在《犀牛》首演之前，它便已经属于尤涅斯库，不受阿尔及利亚和法国两方以各自的解读将这一出戏据为己有影响。《犀牛》的“价值”，归尤涅斯库所有。

只是，《犀牛》的价值何在？这问题我见过最好的解答如下：“价值没有在额上写明它是什么。不仅如此，价值还把每个劳动产品转化为社会的象形文字。后来，人们竭力要猜出这种象形文字的涵义，要了解他们自己的社会产品的秘密，因为把使用物品规定为价值，正像语言一样，是人们的社会产物。”[1] 写下这一段真知灼见的人，是卡尔·马克思。

价值就在“涵义”：任谁对文学稍有一点兴趣，应该都能领会马克思这一看法的一般意思，类似于济慈说的“美即是真，真即是美”。在给朋友的信中，济慈写道：“想象力抓到的美，必定真实——不论先前是否即已存在。”所以，价值如同真和美一样，也是隐喻。它们作为概念的实在（conceptual reality），是我们可以凭自己的血肉认出，但就像读《李尔王》时的激动一样，无法作更确切的界定。

公司——被称作匿名社会、跨国组织或联盟组织要来得适当——是无形无相、没有实体、唯有效应的东西。它没有面目，没有灵魂。它对自身

1　《资本论》第一卷第一篇第一章第四节，引自中共中央马克思恩格斯列宁斯大林著作编译局译文。

劳动的“价值”和隐喻的涵义的宣传虚而不实，而社会便有责任就其对外公开的说法仔细追究，反复推敲，看穿其中潜在的伤害。虽然无趣，但毕竟大家身为公民，怎样也无法置身事外。

2000 年 3 月，保罗·斯图尔特时任德国大药厂百灵佳殷格翰董事，到南非开普敦城郊的小镇卡雅利沙视察当地的艾滋防治中心。百灵佳殷格翰是治疗几种艾滋相关疾病的药物“奈韦拉平”的制造商。依约翰·吉特为《华盛顿邮报》写的一篇报道（2001 年 4 月 21 日），斯图尔特到南非视察的目的，其实是在挡下该公司的“奈韦拉平”转作学名药生产。

斯图尔特访问该诊所时，遇到一名骨瘦如柴的七岁小男孩，只身一人夹在拥挤的候诊室。小男孩虚弱到连头都抬不起来，胸口也长满了水泡，红肿发炎。斯图尔特看了脸色惨白，脱口而出：“他的医疗费用可以由我个人来付。”那家艾滋防治中心的所长明智地对斯图尔特说，这时候再来心疼，为时已晚。斯图尔特应该再多做一点，而不是仅仅处理一个令人心碎的案例。他务必正视这问题的牵连有多大，正视其间蕴含的巨大道德问题，正视这个七岁男孩便是这惨况的小小化身，而斯图尔特的公司和这惨况有剪不断的纠葛，不是斯图尔特把手往口袋一伸，做一做赎罪的表示就可以改变状况的。

我不确定写一篇文章，或者任何写作，无论多么精彩动人，能影响到南非艾滋病患者受苦的现实，或任何其他现实。世间的诗作，动人的力量再强大，也无法减少人世一丝丝的痛苦，无法扭转人世片刻的不义。但是反过来，任何诗作写得再差劲，对于其秘密的、被拣选的读者而言，也绝不至于连一丝丝慰藉、一声奋起抵抗的呼号、一闪而过的幸福、灵光乍现的启示也找不到。看似平凡无奇的书页，有时莫名所以又突如其来，会让我们在日常生活的经验和文学现实的经验之间，捕捉到智慧的可能，即便不是智慧本身。

夹在（以作者的角度来看）我们对世界的想象与书页之间的那一小块天地，或者夹在（从读者的角度来看）实际的书页与我们对世界的想象之间的那一小块天地，也许可以用一则隐喻来呈现。但丁在《地狱篇》第七首中描述盗贼身受的惩罚。在罪与罚的镜中世界，盗贼连人形也无法保存，无止境地从一个丑恶的怪物变成另一个。这些转变是交错逐步发生，以致痛苦的灵魂未曾有片刻的时间可以保有自主的外形。但丁还说（于此引用理查德·韦伯的英文译文）：

> 正如把一张纸莎草纸放在火焰之前，
> 一种棕褐色就在纸上蔓延，
> 那颜色不再是黑色，而白色却也悄然不见。

夹在书页的白纸和专制的黑字之间，有一小块天地，有一时片刻，有一抹色彩，变换不定，作者和读者皆能于其间，赶在涵义被火焰吞噬之前，找到些许启迪。

第四部

字　戏

“问题是，”爱丽丝说，“看你能不能让字词代表很多不一样的东西。”

“问题是，”憨弟蛋弟说，“看是哪一个当家——就这样。”

——《爱丽丝镜中奇遇》第六章

句　点

“从头开始，”国王的口气十分庄重，“一直下去，直到结束，就停。”

——《爱丽丝漫游奇境》第十二章

微小像尘粒，像笔尖一点，像键盘碎屑，句点是书写体系当中未被赞颂过的立法者。没有它，少年维特的烦恼就永无穷尽之时，霍比特人的历险旅程也永远看不到终点。没有它，乔伊斯才能把《芬尼根的守灵夜》织成完整的循环。有了它，亨利·米肖[1]才能将世人最根本的存在比作这一个小点，说“死亡吞噬小点”。

句点为思绪的推展冠上完成的顶盖，制造终结的错觉，像拿破仑，身形虽小，却有趾高气扬的骄气。既然急着上路，我们无需什么来标示我们的开始，但需要知道什么时候停下来。这一个小小的“死的象征”，提醒我们万事万物，连我们在内，终有叫停的一天。有无名的英文教师在 1680 年出版了《论句点，标点或断句》，主张句点是“意义圆满的记号，句子

1　亨利·米肖（1899—1984），原籍比利时，后移居法国。画家、诗人。著有诗集《我曾是谁》等。

圆满的记号”。

表明一个句子写到哪里算结束的需求，可能和书写的历史一样古老。不过，这么简单利落的精彩手法，却要到意大利文艺复兴时期才定了下来。早在公元1世纪，西班牙地区的作家昆体良——他可没读过亨利·詹姆斯——就主张句子一定要一口气读得完才行，意思也要在一口气内可以表达完全才好。句子该怎么结束，纯属个人喜好。长久以来，作者为文章断句的方法形形色色，什么标记、符号都有，有简单如空格的，也有复杂到又是小点又是横线的。15世纪初，拉丁文《圣经》的译者圣哲罗姆，想出一套做法，叫作“断句分行”，也就是意义每成一单元便将开头的字母拉高、凸出作为标示，像开新的段落一样。三个世纪后，“punctus”问世，也就是“点”，用在句中停顿以及句尾之处。只是，这样的习惯做法不清不楚的，作家这样子用，要读者抓到作家真正的意思也难。

所以，到了1566年，小阿尔杜斯·马努蒂乌斯，也就是发明袖珍版图书的威尼斯印刷巨匠老阿尔杜斯·马努蒂乌斯的孙子，著有一本标点手册《断句法》，为句点下了定义。句点的基本作用和性质，借小马努蒂乌斯清晰、准确的拉丁文，头一遭有了明白的阐释。小马努蒂乌斯当时认为他是在为排版工写工作手册，殊不知他其实送了后世读者一份厚礼；后世的文学作品，因之得以蕴生意义和音韵。所以，海明威有他的断奏（staccato），贝克特有他的宣叙调（recitativo），普鲁斯特有他绵延的慢板（largo sostenuto）。

“没任何铁器，”巴别尔说，“能有像句点放对地方那般的刺入心脏的力量。”这么一个忠实、决绝的小点，既体认文字的力量，也体认文字的无助，为用之大，超乎其他一切。

字词礼赞

“讲英语！”小鹰说，“你讲的那些又臭又长的字词，有一半我听不懂；况且，我也不信你懂。”

——《爱丽丝漫游奇境》第三章

笛卡儿认为猴子会讲话，但宁愿不开口讲话，免得被迫帮人做工。将发明的新事物化作现实，再将现实的严格法则套在该发明之上——这类心智活动展现得最精彩的，莫过于在我们和语言的关系中。很久以前，在很远的沙漠，有一个我们一无所知的人，觉得他在泥版上刻的符号不是一般用来计算法条或牛的数目的记号，而是有意志的上帝显灵而留下来的，理当畏服。所以，其排列，其排列之内的组合，甚至外形，一定都有意义，一定在指些什么，因为，只要上帝有所表示，不可能是没有必要或随便乱作的表示。卡巴拉学者还将书写这一件事和信仰的关系推得更深。既然（依《创世记》的记载）上帝命令“要有光”，光就出现了，那么，“光”这一个字，应该就内含创造的力量。所以，只要抓对了字，抓对了发音，他们应该也可以和造物主有一样的创造力。由此可见，文学史应该也可以说是这一向往的历史。

也有人对于效法全能上主的兴趣较低，对文字内含魔力的信心也较低，但同样热衷记号、符码内含的隐形规则。这类文字游戏的大玩家，就和古代的卡巴拉学者一样，单纯为了一飨混沌中见秩序的快感，而会拿文字来重排、计算、调换、拆解、重组。在对解字谜、双关语、排字谜、重组字、翻字典、拼字游戏、解密码等的热情背后，有着一种对语言之终极理性（ultimate rationality）的狂热信念。

文字游戏，自古即有。美索不达米亚有“离合诗”（acrostic），希伯来人有“重组字”（anagram），希腊人有“全字母句”（pangram），罗马人有“回文”（palindrome）。双关语当然无所不在，个中幽默有时不易拿捏，但是背后可见一个个小宇宙密密交融成罗网。别的不讲，单单依哲罗姆翻译的拉丁文《圣经》，天主教会便是立基于耶稣说的一则双关语：耶稣手指彼得（Peter 在拉丁文里是 Petrus），说，“在这磐石（petram）上，我要建立我的教会”。

文字的游戏，千奇百怪。有的全文避开一或多个字母不用，例如乔治·佩雷克的小说《消失》，全文没用到字母 e，而吉尔伯特·阿代尔高妙的英文译笔精彩无比，一样没用到一个。有的全文的用字只限用一个元音，其他一概避开，例如“I’m living nigh grim civic blight; ／I find its victims, sick with fright”。有的玩“重名”，也就是一个字由两截相同的字母组合组成，例如 murmur（低语）；进而发展成极为精密的“拆字句”，例如：“Flamingo pale, scenting a latent shark ／ Flaming opalescent in gala tents — hark！”还有“换位字”（transposal word），由另一字的字母重组而成，例如 carol 重组为 coral。三连发的“同音字”（three-way homonym），如 idol、idle 和 idyll，这是外国人学英文最头痛的事。“独擅字”（undominated word），其字母的组合包括一串依序排列的字母，而且仅此唯一，该串字母即使加长，也找不到另一个通行的字内含同样的组合（例如 deft）。

这些分类有许多固然好玩得要命，却谁也不宜等闲视之。例如这类做法在诗人笔下就有悠久的历史。拉苏斯[1]早在公元前6世纪写《人头马颂》，就故意不用希腊字母“Σ”；塞万提斯在《堂吉诃德》的序文也加了几段“掐头去尾”的十四行（每一句诗的韵脚押在倒数第二个字，而不是最后一个字）；杰拉尔德·曼利·霍普金斯[2]爱用“拆字句”写诗（例如“resign them，sign them”）；无名的吟游诗人写下“Time wounds all heels”。其实，人世有诗歌，便证明世人本来就觉得文字游戏一定有其内蕴。大家认定押韵可以带出义涵，头韵（alliteration）可以传达想法，这样的信心，比起文艺复兴时代的巫师术士相信罗马另有秘而不宣的名称相去不远——也就是Roma反过来写[3]。真要这样子看的话，那温哥华真是没救，Vancouver倒过来写，用鄂温克语念竟然是Revue of Knaves（流氓闹剧）。多伦多呢，Toronto倒过来写Otnorot，在世界语可就是变成了The Rot of Otno。

马丁·加德纳注意到当今的文字游戏“没有计算机助力就做不出来”，但又追加一句，说他不想“让人以为现在的人不靠计算机就没办法有新发现”。的确，计算机虽然可以告诉我们从英文字母任选三个（可以重复）来组字，总计有3276种做法，但是，我相信依赖机器提供的方法，不论是玩到炉火纯青的文字迷，还是信仰不动如山的卡巴拉学者，应该都觉得索然无味。早在计算机世纪曙光初露之际，阿瑟·克拉克[4]就已经写下警语。他在短篇小说《神的九十亿个名字》中，写西藏一所喇嘛寺庙请来两位西方的计算机专家，帮他们把世上所有字母可能组合出来的字用计算机全部

1 古希腊赫尔厄迈尼抒情诗人、音乐家，品达曾受教于他。

2 杰拉尔德·曼利·霍普金斯（1844—1889），英国诗人、耶稣会神父，其在诗歌写作技巧上的变革对20世纪影响深远。

3 amor，“爱”。

4 阿瑟·克拉克（1917—2008），英国科幻小说家，20世纪三大科幻小说家之一，著有《2001太空漫游》等。

跑过一遍，好让他们找出神隐而未显的真名——那些西藏喇嘛认为这项功课便是宇宙存在的目的。计算机专家帮喇嘛把计算机装好，之后一连几个月，计算机吐出乱七八糟一大堆名字，数之不尽。好不容易，最后一个字母组合终于做出来了。计算机专家打包走人，其中一位不经意抬头朝天空看了一眼。头上的繁星，正无声无息地一颗颗熄灭。

页面简史

鱼仆人伸手从腋下抽出一封信，几乎和他本人一般大。

——《爱丽丝漫游奇境》第六章

页面过的是秘密的生活。它一般夹在书籍的封皮之间，隐身于一帮兄弟当中，又或被拣选出来，孑然一身承担几笔潦草的涂鸦。再不然，被翻动、撕裂、编号、折角，被忘却或记起、照亮或删除、浏览或细阅——页面在读者的意识中，仅止于一个框架或容器，承载读者打算读的东西。

单薄、二维，这样的存在，几乎谈不上具体有形；人眼于追索字句的形迹之余，对于页面只隐隐察觉个大概。宛若骨骸，撑起文本的体表，页面于发挥本然的作用之际，形体消融于无形，其长处就在于不引人注目的本性。

页面是读者的空间，也是读者的时间。一如电子钟不断变动的数字，页面也以数字来标示时间；读者的宿命，便是不得不臣服于此。读者可以放慢或加快阅读的速度，然而无论快慢，身为读者，时间之流必定以翻阅书页来作标示。

阅读也频遭书页局限、截断、扩展、钳制、重建、转化、强调、消弭、衔接、区隔，在在需要读者奋力争夺，将之收复。这样子看的话，阅读这一件事，便也是读者和页面争夺文本主宰权的斗争。而且，赢家一般还是页面。

不过，页面到底何谓也?

依博尔赫斯的说法，他想象出来的“通天塔图书馆”，收藏了宇宙数之不尽的藏书（不仅是已经付梓的，也包括有朝一日可能写就的以及无法问世的），只是，再多的书籍一经化约，不过只剩一本书而已。博尔赫斯在这篇短篇小说的脚注中，表明这样的图书馆再大也属无用：只要页数多得不得了，每一页又薄得不得了，单单有这样的一本书，便告足矣。这样一本书, 用起来当然也笨重得要命: 每一页看似一页, 却又展开为别的页面, 那不可思议的中间页会是没有反面的。

所以，这不就坠入了梦魇时刻，页面于此，兼备最大的功与最大的过：一方面，页面通过给予或要求其所包含的文本一个框架，让读者可逐面应对，推敲内涵；另一方面，页面会限制文本，为了使文本适应页面的框架，将其切成一定尺寸，自全体割离，改变或限定它的意义。一页又一页，无不兼具这般双重的本性。

若是将页面界定为一方空间，承载文本之一部分，那么，公元前 5000 年至前 2000 年间古苏美尔人的泥版和大片的花岗岩石碑，就可以称之为页面了。而苏美尔人的页面，基于实用的考虑，似乎便以划定界线为其主要功能。文本一概要以划定的空间为限；若是超出范围，就要将文本分成意义自足的诸单位。苏美尔人的泥版不会在句意未完的时候顿然打断文句，跨到下一块页面再接下去。泥版的空间和文本的空间，契合无间。

苏美尔人的泥版和石碑是双面都要用的。他们的石碑矗立如纪念碑，一面或是双面都刻了铭文。至于泥版，像是文士学校的学生用来写字的那一种，就是老师写在正面，反面留给学生抄习。这样的教学法，等于是要学生在写到泥版的另一面之前，就把老师写下的字句都记在心里。

正反两面都用的做法，到了公元前 6 世纪卷子本发明之后，几乎销声匿迹。卷子本大多只写纤维制品横向舒展的那一面；不过，两面都写的也不是没有，叫“两面稿”（opisthograph），相当罕见。卷子本既然只写一面，“外框”“正面”“反面”这类的观念，也就像是一并消失。远古的卷子本大多由莎草纸制成，每一张莎草纸的长度不会超过十五英寸，宽度不会超过九英寸，也不会像我们这时代一样一张张裁开，打断文本的字句。虽然卷子本边缘也要留白，文本也要划分行列，字间还不留空白，不过，内文可以写多长，一样要看卷子本可以拉到多长（古希腊卷子本的长度一般在二十到三十英尺之间）。一般的卷子本长度可以写完修昔底德著作的一卷、《伊利亚特》史诗的两卷或三卷。

作者、读者两方之于卷子本，看似同享自由：不见腰斩的文句，只是要跨列；没有逐页推进的累积感，只有卷子本展开，又再卷起；文本不会被强行划分为小单位，只由卷动来决定一次只看一段文字。许多个世纪后，有一位西班牙作家胡安·贝内特，为了证明这样的自由似是而非，写了一部《沉思记》（1969），只在打字机装了一卷纸，打字机也特地加装精密的装置，卡死“倒回”的功能——也就是说，不管他打下什么字，都是最后的定稿，没有页面的指引或区分。

册子本的问世，则为页面的观念添加了新的意义。想来册子本的发明，应该不脱实际的需求，也就是要为文本找到比较方便的载具。书页折叠起来，显然是比卷子本要容易携带得多。泥版笨重，莎草纸易碎，所以，羊皮纸和牛皮纸在欧洲就成为制作册子本的首选材料，迄至意大利在 12 世纪盖起欧洲第一家纸厂才告改观。世上其他地区也有类似的产物，用的材料不一：古朝鲜有扇形的木简书，古埃及也有扇形的木板书，中国有木版印刷的纸本书，亚洲其他地方也有帛书。不论用的是哪一种材料——牛皮、羊皮、布帛、纸张、木简，一律在悄悄为文本分疆划界。

然而，页面这般分疆划界的伎俩一旦被读者和作者识破，就不打破不行了。或是通过样式，或是通过版面，或是通过眉批，或是通过重新排序，页面的特征一变再变，未曾休止。作者和读者在争夺文本主权的大战当中，下定决心就是要攻下主宰的地位。

世上最早的页面样式，说不定是由人类的手掌尺寸决定的。苏美尔人的泥版或者是合乎小孩（文书学生）手掌的大小，或者是合乎成人（为后世开启写作滥觞的那一位记账人）手掌的大小。千奇百怪的社会需求、政治宣传，使得亲切随和的泥版膨胀到硕大无朋：例如公元前 12 世纪的亚述人有一部法典，长度超过六英尺半。不过，页面间或也会返璞归真，重现问世的初衷：例如据信是凯撒发明的册子本——把卷子本折叠成页，派发给部队；再如欧洲中世纪供私人祈祷用的祈祷书、老马努蒂乌斯的袖珍版古典经籍、弗朗索瓦一世在 1527 年下诏规定的标准规格图书；又如 20 世纪的平装书。法国出版家于贝尔·尼桑在我们这时代还发明出“南方文献”（Actes Sud）独树一帜的细长版式，以他自己腕骨到食指的长度作为书的长度，以他的大拇指下端到掌心另一侧的长度作为书的宽度。

这些袖珍版的页面给人一卷尽握在手的错觉，可是，这样的错觉维持不了多久。页面的连串字句会被页边距的空白切断，以致文气消散，必须等到下一页再重新凝聚，也逼得读者不得不将文本的涵义不断悬置。再者像短行、孤行，看了就讨厌，也搞得印刷厂商（尤其是新闻业）要提醒作者改一下句子，所以，文本确实受制于页面专横的要求，而不得不改变。

多多少少为了颠覆页面这些特殊要求，作者和读者会自创奇形怪状的书：圆形的、横向的细长“意大利版”、心形的、“内折页”的、“风琴页”的，它们又回过头给文本强加各自独具的钳制。到了我们这时代，所谓的“艺术手工书”照样在打破传统的样式：或是放大，超出装订线外；或是缩小，全塞在小小一块之内；再不然，把内文排成特别的形状，抢走页面样式本身的风采。页面的样式似乎急需作出反抗。

作者不动页面的版式或样式，就去动页面内的文本，以致颠覆随之内化。劳伦斯·斯特恩在1760年代撰写《项狄传》时，破天荒采用全页空白、满纸删节号，甚至一整页全黑的做法。刘易斯·卡罗尔为了帮他的猎鲨渔人找一张漫无际涯的航海图，特别设计一页完全空白。纪尧姆·阿波利奈尔写的《图像诗》，就将诗句组成所述题材的物形。写“象形诗”的诗人，例如巴西的阿罗多·德·坎波斯，也从内部为页面套上新的样式，将读者的视线从笔直的页缘引到内文新颖、特异的设计上。

改造内文的形式，当然不是前无古人。欧洲中世纪就有许多彩绘手抄本，拿“离合诗”和填字谜般的方格玩游戏，将一页纸面的功能乘上了好几倍。随着页面上的限制日益明显，文本就开始产生注释。页面也变得像是一连串同心圆空间，例如《圣经》的经文只写在页面中央小小一块框框里面，周围仔细排了一圈释义，释义外围又再排一圈注疏，注疏外围再留一截空白让读者顺手写眉批。隔出这样的空间，未必像是屏障。例如第三圈的注疏，既可以评述内围中央的经文，也可以评述经文外围的注释。信笔的眉批既可以批注疏，也可以批释义或经文。

这些事例数以千计，单举一则来看就好。英国大英图书馆现存一份亚里士多德《自然诸短篇》的手抄本，年代为13世纪后半叶。此书内文摆在右上半的正中央，周围是取自阿威罗伊的注疏，抄文者据称是肯特郡的某个叫亨利·德·雷翰的人。另外还有针对亚里士多德的短论和阿威罗伊的注疏所写的行间注，有一点像我们做校勘时写的，小小的字，填满注疏留下的空白。但丁举出阅读大概可以分成四大层次：“字义”“寓义”“类推”“奥义”——这四大层次便在亨利·德·雷翰的手抄稿上具体现形。内文、针对内文所作的释义和注疏、又一层释义，一重又一重，将页面分配给文本的空间乘为四倍。

页面专擅的宰制，有时只遭遇一重势力的颠覆，却属个人切身且极为强大的颠覆。蒙田读书作评注的习惯，形如对话，而且，一路讲到封底，还要记下他读完的日期，方便日后回想当时的情境。虽然蒙田读的书籍不限一种语言，他的页边注却始终以法文为限（“不论我读的书为哪一种语言，”蒙田告诉我们，“我对书讲话，只用我的语言。”）；蒙田便以法文评注再为内文和注疏拓展出新异的天地。对蒙田来说，为了他所称的“对真理的追寻”，这样的阅读方法十分必要：这份追寻，不在于文字在页面的疆界之内写出来的事，而在于针对所写的事的见解，这些见解由蒙田这一位读者经深思后述出，他收复了页面的空白处，那也是页面容易被侵入的地方。

作者在奋力征战马拉美说的“纸页骇人的白”之后留下来的空白，便是读者可以发威之处。这些空白处，对罗兰·巴特来说是“情欲亢奋”的本源；文本的空隙（也应该可以引申到页面实体的内文），在他笔下也是“衣物裂开”之处。纸页边缘的开口、印墨边缘的裂痕，在在都是读者（这一形象，不妨引申得愈远愈好）掀起宁静革命、建立崭新社会之处，其间的创造张力不再是页面和文本较劲，而是文本和读者较劲。

中世纪的犹太学者对《律法书》就作了这样的区别。据《米德拉什》，上帝在西奈山授予摩西的律法，既有书写下来的文本，也有口头的评述。白昼有天光的时候，摩西展读上帝写下的经文；入夜一片漆黑的时候，摩西推敲上帝口头的评述。前者将读者交付页面宰制，后者放弃页面，改将内文交付读者宰制。

18 世纪，犹太哈西德派大师别尔季切夫的利维·伊扎克拉比，注意到页面独霸有其危险，因而针对《巴比伦塔木德》收录的每一篇论文为何都缺了第一页，逼读者只能从第二页开始读起，略作说明：“因为好学之士不论读了多少页，也不可忘记他连第一页都还没读到。”也就是说，世人对“神的道”所作的评注，不论于纸面抑或读者的心眼，都没有看得见的起点。去掉第一页，就没有哪一页可以说是将“神的道”硬套进解释里。

由于页面为所含的内文标出了起始、中继、末了，去掉第一页，便可以看作是挑衅的表示。19 世纪的伦理学家约瑟夫·茹贝尔还更进一步。依夏多布里昂所述，茹贝尔的藏书只看得到茹贝尔本人中意的内文。夏多布里昂说："他读到不喜欢的那一页就会顺手撕掉，以至于他的藏书完全符合他的胃口，一本本书的内页都挖掉不少，衬得封面都变得太大了。"

茹贝尔其实并未摧毁书页推进的顺序，他只是用一段段无言的时刻打断了顺序。到了我们这时代，雷蒙·格诺[1]可就在动脑筋要摧毁书页编码强加于阅读的顺序，而改将纸页划开，切成几十条长纸条，每一条印一行字。这样，读者便可以自行重组，合成难以计数的不同内文（像小孩子的混搭游戏书那样）。格诺给这一本书取名为《百万亿首诗》。另一个更出名的例子，则是科萨塔尔在他的小说《跳房子》中，看似要读者依照一定的书页顺序推进，却又表示读者可以先改用目录之外的另一套顺序去读，之后可以自行随手乱翻或是任凭一己的喜好去决定阅读的顺序，因而将循序渐进的表相一把摧毁。读者于此便在阅读的空间、时间上抢到了无上的主宰权。

福楼拜当年写《包法利夫人》时，曾挑了小说中的几章念给好友路易·布耶听，还坦承他在念的时候，那些页面（总计113页，从第139页到第251页）的叙述时间变得不是他自己的，而是由翻动纸页所决定的。"今天下午，"福楼拜写信给情人露易丝·科莱，"我不得不扔下改稿的事不做；什么都看不懂；泡在稿子里好受不了；现在看起来不对的，过了五分钟就觉得没什么不对；东改西改，然后又把改过的再加修改，没完没了。"在这之前，他也写过："长篇著作总是中间部分最糟。"

而我们的命运在如今的电子时代，可会有何不同？电子阅读确实会改变一些参数。纸面阅读原有的时间限度，会被电子屏幕（在某种程度上）排除。卷动文本（一如罗马或是希腊的卷子本），速率不再由页面的尺寸和边缘来决定。电子屏幕的页面样式其实一直在变，尺寸虽然始终如一，内容却不停变换，因为内文的第一行和最后一行随页面卷动而不断更动，

1　雷蒙·格诺（1903—1976），法国小说家、诗人，文学团体"乌力波"的发起人之一。《百万亿首诗》出版于1961年，"百万亿"是格诺计算出的所有可能组合的总和。

只是始终落在屏幕固定不变的外缘之内。虽然在电子屏幕阅读长篇文本一点也不方便（衡诸人的生理条件，这一点无疑会因人类进化而改变），但是，随着左手的纸页愈来愈沉、右手的纸页愈来愈轻而勾起人世时间渐次推移的感触，确实会被电子阅读从我们身上拔除（假如我们想要拔除的话）。

其实，博尔赫斯的想象之书，在电子书那不算永无止境的页面，算是找到了具体的化身。电子书的页面比起博尔赫斯的想象之书，其恐怖有过之而无不及，因为电子书的页面一概没有反面。由于内文可以不断添加到电子书的分卷中，电子书没有中段。电子书的页面就是一个框架，读者用来框住实质意义上的博尔赫斯说的永无止境的文本。一如其他文学创作，博尔赫斯的图书馆预见了电子书的问世。

而于一般读者，page（页面）的意思也和 leaf（含正反两面的一页）或 folio（仅正面编号的一页）混淆一气。page 于英文字典的定义，既是“书籍的一张纸页”，也是“书页的一面”。所以，歌德以银杏内卷的叶片为题所写的短诗，说不定便是页面双重特性最好的写照。银杏树被称为“活化石”，因为银杏所属的该门物种皆已灭绝，唯独银杏尚存于现代世界，作为代表；而且银杏也像书籍的纸页，未见野生。银杏如皮革的叶片虽是单茎却看似两片，歌德就是因为银杏叶片具有如此模棱的特性，而写下这一首诗：

这样叶子的树
移植在我的花园里，
叶子的奥义让人品尝，
它给知情者以启示。

它可是一个有生的物体
在自身内分为两个？

它可是两个合在一起，
人们把它看成一个？

回答这样的问题，
我得到真正的含义：
你不觉得在我的歌里，
我是我也是我和你？[1]

1　引自冯至译文。

“我”说

“我们！是哟！”老鼠喊得好大声，从头顶直到尾巴都在打战，“说得好像我很爱讲的样子！”

——《爱丽丝漫游奇境》第二章

我是在八九岁读斯蒂文森的《金银岛》时，忽然被这问题震了一下：“我是谁？”我读的那本《金银岛》有一篇序，标题是《这本书是怎么写出来的？》，写斯蒂文森是在一天下雨的午后陪继子画地图，顺带讲了这样一则故事。斯蒂文森画的地图，也原封不动印在书上当卷首插图。

《金银岛》于开始第一段就坦白道：“现在（公元17×× 年），我就拿起笔来，回到我父亲开设本葆将军客店的时代……”[1] 那个一脸凶相的老油条水手来到客栈，却随时随地都在提防另一个“只有一条腿的水手”也会出现，看得我胸口塞满兴奋和恐惧，一直读到二十几页，才注意到说故事的人忽然被人叫作“吉姆”。“吉姆”？我往前翻到序文重读一遍。

1　本书涉《金银岛》处均引自荣如德译文。

没错啊，我读到作者的教名明明是“罗伯特·路易斯”[1]。可是，你看这印出来的文字，他叫“吉姆”。我不懂怎么会这样。难道讲故事的人，不是印在封面的那一个人？这显然不是写错，因为第一段就明明白白写着：“我就拿起笔来……”所以，那个讲故事给我听的人，不是叫“罗伯特·路易斯”的人，不是书上宣称的那个作者，而是另一个叫“吉姆”的人？而且，这个人还是凭空冒出来的，莫名其妙就抢走了罗伯特·路易斯在我这本书里的位置。那他讲的故事，会不会就不是真的？这作者会不会在骗人呢？

用“我”来讲故事，在当时年方八岁的我，等于在说“我”讲的当然是真事，等于是说有一个真的存在的活人在对我这个读他书的人，透露他在另一世纪、隔着好几大洋之外遇上的事。所以，“罗伯特·路易斯”一下子变成“吉姆”，害我听故事的信任感倏然粉碎，也让我懂了“我”可以不是作者“我”，而是作者假装成的某个人，一个在纸页上装模作样的捣蛋鬼，一个装别人的声音、学别人的动作的骗子。真是这样的话（这想法当时在我还抓不准，因为年纪太小，没办法用言语表达清楚），那么，这一个“我”说的这一个“你”——我原本着魔地以为指的就是我——很可能也是假话。从那一刻起，我不得不遵从原先一直忽视的规则，在一个我仍待探索的故事中，扮演我的角色。那一天的午后真惨，阅读这一件事，变得不再是由我信赖的作者带着我踏上探险之旅，而是一场戏，由作者扮演作者、读者扮演读者。再后来，和全天下的读者必然都有的那一刻一样，我又懂了我演的还是领衔的角色；因为故事之得以存在，端赖于我有意愿要它存在，端赖于我发挥创意所作的诠释。可是，多年以前恍然大悟的那一刻，这么一个想象出来的“我”的出现，却让我感到失落和遭到背叛。

但这是为什么呢？

《金银岛》的“我”，显然是某一虚构角色的“我”，不论是在吉姆

1　即斯蒂文森的教名。

的叙述，还是在后来出现的李甫西大夫的叙述中，都是如此。而每一位读者，即使是当年八岁的我，不多想就会接受这样的安排，任令自己去相信虚构为真。我们这些读者接受书里的“我”变成了另外一个人，有要我们叫他以实马利的，有要我们叫他马塞尔的，有要我们叫他鲁滨逊的，犹如我们接受这一个个“我”，隔着千山万水和百年光阴，真的是在对我们说话，如耳边的喁喁私语。读者的信心，不仅可以移山倒海，石头也必要呼叫起来[1]。

然而有时候，这样的信心似乎没什么必要。有的时候，游戏规则告诉我们书里讲话的“我”，其实就是写书的“我”。这时，面对这样一个“我”，有和作者相同的姓名，不仅不是虚构的角色，而且戴着和他的脸一模一样的面具在讲话，我们这些读者又该作何反应？面对这样一个作者，他大大方方地彻底变装，成为他创造出来的角色，为了他依自己的形象而以文字创造出来的角色的“真”，而放弃他身为作者的“真”，我们这些读者又该如何与之对话？

有一位年代比斯蒂文森早了不少的作家，说不定可以带我们找到答案。

身份的主题贯穿但丁的整部《神曲》；“你是谁？”这一问，始终悠悠回荡在阴影中，不绝如缕。《神曲》开头的那几句——太有名了，不再引述——一开始就幽幽叫唤出以诗人第一人称单数称呼的修长身影。可是，这一个“我自己”——他发觉自己走到了人生的半途，身在幽暗的森林；他辛苦穿行于炼狱山，一层层往上爬，刻在额上代表罪的几个前缀跟着一一淡去；他以闪电般的速度飞越一环接一环的天界，朝那一张至真至圣、无法以言语形容的脸（Face）而去——这样的“我自己”，到底是谁呢？我们翻开书页，看到一名满怀恐惧的男子为我们唤回他前半生一段段短短的回忆，唠叨述说他无以名状的贝雅特丽齐，喃喃提起形影迷离的往圣先贤，

1　《路加福音》第十九章第四十节：“……这些石头必要呼叫起来。”

不时念一下他深爱的、痛恨的佛罗伦萨——我们这些读他故事的人，是应该认得他吗？在修饰“人生”的集体意义上的“我们”，与几乎匿名的不定词“道出”之间，所站立着的这一个“我自己”，到底是谁？[1] 是谁在跟我们说他“登天去会繁星”之后“返回”，“像一些新生的树木那样得到再生”？又是谁的“欲望和意愿”在旅程的尽头转移为爱？

但丁于下探地狱途中，遇到一群犯下了“悖性”（violence of nature）罪的幽魂。在这地狱，艺术家和政治人物并不混在一起，就神学而言原因不甚明朗，但是任何对凡间有经验者，应该完全可以理解。但丁在这里遇到三位佛罗伦萨“教皇派”政要。他们盛赞但丁“竟能说道如此简明”，像诸多罪人的灵魂一样，央求但丁回到活人的世间要代他们说话。凡尘的名利，即使在这些不属于凡尘的幽魂看来，魅力依然未减。

> 因此，一旦你离开这黑暗的天地，
> 返回人世，重见那美丽的繁星，
> 那时，你将会为能说出“我曾去过那里”[2] 而感到高兴，
> 也请你届时向世人谈到我们。
>
> （《地狱篇》16.82—85）

“我曾在（I was）”是这三位幽灵为但丁的地狱之旅、为但丁一探冥界的行脚所作的总结：这个第一人称单数的存在的行为，彰显了但丁同时作为见证人和主人公的存在。它并非理查德·霍华德所译的“我曾在那里（I

1　《地狱篇》第一首：“我走过我们人生的一半旅程，／却又步入一片幽暗的森林，／这是因为我迷失了正确的路径。／啊！这森林是多么荒野，多么险恶，多么举步维艰！／道出这景象又是多么困难！”之后的两问的引文则分别来自《炼狱篇》第三十三首、《天堂篇》第三十三首。

2　此处英译为“I was there”，黄文捷译本为“我曾去过那里”。

was there）”，并非指但丁在匪夷所思又永存不灭之地走过一回；而是“我存在过（I existed）”，以便彰显后来哈姆雷特在面对他的著名问题时将会考虑的那种行动。声音，但丁可能为三位幽灵带来死后纪念的声音，必须不仅拥有地方的经验，也有着时间的经验，且如同活生生的身体和永恒的灵魂，享有最深切、最根本的意义上的存在。

如果一位诗人想向未来的世代讲述真实，他不可以只是象征的符号，不可以单靠读者愿意相信他；他必须能够说出“我曾在”，必须拿得出有事实根据的传略，呈现出明确具体的心灵，展示出实际存在的躯体。无名氏的著作让我们不舒服；即便大家所称的《圣经》，由不同的书混在一起而成，大家也说必须有一个作者，还给他加上轻轻飘拂的大胡子，为他平添文学的德望。古人读《伊利亚特》《奥德赛》，为了避免作者不明带来的不适，便塑造出一个叫“荷马”的失明诗人，懂航海，会打仗，在希俄斯岛为众人吟唱诗篇。

而但丁就比较精明了，不劳后世动手，自己就要笔下的创作将该有的特征划归到他身上。但丁于其冥界之旅，每到一处，绝对不忘跟读者说他是怎样遇见了哪几位他很熟的人(全书人名列成一览表,堪称社会名流大全,以致法国作家拉马丁戏称《神曲》是“佛罗伦萨名人录”），由此必然引申出来的推论，就是他们一定也认识但丁，遇到他不是欣喜若狂就是咒骂连连。由此，读者也不得不承认他们应该是可靠的见证，因为他们在但丁说的故事里认得但丁，所以但丁其人一定为真。如此这般，但丁（不是写下《神曲》的作者，而是《神曲》的主人公，诗人但丁）渐渐开始化为真人。只是，所为何来?

圣托马斯·阿奎那是但丁的老师，他在卷帙浩繁的《神学大全》的某处，发挥奇思妙想，提出“作者意旨”一说。之后，此说便成为每一面文学织锦必备的一缕彩线，像是任何一本书都少不了的情节、主角。读者没说出口的问题是：“你为什么要跟我说这些？”但丁对此给了没说出口的答案：

“因为，我要你知道我如何一度迷失，又如何因爱而得救；因为，我要你从我的玄想之旅学到一点东西；因为，我要捍卫政教分离的信念，支持国家和教会各司其职。”

但丁的三重“意旨”，(依我们解读的极限)可以拆为“政治”“道德”“个人”三个层次。第一，反对大名鼎鼎的《君士坦丁御赐教产谕》——这一诏令赋予天主教会世俗的大权——主张回归基督在《马太福音》第二十二章第二十一节所下的谕令，“凯撒的归凯撒，上帝的归上帝”。第二，为了“垂范示教”，依经院哲学的方法，以他的诗歌勾画人世的范型。第三，为了实现他邂逅贝雅特丽齐之时允下的承诺，赋予他们的相遇以深长的意味。其中以第三层意旨，亦即爱的意旨，最为重要（但也可能是我们这些读者一厢情愿的想法吧）。恋爱这种事，不讲道理，无法形容：但丁却想要赋予其逻辑，将之化作言语文字。而我们这些读者要跟得上但丁的三重之路，不落得半途而废的话，就必须相信这一位男子真的存在，他的话语就在我们耳际回荡，恍若他就是我们每一个人。想要走进虚构之中，参与它的真实，“我”，在我的脑中，必须变成“你”才行。

作者和读者的对话，是故意编出来的，有骗的意思。为了讲出真实，作者必须以多种巧妙但有说服力的手法来骗人；所用的工具，便是语言——并不可靠，容易操纵，利于摆布，只要说它说的便是字典说的，便俨然神圣不可侵犯，但实际上却很主观，视情况而定。主述的声音从来都不是真的，读者却要假定（或者被要求假定）这样的声音讲的是真的。作者，也就是主角，凭空便出现在读者面前，近似有血有肉又非十足，以其文字现身，以贝克特式口吻，从着火的荆棘里对摩西说：“我是自有永有的。”每一位作者在其第一人称单数中，便是将这绝对的、宛如上帝、自我定义、自我循环的身份授予自身。这样的身份，也是读者要去响应的：“假如我们这些人，每每隔着千山万水和几百年的光阴，都听得到这声音在书页上说‘我’，那么，这一个‘我’一定存在；‘我们’呢，也就不相信不行了。”

一说出“我”，便是在读者面前祭出看似不争的铁证，指有一位说者，所说的话可能有真有假，不过，其存在有声音为证，绝对无可置疑。一说出“我”，便是在划出一个圆圈，框住作者和读者共同存在于页面的边缘之内；于此页面，现实和虚幻相互抵消，文字和文字之所指交互感染。倘若情况就是如此，倘若我们在但丁从幽暗森林攀升到最高一重天的漫长旅程当中，所见的人物带有虚幻性，那么，由我们的感官证据显示活着的其他人——我们这些忠实读者——又如何呢？

“我要告诉你们一个故事。”但丁此话一出，无论是他本人还是他的读者，都困陷其中，到但丁讲到最后一个字，还不止于此。“各位，也就是读者诸君，确实存在，”诗人说，“既是我著作的见证，也是我著作接收的一方。因此，各位应该也可以为这一个‘我’作担保，因为各位既然看见了‘我’写的字，也听到了‘我’讲的话，这样的‘我’，应该一样存在。还有，既然‘我’写出来的故事，故事情节当中的角色，占据的是各位和我共享的同一语言空间，各位应该也可以为我写的故事作担保。起码在我们经由文字而建立起交谊的同一个圈子里，大家必须相信彼此，相信彼此的诚信，明了连接彼此的谎言寓含真实。身在这个圈子内，各位，也就是读者，真的能绝对断定我这人确实存在，而牛头人身怪子虚乌有？贝雅特丽齐、克莱尔沃的圣伯纳德、维吉尔、詹尼·斯基基之所以为真，是因为有历史书跟我们说这几位曾在人世，而守在赦罪关（Pass of Pardon）的天使，只存在于信仰当中，冥河渡夫卡戎，不过是古代传下来的故事吗？”但丁一如所有诗人，说的也是独角兽对镜中奇遇的爱丽丝说过的那一番话：“你信我，我就信你。成交？”七百年后，读者依然对这样的梅菲斯特交易乐此不疲。

但文学上的相信从来就不是绝对的，而是夹在怀疑与迷狂之间：怀疑，禁锢了想象的乐趣；迷狂，则否定了世界有形的现实。历史上的但丁，长相说不定真的很像乔托传世的著名但丁画像。这一位但丁，便如世间凡人一般，走过人生在世一概难免的悲欢离合，而和那位在《天堂篇》里说“我”的但丁，那位被人说是因为太靠近地狱之火而胡须烧焦的但丁，紧紧纠结、夹缠不清。

对于但丁，对于我们后世所知的但丁，《神曲》并非虚构，而是对一种真理——自世界的苦难中得救——的语言演绎。真要说的话，《神曲》是一段旅程的纪事，是一篇异乡的游记，有风土的描写，有人情的记载，有地方志的历史，有政治笔记，有个人的坎坷遭遇，有对条列清单的痴迷——它是读者的指南，说不定日后他们也得步上类似的旅程。

在写给坎格兰德·德拉·斯卡拉的著名书简中，但丁曾说明《神曲》要怎么读才好。只是，但丁开出的解读药方太狭隘了，只划分为四大类或四等级（“字义”“寓义”“类推”“奥义”）。其实但丁本人心里应该清楚，才不会有读者依这样的分类循序渐进去读。在阅读行为中，这些层次全都有优先地位，或者全都没有。通过说出或暗示一下“我”，文本开头的几句话便已经将读者带进幽冥地域，而看不到一样明白确定的事物。既非梦幻，也非现实，所述的万事、万物既如所述，也非所述，同时又仅仅是字面所示而已。

《炼狱篇》于末尾所述的“人间天堂”，既是但丁额头刻的七个“罪”字前缀全部消失之后抵达的处所、人类失去纯真的园子，也是珀耳塞福涅被掳走的树林、凡人上升到天堂的起点，同时也是但丁于其启程的幽暗森林遥望到的反方向的光明所在，是如歌的字句“沙沙作响，伴随着它们的音韵”[1]（《炼狱篇》28.17—18）。与此同时，“人间天堂”却也是拉文那附近基亚西一带的茂密松林，但丁就是在此写下《炼狱篇》的最后几首。那时浪涛依然拍岸，那时尚有疏落的田园（如今则远在内陆），而且隔几步，

1 “它们满心欢悦地在树叶丛中，/婉转歌唱，迎接最早的时辰，/树叶则沙沙作响，伴随着它们的音韵，/这正像基亚西海滩上的那带松林，/每逢埃奥洛放出东南风，/树枝与树枝就相互聚拢，合奏起一片乐声。”

便是圣阿波里纳雷教堂。

作者为了推助读者宁信其有,同意加入“自欺欺人”的游戏,也会主动“自述其短”，坦承一己之过，这是中世纪文学常用的手法。所以，但丁一而再、再而三地跟我们说文字有其不足之处，记忆也未足以将经历化作言语。记忆甚至有时而穷，未及负载无法言诠的事。某些经验是否得以探知，还端赖神恩赐予：

> 无法用言语来说明何谓超凡入圣；
> 因此，但愿上述范例足以令人领悟问题，
> 既然上天的恩泽令他需有亲身经历。
>
> （《天堂篇》I.70—72）

不只是“超凡”及落在人世之外者，但凡尝试沟通，但凡作者和读者因对话而孕生的文学创作，也即但凡以文字构成的人工制品，一概免不了要苦于这一根本的贫乏。诗人明白指出语言无法传达体验，就是在强迫读者不仅要相信作者所述确实出于真诚，也要默认作者坦言无法尽述的部分一样为真；毕竟，读者和作者一样要面对语言的不足。所有方式都是有效的尝试，这更加凸显语言之失准。

> 你该切记；这些言语既然是我说出来的，
> 你就该照样向世人显示：
>
> （《炼狱篇》33.52—53）

这是贝雅特丽齐对但丁说的，后来看到但丁大脑冥顽如石，她只好略让一步，再说：

我毕竟依然希望，你把这些话牢记心中，

即使不是写入脑海，至少也该淡描在心，

（《炼狱篇》33.76—77）

形象的作用虽然不如文字，但文字有时而穷，因此，形象间或也必须上阵代打。所以，即使圣洁的贝雅特丽齐，有时也不得不退而求其次，依赖一下形象。单举一则例子来看就够了。《天堂篇》于起始处，贝雅特丽齐为了说明何以上帝的光辉同等地普照于诸天体，要但丁做一个思想实验，想象用同一光源照向三面镜子。两面镜子分别放在离观者等距的地方，第三面镜子则放得远一点，虽然第三面镜子里的光看起来更小，三面镜子折射的光辉却是同等灿烂。如此这般，具体的经验转化成比喻，阐释原本言语难以捉摸的事。所见、所感，有的时候确实无法形诸文字。而遍寻不着的文字，有的时候倒是可以形诸行动，供读者管窥、遥感一下无法言诠的事物。

正如但丁一再告诉我们的，真实（体验到的真实），会从人类的表达和理解中退避开去，遁入语言与回忆之外的深粹，在那里，事物只为自身所知，在其无法译成语言的纯粹本质中，那正如在从语言到语言的翻译中无法被触及带走的部分。

但丁要读者承认是他，也就是故事中的“我”，曾经到人人望而生畏的地府天界走了一回。可是，读者知道但丁的经历既不全是纸页上的那一个“我”的经历，也不全是把他推上纸页的那一个“我”的经历，而是属于有待读者从纸页拯救出来的另一个“我”——这一个“我”，才是说出这些话的人，而且说的时候，心里也十分清楚是在代别人说。读者知道这一个“我”说，不止在说“我”，也同时在说好几个别人，因为作者是以映照镜像来进行创作的。这样的镜像游戏，读者不插一脚就无法一窥文字构造的现实，无法说出不是他的那一个“我”。但丁因读者的好意得以造访地狱、炼狱、天堂，这样读者最后也可以跟着说：“我也曾在那里。”

初次发觉文学乃无中生有，文字居住的世界并不受官僚主义的现实世界的管制——那份震撼，即使时隔五十多年，至今犹未曾全然褪去。即使到了现在，我的心头依然不无迷惑，当我发觉有作者并不是（或者不全是）故事当中的叙述者，而是为了讲故事给继子听而另外虚构一名叙述者来了这么一场冒险，或者有诗人虚构了一名旅人上穷碧落下黄泉走了一趟，结果旅人竟然不是（或者不全是）那个诗人，而我，他们嗜书如命的读者，既不是那个小男孩，也不是书页另一头的那个人。至少不全是，至少只是部分是。这样的结果，我不知是该欣喜还是该失望。

但丁身后五百年，又有一名到地府一游的旅人，在1871年5月15日发布如下的报告：

> 要不是那些老蠢蛋所揭示的“我”的意思净是错的，我们才不必把那数百万具骷髅全部扫光，这些骷髅可是打从亘古起就在累积其狭隘的智力果实，还自称是其作者！

十七岁的兰波在给友人保罗·德梅尼的信里写下这些话，此时离他创作《地狱一季》还有两年。而信的开头第一句便是别无选择的结语：“因为我是别人。”

这一句，是读者随时随地都要铭记在心的真理。

最后的答案

“微臣恳请王后陛下，”黑桃2的口气极为卑屈，单膝下跪，说，“我们只是想——”

——《爱丽丝漫游奇境》第八章

1616年4月19日，在领过傅油圣事之后，塞万提斯亲笔将他最后一本著作，《佩西莱斯和塞西斯蒙达历险记》，题献给莱莫斯伯爵堂佩德罗·费尔南德斯·德·卡斯特罗。塞万提斯自认这本小说“足堪媲美赫利奥多罗斯”。赫利奥多罗斯是古希腊小说家，生前盛名远播，身后湮没无闻。塞万提斯对他写的《埃塞俄比亚传奇》极为欣赏。三天或者四天后（史家至今还是莫衷一是），塞万提斯与世长辞，独留遗孀为他处理《佩西莱斯》一书的出版事宜。假如我们不全然否定塞万提斯在第一卷卷首谦让文名的说辞，《堂吉诃德》在他心中，可以说是乏善可陈的“不力之作”。“……孩子，免不了皮肉干瘦，脾气古怪，心思别扭。我无才无学，我头脑里构想的故事，也正相仿佛。”他对读者说。塞万提斯卧床垂危，急于为毕生的心血略下定评，因而论定《佩西莱斯》，或是他那部未竟的长篇诗作《伽拉泰亚》，才是他文才传世的见证。只是，读者另有定见。流传后世、藏诸时人案头的塞万提斯名作，是《堂吉诃德》。至于塞万提斯的其他心血结晶，就泰半专供学者作为一飨腹笥的粮秣了。如今，《堂吉诃德》雄踞为塞万提斯的代表作，说不定还和塞万提斯本人画上了等号。

世间凡人便和塞万提斯一样，大多不晓得自己的命途。受着意识的诅咒，我们将自己的在世理解为一趟旅行，这就像所有的旅行，必定要有起点，无疑也有终点。只是，踏出第一步的起点是在何时？最后一步的终点又在何时？我们打算行至何处？何以又要前往该处？心中有何期待？种种问题，依然无法平息，无可解答。我们可以像堂吉诃德一样，用这一信念来安慰自己，即我们的善意和高贵的受难，神秘地证明我们活着的正当性，我们通过自身的行动，扮演了维系秘密的宇宙于一体的角色。只是，安慰不等于安心。

犹太人相信人世有“三十六义人”——Lamed Wufniks[1]，在上帝面前为人世称义。没有义人知道自己便是义人，也没有义人知道其他三十五位义人是谁；不过，基于唯有上帝才明了的理由，我们这世界因为有这样的义人，才不致倾颓为一片尘土。或许，世人的所作所为，再琐碎、再平凡，也无不可以完成类似的使命。或许，世上每一个人的生命（世上每一只昆虫、每一棵树木、每一片云朵也是），无不像是文本当中的一个字母，其意义由某个诸字母出没其间的序列决定，无不像是夹在一则故事当中，故事的开端我们不去管，故事的结局我们管不着。这一段文字中的字母 L 若是有意识，大概也要拿这样的问题扪心自问一番，因为，它一样没有办法跟着它存在的纸页往下走，一样找不到任何答案。

不懂做这样的事是为了什么，却又觉得只要去做就会懂了——这样的吊诡，远自亘古便纠缠着艺术家。艺术家心头一直十分清楚他们投身的创

1　又作 Lamed Vav Tzadikim 或简略为 Lamed Vav（niks），在希伯来语中，30 是 lamed，而 6 是 vav。

作（或者说是召唤他们去做的创作），其最终的旨趣，绝对不是他们掌握得到的。有人觉得自己应该做出了一点什么，但又抓不准到底是什么，又是怎么做到的。有人觉得好像快要抓到什么了，然而还是从指缝之间溜走。还有人认为分派到的苦差事，先天就注定是“痴心说梦”的写照而已。功亏一篑的纪念碑、绘画作品、交响乐曲、长篇小说，比比皆是，在在证明艺术狂傲虚妄的一面。另也有少数人胆敢悍然宣称，这样的成就（虽然少见）依然属于凡人所及。

普鲁斯特写的《女囚》，主人公马塞尔于中段某处得知作家贝戈特在博物馆看过维米尔的名画《台夫特远眺》之后去世。贝戈特得知有艺评人指称该画当中有“一小块黄色墙面”，落笔之完美无瑕，观者凝睇端详，便觉浑似亲眼目击“完足自存的美”。贝戈特自认深谙此画三昧，所以，不顾医生嘱咐他要卧床休息，再辛苦也要亲自到博物馆凝看画中那一小块。“我是该这样子写才对啊。”贝戈特哀叹一声，就此倒地不起。贝戈特在维米尔的一幅画作认出那一小块，看出这便是他毕生追求但是力有未逮之处。这一番领悟痛彻心扉，激得贝戈特就此撒手人寰。普鲁斯特写的这一幕，颇有警世的意味。思索别人的成就，思索一部自足的艺术作品，让艺术家可以有一个参照系，来衡量自身的创作，认识自身的命运。这当然不是绝对而论，而是在另一件作品已经影响到他的特定状态中。现在他明白所谓达到（或达不到）完美到底是怎么回事，在这之后，自己是该继续前行还是就此止步。

在这一意义上，“未竟”未必等于“功亏一篑”。当卡夫卡的《城堡》没写到故事正式结束就放手，当高迪“圣家堂”（Sagrada Familia）还没盖好就先行弃世，当马勒的《第十交响曲》只略略写下些许初步的草稿，当米开朗基罗不肯完成他的《圣殇》，会感慨“功亏一篑”的其实是我们，也就是观者，而不是艺术家本人。在创作者的心中，结果或许粗略没错，或许确实被删节，但并非不足，一如维米尔那一块小小的黄色墙面，可以抽离出来供观者凝神鉴赏。

兰波年方十九便中断了诗作生涯，塞林格在 1963 年后便告封笔。阿根廷诗人恩里克·班齐斯在 1911 年出版生平最后一部诗集，之后，余生漫漫五十七年岁月，始终未再出版新作。旁人无由得知这些艺术家是否在某一特定时刻顿悟到自己夙志已酬，不可能再有精进，所以理当就此功成身退。读者隔着一段距离去看，当然觉得他们的作品看似完足、圆熟、无瑕。可是，艺术家本人也是这么看的吗？少有艺术家在认识自己的天赋时能够做到不夸张或不谦抑。但丁是个范例，他在写下旷世杰作的时候，便知道他写的是旷世杰作，也明白告诉读者他写的是旷世杰作。不过，大多数艺术家会觉得艺无止境，没有一样创作堪称完美。请看下述告白：

> 我六岁起便极爱描物绘形，到了五十多岁，已有数篇作品示人，但七十岁之前，没一件令我满意。唯有到七十三岁，才做到信笔勾勒，即能约略传达花鸟虫鱼的物形和神韵。因此，等到八十岁，应该还能有大进境吧；九十岁时，应该就能参透世间万物的本质；百岁时，一定可以达到难以言喻的更高境界。若活得到一百一十岁，那我画的万事万物，每一笔、每一画，便会栩栩如生了。任谁只要活得和我一样久，一概欢迎来看我有没有实践诺言。原为北斋现为画狂老人于七十五岁自述。[1]

不论艺术家于其创作生涯是半途而废，还是坚持不懈至最后一口气，不论艺术家是觉得他的创作不致随他化归尘土，还是确知他的创作会像《传道书》的警语，“都是虚空，都是捕风”，此外无他——是我们这些观者，不断在他们的创作当中追索，然后设立荣誉榜，排出美学、道德或哲学的

1　出自葛饰北斋天保五年（1834 年）为《富岳百景》写的初编自序。

品位。我们自认更懂行。

然而，人性因傲慢而拟出来的假设，说不定没办法成立。一般都说在柯罗、莎士比亚、威尔第的作品中，都找得到一件凌驾其他，是登峰造极之作，成就至高无上，其余的作品与之相较，浑似习作或草稿。亨利·詹姆斯在他写的一篇短篇小说中也提出一则概念，主张综观每一位艺术家的作品都找得到一样主题、一样题材、一样特色贯穿于其创作，宛如地毯图案一再重复出现却又隐藏未见的花样。所以，所谓的"传世绝唱"，足堪尽纳作者毕生创作的菁华、绝学，便像詹姆斯说的"地毯花样"，只是去掉了地毯。

格特鲁德·斯泰因于撒手人寰之前一刻，据称有人听她问道："答案是什么？"没人回答，她便轻笑一声，说："那样的话，问题是什么？"之后，与世长辞。斯泰因明白，因为我们对世界的认识是破碎的，我们便以为世界是破碎的。我们假定我们遇到和搜集的星星点点（经验、快乐、悲伤、领悟）都是傲然独立，像星尘云中的一粒粒微尘。只是，大家忘了星云可是弥天盖地，忘了星云当初可是起自一颗星星。

《堂吉诃德》《哈姆雷特》或许可以说是塞万提斯、莎士比亚的传世绝唱；毕加索画出《格尔尼卡》、伦勃朗画出《夜巡》之后，应该就可以封笔；莫扎特谱成《魔笛》、威尔第谱成《福斯塔夫》之后，也大可掷笔含笑九泉。但是，世人却会因此错失不少珍宝——接近之作、试验性的版本、变体、调性和观点的变换、迂回的线路、规避之处、暗地里的交易——凡此创作世界的其他种种。我们还会错过种种谬误、死产、查禁的片段、修正之处、稍为逊色的创作等。由于人生在世难免一死，在世期间得见典范，也可自道余愿足矣；也因此，精选出传世绝唱，理所当然。只是大家不要忘记，富丽堂皇的华盖之下，还有一片窸窣摇曳、漫无际涯、深不见底、茂盛蓊郁的草莽密林，满地落叶、枯枝可供拾遗。

塞壬所唱者何？

“谜底猜出来了没有？”疯帽匠又转向爱丽丝问。

“没，我放弃，”爱丽丝回答，“那谜底是什么？”

——《爱丽丝漫游奇境》第七章

《奥德赛》这一部长诗的开端是假的，结尾也是假的。虽然开篇第一句便召唤出了缪斯，诗人恳求女神吟诵“那位聪颖敏睿的凡人的经历，／在攻破神圣的特洛伊城堡后，[他]浪迹四方”[1]，读者却觉得这几句诗并不是故事的开端，而是结尾，觉得缪斯女神已完成她的任务，一切都已经被叙说。

《奥德赛》于第一卷便将主人公漂洋过海的经历做了了结。它告诉我们奥德修斯此前早就离开特洛伊，而且多次历劫，连妻小都不知道他人在何方。最后一卷则又留下伏笔，开启未来的事端，把读者悬置在一场被雅典娜介入的战争中间。不过，不仅这一部史诗的头尾两卷都明确假定要讲的故事读者事先知情，而且奥德修斯的每一趟历险，一概带着对其结果以

1　本书《奥德赛》的译文引自陈中梅。方框中的文字为编者所加。

及对史诗开端与结尾的设想。每一段新的情节，都给了整部《奥德赛》一个不同的、从未实现的终局设想：在可爱的卡吕普索臂弯里度过奴隶般的一生；和瑙西卡在一起，背负不忠的罪名；置身于食忘忧果的人之间而忘却了世界；颜面尽失地被食人的库克罗普斯吃掉；沦为风神伊俄勒斯的烈风的牺牲品；在锡拉岩礁与卡律布狄斯漩涡之间的海峡遭遇不测；死于追求妻子的众人剑下。奥德修斯的返乡之旅，备受没完没了的终点诱惑，而成了无止无休的旅程。

其中一种可能的命运，在冥府由先知提瑞西阿斯的幽灵作了预告：在故事结束之后，已回到家乡伊萨卡的奥德修斯，将“再度出发”，遇到“一个不知有海的民族”，而在这些异乡人中，走向生命真正的终点。但丁虽然未曾读过荷马，竟也神奇地感应到了这样的预言，将之写入诗中成真。在专门惩罚说谎、诈欺的人的那层地狱中，尤利西斯（罗马人将奥德修斯改作此名）对但丁说，他真的又再踏上旅程，催促他老迈的同伴随他再度扬帆远游。这一著名的情节，后来也被丁尼生以同样著名的诗行加以描绘：

> 纵使失去许多，剩下却也不少；纵使
> 如今矫健已然不再，未若往昔
> 足以震天动地，然则故人未变
> 雄心未灭，豪情不减
> 人身虽由运途摧磨、时光折损，意志却刚强如故
> 去奋斗，去探索，去追求，永不屈服。

但丁笔下的尤利西斯带着一批老手下出海朝西航行，穿过远远的地平线，看见一座山峰兀地出现，正欣喜万分，蓦地就遭猛然来袭的风暴打入

绝境，航路还卷起了漩涡，“正如另一位所意志的”[1]，船只沉入无名的海域。这便是《奥德赛》于但丁笔下的结局。除了意在言外的警告——尤利西斯说的未必可靠，因为在《神曲》当中，他可是因为欺骗作伪而被打入地狱的——但丁只字未提这位老国王出海的目的，没说他要“去奋斗，去探索，去追求”什么。

为但丁提供这故事结尾的荷马，也对这一问题做出了他的回答（如果但丁能读到他的话）。这一幕出现在《奥德赛》第十二卷，奥德修斯一行人遇上了海上女妖塞壬的诱惑。女巫喀耳刻在奉诸神之命为一行人解除魔咒之后，也警告奥德修斯继续前行会陷入何等的险境（又是一次对故事的复述）。其中一重危险，便是塞壬，她们能用歌声诱惑凡人。荷马的史诗当中，塞壬只有两个，盘踞于一片青草地中央的骷髅与腐烂肉身之山上，等待经过的船只。喀耳刻告诉奥德修斯，无论谁听到她们的歌声，都无法再回家，无法得到妻子的拥抱和看到孩子的笑脸，注定死去，遭到遗忘。要躲过她们耍的伎俩，喀耳刻建议他以蜡将手下的耳朵封住，也要手下将他牢牢绑在桅杆上。这样一来，奥德修斯一行人便不会朝塞壬靠过去，不过奥德修斯仍然可以听到塞壬的神秘歌声。

> 过来吧，尊贵的奥德修斯，阿开亚人的光荣和骄傲！
> 停住你的海船，聆听我们的唱段。
> 谁也不曾驾着乌黑的海船，穿过这片海域，
> 不想听听蜜一样甜美的歌声，飞出我们的唇沿——
> 听罢之后，他会知晓更多的世事，心满意足，驱船向前。
> 我们知道阿耳吉维人和特洛伊人的战事，所有的一切，

1　见《地狱篇》第二十六首，黄文捷译本为“正如迎合另一位的欢心”，这里根据英文译出。“另一位”（Another）指上帝。

他们经受的苦难，出于神的意志，在广阔的特洛伊地面；
我们无事不晓，所有的事情，蕴发在丰产的大地。

奥德修斯听到塞壬的歌声，蓦地觉得心头涌上强烈的欲望，催他朝她们靠过去。奥德修斯便打手势要手下替他松绑，但手下依他最早的命令，反而把他在桅杆上绑得更紧。最后，他们的船只安然渡过险境，塞壬消失在远远的海面。奥德修斯和手下就此又再避过一次结局。到如今，奥德修斯堪称世上唯一听过塞壬歌声而侥幸生还的人。

这些海上女妖，究竟是谁？荷马没告诉我们她们的长相。时代晚于荷马史诗的古希腊装饰，则将之呈现为长了硕大羽翼的女性，或者有着女性脸孔的飞鸟。公元前 3 世纪，罗得岛的阿波罗尼乌斯从荷马的史诗中得到灵感，让他的英雄伊阿宋及其船员也遇到塞壬。他将她们描述成长了翅膀的怪物，半像飞鸟半像女子，是河神和九大缪斯之一所生的女儿。阿波罗尼乌斯说塞壬是珀耳塞福涅的侍女，以歌声为女主人助兴。时代晚一点的传奇故事又添油加醋，说珀耳塞福涅遭冥王掳走之后，她的母亲得墨忒耳以她们未能善尽保护女儿之责，惩罚她们长出翅膀，并说："飞遍全世界，把我的孩儿带回来！"再一则传奇故事则说，是阿芙洛狄忒因为她们既不肯为凡人也不肯为诸神献上童贞，而惩罚她们变成怪物。又有一则传奇故事说塞壬虽然有翅膀却无法飞行，因为九位缪斯（就是她们的母亲和阿姨）在一场歌唱比赛中打败她们后，将她们翅膀的羽毛拔去，制成自己的冠冕。至于塞壬之死，版本至少有二。其中一个说她们是被赫拉克勒斯所杀，赫拉克勒斯的第六大任务便是消灭斯廷法罗斯沼泽的怪鸟，它们长着铜喙、铜翅、铜爪，以人肉为食。另一个则说她们引诱奥德修斯未果，投海自尽。可能就是因为溺亡的说法，导致拉丁语系将长翅膀、长鱼尾的生物混淆一气，冠上同一名称，而不像英语有 Siren 和 mermaid （美人鱼）之分，或像德语有 Sirene 和 Nixe（水精）之别。

不论可怕如哈耳庇厄或美丽如宁芙，塞壬一概以歌声为最鲜明的特色。柏拉图于《理想国》最后一卷，便写下八名塞壬各唱一个音，合成毕达哥拉斯式的天体和谐。这观念迄至伽利略的时代，一直为古代天文学家所珍视。塞壬的歌声对柏拉图来说，与其说是致命的引诱，不如说是天界正常运行的必要工具。宇宙之平衡，端系于塞壬的歌声。

只是，世人可知这歌的性质？依苏埃托尼乌斯所述，皇帝提比略每次遇到希腊文学学者，就爱问对方三道不可能答出的问题，第三道便是："塞壬唱的是什么歌？" 十五个世纪过后，托马斯·布朗爵士发觉这问题固然煞是费解，但"非无法推敲"。确实如此。

她们唱的歌，后人倒还知道几大特色。第一是危险，因为歌声太过诱人，害得大家会忘了世界，忘了人生在世该尽的本分。第二是揭示性，因为歌曲道出了过去发生过和将来要发生的事，道出了世人已知的事和世人未察的事。最后，这歌人人能懂，不论人们使用何种语言、出生何地，因为几乎人人都有出海之时，谁都有机会遇上可怕的塞壬。

由这几样特色，便可再推演出别的问题。第一，她们唱的歌，到底危险在哪里？是曲调，还是歌词？也就是说，危险是在乐音，还是在意涵？第二，她们的歌要是揭示了一切，那么，她们是知道自己的悲惨命运，还是像反照自身的卡珊德拉，对自己预言性的乐音唯独无动于衷呢？第三，这人人都懂的语言是哪一种语言呢？

我们若跟着柏拉图主张她们的歌没有词，只有曲，那就表示单单是她们吟唱出来的声音，就足以传递意涵。塞壬的嗓音所传递的某些东西（而且无法被简化为单纯的韵律或知识），召唤着听者，像发情的动物，发出一种无以名状的、仅能解释为自身的回音的声音。中世纪的西方教会便将塞壬寓意为困扰着追寻上帝的灵魂的诱惑，认为她们的歌声中带着兽性的魔音，诱惑我们偏离圣洁。但也可能正因为如此，塞壬的歌声传送的意涵，不像上帝的意旨，"非无法推敲"。我相信，这个问题触及了语言根本奥秘的某些层面。

在荷马及荷马之前的世界的方言，受迁徙和征伐影响，为了商业和艺术交流的目的而发展出来，属于“迻译型”方言。那也就是基于征战、贸易的缘故，用以在希腊人与“野蛮人”之间——亦即以文明自居的人群与其他咿呀为语的人群之间——建立联系的方言。一种词汇转换成另一种词汇，同一意涵由某一感知类型（在物理意义上）转化为另一类型，堪称心智活动最大谜团之一。因为，如果说语意沟通，不论口语还是文书，白话还是文言，都有赖于字词的组合和句法的规则，那么，字词、句法经过掉换之后，还留下了什么呢？发音、结构、文化偏见、语言常规更换之后，还剩下了什么呢？以不同的方言交谈，两边迻译的是什么呢？既非固有的意涵，也非发音，而是别的东西，即经过转化犹能幸存、外在一概剥脱尽净之后剩下的东西。我不晓得这种本质能否找到定义，不过或许可以将之类比为塞壬的歌声来理解。

塞壬歌声的诸般特色中，最强大的一项当数占卜的性质。所有文学杰作（每一部我们冠以“杰作”之名的作品）得以传世，无一不是经由重生、迻译、一读再读，而且多少要费一些工夫，才得以传递知识或启示，使得许多人读过后，进一步拓展、照亮新的直觉和经验。这般具创造性的特质，一如以龟甲、茶叶作卜筮，允许我们透过读小说、读诗歌，理解各自神秘的自我。这一过程所蕴涵的，不仅是对共享的语词的理解，还有对文学架构中某种新创的意义的洞察。在此情形下，是读者（而非作者）在重写、破解文本，仿佛同时站在纸页的两边。

柏拉图在《理想国》提及塞壬的同一卷，想象已逝的古代英雄被告知要选择下一轮回的人生。奥德修斯的灵魂还记得生前因为胸怀鸿鹄之志备受命运折磨，便选择当其他灵魂鄙弃的普通公民。在那一刻，特洛伊的荣耀、发明家兼谋士的名望、航海的知识、和敬重的逝者的对话、公主和女巫的情爱、屠魔的冠冕、光荣的复仇者的角色、忠实丈夫的声誉——这些奥德修斯全数不要，他只想换一种平静安稳、默默无闻的人生。这样的智慧，竟然出现在原本认定唯有冒险犯难才是他的宿命的人身上，我们不免要问：若不是有过被绑在桅杆上听塞壬唱歌的那一刻，他可会有这样的领悟？

提瑞西阿斯曾经告诉奥德修斯，走完人生最后一趟神秘的旅程之后，他会安详死去，“温和、没有病痛……圆熟融通的耄耋年岁已尽／在受赐福的安宁中，子民环伺在侧”。但丁却不肯为他安排这样的命运。之后，一代又一代以其自有的方式转译塞壬歌声的诗人，一样没一个愿意为奥德修斯安排这样的结局。几乎每一人，从荷马到乔伊斯到沃尔科特，都要求奥德修斯／尤利西斯当冒险家。古往今来仅有区区几位，柏拉图便包括在内，发觉奥德修斯在被迫收听海上的歌声、发觉真正的自我之后，单凭一己之力便能扭转天生注定的命运。公元 4 世纪，背教者朱利安的朋友、修辞学家利巴尼乌斯，于其著作《苏格拉底的申辩》中，便主张荷马写《奥德赛》是在礼赞像苏格拉底这样追求认识自我的人 。

但丁一样看出塞壬的歌声内含必要的含糊，以便每一位听者听出不一样的版本。《炼狱篇》第十九首，但丁做梦，梦见：

……一个口齿结巴的婆娘来到我的梦中，
她双眼斜视，双脚上方身弯腿曲，
双手无纸，面如白纸。

但丁看她，凝望的眼神将她转化成丽人。女子开口唱起歌来，歌声听得诗人魂荡神驰：

她唱道：“我是甜美的海妖，
我能使航行海上的水手神魂颠倒；
我是那么兴高采烈，一旦被人听到！

我曾诱使急于赶路的尤利西斯转向我的歌声；

凡是与我同居的人都很少离去；

我是如此能使他感到一切称心如意。”

这时却忽然有“圣洁而警醒的女士”[1]出现在他们身旁，要维吉尔告诉但丁这妖怪是谁。维吉尔一把抓住塞壬，撕开她的衣裳，其丑恶的腹部露了出来，恶臭熏得但丁从梦中惊醒。

这塞壬（依但丁的想象）便是但丁情欲的产物，亢奋的情欲导致但丁看到的形象出现变形，放大特点，而在诗人眼中变成教人心荡神驰却虚假不实的佳人。维吉尔要他带的这一位小辈看清楚，这塞壬不是真实存在的梦中佳人，而是但丁本人反常的渴望显露于外的映像。塞壬和她的歌声都是但丁本人不想面对的心理的外在投射，是他黑暗一面的阴影、难以启齿的迷离幻想，是但丁的梦境描画出来而他的意识企图破解的秘密文本。但丁的塞壬确实可以试作此解。不过，塞壬变形的幻影解读起来，说不定就不止于此了。

几百年后，卡夫卡说，塞壬看到奥德修斯满脸期待竟然默不作声，或许是因为想用无声打败奥德修斯，或许是因为她们被勇士定睛凝视的慑人眼神镇慑住了。而尤利西斯也很精明，装作听到了她们不肯唱给他听的魔法之歌。于此，或可追加一句，所谓的魔法之歌，并非尤利西斯揣摩的乐曲或歌词，而可以说是一页空白、一首完美的诗，在写、读两端之间传授，在构思之际形成。

再后来，博尔赫斯为了说明他的“诗艺”，写道：

人们说尤利西斯厌倦了惊奇

1　黄文捷译本为“圣洁而温存”。

喜极泣下于重见他的伊萨卡
谦恭而青碧。艺术便像伊萨卡
属于绿色的永恒，而非只是惊奇。

我们当然也可以想象——有何不可？——尤利西斯，像但丁在炼狱，也有能力透过情欲之力，转变塞壬及其歌声。我们可以想象尤利西斯“厌倦了惊奇”，而将塞壬的幻影，不论是引吭高歌的还是默不作声的，做了独特的个人解读。我们可以想象他将塞壬的普遍语言转译为独有的私人语言，再以之来撰写一部过去、现在、未来无所不包的自传，一首镜子般的诗，尤利西斯从中可以认识和探索真我。

世间的文学作品，说不定一概如是。

第五部

理想的读者

最后，忽然灵光一闪，她说：“欸，那是镜子书嘛，还用说！所以，把书拿到镜子前去照，字就会变回正的了。”

——《爱丽丝镜中奇遇》第一章

理想读者定义随笔

“说来听听，”憨弟蛋弟说，“不管什么诗，有人写得出来我就说得清楚——连一大堆还没人写得出来的诗，我也说得清楚。”

——《爱丽丝镜中奇遇》第六章

理想的读者，便是还没将字词在页面写成文章的作者。

理想的读者，存在于提笔作文前之一刻。

理想的读者，才不再现故事，而是重写故事。

理想的读者，才不跟着故事走，而是投身故事当中。

英国国家广播公司有一著名的童书节目，主持人的开场白固定是问这一句：“坐好了吗？那我们就开始啰。”理想的读者，坐姿也会很理想。

圣哲罗姆的画像，表现出他斟酌着自己的《圣经》译文、倾听上帝话语的样子。理想的读者，一定懂得怎么倾听。

理想的读者，会是译者，能剖析文本，掀开体表，切进神髓，追索每一条血脉、每一条肌理，然后使之恢复生机，成为全新的有情生命。理想的读者，不会是动物标本剥制师。

对于理想的读者来说，所有的文学手法无不似曾相识。

对于理想的读者来说，所有的笑话都是新的。

“必须是一个创造者，才会读得精辟。”——爱默生

理想的读者，拥有无限的遗忘能力，也懂得从记忆库排除哲基尔博士和海德先生是同一人，于连·索雷尔将要被砍头，谋杀罗杰·艾克罗伊德的又是谁谁谁。[1]

理想的读者，对布雷特·伊斯顿·埃利的作品才没有兴趣。

有的事作者只是凭直觉理解，理想的读者却知道。

理想的读者，颠覆文本。理想的读者，不会把作者写下的字视作理当如此。

理想的读者，是层积式读者。一本书每读一次，就为叙述新添一层记忆。

理想的读者，无不是联想型读者，所读之书，仿佛一概出自同一位亘古长青、笔力遒健的多产作家。

理想的读者，不可将自己的见解塞入文字。

理想的读者合上书页之时，会觉得若是漏掉这一本书没读，世界会更为贫乏。

理想的读者，会有坏坏的幽默感。

理想的读者，从来不算藏书的数量。

理想的读者，既慷慨，又贪婪。

理想的读者，什么都读，一本本书全像匿名之作。

理想的读者，爱用字典。

理想的读者，单看封面就能作出判断。

理想的读者，读到千百年前的图书，觉得自己恍若不朽。

保罗和弗朗西斯卡不是理想的读者，因为他们向但丁坦承，他们初吻

1　分别为斯蒂文森《化身博士》、司汤达《红与黑》、阿加莎·克里斯蒂《罗杰疑案》中的人物。

之后，书就没再读下去了。[1]理想的读者吻过之后，会再往下读的。一种爱，不会排斥另一种爱。

理想的读者没读到末尾，不会知道自己是理想的读者。

理想的读者也会有堂吉诃德的道德观，有包法利夫人的渴望，有巴斯妇人的情欲，有尤利西斯的冒险精神，有霍尔顿·考菲尔德的气魄，至少在读故事的时候如此。[2]

理想的读者，老路会一走再走。“一个好的、重要的读者，一个积极的、有创造力的读者，都是反复重读的读者。”纳博科夫说。

理想的读者，是多神论者。

理想的读者，手握一本书的重生契机。

鲁滨逊不是理想的读者。他读《圣经》是为了寻求解答。理想的读者，读书是为了寻找问题。

天下群书，不论优劣，一概有其理想的读者。

理想的读者读起每一本书，多少都像在读自传。

理想的读者，没有明确的国籍。

有的作者，有时可能要等上好几百年，才会遇到他的理想读者。威廉·布莱克就等了一百五十年，才等到诺思罗普·弗莱。

司汤达谈理想读者：“我只为区区不过百名读者而写，为不快乐、和蔼、迷人但绝不说教、伪善的生灵而写；这样的人，我愿意讨他们欢喜，但我只认识一两位。”

理想的读者，尝过不幸的滋味。

理想的读者跟着岁月改变。十四岁时是聂鲁达作品《二十首情诗》的理想读者，到了三十岁就不是了。有的阅读体验会因人生经验而磨损。

---

1 见《地狱篇》第五首。

2 巴斯妇人见乔叟《坎特伯雷故事集》，霍尔顿即《麦田里的守望者》的主角。

皮诺切特查禁《堂吉诃德》，因为他认为《堂吉诃德》鼓吹公民不服从，他倒是《堂吉诃德》的理想读者。

理想的读者，一脚踏进书册，便走无止境。

理想的读者，不仅一定愿意悬置不信，也一定愿意拥戴新的信仰。

理想的读者，从来不想："要是……就好了。"

在书页边缘信笔涂鸦是理想读者的标志。

理想的读者，随时愿意改宗。

理想的读者，反复无常，面不改色。

理想的读者，能够爱上书里的角色。

理想的读者，不在乎时代是否错乱，记载是否属实，历史是否为真，地理是否正确。理想的读者，不是考古学家。

理想的读者，读每一本书都会铁腕执行书中自创的规矩和法则。

"读者有三种：一种，赏而不鉴；一种，鉴而不赏；还有一种，介于两者之间，鉴中带赏，赏中带鉴。最后一种，确实再造了艺术作品；这种读者为数不是很多。"歌德在一封给约翰·弗里德里希·罗赫里茨的信中写道。

读《少年维特的烦恼》而自杀的读者，不是理想的读者，只是滥情的读者。

理想的读者，罕见滥情。

理想的读者，既想快快读到结尾，又盼永远不会结束。

理想的读者，从来不会没有耐心。

理想的读者不把类型放在心上。

理想的读者比（或者看似比）作者聪明，理想的读者也不会拿这去和作者比较。

每一位读者都难免会有自命为理想读者的时候。

仅有良好的意向，未足以成为理想的读者。

萨德侯爵说："我只为懂我的人而写，这些人读我的作品而不会受害。"

萨德侯爵此言差矣：理想的读者，始终都有受害之危。

理想的读者，是一部长篇小说的要角。

瓦莱里说：“文学的理想：终于晓得满纸除了‘读者’，不应填满其他。”

理想的读者，作者遇到了绝对不吝一杯美酒在手，与之促膝长谈一夜。

不能将理想的读者与实际的读者混为一谈。

作者绝对不是自身著作的理想读者。

文学所依赖的，不是理想读者，而仅仅是足够好的读者。

匹诺曹如何学认字

“我也是，”白王后压低声音说，“我再跟你说一件秘密——我会认一个字母的字！你说这厉害吧？不过，别泄气，你终有一天也会认得的。”

——《爱丽丝镜中奇遇》第九章

我第一次读到卡洛·科洛迪的《木偶奇遇记》，是很多年前在布宜诺斯艾利斯的事，大概八九岁的年纪吧；读的是含糊的西班牙译文，有恩里科·马赞蒂最早画的黑白素描插图。后来我也看了迪士尼出的动画片，却气恼地发现了好多改掉的地方：一口吞掉匹诺曹爸爸盖比特的，应该是有气喘病的鲨鱼，竟然换成了怪物鲸鱼；蟋蟀没有先失踪再出现，而是冠上了一个名字，叫吉米尼，还一直黏在匹诺曹身边对他发表逆耳忠言；坏脾气的盖比特也变成好脾气的老先生，还养了一条叫克利奥的金鱼和一只叫费加罗的猫咪。许多最难忘的情节都不见了。例如，迪士尼的片子没有描述匹诺曹因为不肯吃药而亲眼看见自己死去，四只“黑得像墨水”的兔子来了，用一具小小的黑色棺木把他扛走（科洛迪写的这一段，对我来说可是全书最吓人的一幕）。

匹诺曹在原本的故事当中由木偶变成有血有肉的真人，在我也是刺激透顶的追寻之旅，不下于爱丽丝在奇境找路回家，或是奥德修斯要回到他心爱的老家伊萨卡。不过，结局除外：在最后几页中，看到匹诺曹得到仙女赏赐，变成了“漂亮的小男孩，有栗褐色的头发和淡蓝色的眼睛”，我虽然为他欢呼却又觉得怪怪的，若有所失。

当时我还懵懵懂懂，但现在回想起来，当年我爱《木偶奇遇记》，爱的是它讲的是学习求知的奇遇。匹诺曹的历险记是关于公民的养成教育的，讲的是一则古老的悖论：既要在普通的人类社会找到一席之地，同时又要知道自己到底是谁，自己是怎么看自己而不是别人怎么来看自己的。匹诺曹想变成“真的小男孩”，但又不是随便哪一个小男孩就好，不是乖乖听话的完美公民儿童版就好。匹诺曹想要当那一个藏在彩绘木头之下的自己。但也不巧，他一直没能真正做到（因为科洛迪没等到匹诺曹大彻大悟，就将他的学习之旅打住了）。匹诺曹是变成了优秀儿童，学会了读书认字，但他从未变成“读书人”。

从一开始，科洛迪就在“叛逆的匹诺曹”和他想要融入的大社会之间布下一场冲突。匹诺曹还没刻成木偶的时候，便已经是叛逆不驯的木头。他才不信“要被看到而不被听到”的古训（19 世纪教孩子的规矩），结果害得盖比特和老邻居打起架来（又被迪士尼删掉了）。后来，匹诺曹因为除了几颗梨子没有别的东西可吃，发了一顿脾气。再后来，匹诺曹偎在火堆旁边睡着，不幸烧掉两只脚，期待盖比特（社会的代表）帮他再刻两只脚出来。即使叛逆的匹诺曹又饿又瘸，也不肯乖乖认命，反而认为社会有责任给他食物，帮他治好病痛。然而，匹诺曹倒也不是不懂他对社会的要求必须有所回报。所以，有了食物、有了新的脚后，匹诺曹对盖比特说：“为了报答您为我做的一切，我马上去上学。”

在科洛迪的社会，学校是一个人证明自己可负责任的起点。学校是使一个人能够“回报”社会关怀的训练场所。对此，匹诺曹是这样总结的：“我今天上学，就要马上学会认字，明天学会写字，后天学会算术。这样，有了这些本事，我就可以赚很多钱，等我口袋一有了钱，要做的头一件事，便是去给我爸爸买一件漂亮的羊毛外套。唉，我在说什么啊，羊毛？我要给他买一件金银丝线织的外套，还用钻石做纽扣。这老家伙是真该有这样一件外套，因为，他毕竟是为了帮我买书，让我上学，才落得自己只能穿短袖的衣衫……在隆冬季节！”盖比特为了给匹诺曹买（上学一定要有的）写字练习簿，卖掉了他唯一的一件外套。盖比特本来就穷，而在科洛迪的社会，受教育需要有所牺牲。

所以，成为公民的第一步，就是要学会认字。只是，“学会认字”到底是指什么呢？这可以分成几点来看：

第一，一板一眼去学习文字系统的符码，社会的记忆就编制在这一系统内。

第二，学习支配符码的句法。

第三，学习书写这一符码如何帮助我们以深入、具想象力而又实际的方式，了解我们自身以及我们周边的世界。

这三者当中，以第三类学习最为困难、最为危险，作用也最强大，却正是匹诺曹怎样也做不到的。各式各类的压力——勾引他悖离自我的社会诱惑、同学对他的嘲弄和嫉妒、精神导师的疏于指导——为匹诺曹设下重重障碍，几乎无法超越，害他无法蜕变为“读书人”。

统治者对于阅读这一件事，始终以带保留的热忱在看待。18、19 世纪西方社会制定法律，禁止教导奴隶读书认字，连《圣经》也在禁止之列，这绝非偶然，因为（论点还完全站得住脚），只要读得懂《圣经》，就读得懂废奴的宣传小册。而为了学会读书认字，奴隶也会动脑筋，想出各种办法和策略，这足以证明公民自由与阅读能力之间的关系，以及公民自由和阅读能力在形形色色的统治者那里引发的恐惧。

不过，即使在所谓的民主社会，法律在提供人人读书写字的机会之前，必须先行满足其他几大类基本需求：食物、住宿和医疗。科洛迪写过一篇谈社会和教育的论文，针对意大利共和派推行国民义务教育的主张，慷慨陈词：“以我所见，迄今对于贫穷受苦阶级，我们想得更多的是他们的头脑而非肚皮。现在，我们应该先多想一下肚皮。”匹诺曹当然饿过肚皮，所以这样的需求有多重要，他再明白不过。想象一下匹诺曹若是有十万金币，晋升为富绅，他会做什么。他会希望有一座富丽堂皇的宫殿，附设一个藏书室，其中“蜜饯、糕饼、米兰甜面包、杏仁蛋糕、奶油卷心酥多到满出来”。

匹诺曹清楚得很，书，才填不饱饥肠辘辘的肚皮。匹诺曹调皮捣蛋的同学拿书砸他，准头却奇差无比，一本本全掉进海里，惹来一群鱼涌上海面，争相啃噬书本泡水的纸页，才入口却马上吐出来，暗想：“这哪是我们吃的！我们吃的可比这好太多。”社会当中的公民，要是连基本需求也无法满足，书籍便是一无是处的营养品；要是再用到错误的地方，甚至会要人命。匹诺曹的一个同学拿一本很厚的《数学大全》砸匹诺曹，没砸中，反而打在另一个男生头上，把对方砸死。书，不用，不读，就是致死的武器。

即使建立起满足基本需求的体系和义务教育体系，社会却一样充斥引诱，有各式不用大脑、不花力气的乐子，在拉匹诺曹偏离正道。这首先是以狐狸和猫的化身出现，对匹诺曹说上学害得他们又瞎又瘸；接下来是游乐场，匹诺曹的朋友“灯芯”用这一段话来引诱匹诺曹：“那里没有学校，那里没有老师，那里没有书……欸，这才是我说的好地方！这才是文明国家应有的样子！”书，在“灯芯”的心里——唉，说的也是——是和困难连在一起的，而困难（在匹诺曹的世界，在我们的世界），就有不好的意思，虽然困难不一定就不好。拉丁箴言“从逆境抵达星辰”(per ardua ad astra)，对匹诺曹来说（对我们来说也是）简直是对牛弹琴，因为大家总认为不管什么事，都应该以最小的花费去要到才好。

不过，即使挑战困难是人生必要的追寻，社会也不鼓励大家去增加这样的人生经历。匹诺曹一尝过苦头，马上乖乖上学，变成好学生，也因此变成其他孩子的眼中钉，指他成了现在人们说的“书呆子”，笑他只懂得在老师面前“讨好卖乖”，骂他：“你讲话还真是文绉绉！”语言可以让人讲话只浮在思想的表面，满口教条口号、非黑即白的陈词滥调，只会传达讯息，而不懂得表达意义，让听者徒增认知的负荷（像“你知道我的意思吧？”）。不过，语言也可以重新创造体验，为理念赋形，朝深处探索，而不是只停留在直觉所揭示的表面。这样的差别，其他男生根本看不出来。匹诺曹讲话“文绉绉”，在他们就等于是“非我族类”的标签，是叛徒，是象牙塔内的隐士。

最后，社会也在匹诺曹的路上安排了几个角色作为精神导师，他们像一个个维吉尔，陪着他在人世的各层地府探险。像“蟋蟀”，虽然早早在前几章就被匹诺曹在墙上打扁了，却奇迹般地生还，过了好几章又重新出现，对匹诺曹多加协助。“蓝仙子”最早在匹诺曹面前现身时，化作“蓝发小女孩”，数度在匹诺曹陷入厄运时指点迷津。“鲔鱼”，清心寡欲的哲学家，在和匹诺曹一起被鲨鱼吞下肚后，对匹诺曹说：“要随遇而安，静待鲨鱼把咱们俩都消化掉。”不过，这几位“老师”却都扔下匹诺曹，让他经受自身的苦难，不陪他面对黑暗和迷失时刻。他们没一个指点匹诺曹去思索自身的处境，没一个鼓励匹诺曹去找出他要“变成小男孩”的心愿到底是什么意思。这几位带着权威性的角色，一样只会死背学校教科书读来的字句，没有一丝个人的体会，关心的只是拿学校的教条摆样子，单凭学校教条分配给他们的角色——也就是教师对学生——去演就好，就足以达到“教学”的效果。这样的老师没有一点用处，因为他们认为自己只需对社会负责，不必对学生负责。

诱惑带来的分心、同学的嘲弄、老师的抛弃——尽管存在所有这些制约因素，匹诺曹依然在社会的教育阶梯奋力往上爬了两级：学会认字母以及学会读书（仅限于字面）。他在这里止步不前。书籍就此成为中立地带，供人运用学到的符码，以最终从中撷取常规的道德寓意。他在学校练的，就是看得懂宣传品。

既然匹诺曹没学会深入地阅读，没学会到书本里探索它有时深不可测的底蕴，他自然不会知道自己的探险有着很深的文学根源。（他自己并不知道）他的生命，其实便是文学的生命，是古老故事的集合体；有朝一日，（等他真的学会阅读这一件事）他说不定认得出自己生平事略的出处。这一点，对于每一位练达圆熟的“读书人”，也是如此。

《木偶奇遇记》当中有众多文学之音交相激荡。这是父寻子、子寻父的故事（也是《奥德赛》当中的情节支线，后来被乔伊斯发现）。这是追寻自我的故事，一如阿普列乌斯《金驴》中主人公的身体变形，也如《亨利四世》当中哈尔王子的心理变化。这是牺牲和得救的故事，一如圣母玛利亚的故事和阿里奥斯托[1]的英雄传奇所述。这是“成人仪式”（rite of passage）的原型之一，一如夏尔·佩罗[2]写的童话故事（科洛迪译过）和乡野俚俗的“即兴喜剧”。这是航向未知的旅程，一如16世纪欧洲探险家的编年纪事和但丁的长诗。由于匹诺曹没把书籍看作乞灵的泉源，书籍自然不会将他自身的经验反射回去给他。纳博科夫在教学生读卡夫卡的时候，指格里高尔·萨姆沙变成的昆虫其实是有翅的甲虫，这一类昆虫的翅膀收在背上的甲壳底下，格里高尔若发现那里有翅膀，应该就逃得出来。于此，纳博科夫还追加一句：“许多青春期的孩子，像格里高尔一样长大，浑然不知他们其实还有翅膀可以飞翔。”

关于这一点，匹诺曹要是碰巧看到《变形记》，应该还是会浑浑噩噩。匹诺曹学会读书认字之后，做得到的，只是拿教科书来鹦鹉学舌。他是会吸收纸面上的字词，但不懂得消化：书，不会真的读成他的，因为他在探险终了的时候，终究还是无法将他读的书应用在他对自我的体悟和对世界的体会上。学会认字，促使他在完结篇得以变成人身，回头再去看他先前

1　阿里奥斯托（1474—1533），意大利文艺复兴时期著名诗人，代表作为《疯狂的奥兰多》。

2　夏尔·佩罗（1628—1703），法国诗人，以童话集《鹅妈妈的故事》闻名于世，“小红帽”“睡美人”“灰姑娘”等都出自其笔下。

当过的那一个木偶，还忍俊不禁，但是心满意足。只是，在科洛迪始终没写出来的续篇里，匹诺曹依然必须以想象力去运用语言，方能面对身处的社会；而多读书，透过记忆、联想、直觉、模仿，他应该还是学得会以想象力去运用语言的。所以，翻过最后一页，匹诺曹终究是准备好真的要去学“读书”了。

匹诺曹肤浅的阅读经验，与另一位一样四处历险的主角（或是女主角），就正好相反。在爱丽丝的世界，语言回归到其丰富的多义本源，（依憨弟蛋弟的说法）任何一个字词都可以随说话的人随心所欲去用。虽然爱丽丝不同意如此独断的假定（她对憨弟蛋弟说：“可是‘荣耀’不是指‘周全的论点’。”），这一“向所有人开放”的认识论，在爱丽丝的世界却是常态。在匹诺曹的世界，写成白纸黑字的故事，含意绝不含糊；在爱丽丝的世界，“Jabberwocky”[1]是什么意思，就全看读者乐意。（在此或许值得一提，科洛迪在写《木偶奇遇记》时，意大利语第一次正式确定，从大量方言中挑选了出来；而刘易斯·卡罗尔用的英语却“定型”久矣，可以相对安全地打破、质疑。）

而我说的“学读书”（循我先前提过的广义说法），指的是介于下述两种类型或哲学之间的某件事。匹诺曹遵守经院哲学的严格规矩。经院哲学迄至16世纪一直是欧洲通行的正规教学法。在这样的课堂里，学生的本分是要依传统的规矩去读，按照公认为权威的、固定的注疏去读。憨弟蛋弟的做法则是把人文主义一路的诠释放大来用。人文主义提出了革命的观点，主张每一位读者都要凭己意去解读文本。到了当代，翁贝托·埃科再将这样的自由加上大有帮助的条件限制，主张“诠释的界限就是常识的界限”。对此，憨弟蛋弟当然大可反驳，指他的“常识”未必等于埃科的“常识”。不过，绝大多数的读者对于“常识”何指，应该都还有相当清晰的

1　《爱丽丝镜中奇遇》第一章中，卡罗尔自创的一首胡言乱语的歪缠诗。

想法，足以互通共享。所以，“学读书”这件事，便是既要（像憨弟蛋弟一样）练就占用文本的本事，也要（像匹诺曹的老师可能会教的一样）去分享他人所作的占用。在我看，阅读行为便落在占有和赏识之间、在他人加诸的身份和自我发觉的身份之间的模糊地带。

所有教育体制，于其核心都有一则尖锐的悖论。社会必须将符码的知识传授给公民，这样，公民才有办法参与社会活动。但符码的知识，除了破解政治口号、广告或基本操作手册之外，也可以供同一批公民去质疑社会，去揭露社会的恶行，去推动改变。这一体制在让社会得以运作的同时，也内含颠覆社会的力量，让社会变得更好或更坏。所以，教师虽由社会任命，为新成员揭开社会共享的词汇的秘密，但其实对同一社会也形成威胁，像苏格拉底一样能够“败坏青年”。教师一方面必须叛逆不驯，传授公民不服从的理念和思辨质疑的技巧，另一方面又必须服从社会法则，毕竟教师的地位是由社会分派的——甚至服从到自毁的地步，像苏格拉底那种情况。教师始终陷在双重的束缚当中：既要教导学生独立思考，又要依社会结构为学生套上缰绳。学校，不论是在匹诺曹的世界，还是在我们大多数人的社会，都不是将儿童锻炼得更优秀、更全面的训练场，而是将儿童送进成人世界的启蒙场，让他们认识常规惯例、官府规则、默契约定、等级制度。世间没有培养无政府主义者的学校，然而在某种意义上，每一位老师都应该传授无政府主义，都应该教学生去质疑规则和规定，去寻求教条中的解释，去对抗不公平的要求而不屈从于偏见，去向当权者要求权力，去寻找表达自身理念的位置，即使这意味着反对以及最终废除老师。

有的社会对智识顶礼有加，像世上许多原始社会；“老师”（长老、萨满、导师、部落记忆的守护者）在这样的社会能比较轻松地尽责任。因为在这样的社会，活动大多就放在教学当中。不过，在大多数社会，智识却是什么尊荣也没有。要砍预算的时候，教育这一部分最先遭殃。所谓的领袖，大多只比文盲要好一点。国家的价值，纯粹从经济方面计算。论及文化观念，嘴上说得很好听，对于书籍，官方也加以褒扬；但实际上，我们的中小学和大学正在沦为劳动力的培训基地，而非培育求知欲、思考力的地方。2007 年 7 月 21 日，克里斯蒂娜·拉加德时任法国萨科奇总统的财政部长，呼吁她的国人“少想，多做”。“我们的图书馆已经有太多东西，够我们往后几百年好好讨论，”拉加德女士说，“所以，我才要对各位说：我们早就想够了。捋起袖子吧。”在法国，还有其他不少地方，大家的座右铭便像某一计算机品牌的广告标语，“快过思考”（Faster than thought）。匹诺曹上的学校无疑会大力拥戴这样的座右铭。这样的反调不是没有道理，因为思考需要时间和深度，而这两者是阅读行为的基本品质。

教学是很缓慢、很艰难的事；而“缓慢”“艰难”，在我们这时代，已经变成缺点而非称赞。当今几乎无法说服多少人去接受缓慢和深思熟虑所具有的价值。然而，匹诺曹唯有不赶着去学，才会真的学到东西；匹诺曹唯有慢慢去学，才能蜕变成完全的个人。不管是在科洛迪那个照搬教科书的时代，还是我们这个机械重复的事实几乎无限供应的时代，要想摆出有学养的表象，看得懂情境喜剧，抓得到广告的笑点，认得出政治口号，学会使用计算机，都不是难事。然而，再推进一步、再推深一层，有勇气面对恐惧、怀疑和深藏的秘密，有勇气质疑社会对我们个人和世界的操纵，想要学习思索，我们就必须学会另辟蹊径去读书，以不一样的眼光去读书。匹诺曹在历险之后是变成了真的小男孩，却还是未脱木偶般的思索。

我们身边的一切，几乎全在鼓励我们不要多作思索，安于平凡就好。教条式的语汇将世界一刀划分为非黑即白、非善即恶、非我们即他们。这是褊狭偏激的语言，近年于各地如雨后春笋般出现，提醒我们它还流连未去。遇上悖论、开放式问题、两相矛盾、浑沌错乱等难题需要伤脑筋的时候，大家的反应，还是千百年前罗马元老院监察官老加图喊的那一句：“迦太基不消灭不行！”——也就是异邦的文明不得有立足之地，沟通的对话不得有开启之时，关于驱逐、灭绝的内容要加入法令之中。这样的口号，单单是当代就找得出数十位国家领袖喊过。这样的语言假装在沟通，在一重又一重的伪装之下，不过是恃强凌弱而已；它不要求任何回应，除了服从的沉默。蓝仙子在《木偶奇遇记》的故事末了之时，对匹诺曹说：“只要你懂事、乖巧，就会过得幸福。”许多政治口号可以化约为这一句空洞愚蠢的建言。

跨出社会划归为“懂事、乖巧”的狭隘词汇，进入更浩大、更丰沛，尤其是更含糊的语言世界，确实教人望而生畏，因为这一文字的“化外”国度，看不到疆界，与思想、情感、直觉等值。这样的语言国度，无边无际，任谁愿意费时用心去探索，一定敞门迎迓。千百年来，这一文字国度自世人的经验淬炼出文字，以便将经验映照回返给世人，供世人理解世事，理解自身。这样的语言国度，比匹诺曹塞满甜食的图书馆更宏阔、更恒久，因为这国度在隐喻的层面包含后者，在具体的层面，可以通向后者——它使得我们去想象各种方式，改变匹诺曹挨饿、受欺、被剥削、失去童年、不得不苟且以及唯有苟且才会幸福的社会。去想象，便是去消融障碍，打破壁垒，推翻强加在我们身上的世界观。科洛迪虽然没能带他的木偶进入自我发现的最高境界，但我认为他在直觉上感知到了想象力的可能性。即使他主张面包重于文字，他也深知社会的危机，追根究底，是想象力的危机。

憨第德在无忧宫

“我只是想看花园什么样子嘛。”

——《爱丽丝镜中奇遇》第二章

我们对于感知到的周遭世界，直接的反应便是去破译，宛如宇宙万物一概内含意义。我们试图解码的，不仅有为此目的而创造出来的符号系统，如字母、象形文字、图形、交际手势，还包括我们身边的物体、别人的脸、自身的映像、行经的风景、云朵与树木的形状、天气的变化、禽鸟的飞翔、虫类的足迹。作为世上所知最古老的文字之一，传说楔形文字就是五千年前的古人在幼发拉底河复制印在烂泥里的麻雀足迹，从而发明出来的。烂泥里的印痕在我们远古先人的眼中，似乎比费解的神圣语言里的词语，更多玄机。我们觉得四季有情，地理位置有意义，动物有象征意义上的价值。不论是追踪者、诗人，还是萨满，都觉得眼前不断变换的大自然宛如一本翻不完的书。我们和万物一样，都写在这一本书里，而我们还必须去读它。

大自然若是书，那就是一本读之不尽的书，最起码也是浩瀚如宇宙的书。而花园便像缩小版的宇宙，无尽的文本换成易于理解的简明版，还根据我们有限的能力加上注释。依照《米德拉什》的释经文，上帝把人安置在伊甸园，“使他修理看守”，不过，“只是要他在那里研读《律法书》，实践上帝的诫命”。至于被赶出伊甸园，就可以看作是因为故意把经文读错而遭受惩罚了。

园艺和阅读连在一起有长久的历史。1259 年，法国亚眠主教座堂高级教士理查德·德·富尼伐，想过要仿照园艺作书籍编目。他将他的藏书室比为一座果园，供大家采拾“知识的果实”。他将这一座果园划分为三大花床：哲学、所谓的“实利科学”以及神学。每一片花床又再划分为许多更小的地块，其中包括对图书主题的简介。富尼伐将“耕耘”（cultivating）一词同时用于他的果园和藏书室 。

所以，动词 cultiver 在法文还保留了“园艺”和“学养”两层意思，也就不足为奇。照顾花园和打理藏书，在 cultiver 的意义上，都需要同等的专注、耐心、不懈以及足够的秩序感。cultiver 就是要在大自然或者藏书室杂乱无章的表面之下，找出隐而未见的道理，且使其附带的特质显现出来。此外，二者的“道理”，也都必须受到检讨。园丁和读者都必须愿意依照室外或室内的气象变化而调整，愿意服从新发现的结果，愿意重新组织、重新配置、重新考虑、重新定义，依据个人的日常体验而非霸凌的绝对主义的概念。

在某种程度上，法国大革命爆发，便是对绝对（absolutes）失去信心的结果。不再坚持普世通行的形而上范畴主宰人世众生，不再主张理念凌驾经验，不再相信天授神权的人物有权利支配个体；法国启蒙运动的哲学家转而争辩起康德后来称为“绝对（categorical）命令”的东西：所有人类行为，在最好的时候，都应该在原则上成为普遍的法则。这是个辉煌的成就，即使不可能实现；关于这一点，百年之后，罗伯特·斯蒂文森会注解道：“人生在世的使命，不在追求成功，而在不断失败，依然精神抖擞。”

于此，伏尔泰应该也会称是。伏尔泰，较诸启蒙运动其他哲学家，希望我们的行为表现得，俨然是我们——而非一个神圣的主宰——在对我们行为的后果负责。对他来说，人类的行为无一独立自存。“在所有可能世界中最好的世界中，万事万物无不有所联系，”哲学家邦葛罗斯在憨第德的连番历险即将终了时对他说，“要不是你在黄金国那好地方弄丢了所有的羊，你哪会在这里大吃开心果、柠檬蜜饯。”憨第德闻言，答得也有智慧：“说得好，但我们必须照顾自己的园子。”

所以，花园是我们的事业，是人生在世善尽本分的舞台，是变形过的大自然，供世人完成来到世间获派的任务。憨第德在历险过后，向一名土耳其托钵僧寻求指点，该托钵僧对世事不是浑然无知就是漠不关心（例如当时有两位维齐尔和一位穆夫提在君士坦丁堡被绞杀），对人生在世的意义或善恶的纠葛等形而上问题，一样不放在心上。“那我们是要怎样才对？”邦葛罗斯急了，托钵僧回答：“闭嘴。”闭上嘴，行动。伏尔泰反驳帕斯卡尔时说过，“人就是生而行动，正如火就是要往上窜，石头就是要往下落。无所事事对人来说便等于虽生犹死”。后来又说：“不晓得蜘蛛和土星的光环可能有什么关系，无妨；让我们继续考察力所能及的事物。”

而要考察自然，就一定要让自然变得可接近，赋予其格局和对称，使其能够被我们的官能掌握。面对花园的概念秩序，我们可以假装或是自以为看得懂：为花坛及其划分套上意义，从花园的布局中获得教诲，从植栽的排列中演绎出故事。

在这个意义上，每一座花园都是一个重写本，设计再叠上设计，季节又加上季节。于此不妨举例，看看普鲁士王家花园无忧宫，伏尔泰曾在此贵为嘉宾，度过三年漫步时光。无忧宫始建于 1715 年，最早是依普鲁士国腓特烈·威廉一世的诏令，在波茨坦城郊的小山丘盖一座果菜园，有个尖酸的诨名叫“马尔利园”，暗指法王路易十四在马尔利的奢华花园。1744 年，腓特烈的儿子腓特烈二世加盖了一座葡萄园和六个波浪状的圆弧露台，种植梅树、无花果树、葡萄藤蔓。每一个露台由二十八扇玻璃窗、十六株修剪成金字塔状的紫杉树隔开。一年后，露台再往南延伸，开辟出八块平面花床，其间点缀一座喷泉，那里矗立着女神忒提斯[1]和侍从的镀金雕像。

十年后，护城河朝外的那一面，又加了两尊人面狮身的斯芬克斯雕像，由弗朗茨·格奥尔格·埃本海克雕制；由此可以通达另一块农地。数年之后，这里又添加了大理石栏杆，栏杆有十二尊儿童雕像，挡在数块露台花床组成的荷兰式花园和一块圆形喷泉广场当中作间隔。再过去一点，普鲁士国王又加盖了"海神岩洞"和方尖碑大门，各自都有一小块花坛。国王在西边还盖了"中国茶亭"，这是一座令人愉快的装饰性建筑，由约翰·戈特弗里德·布林在1754年至1757年间设计。

花床、林荫道、花坛、喷泉、雕像群、树篱小路，综合起来，组成复杂的景观叙事。不过，始建之初，无忧宫的园林除了讲求简洁，除了打造宜人、实用的处所，别无其他目的。也就是说，原本的目的是要打造一座（《创世记》所说）上帝在"傍晚起了凉风"时行走的园子，静谧之至，腓特烈二世（在数张遗嘱中）指明死后要葬在这园子里。这类型的花园有很古老的历史。美索不达米亚传世最古老的文献当中，"果园"（orchard）和"花园"（garden）未作分别，因为二者于美感和实用未必有别。

然而，无忧宫的情况却是后来植栽被人居取代。果园打理好后一年，由于景致优美，腓特烈二世决定在同一地点盖一座夏宫，以便欣赏美景。结果，原本单纯宛若伊甸园的园子，就此遭到复写，插入新的建筑情节和附带的次要情节，路径和景观因之变得错综复杂且成倍增加。接下来好几年，更多的建筑添加进来，例如园丁的屋子和后来改建为客房的橘园。无忧宫在北边还依照巴洛克式隐喻的原则，盖起了"仿古废墟"，将供应园内喷泉的水塔藏起来。而且，石砌的隐喻将其核心意涵隐藏得太好：腓特烈二世生前只欣赏过一次喷泉的水舞，因为笨重的喷泉机械装好之后，一

1　阿喀琉斯之母。

直要等到下一世纪再加装蒸汽机，提供燃料，才有办法完全供水启动。而那时，腓特烈二世已经驾崩，生前精心擘划的复杂花园，已经不再入时。腓特烈二世身后再经过三任国王，到了腓特烈·威廉四世在位期间，才将无忧宫依意大利风格的景观公园重新设计，而成为今人所见的无忧宫。不过，早年的设计蓝图，在后世所打造的园圃、树林、小径背后，依然可以窥见一二。这也恰似重写本，最早的文字不会完全不见踪影。

腓特烈二世在无忧宫打造他的果园时，年方三十二岁。早在八年之前，他便以二十四岁之龄和伏尔泰鱼雁往返，也力邀伏尔泰作他的人生导师。腓特烈二世热情溢于言表，于信中写道：“寰宇无人不以汝为师。”伏尔泰比腓特烈二世年长近二十岁，是当时全欧地位最为崇高的哲学家，腓特烈二世却只是当时欧洲一个二等君主国的法定继承人而已。腓特烈二世欣赏伏尔泰的理念、文章、诗歌、戏剧，尤其欣赏伏尔泰是法国人。多年过后，腓特烈二世还于 1780 年发表一个小册子（像他总计三十一卷的浩繁著作一样，以法文撰写），标题为《日耳曼文学，有何不足？何以至此？何以正之？》。文中腓特烈将他的母语冠以“半野蛮”之名。所谓“文化”（Kultur），在腓特烈二世的心目当中，断然是指法国文化。

腓特烈二世年轻时，别的不论，十足叛逆。他父王的心愿，原本是要将这一位王子锻炼成和他一样的“军人国王”，一位威武不屈的战士与政治家。这尝试一旦失败，腓特烈·威廉一世便尽力逼他放弃王位继承权。最后，腓特烈二世羞愤已极，试图和好友冯·卡特中尉出逃巴黎。两个年轻人被抓，腓特烈遭到囚禁，冯·卡特被押解到腓特烈的窗口处决。之后，腓特烈看出作伪的好处，在父王面前假装顺从，跟着父王一起检阅军队，也迎娶奥地利女皇玛丽亚·特蕾莎的远亲为妃，为自己换取些许平静——他娶进王妃之后，往后每隔十二个月才在妻子过生日时见上一面。腓特烈继位之前几年的岁月，都住在新盖的莱茵斯堡宫，以读书、写作、谱曲、吹长笛以及和伏尔泰通信度日。假如要说他这时候过的日子是从文学的角色学来的，那学的应该就是莎士比亚笔下的哈尔王子，而伏尔泰便像是他的福斯塔夫。后来，如同哈尔王子对待福斯塔夫一样，腓特烈在选择真正演好国王一角时，和恩师分道扬镳。腓特烈和伏尔泰决裂于 1753 年；三年后，“七年战争”爆发，腓特烈因此一战而赢得“大王”的称号。

不过，1750 年至 1753 年间，伏尔泰是腓特烈二世的人生导师，腓特烈二世也为伏尔泰制造出错觉，以为哲人王的神话确实可能成真。腓特烈以金钱和赞美将伏尔泰骗到无忧宫。伏尔泰幽居宫中，过的是和他的东道主一样平静、规律、归隐山林的生活，仿佛《米德拉什》释经所述的伊甸园。有人问过：“您在无忧宫都做些什么？”得到的回答是：“练习‘无聊’的动词变化。”那几年伏尔泰潜心写作，也动辄称病。毕竟他也近六十岁了。

伏尔泰并未真正意识到，腓特烈因为有他而获得了做自己的哲学正当性。只有十二间房的小王宫，连同图书室、美术厅、音乐厅，尤其是一片片的庭园，经过精心设计，妙手打理，替腓特烈营造出凌驾于自然力的权力的错觉，容他不去探索浩瀚、隐秘的自然法则，而是将陌生改造为熟悉，也就是说，转化、简化、节略、解释和注释。为了将王宫和花园连成一气，腓特烈不顾建筑师格奥尔格·温泽斯劳斯·冯·克诺贝尔斯多夫的劝告，硬是将王宫地面那一楼层打掉。如此一来，内与外的概念被拆除、混合：内，成为自然荒野之一部分；外，也因与内部的联系而被驯化。

腓特烈觉得一处地方只要有人一脚站了上去，那地方便沾染上人工气。人于所在之地，不论漫步还是长居，都是在进行教化。虽然精心修剪的造型灌木、修葺平整的一块块草坪、排成精致图案的花床、交叉错落的露台，都是对本质上的化外、野生之物加以设计，但这些人工产物只不过是在肯定伊甸园原始就有的等级划分，彼时由亚当管理所有花草树木——唯一的例外[1]众所皆知。栽培的场所，显示出人手的介入——介入之多，无忧宫的

1 即分别善恶树。

访客有时还会抱怨宫中充斥着黄金和大理石，害他们看不到树木。相反，荒野，像上帝对约伯说的，是雨降在“无人之地”。荒野是以人的在场作对照而存在的；它是合起来的书，其文本在被打开阅读之前，并不存在。

与此同时，欧洲其他地方也有园艺家悟出了同样的道理。霍勒斯·沃波尔[1]描写造景艺术家威廉·肯特，说“他跃过樊篱，视自然万物为一座花园”。肯特做的，其实就是几百年后马塞尔·杜尚在做的，只是背景不同；肯特框起的是现成的自然风景。他将荒野冠以花园之名，纯粹因为有他在场，有他在看。他做的也纯粹只是将眼前所见重新配置，得出更好的效果，也就是亚历山大·蒲柏说的“风景图画”。石头容或移动，水道容或改道，不过，花园的野趣大体维持不变。1735 年，蒙英国卡罗琳王后赞助，肯特展露大师手笔，在里士满的花园种了一株枯树。这样的手笔，直接相当于在 18 世纪的写作中使用没有出处的引文，譬如在劳伦斯·斯特恩的作品中。

相较于威廉·肯特在英格兰“重拾”野趣，腓特烈二世的无忧宫则是法兰西匠心的典范，是人类理性的产物。肯特的野趣，在某种程度上可以说是英国清教徒痛恨几何式花园的反应，他们认为几何花园的逻辑构造会妨碍灵魂找到窄路。[2]无忧宫却不一样，听从的是反宗教改革运动掀起的巴洛克激情，听从是这一直觉，即真在幽藏中显露得最为透彻，而理念被围拢在繁复的涡卷螺旋中才会现形。游客来到无忧宫朝殿宇看过去，眼光不由得会追随露台花园精细的线条，尤其是入冬之后，格子架清晰可见，宛如梦幻图书馆中层层往上攀升的书架；游客可能会对着花坛的外廊遐想片刻，赞叹环绕中央喷泉的涡卷图案，回想雕像所描述的古老众神传说。

伏尔泰在幽居无忧宫期间写过一部《风俗论》，指“人类依本性而论，不会想望他不知道的事”，因此，人类“不仅需要长得不得了的时间，

1　霍勒斯·沃波尔（1717—1797），英国作家，首相罗伯特·沃波尔之子，著有《奥特兰托城堡》，开哥特小说之先河。

2　威廉·肯特的口号便是“自然憎恶直线”。

也需要环境的条件配合得恰到好处，才有办法超越动物的本性”。访客在无忧宫，便有机会了解如何能让自然成为理性的，如何能通过被展开的文本——显示在明显编码过的花床和精心配置的景致中——来阅读自然，如何能在诗文和乐音中显映自然，如何能通过巴洛克风格的象征和巧作匠意来领会自然，进而激发对自然知识的渴求。最起码，初衷是如此吧。

不过，对伏尔泰的学说，对伏尔泰其人，或者说是对年轻时的自己，腓特烈二世未久便感到了幻灭。年轻时他认为艺术的智慧远非权力所及，精神的成就非帝国大军可攻克。他以他自己的虚荣去对抗他父王的虚荣，以他王位继承人讲究、斯文的心性，对抗他父王腓特烈·威廉一世粗鄙张狂、野心勃勃的心性。恰似哈尔王子，腓特烈王子忽然领悟：“今日以前，我的热血的浪潮／是轻浮而躁进的；现在它已经退归大海，／和浩浩的巨浸合流。／从此以后，它的动荡起伏，都要按着正大庄严的节奏。”[1] 而这正大庄严，却是伏尔泰不想沾惹的，虽然他在回忆录也曾坦承：“我忍不住就被他迷住了，因为他机智、优雅，也因为他是国王，这一点基于人性弱点，向来就是莫大的吸引力。”

诺瓦利斯曾说亚当被上帝赶出伊甸园时，天堂碎裂的残片散落世界各地，所以天堂才会这么难辨认。诺瓦利斯希望天堂的残片得以重新黏合，骨骸得以重见血肉。年轻的腓特烈心头说不定也有这样的盼望在蠢动，因为，伏尔泰教过他要相信哲学和艺术绝顶重要，它们寻求以实际的和经验的途径，去认识世界和人类的处境。不过，年纪大了之后，已成为政治家的腓特烈二世，就觉得这样的斯文修养几乎一无是处。伏尔泰带的这一位王公门生，倒觉得花园一如书籍：是整理好的天堂碎片，反映我们对世界的认识；是人工的产品，然而生机勃勃，能结出果实；是有秩序的空间，供我们的想象驰骋、梦想生根；是我们的艺术和工艺将创世故事誊录下来的方式。

1　引自朱生豪译文。

假如像《圣经》告诉我们的那样，有血气者尽都如草[1]，那么，这一警告也可以读作是喜讯，因为这揭示出我们内里也具有一些草的能力，它春风吹又生，可以覆盖满布尘土的墓地而征服死亡，可以用如宇宙图书馆的书页一样多的叶子带来多样、丰沛而有序的存在。对于人到中年的普鲁士国王腓特烈二世，似乎唯有政治秩序，才是重要的。

不过，伏尔泰的教诲应该总有点在腓特烈心中隐秘地生根吧。在打赢罗斯巴赫会战、挣得“大王”封号之后四年，四十九岁[2]的国王回头重拾早年的文学志业，写下一首诗歌体寓言，标题取为《提琴的故事》。远离无忧宫的清幽美景，故事于 1761 年[3]的最后几天在布雷斯劳匆匆写就，讲的是一位天赋过人的提琴手，被要求先以三根弦拉奏乐曲，再下来是两根、一根，最后一根也不准用，结果当然可想而知。寓言这样结束：

如此故事若蒙不弃
或可采撷如下智慧：
不论技巧如何熟谙，
无器之艺欲展无计。

1　《以赛亚书》第四十章第六节至第七节：“说：‘凡有血气的尽都如草，他的美容都像野地的花。草必枯干，花必凋残，因为耶和华的气吹在其上；百姓诚然是草。’”

2　原文为“三十九”，有误。腓特烈二世生于 1712 年，罗斯巴赫会战是 1757 年。

3　原文为 1751 年，有误。

天堂之门

爱丽丝暗忖：“来吧，让我们找点乐子去！”

——《爱丽丝漫游奇境》第七章

童话《美女与野兽》最古老的版本中，有一个是阿普列乌斯在公元 2 世纪用拉丁文写下，讲一位公主因为神谕不得不下嫁一头巨龙为妻。公主满心惶恐，生怕性命不保，不过还是一身丧服被家人弃置于一处山巅，等待飞龙丈夫来将她接走。可怕的巨龙始终没来，倒是拂来了一阵微风，将她轻轻托起，带到一个幽静的山谷。谷地有一栋镶金嵌银的华丽殿宇。不知来自何处的人声欢迎公主大驾光临，为她奉上饮食，为她轻吟歌曲。待夜色降临，屋内却不见一丝灯光，公主在满室漆黑当中觉得有人朝她靠近。“我是你的爱人，你的丈夫。”公主听到耳边有人呢喃。说也奇怪，她竟然不再害怕。之后公主和看不见的丈夫共度多日时光。

一天晚上，不见人影的声音告诉公主，公主的两个姐姐在找她，正朝屋子走来。公主很想再见两位姐姐一面，告诉她们她遇到了好奇妙的事。那声音警告她千万别去，但公主实在太想见一见姐姐了，喊着她们的名字急急朝外走去。起初，两个姐姐见到小妹也兴奋之至，不过，等她们听到妹妹遇到的事，却哭了起来，骂她太笨，让自己被一个必须以黑暗作掩护的丈夫欺骗。“他一定有什么地方太丑怪，才会不敢就着光让你看见他。”她们说道，觉得妹妹真可怜。

这可怕的提醒，公主当然记在心里。当天入夜之后，公主鼓起勇气点起了油灯，偷偷走到丈夫入睡之处。结果，公主看见的不是巨龙，而是年轻的男子，异常俊秀，靠在枕上酣睡，鼻息舒徐。公主惊喜若狂，才要吹熄油灯，一滴热热的蜡油却滴落在沉睡人儿的左肩。青年一惊而醒，看见了点亮的油灯，不发一语，只是急急离开。

在普绪喀要看清他时，厄洛斯马上消失。[1]

还是少年时，在一天燠热的午后，在布宜诺斯艾利斯的家中读到关于厄洛斯和普绪喀的故事，我对其中的道德寓意并不以为然。我相信，在我父亲几乎没人用的书房里，既然我已经在那里挖掘出那么多不为人知的乐趣，我将会凭着神奇好运，发现那件令人吃惊的、未被说出的事，它偷偷潜入我的梦中，是校园笑话嘲弄的目标。我没失望。我确实瞥见了厄洛斯的身影，在《琥珀》的梳妆柜，在《佩顿镇》的烂翻译里，在洛尔迦的几首诗中，在莫拉维亚《同流者》的卧车那一章（我十三岁时断断续续勉强读完）里，在罗杰·佩雷菲特的《特殊的友情》中。

而且，厄洛斯并未消失。

几年后，第一次伸手摩挲爱人的身躯，将掌心的实际感觉和当年读来的感受作一比较，我不得不承认，文学确实也有力有未逮的时候。不过，当年读禁忌篇章的亢奋，却未褪去。喘息的形容词、露骨的动词，用来描述我自己混乱的情绪或许没用，但在阅读的当下，还是对我传达了某种讯息，激烈、惊奇而又独特。

1　普绪喀是希腊神话中的人物，意为“灵魂”。厄洛斯则为爱欲之神，在罗马神话中的同位为丘比特。

这一份独特，我后来发现就烙在人的基本体验当中。“我们生活在一起，彼此互有作用，互有回应，”阿道司·赫胥黎在《知觉之门》一书中写道，“可是，我们不论何时何地，始终都是形单影只。殉道烈士携手并肩走进刑场，被钉十字架时却是孑然一人。恋人紧紧交缠，急切要将两人隔绝的迷醉，融成单一的自我超越，却是徒劳。每一具身的精神，依其固有的本然，注定要在孤独中承受与享受。”即使在亲昵之至的时刻，爱欲依然是孤独的。

而历代的作家无不试图将这一件孤独的事转化为共享。或通过刻板的等级制（论两性礼仪的随笔、中世纪“典雅之爱”的文本），或经由人身机能（性爱大全、人类学研究），或通过示范（寓言、小说、诗歌），世上的每一文化无不千方百计要理解爱欲的经验，希望这种经验若能用文字忠实加以描绘，读者说不定可以身历其境，甚至从中学习，就如同人们保留纪念品以留住回忆，树立纪念碑以求逝者复生。

想象一下，怀有这种希望的爱欲文学，要是有一座宇宙图书馆专门收藏，该何等惊艳。我便想，其中的藏书应该有柏拉图对话录，由苏格拉底讨论爱的类型，品评优劣；有奥维德写罗马帝国的《爱经》，将厄洛斯视作社交术，和餐桌礼仪一样；有《雅歌》，所罗门王和黑人女王示巴的爱情，反映出周遭世界；有印度的《爱经》和羯衍那末罗（Kalyana Malla），将鱼水之欢视作道德伦理的要件；有伊塔大主教在 14 世纪的西班牙写下的《真爱之书》，还伪托是从民间撷取智慧；有德国中世纪讨论情爱的 *Minnereden*[1]，像政治一般赋予爱情特有的修辞学；有诗歌体的寓言，例如法国的《玫瑰传奇》、英国的《仙后》，在其中抽象的“爱”再次像厄洛斯那样，获得人或者神的面孔。

这一座理想图书馆当然还会有别的藏书，甚至更怪的藏书。总计十卷的《柯蕾莉》（*Clélie*）于 1654 年至 1660 年，由斯居黛里小姐所作，内文

1　德国中世纪诗歌表现形式的一种，跟宫廷情歌（Minnelieder）不同，只用于说，而非唱。

竟然有“温柔乡地图”，为追寻情爱的途径勾画路线图，标注途中的收获和险阻。萨德侯爵的著作以啰唆唠叨、又臭又长的一览表，为不同类型的人分派不同类型的性。和萨德侯爵年代相近的夏尔·傅立叶于其理论著作当中，以公民的性行为为核心构造他心目中的整个乌托邦社会。卡萨诺瓦、井原西鹤、本韦努托·切里尼、弗兰克·哈里斯、阿娜伊斯·宁、亨利·米勒、约翰·瑞奇等人写下私生活自述，无不奋力要将厄洛斯在自传体的回忆录中追缉到案。

无论是蜷缩在我父亲书房的安乐椅，还是后来窝在一间又一间我懒得去记的屋内的安乐椅，我发觉，厄洛斯其实不断出现在形形色色、意想不到的地方。虽然这些在个人的纸页上或轻描淡写、或刻画入微的经验是独一无二的，但这一则则故事，依然触动我的心弦，勾起我的情欲，轻声对我呢喃不为人知的秘密。

我们或许无法分享经验，但可以分享象征。当情色作品在想象中被带入另外一个领域，改变其主题，有时会实现某种本质上的私密行为，就像情欲的种种迷醉和苦恼，成为一个巨大的词汇表，为神秘的相遇提供隐喻。我还记得第一次读到圣十字若望描写情爱结合的诗句时，心头勾起的悸动:

啊，夜色才是我的向导！
黑暗之亲爱甚于晨光的荣耀，
啊，黑夜结合情侣
同与所爱共修燕好
转化双方交融互许。

神驰魂荡唯身尚在
我的脸庞依偎吾爱
一切挣扎尽皆停下：

我的忧虑全部卸下
投进百合花丛随之不再。

还有约翰·邓恩，对他来说，爱欲的神秘作用也是地理的探索：

放任我游走的双手恣意戏狎，
忽前，忽后，其中，又上，又下。
啊，我的美利坚！我的新大陆。

转借地理词汇以喻情欲，在莎士比亚的时代已经司空见惯，足以拿来玩谐拟。在《错误的喜剧》当中，奴隶大特洛米奥，对主人形容痴缠他的女仆怪怪的魅力，说“她的身体像个浑圆的地球，我可以在她身上找出世界各国来”——接着又再叨念爱尔兰在她的屁股，苏格兰在她手心一块不毛之地，美洲在她的鼻子上，“什么翡翠玛瑙都有。西班牙热辣辣的气息一发现这些宝物，马上就派遣出大批舰队到她鼻子那里装载货物去了”。[1]

17 世纪身影朦胧的作家威廉·卡特莱特，写下《皇家奴隶》一剧，甚获英王查理一世和本·琼森赞誉。不过，依下述几行将精神之爱推回到真正源头的诗句，他于后世的名气应该再大一点才对：

我真是蠢货怎么一度上当
去谈这般单薄的爱；
从性往上爬到灵，从灵往上爬到想；
但再要举脚往上踩，
却一步倒栽从想摔回到灵，

1 引自朱生豪译文。

接着从灵摔回到性这一头来了 。

在我随兴所至的阅读漫游当中，不时发现单单一幕意象就可教人对一首诗作难以忘怀。例如公元前 1700 年左右一位苏美尔诗人写下的诗句。她写的是：

回到我年轻夫婿身边——
我便化作苹果
攀附在枝头，
甜美的肉身
紧紧环拥枝桠。

另有几则例子，单靠不作形容，便得以表达失去的情爱。中世纪晚期英格兰便有无名诗人写下这一段极为著名的四行诗：

西风啊，何时再起，
细雨啊，何时再下
基督啊，吾爱若在我怀中
我便重回卧榻。

然而，小说就另当别论了。

世间所见的情欲文学类型，我认为以小说的命运最为乖舛。情欲故事的主题落在言语、时间之外，要讲这样的故事看似不仅徒劳，甚至难如登天。可能有人会说不管是哪一种题材，推到复杂或简单的极致，描述起来都是难如登天。一张椅子、一朵云彩、一件童年往事，论起无法捉摸，论起难以形容，都不下于性爱，不下于梦境，不下于乐音。

然则，非也。

世间的语言泰半拥有变化多端的丰富辞藻，在练达的巧匠手中，都足以将社会感到放心自在的事，将政治动物日常挂在嘴边的鸡零狗碎，表达得不错。不过，社会害怕去懂或是根本不懂的事，害我在父亲书房每每要小心留意门口的事，被禁忌的事，甚至在公开场合不能说出口的事，就没有适当的词汇可以去捕捉了。“描写梦境，写的和梦中的实际过程一模一样，将梦中矛盾、怪异、说不出所以然的地方一概写得丝毫不爽，”霍桑于其著作《美国札记》当中就抱怨，“怎么这世界创造到这时候都这么久了，还没见过有人办得到。”他这一段话，也大可用在性爱这一件事上。

英文尤其困难，因为英文里根本就没有描写性爱可用的词汇，其器官与行为之界定，不是从生物学，就是从骂人的脏话来借用。用来形容人体之美的奇迹和人生极乐的词语，要么冷淡，要么粗鄙，于是原本应该推崇的神奇妙境，就这样不是被贬，就是被消毒，或是被嘲弄。西班牙文、德文、意大利文、葡萄牙文，也都有此短处。法文呢，可能幸运一点点。于是用英文写情欲故事，或是从外语译为英文，就需要动笔的人也动脑筋，找到旧语新用的妙招，带领读者或通过对语词本义的违背，或通过一套完全独立的语言想象，进入社会原本判定为“不可说”的经验。睿智的蒙田说过：“我们将性置于不可言说之域。”

只是，我们为什么会认为普绪喀绝对不可以看见厄洛斯呢？

在犹太 – 基督教世界，厄洛斯的禁忌在圣奥古斯丁的经典找到最宏亮的呼声，不仅响彻中世纪，至今仍在我们的审查委员会回响，只是有所变形。年轻时迷恋女色、嗜酒贪杯（这类宣道用语，借来在此一用还不错）之后，回顾以前寻欢作乐的岁月，奥古斯丁断定人生最终的快乐，也就是所谓的“幸福”（eudaemonia），唯有肉身臣属于精神、精神臣属于上帝，才能求得。肉身之爱，也就是“性爱”（eros），有的尽是恶名；唯有“爱”（amor），精神之爱，才能把人引向神带来的喜乐，走向“神爱”（agape），这是超越人身和精神的爱之筵席。

圣奥古斯丁之后两百年，君士坦丁堡的圣马克西穆斯写下这一段话："对没有任何事物比得上认识神的灵魂来说，爱是灵魂的良好天性。不过，任何人只要为凡俗所绊，就无法达到这般境界的爱。"圣马克西穆斯总结："爱，自弃绝情欲而来。"这样的呼声，相较于柏拉图时代的看法，可是天壤之别。柏拉图时代认为厄洛斯是凝聚力（在真实、物质的意义上），维系宇宙于不坠。

而对于神秘主义者来说，整个宇宙为一情欲的客体，人的全身（心智、灵魂都包括在内）为情欲快感的主体。这句话同样也可以用来说每一个这样的人，他们可以从手、嘴、头发和脚底，从神奇人身的每一寸发现快乐。人身、人心皆能刺激感官，为我们打开威廉·布莱克说的"天堂之门"——这始终是神秘难解的谜；而且，每人到最后都会发觉这样的谜，其形式是由没有人了解的法则在决定的。爱上一名女子，爱上一名男子，爱上一个孩子，我们都会承认。那若是一头瞪羚、一块石头、一双鞋、广大的夜空，为什么不呢？

后记：我认为阅读一事也和情爱一样，终究须以无名无姓为尚。走进书中或是爬上卧榻，都应该像爱丽丝走进镜中森林，过往的偏见最好尽数卸下，为交融的一刻，扔掉一切社会虚饰。阅读、情爱，都应该放手融入对方——借用圣奥古斯丁的意象——化作对方：读者化作作者，再变成读者；情人化作爱人，再变成情人。" Jouir de la lecture"（享受阅读），这是法国人表达爱读书的说法；获得情爱欢愉和得到快乐，用的都是同一个字。

忧伤骑士的时光

“要是你和我们一样懂时间，”疯帽客说，“你就不会讲什么浪费不浪费了。”

——《爱丽丝漫游奇境》第七章

堂吉诃德的故事将近终了时，参孙·加尔拉斯果，自命不凡的大学者，自诩可以治好疯疯癫癫的堂吉诃德，声称自己是“白月骑士”，还口口声声说他的爱人绝对比堂吉诃德的杜尔西内娅漂亮得多了，逼老绅士出马向他下战帖。堂吉诃德策马朝他的对手冲刺，却重摔落地，伤得不轻，一时站不起来。加尔拉斯果告诉堂吉诃德，只要他愿意引退回乡一年或是待到“我指定的日期”，加尔拉斯果便承认杜尔西内娅的美貌确实无双。落败的堂吉诃德勉与同意。之后几页又再出了几件事，一下有这样的幻觉，一下有那样的执迷，诸如此类，最后许下诺言的堂吉诃德带着桑丘回到老家小村，乖乖上床躺着，躺了一个礼拜后，便回去再当起阿隆索·吉哈诺（依悲痛的作者熙德·阿梅德·贝南黑利所述），而“解脱了；就是说，咽气死了”。

参孙·加尔拉斯果要堂吉诃德答应退隐的一年，对于我们这一位大侠来说，简直是撑不下去的一年。一年不当堂吉诃德，甚至片刻不当堂吉诃德，等于是要生命的时光暂停。堂吉诃德无法不当自己又能度日过活。堂吉诃德是他读书创造出来的人物；这人物的世界，充斥着残忍和暴力，极为鲜活，却一定要透过阅读这一件事，他才会认得。在堂吉诃德眼中，天下事无不由他在书里就先读到了，或者说，天下事无不以他的藏书为始，以他的藏书为终。也因此，堂吉诃德不可以不去演出他从书里读来的事，不可以不去延续和他人生合一的故事，不可以不当一杆长矛在手的骑士。因为，一旦阿隆索·吉哈诺不再读他的梦中书，堂吉诃德随之死去。堂吉诃德在世的长短，端看阿隆索·吉哈诺愿意给的长短。

堂吉诃德其人（阿隆索·吉哈诺十分清楚）存在于熙德·阿梅德·贝南黑利著作的封皮之间：对于这位读者来说，这才是唯一真实的故事，不可能有其他的故事同时并存。因此，《堂吉诃德》第二部最后几章，众人七嘴八舌在说那部《堂吉诃德》续作——阿维利亚内达在塞万提斯《堂吉诃德》第一部的骑士奇遇大获成功之后，写了续作出版——简直是胡言乱语，就不是随意的安排了。女仆阿尔迪西多拉假装单恋老骑士未获青睐，心碎而死，还对堂吉诃德描述她到地狱门口转了一圈的见闻，说她看到一群小鬼在打球，打的却是书。有一本书便被他们打得四分五裂，还正是阿维利亚内达（阿拉贡人）写的皇皇巨著。“这本书糟透了，”一个小鬼说，“即使有心写得更糟，我也办不到。”

同理，当阿隆索·吉哈诺口授临终遗嘱，要遗嘱执行人代他向写下伪托之作的作者致歉，因为他没想到会害别人写下这般“荒谬绝伦的书”，这样的安排也不是信笔拈来。堂吉诃德道歉的言外之意，是阿维利亚内达写的书毫无意义，绝非读者此时手中的那一本。伪作（浪费时间、不实、无益的谎言）与真本（针对真实的年代、事物所作不失原貌的纪事），无法并存，也不应该并存。堂吉诃德虽然看似笃信巫术、魔法，却从来未曾将“事实”和“不实”混为一谈。堂吉诃德的时光是真实世界的时光，我们从故事就认得出来。

参孙·加尔拉斯果要求堂吉诃德退隐江湖的一年，是虚假的时光，是非存在的时光。这一年，依真实世界和文学世界中被判下地狱的人描述，是“非人”的时光，是另一类永恒，其间，除了痛苦别无他物，幽囚其间受难的人，失去可据之辨认出自我身份的一切。这样的时光没有镜子，或者说只有假的镜子，只能映照虚空。这样的时光，是商业广告、政治宣传的时光，求的是愚民弱智、失神分心；在这样的时光，消费者练的功夫是忘却自我，化作别人，将一己的追求和纯粹浮面、无用、贫瘠的事物画上等号。这样的时光，是重商世界的巫师施法强加在众人身上的，像堂吉诃德口中把他的书房变不见的人（虽然他的书房其实是被厉行思想检查的神父和理发师拿砖头堵起来罢了）：“因为他精通法术，预知他庇护的一位骑士将来要跟我决斗，输在我手里；他却没法儿阻挡，所以他拼命跟我作对。叫他瞧着吧，上天注定的事，他不能违拗，也躲避不了。”

与这般虚假的时光相反，堂吉诃德的时光悠悠而流，在塞万提斯为我们创作的两卷书册当中流变不停。堂吉诃德的时光真切、丰富、惊奇无限。在这一时光中，我们，也就是他的读者，会有那么一刻，纵使没比其他时刻更加神秘，却也起码更为迷离，更为昏乱。在这一刻，读者将作者塞万提斯其人抛诸脑后，只相信堂吉诃德体现的真实。

堂吉诃德，无人不知，无人不晓（甚至从没读过塞万提斯作品的人也包括在内）。塞万提斯往他身边一站，几乎形同幽灵，是小说当中小之又小的角色，是不请自来的外人，不时对小说中的事情随口说一两句评语或是高论，是一位有暇裕的读者，一天在托莱多市集发现一卷纸稿，拿来译了译，就这样让大家读到一位一见难忘的骑士的历险奇遇。连塞万提斯的长相，后来也和他创作的人物合一，像是鸠占鹊巢；再到了 19 世纪，竟然牢不可破，害得替小说画插画的画家将作者和作者虚构的主人公看成一模一样。早年版画当中胡须剃得干干净净的骑士就此消失，改头换面成长得很像塞万提斯的绅士：“尖脸……鹰钩鼻……银白的胡须……牙齿不大不小，因为只有六颗，保养很差，排列更差……身材适中，不太高，不太矮……肩膀略驼，脚步也不算轻盈。” 这是塞万提斯六十六岁的自述画像，似乎愈长愈像他笔下创作出来的堂吉诃德。“我们这位绅士快五十岁了，体格很强健。他身材瘦削，面貌清癯。”文学角色在小说的岁月当中活了过来，创作角色的作者本人却在文学史的岁月当中渐渐淡出，成为学术密林中的一缕幽魂。

塞万提斯本人说不定也猜到了这便是他的宿命。《堂吉诃德》第一部第六章，神父和理发师砌墙将堂吉诃德的书房堵死之前，先检查了一遍书房里的藏书，该烧的就烧，结果继《罗贝斯·马尔多那多诗歌集》之后，发现了塞万提斯没写完的《伽拉泰亚》——害人昏头转向的把戏的第一个例子。塞万提斯这时候存在，是因为堂吉诃德读过他的作品，把他的书放进书架；《伽拉泰亚》逃过送进火堆的一劫，是因为神父说他自己和作者是多年至交。如此这般，读者站上了第一道天险的边缘：假如读者在读的书页写的是虚构的小说，那么，写这些书页的作者这时也变成虚构小说里的一角，而故事的见证人（受召参与小说的读者），也不再隶属日常生活的常规时间，而是属于想象中的存在的时间——其流转，只依赖一种信任之举，对虚构之真实的信任。

这般虚构的时光，便由塞万提斯（我们叫塞万提斯的那一个想象中人）引导，由塞万提斯改道，一而再，再而三。小说才过八章，堂吉诃德又一次历险还没结束，塞万提斯就老实招认堂吉诃德的故事看似无以为继了，这时，奇迹就随之而来。塞万提斯跟我们说，有一天，他在托莱多，凑巧看到一叠用阿拉伯文写的稿子，由于他看不懂，便找了一位“讲阿尔哈米亚语的摩里斯科人”替他译读。他就这样发现稿子是由一个叫“熙德·阿梅德·贝南黑利”的人写的，堂吉诃德的故事已经全由他写在稿子上面。也就是说：端看大家要以哪里作起点，堂吉诃德的故事或是由熙德·阿梅德·贝南黑利说出来，再由一个摩里斯科人为塞万提斯——在前几章出现的塞万提斯这一个角色——译成西班牙文，又或是塞万提斯这角色，堂吉诃德藏书之一的作者，找人帮他把一个阿拉伯作家用阿尔哈米亚语写下的堂吉诃德先前几次历险的故事，译读给他听，而所谓的“阿尔哈米亚语”，便是以阿拉伯文字母书写的罗曼语。所以，我们拿在手中展读的书，随我们从哪一页翻起，世间习常的时光倏地消失，转化成了小说的时光，这样才能像堂吉诃德自己说的，变得“愈真实”。

为了使其“愈真实”，塞万提斯虚构的小说，如此彻底地吸纳现实，到头来连小说本身也被吞噬下肚。《堂吉诃德》第二卷第二章，参孙·加尔拉斯果告诉桑丘他的历险奇遇被写成了一本书（加尔拉斯果是在萨拉曼卡读到这一本书的，而萨拉曼卡当时是以学术出版的严肃性而著称），“书名是《奇情异想的绅士堂吉诃德·台·拉·曼却》”。桑丘听说这一件事，吓得在胸前画十字。读者的反应大概也差不多，因为要是读者正在读的第一卷，已经被他正在读的这卷里的角色读过，那么，读者，有血有肉的真人，便也是作者笔下的机关了，便也是作者在耍的伎俩了，变成落在想象的世界里，变成幽灵的一员，只能听命于另一人的梦，而非一己的意志；而那人，非尘非土，而是曾经在世、有名有姓的“米格尔·德·塞万提斯”。

塞万提斯无疑十分清楚他在读者面前摆了一面镜子。第二卷将近末了，一位学富五车的教长对堂吉诃德说，他不懂有些书“能有什么趣味”，“连篇的胡说八道”，“宗旨只是解闷消遣”。这位教长认为，“人要从实际或想象的事物上看到或体会完美、和谐，才会心旷神怡；一切丑陋、畸形的东西不会引起快感”。这位教长赞同的，是一个由完美的贫瘠、无意义的美丽和空洞的造物组成的世界，一如现今的时装模特或是情境喜剧当中的角色，对他们而言，万事万物一概无瑕、无害，时间只不过是一种无止无休的存在状态，那种状态里没有责任，没有苦痛。这样的时光，没有纵深，没有边界，宛若尸衣，被社会拿来罩住实际流逝的时光。堂吉诃德相对于此，便创造出了道德实践的时光，其间的一言一行，无论善或恶、正或邪，一概要承担后果。堂吉诃德提出的这种时光，并不是无边无际、无以名之的一团混沌，供众人浑浑噩噩存在于其间，而是要人人的生命活泼、丰饶，要人人以清明的意识，去将个人的形象描绘得更饱满，去当教长的时光不准我们去认识的那一个人。在这样的时光当中，在这般真切实在的时光当中，我们的人生一定要像堂吉诃德说的，“消灭一切暴行，承担种种艰险，将来功成业就，就可以名传千古”。依塞万提斯所述，这才是我们讲的故事所在的时光，这才得以证明我们存在。

圣奥古斯丁的计算机

“可是这有很大的好处呢，这样人的记忆就可以两方向一起走了。”

——《爱丽丝镜中奇遇》第五章

16世纪初，威尼斯圣乔治信众会的行会长老，委托艺术家维托雷·卡巴乔为他们绘制联画，以展示公元4世纪遍览群书的学者圣哲罗姆的一生。最后一幅，如今你踏进小而暗的会堂，就能看到它在右侧高处——只是，画中人不是圣哲罗姆，而是和他同时代的圣奥古斯丁。依中世纪起便相当盛行的说法，有一天，奥古斯丁坐在桌前要写信给哲罗姆，询问他对“永恒真福”的看法，房内忽然满溢亮光，一个声音对奥古斯丁说哲罗姆的灵魂已经升上了天堂。

卡巴乔为奥古斯丁安排的房间，是当时的威尼斯风格的书房，与《忏悔录》的作者以及哲罗姆——《圣经》拉丁文版的译者，译者的主保圣人——升天的灵魂都很相配：一本本薄薄的书册正面朝外，摆在悬高在墙上的书架；精致的小摆饰排成一列摆在下方的架上；有一把镶铜钉饰的皮椅和一张由防水底板架高的小书桌。往左穿过门口，远一点有一张桌子上放了一个旋转读经台。圣人读书、写作的地方，杂乱地搁着翻开的书册，以及那些年所有写作者的桌子上都有的私人用品——贝壳、铃铛、小小的白银盒子。画幅正中央的壁龛摆了一尊复活基督像，基督的眼神投向奥古斯丁摆在架上小摆饰中的维纳斯像；二者栖居同一人世，当然是在不同的平面：一方是肉身，奥古斯丁曾祈求解脱来自肉身的愉悦（“但不是现在”）。另一方则是“道／逻各斯”，神在太初的圣言，后来，奥古斯丁一日午后在花园中也听到了回响。画中还有一头邋遢的小白狗，恭敬退避一侧，看向圣奥古斯丁，引领企盼。

这样一处书房，既是一位读者的过往，也是他的当下。卡巴乔可是视时代错乱如无物的。因历史失实而觉得良心不安，这是现代的产物，恐怕还不早于 19 世纪，不早于约翰·罗斯金拈出拉斐尔前派的信条“绝对、一丝不苟的真，……到小得不能再小的细节”。奥古斯丁的书房和书，不论在公元 4 世纪应该是怎样的，在卡巴乔及其同代人的眼中，在所有根本的方面和他们的差不多。卷子本也好，册子本也好，羊皮纸扎成册页也好，老马努蒂乌斯印制的精美袖珍版书籍（其间世只比卡巴乔开始为会堂画画早几年）也好，一概不过是书的种种变体——书，以前会变，后来还会再变，却始终是书，万变不离其宗。依卡巴乔对奥古斯丁书房的看法，奥古斯丁的书房也就像我的书房，一名普通读者的天地：书成排，纪念品成列，桌面杂乱，事情做到一半，正在读书的人侧耳等待声音传来——他自己的？作者的？灵魂的？——为他解答源自面前敞开的纸页的一道道问题。

由于加入嗜书同好的条件十分宽松，或者听说是如此，那就容我僭越一下，和卡巴乔画中这一位神态庄严的读者平起平坐片刻。他坐在他的桌前，我坐在我的桌前。而大家读的——奥古斯丁读的，卡巴乔读的，我读的——在流逝的数百年光阴中，会有变化吗？若有，怎么变的呢？

我在纸页或是电子屏幕上读东西，一般都是默读。我脑中特定区域的神经丛，会通过复杂到难以置信的程序，或连串的程序，对我眼中所见的文字进行辨认，供我理解，完全不需要开口说出所见的文字给耳朵听。不过，“默读”这一件事，可不像一般人想的那么古老。

我作默读，圣奥古斯丁即使不至于无法理解，起码也会十分诧异。奥古斯丁在《忏悔录》有一段文字十分出名，写他在米兰遇到的一件怪事。圣安布罗斯在他的斗室读书，竟然不出一点声音。奥古斯丁回想当时：“他读书的时候，眼睛掠过书页，心头体会意义，嘴里却不出声，舌头也静止不动。”奥古斯丁身在公元 4 世纪，当时通行的阅读法，可是像古代的希腊人、罗马人一样要朗读出声，才容易理解既没有句点、也没有大小写分别的字符串带出来的意义。功力深厚的人如果赶时间，也能不出声就拆解文句——奥古斯丁本人就有这样的本事。他写到改信基督教的人生重要时刻，说他拿起一册保罗的书信集随手一翻，“不出声”地读到一个宛若神谕的句子，它告诉他“总要披戴主耶稣基督”。不过，朗诵出声在当时不仅被认为是正常的，还是充分理解文义的必要条件。奥古斯丁相信阅读必须被“体现”出来；在纸面的界线之内，写下来的字（scripta）必须变成说出来的字（verba），才能倏地活了起来。读者所做之事，在奥古斯丁看来，简直就是在为文本注入生命气息，在创造出来的空间填满活生生的语言。

到了公元 9 世纪，标点的施加和书籍的更广泛传播，使默读成为常态；新的元素——私密性——也变成了做这一件事的特色。这一辈新的读者因为默读，而得以和文本建立起像情爱一样的亲昵关系，在身边砌起无形的高墙，将一己，还有阅读，围在当中。所以，七百年后，卡巴乔应该就会认为默读是学者做学问本来就有的基本功，而他画奥古斯丁大学者，当然也要将他安排在清静、独处的场所了。

再过了近五百年，到了我们这时代，由于默读已经不再让人惊奇，而人性又总是喜新厌旧，屏幕上的文字就这样被人想办法加上了没有躯壳的声音。如今，计算机应读者要求，可以篡夺后奥古斯丁时代读者的魔法特权：浏览网页的时候，要安静就可以安静得直追圣人，不想安静，也可以加上声音和图像，不用（像奥古斯丁说的）靠记忆把死的变成活的，靠机器就好，宛若现成的泥人哥连，外表还不断改良。其间若有差别，就在于计算机朗诵的声音不是读者的声音，因此，朗诵的腔调、抑扬、顿挫，以及其他使得文本具有意义的手段，都是建立在读者的理解之外。我们并未为说出来的文字加上翅膀，甚至都没有让死的写下来的文字会走路。

计算机的记忆也不同于人类。奥古斯丁认为读者以正确的态度展读《圣经》的时候，经文就会常驻心头，永恒不变的“道”也因此得以在一个个读者之间传递，世世代代。在《忏悔录》中，奥古斯丁写道：“他们阅读心无旁骛，所读者，从不消逝。”奥古斯丁还赞美这样的读者永怀经文，烙在心头宛若蜡版上的铭文，俨然“化为”书本身。

记住经典中的字句以备论辩和比较的能力，在卡巴乔时代依然重要。不过，随着印刷术发明，私人藏书的风气大开，书籍的即时查阅变得容易得多，16 世纪的读者对于书籍记忆的依赖，也就可以远大于对自身记忆的依赖。卡巴乔在奥古斯丁书房画的那种旋转读经台，摆了好几本书，就将读者的记忆力再作扩大。其他巧妙的发明也有类似的功用。例如 1588 年由意大利工程师阿戈斯蒂诺·拉梅利设计的“转轮读书桌”，就太妙了。它允许读者几乎同时读十本不同的书，每一本都可以翻到要读的篇章。

我用的计算机有大容量的内存，为的也是这样的功用；而且，比起文艺复兴时代的奇技淫巧，有的功能还要优越太多。举一则例子。希腊、罗马的古代文献太过罕见，我们现在奉为经典的作品，有许多连奥古斯丁也闻所未闻，但在卡巴乔的时代，就是时人费力搜寻的钟爱收藏了。再到如今，这些文献无不任我使用。有三分之二迄至亚历山大大帝时代的古希腊传世文献，总计约三百四十万字、二万四千幅图版，就收录在耶鲁大学出版社出版的四张磁盘片里；许多文献在几所数字图书馆也都搜寻得到。所以，如今只要轻点一下鼠标，就可以抓出这类问题的答案：阿里斯托芬用过多少次“男人”这个词？答案是他用“男人”的次数是“女人”的两倍。

若要由奥古斯丁来做精确的统计，绝对教他绞尽记忆力的脑汁也未必可得，虽然记忆术自古希腊、罗马时代起便是世人费心钻研的课题，到了奥古斯丁的时代，更已经精进到教人咋舌的境界。

只是，计算机的内存也有力有未逮之处；计算机无法结合实践与体悟，进而发挥选择、集合、注解、联想的功能。例如，计算机纵使拿得出统计数据，也没办法判别我在想阿里斯托芬的作品时，最先蹦入脑海的反而是他笔下的女性角色：《公民大会妇女》中的珀拉克萨戈拉，《地母节妇女》的市场闲话者，《吕西斯特拉忒》当中拿战斧的老女人——这些一概不是从网络上读来的，而是以前在学校的老“加尼叶”（Garnier）册子本里看来的。我用的计算机饕餮暴食的记忆，不是奥古斯丁那一类活用的记忆，而只是记忆的容器，像奥古斯丁的书房，只是比奥古斯丁的书房广大得多，方便得多。借计算机之力，我是记得下来，但想不起来。这本事，就还需要向奥古斯丁，向他古老的册子本学习了。

装订成册的册子本，在奥古斯丁的时代几乎完全取代卷子本，因为册子本的长处明显胜过卷子本。卷子本读的时候视线逡巡的篇幅有限，读者也没办法前后翻阅或是读这一章时拿手指头翻另一章，因而对阅读的推进设下了障碍。读者必须遵循默认的顺序推进，一次还只限一小部分篇幅。像《芬尼根的守灵夜》这样的文本，读起来有无限循环的况味，要是还在使用卷子本的年代，可就不知该作何想了。不止，卷子本对文本内容的限制远大于册子本。一般推测《奥德赛》的分卷，并不是以诗人的意思为准，而是以卷子本的长度为准。

如今，这两类书籍形式在电子屏幕已经兼筹并顾。文本既可以“卷动”，又可以看个人意愿同时另开视窗去读另一部分。只是，电子屏幕兼筹并顾的二者，使用起来的特性比起前辈，依然略逊一筹。电子屏幕不像卷子本那样可供读者一眼掌握内文的实际篇幅。电子屏幕虽然可以同时开启多面窗口，但要随意挑选页面却不像册子本那样灵便。不过，反过来，计算机检索的功能确实比较好。计算机搜寻、读取的功能，比起羊皮纸和纸这两位被翻到卷角的老前辈，其优越确实无以复加。

奥古斯丁晓得（我们一般倒是不太记得），人人在阅读的时候都会辟出一方想象的空间，由读的人和所读的文句打造出来的空间——也就是济慈说的“紫色镶边的殿宇满溢甘美的罪愆”。这一方阅读空间，或者是存在于呈现或容纳它的媒介之内（书籍或是计算机），或者是存在于文本的本体当中，无形无相，如同留存于时间之流的语词，只是存在于读者脑中的一处地方。书面语能否成为文明的驱动力，取决于它是落在文明的终点还是起点，取决于我们是（像希腊人一样）将之视为创造过程的产物，还是（像希伯来人一样）将之当作创造的源头。

我的意思是：古希腊人虽然辛勤记载他们的哲学论说、戏剧、诗歌、书信、演讲、商业来往，书面语在他们心中却只是记忆的工具，书籍也只是文明活动的附属品，从来就不是文明的中心。也因此，希腊文明的物质体现落在空间，落在城邦的石块。希伯来人就大相径庭。他们的日常事务皆付诸口头，文学创作也泰半托付记忆，书籍——《圣经》，上帝启示的话语——也就成为他们文明的中心。这一文明存活在时间而非空间中，随这一支游牧民族而迁徙。奥古斯丁写的《圣经》释经文，嫡传自古希伯来传统，有一篇便指陈语词偏向音乐性质，存在于时间之中，而没有一定的地理区位。

我用的计算机，显然就不属于奥古斯丁以书籍为中心的希伯来传统，而是属于不要书本但要纪念石碑的古希腊传统。虽然网页在计算机屏幕为我仿造无边无际的空间，但我召唤来的语词，其存在要归功于熟悉的计算机神庙，它以屏幕为柱廊，以键盘为铺着鹅卵石的广场。就像大理石之于古希腊人，这些塑料鹅卵石也会讲话（事实上，由于计算机的音频功能，键盘真的会讲话呢）。而进入赛博空间的仪式，也有一点像进入神庙或宫殿的仪式，必须有所准备，学会由看不见的、似乎全能的计算机行家们所订下的规矩，才有资格进入这个由符号组成的地方。

奥古斯丁的阅读仪式，是在书桌四周、书房之内的空间进行，不过这并非必要条件，或说至少不断在变。他要捧着书册一边四下走动一边读，可也；拿书册躺到床上读，可也；走到户外在花园里读，可也（促成他皈依基督教的那几句话，就是在花园里听到的）；孤身躲到沙漠去读，一样不是问题。奥古斯丁的书，如同文本的容器，本来就不是一成不变的东西。对于卡巴乔时代的人文学者，“可变”非常重要；所以，马努蒂乌斯才会发明袖珍版图书，方便随身携带。几百年下来，书籍变得愈来愈轻便、多样、易于替换——随时随地都可以读，想用什么姿势都可以。

我在计算机前的仪式，虽然一样不是一成不变，却取决于一套复杂的科学技术，这一技术超出门外汉的知识不知多少倍。虽然笔记本电脑或黑莓手机，允许我（像广告说的）在美国大峡谷的一处悬崖边阅读，但是，文本的存在依然得归功于创造和维持它的技术，依然需要我对计算机这一有形“纪念碑”的屈服。

这也就是为什么，奥古斯丁会认为纸面上的话语——不是会朽坏的卷子本，也不是可以换新的册子本——拥有坚固的实体，火热灼烫、明确可见。于我，这一坚固性体现于电子设备巨大而复杂的系统中，而非体现于倏忽即逝的语词。计算机不出声的时候，文字在屏幕诡异地现形，影影绰绰有如鬼魅，指尖一点立即消失于无形，这样的文本，当然不同于一个个仔细写在羊皮纸或印在书页纸上的、硬实、享有威权的黑字。我和我写的电子文本之间有计算机屏幕挡着，所以，我无法亲一下我写的字；奥古斯丁灵修读经的时候，说不定会轻轻吻一下字呢。我在计算机前也闻不到皮革、油墨的气味，卡巴乔时代的人应该就闻得到。这可以解释奥古斯丁和我在描述阅读这一件事时用语的差别。奥古斯丁会说“囫囵吞下”或是“细细品尝”文字——这是从《以西结书》借来的饮食意象。《以西结书》有一段经文写到天使命令先知将书吃下肚去。同一意象后来在圣约翰的《启示录》

重现。而我，说的却是在网上“冲浪”或是“扫描”文字。文本对奥古斯丁来说是有实体的，需要吸收消化。对电子媒介的读者来说，文本只是他们在信息“冲浪”时飞掠而过的表面而已。

而这样是不是表示阅读的技艺已经衰弱，失去了最宝贵的特质，日趋低劣、贫瘠了呢？还是反过来，这一技艺变得更完善、更精进，比起奥古斯丁犹疑踌躇的年代，完美得多？还是说，问这样的问题毫无意义？

多年来预言书籍已然日薄西山而由电子媒介独擅胜场的呼声，不绝于耳，仿佛书籍和电子媒介是誓不两立的两大武士，在同一处知识战场，为了争夺一位读者佳人的芳心而拼得你死我活。先是电影，接着是电视，后来是电子游戏、数字视频光盘、虚拟图书馆，无一不被人点名为“图书刽子手”。有的作家，如《古腾堡挽歌》的作者斯文·比克特，更对此毫不犹豫地用上了启示录般的语言，满是对救赎的呼唤和对反基督者的诅咒。全天下的读者，大概每一个心中都躲了一个“卢德分子”[1]，但我觉得这样的论调失之偏激。科技是不会走回头路的；书籍呢，纵使有数之不尽的文章预言纸书已到穷途末路，每年新书的印制量，可是没有减少的迹象。

不过，转变倒是难免。技术每逢重大的转捩当口，先前的技术确实是有回光返照、益发灿烂的现象。欧洲于印刷机问世之后，写本的制作数量反而激增。摄影术发明之后，油画立即多如雨后春笋。所以很有可能，即使纸书的印量之多远胜以往，一些目前主要采用册页装的类型，会改用与其用途更匹配的其他格式。例如，只要计算机交叉检索的技术变得更智能，而不只是以机械的冷漠，把所有相不相关的例子都吐出来，那么，电子百科全书的效率会比纸本高得多。

不过，这些都是表面的变化，于内在的根本，最珍贵的，一概无损。目前书籍的模样，当年人文学者想象的书籍模样，我们眷恋不舍、希望不

1　19 世纪初期，英国发生以破坏机器为手段反对工厂主压迫和剥削的工人运动，被称为卢德运动，运动的成员被称为卢德分子。后被引申为对新科技入侵生活的反对。

要失去的，说不定会在电子媒介中以机巧的伪装重新现形。目前不也已经有电子纸供人写写画画了吗？不也已经有电子书小到一手即可掌握了吗？地铁有女子在读平装小说，而她身旁的男子在用 iPod 听低音重击的音乐；有学生在教科书的页缘做笔记，而身边的小孩则在玩掌上型任天堂游戏机——这些，都可以结合在同一部轻便的随身设备上（已经有手机做到了）。各类文本的需求兼容并蓄：可以呈示文本，可以诵读文本，可以添加评注，可以提出有趣的研究模式。这些都可以集中在一个小小的掌上型显示器上，或是在尚未发明出来的其他设备上——这样的设备，就像瓦格纳说的“总体艺术”，将提供某种迷你歌剧，在其中所有官能都必须发挥作用，以重建和扩充文本。

所以，我们为什么害怕改变呢？

即使身陷电子革命，阅读固有的贵族气质也不会减损分毫。在已然褪色模糊的久远往昔，阅读或是责任，为的是要保存某些权威的观念（例如古美索不达米亚、欧洲中世纪的抄经房），或是不同历史时期当中有闲阶级的嗜好，有本钱的人坐享其成，没本钱的人巧取豪夺。人类社会泰半（但绝非全部）是以书为中心而凝聚起来的。在这样的社会，图书馆自然成为权力的主要象征。所以，就象征而言，古代世界以亚历山大里亚图书馆被毁告终，20 世纪以萨拉热窝国家图书馆重建告终[1]。

不过，真正的民主阅读，纯属妄想。安德鲁·卡耐基于 19 世纪盖的图书馆，是他所属阶级的神庙，普通读者纵使进了图书馆，也忘不了自己的身份地位，要向既有的权威顶礼致敬。读书也许可以带来一定程度的社会改变，就像马修·阿诺德所认为的，但也可以成为消磨时间或使时间减慢的方式，以对抗死亡的集体性，可以傲然地抵偿花在工作——就像“服刑”

1　该图书馆在 1992 年波黑战争期间因遭炮击而损毁严重，1996 年修复工程启动，2014 年重新对公众开放。

一样，在无数未受教育者的血汗工厂、矿山、矿田和工厂，而我们的社会便是以之为基础——上的时间之单调。

不过，以书籍为财产的观念倒是一定会变。书籍因为内容、历史或装帧而具有“纯粹价值”（这一说法借自莫里斯·布朗肖），早在卷子本的年代便已存在。不过，要再晚到 14 世纪（起码在欧洲如此），布尔乔亚读者于贵族、教士阶级之外异军突起，开辟出另一块市场，拥有书籍方才成为社会地位的标志，图书出版方才跻身有利可图的行业。为了满足这一类商业需求，一门现代工业应运而生，以致多丽丝·莱辛还帮身陷困顿的同仁打气，说：“这一句多念几遍又不会少你一块肉，来，多多益善，‘没有我，就没有文学产业：出版社、大经纪人、小经纪人、小小经纪人、会计师、诽谤案的律师、文学系、文学教授、文学论文、批评著作、书评家、书评专页——这一座不断扩建的广厦高楼，全都是因为有这么一个卑微渺小、看人脸色、卑躬屈膝、付出远大于报酬的人啊’。”

但在科技日新月异的年代，（不会消失的）文学产业一样必须另辟蹊径，否则无以为继。在网站发表的文章、在博客转贴的诗歌、电子出版的图书，都开始绕过编辑和书商。交互式小说（interactive novel）甚至将“作者”这样的观念打上了大问号。在萨拉曼卡扫描的文章，以电子邮件寄到累西腓，在墨尔本修改，在厄瓜多尔添加内容，再在旧金山按下保存键——这一路下来，版税到底付给谁？这样一篇转手过一重又一重的文本，到底谁才算是正主？就像中世纪兴建大教堂、现今好莱坞制作电影都需要众多人手，这一门新兴的产业也一样，一定找得出让某个人、教会或跨国企业获得利益的方式。多丽丝·莱辛说的卑微渺小、付出远大于报酬的那一个人，可能就不得不认命：她会变得更渺小，报酬也会更低。

然而，我们只顾着害怕，却忘记这一件事：在此要请布朗肖海涵，论起文本，根本就无所谓“纯粹价值”这样一回事。每一份文本，追根究底，本来就是交互式的，随读的人、读的时间、读的地点而变。文本每读上一次，读者就卷入法国历史学家让－马利·帕耶（Jean-Marie Pailler）所说的“解释的螺旋”一次。但凡阅读，一概不能避免；每读一次，就在旋转的上升中再添加一次转动。所谓“纯粹写作”或是“纯粹阅读”，根本就不存在：读狄德罗的作品，阅读这一件事会和对话混淆一气；读丹妮尔·斯蒂尔[1]，和挑逗混淆一气；读笛福，和报道混淆一气；其他的，则指导手册、八卦闲话、字词释义、编目表列、歇斯底里混淆一气。有关阅读，不管怎么读，似乎都没有柏拉图的理型可言；天下群书似乎也一样没有柏拉图的理型可言。文本所谓的“被动”只是理论上成立：从最古老的卷子本到包豪斯排版艺术，从楔形文字泥版到现今的“图像小说”，每一个被记录下来的文本，每一本书，不论什么形式，都或隐或明地携有美学意图。没有任何两份手稿是一样的，如亚历山大里亚图书馆孜孜矻矻的编目人员指出的，这迫使他们在他们的藏书当中挑出“定本”，而于编目的过程建立起阅读的认识论法则（epistemological rule）：每一份新抄本之所以取代前一抄本，一定就在于后一抄本内含前一抄本。

古腾堡发明印刷机，虽然重现了“饼和鱼”[2]的神迹，同样一个文本可以复制千百次，每一位读者又以各式各样的涂写、污渍和记号，自行制作个人专属的版本。于是一本书，只要有人读过，便找不到有哪一本会和它一样。然而，所有这些不计其数的变体，这些遭际各异、印满指纹的书，并未妨碍我们如同谈到“独一无二”的莎士比亚那样，谈论“我那独有的”《哈姆雷特》或《李尔王》。电子文本会找到新的概括和界定的方式，新一代的评论家也会找到足够丰富的词汇，以容纳变化的可能性。

我们对新技术的恐惧，也放错了地方，以致册页装一度与卷子装对抗，如今卷子装又与册页装对抗。这在电子屏幕展开的文本，和人文学者所持

1　丹尼尔·斯蒂尔（1969—），美国畅销书作家。

2　参见《马太福音》第十四章第十七节至第二十一节。

书册的一张张纸页对抗。只是，所有的技术，不论是“撒旦的磨坊”[1]，抑或“撒旦的切尔诺贝利”，都有人事在内。再怎么非人的科技设备，也无法排除其中内含的那一丝人性；毕竟，它们都是人的产物，即使要（像红王后说的）“举双手”，也无法否认。不过，体认其中必然的人事，像是理解史前洞窟岩壁留下的有色掌纹到底是什么意思，或许远非当今世人能力所及。所以，我们需要的，不是新生代的人文主义读者，而是更具效率的读者，有本事穿透科技密织的罗网，为深陷其间的文本重现含糊的本性，幽藏于含糊中的启示方才得以浮现。

我们需要的，不是去惊叹虚拟现实的效果，而是参透虚拟现实真正且有用的缺点，看出其间必有的裂痕，而穿过这一裂痕，我们可以走进一个尚未创造出来的空间。我们需要的，不是多一点，而是少一点肯定。我们需要的，是多一点质疑。目前书籍的外观能否维持不变，在未来的人文主义读者那里，在某种程度上是无聊的问题。依我猜呢（也就是猜猜而已），书籍大致不会有大幅度的转变，因为它已经很好地适应了我们的需求——尽管如此，可能确实还会改变……

所以，我要问自己的问题反而是：在这些新的科技空间当中，有一些巧妙的机械发明确实会和书籍同时并存（有一些情况下还会取代），所以，我们该如何继续创造，记忆，学习，记录，拒绝，赞叹，雀跃，颠覆，欢庆？我们应该用什么方法，继续当一个有创造力的读者，而不是消极被动的观者？

几年前，乔治·斯坦纳认为反书虫（anti-bookish）的潮流会将阅读推回到原生地，而辟出阅读室一类地方，像古老修道院的藏书室，供一些想要读老派书的怪物到阅读室去坐好，静静读书。芝加哥南岸有一所圣十字修道院，每天便在做这类的事。不过，和斯坦纳想的不一样，修道院里

1　语出威廉·布莱克，被用来比喻工业革命。

的修士每日做完晨祷之后，就打开计算机，在他们的抄经房像千年前的先人一样，抄录经文作注解，为后世保留宗教文本。连灵修读经的避静，看来也不是退隐到与世隔绝的处所，反而变成进入凡俗。读《旧约》的人，显然可以经由耶路撒冷的“哭墙”网站而接触上帝；读《新约》的人呢，那就由梵蒂冈的教宗网站。

除了上述对阅读的想象，我还想再加上雷·布拉德伯里不久之前，为不久以后想象出来的另外三种：

·《火星编年史》中有一篇故事，叫《细雨将至》，里面有一栋全自动化的房子，设定于每天傍晚都有余兴节目：念诗给屋里的一家人听。由于没收到回应，机器便自动选诗、自动念诗，浑然不知全家人已经死于核战争。这是未来没有读者的阅读。

·另一则故事，《厄舍古屋的续篇》，其主人公是爱伦·坡的书迷，他生活的时代，认为小说不是激发思考的泉源，而是真实得可怕的东西。在爱伦·坡的作品悉数被官方查禁之后，狂热的书迷自行盖起一栋诡异而危险的屋子，作为崇拜心中偶像的神庙，进而利用此屋铲除了敌人，但是他原本要为之伸张正义的一本本书，也因此遭受池鱼之殃。这是未来不作阅读的读者。

·第三则故事，也最有名，即《华氏 451》。故事刻画未来的世界，书籍悉数送交火葬，一群群爱书人不得不将爱书强记在脑中，随身携带，像会走路的书库。这样的未来，读者和阅读这一件事为了求存，奉行的是奥古斯丁的教诲，读书的人和所读的书合而为一。

阅读自动化，就等于不需要读者。所以，阅读这一件事，就留给老派的怪人们了。这样的人，不觉得书是恶魔，反而是对话的所在；书籍化作随身携带的记忆，迄至大脑被压垮，精神也崩溃……这般景况，恰似我们的新世纪：在第二千禧年终了之后，书的末日，映衬时代的末了。第一千禧年将尽之时，便有亚当派（Adamite）信徒先是烧掉各自的藏书——免得带着没用的知识升天——再和教派的兄弟姐妹一起准备迎接世界末日到来，前往上帝应允的天国。

我们的诸多忧惧颇为流行，其病根在我们这时代。它们不伸到不可知的未来；它们当下就需要一个决定性的答案。福楼拜写过："愚蠢，在于下结论的欲望。"确实如此。每一位读者都知道，阅读这一件事的要点，也就是最根本的质素，就在于它总是朝向不可预见的终点，倾向于不下结论。每读一次，就在延长另一次，起自千百年前一天午后的那一次，我们一无所知的那一次。每读一页，便在将前一页的影子映照到下一页，为之注入内涵，注入情境。故事，就是这样子不断在滋长，一层叠上一层，像社会的皮肤，而由阅读保留社会的历史。卡巴乔的画中，奥古斯丁坐在桌边，和一侧的小狗一样凝神专注，一笔在手，书册莹莹发光宛如屏幕。奥古斯丁定睛朝光源看去，谛听。书房、用品不断在变；架上的书籍，会卸下封面；而用声音讲述故事的文本，还没孕生。

第六部

书如生意

“我想买一个蛋，麻烦你，”她怯怯地问道，“怎么卖呢？”

“只要五便士一法寻一个——两便士两个。”绵羊回答。

“那么两个还比一个便宜？”爱丽丝的口气透着惊讶，伸手拿钱包。

“只是你必须两个都吃掉，如果你买两个的话。”绵羊说。

——《爱丽丝镜中奇遇》第五章

颠倒黑白

"你懂其他语言吗？'肥多滴滴'的法语怎么讲？"

"'肥多滴滴'不是英语。"爱丽丝正色回答。

"谁说是英语了？"红王后说。

——《爱丽丝镜中奇遇》第九章

从1992年到1993年间，我一直在翻译玛格丽特·尤瑟纳尔的三篇短篇小说。这三篇法文小说以《蓝色故事》（*Conte Bleu*）之名出版，我译成英文A Blue Tale，是尤瑟纳尔的早年作品，那时她还未成为技艺娴熟的文体家。既然是才情满溢、目空一切的轻狂年少，可想而知，故事情节不时会岔出去，从清冷娴静的蓝，变成俗艳刺眼的紫。由于译者与作者、上帝不同，有可能插手去改过去不好的地方。尤瑟纳尔的少作中的每一个闪光小饰物和涡形装饰，要是全保留下来，在我看来未免流于迂腐，于文学的考古嫌多，对文学的爱略少。还有，英语遇到才气奔放流泄，耐性不如法语。所以，有几次——我罪，我的重罪（mea culpa, mea maxima culpa）——我一声不吭就喀嚓剪掉一个形容词或删掉一个直喻。

弗拉基米尔·纳博科夫被好友埃德蒙·威尔逊批评，说他译的《尤金·奥涅金》不帮人遮丑。纳博科夫回应说，译事不在于为原作润饰或作评论，而是在另一门语言中，用完全对等的词语重写原作，以飨不懂原文的读者。纳博科夫显然认为（只是，我怎么想，也不相信这位语言大师真的是这意思），不同的语言于意义和声音都“对等”得起来，用一种语言表达的想象，换一种语言，也可以原貌重现，绝对不会有全新的东西冒出来。但其实（就像每一位译者在第一页开头便会发觉），phoenix 在一种语言是神奇的“火凤凰”，换一种语言，不过是养在后院里的鸡。要为这一禽类套上浴火重生的辉煌气派，不同的语言可能就需要另觅佳禽，从异兽宝鉴去抓一只合适的来用。而且，纵使如此，奇珍之处也会有所不同。例如英文里 phoenix 就还是透着野性，引人遐想，但在西班牙文，ave fénix 就是 17 世纪流传下来的浮夸辞藻而已。

中世纪早期，translation（从拉丁文 transferre［背负物件转移至别处］的过去分词变化而来）指的是圣徒的遗髑从一地移到别地。有时，这类移葬是非法的，例如圣髑被盗，偷偷送到另一处地方来增添那里的名气，圣马可的圣髑从君士坦丁堡移葬到威尼斯就是这样的情况。千方百计、不顾一切就是要将宝贝据为己有——这样的说法用作文学翻译的定义，说不定比纳博科夫说的要好。

译事绝无“无辜”可言。凡译，必有所解读，必有对题材和解释的选择，必有对别的文本的排斥或封锁，必有译者临时篡夺作者之名强行改定。由于译事做不到不偏不倚，一如阅读做不到不带偏见，译事连带负起的责任便远远超出译文纸页之外。译不仅有语言之间的译，经常还有同一语言之内的译，从一种体裁到另一种体裁，或者说从一个文学书架到另一个书架。就后一种情况而言，也不是所有的“译”都得到承认：当查尔斯·兰姆和玛丽·兰姆合作将莎士比亚戏剧改写为儿童版的散文故事，或者当弗吉尼亚·伍尔夫将康斯坦斯·加尼特[1]译的屠格涅夫慷慨地赶进“英国文学的羊圈”，这种进入幼儿园或进入大英图书馆的文本位移，依照语源学都不叫“译”。兰姆也好，伍尔夫也好，每一位译者，都在用另一种或有所增饰或有所减损的意义装扮文本。

译事要是单纯作交换，那就和影印一样，不会有扭曲、禁制（抑或是增益、阐明）的机会，要不然也顶多像抄经房抄出来的经文罢了。只是，非也。我们要是承认翻译这一件事，单单是将文本转换到另一语言、另一空间、另一时间，也就是在改变文本，好坏不论，那就一样要承认每一次翻译——转写、重述、换标记——都是在原始的文本加上“成衣”（prêt-à-porter）式阐释、隐含式注解。而箝制，就是在这时候出现的。

读者接受译文只是原始文本的一种“版本”，就等于默认译文可能掩盖、扭曲、削弱，甚至封锁文本。约翰希姆·德·贝莱早在1549年便在《法兰西语言之捍卫及发扬》一文中做过说明：“这帮人与其说是译者不如说是叛徒，他们背叛了本该予以彰显的那些人，致使其荣光受损，他们通过颠倒黑白，使无知读者误入歧途。对于这样的人，有什么可说的？”

约翰·鲍斯威尔以中世纪同性恋为主题而写的突破之作《基督教、社会包容、同性恋》，索引中的“翻译”条目，写的是“参见‘误译’”，或者依鲍斯威尔的说法，那是“对历史记载的故意曲解”。古希腊、罗马经典被人施以“翻译消毒术”，事例不胜枚举，有改动名词故意遮掩角色的性别，有全篇文本遭到封锁，例如托马斯·富兰克林1781年的伪吕西安文集英译本，就将伪吕西安写的《爱》从文集删除，因为文中有一群男子以露骨的对话争辩女性还是少男更适合他们发泄情欲。厉行内容检查的富兰克林写道：“既然这一点早已经有了定论，至少在我们这国家有了定论，也就是判定女士为胜方，因此，毋须再多作争论。”

1　康斯坦斯·加尼特（1861—1946），英国作家，以译19世纪俄国文学作品知名。

乔治·斯坦纳在《巴别塔之后》写道："我们只能查禁有以名之者。"古希腊、罗马时代的经典于19世纪的百年间，唯有漂白过的译本，才会推荐给妇女作为道德教育读本。1884年在牛津大学新学院的礼拜堂讲坛，J. W. 柏根牧师就明白把话讲破，直言反对女性进入大学就读，因为大学所读的都是原始的版本。"假如要女学生夹在男学生当中也顺利考到'荣誉学位'，"这一位害羞的牧师写道，"就一定会将古代经典的作者不作一点遮掩就送进女学生的手中——换言之，就等于是要为女学生打开希腊和罗马文学的淫秽大门。各位难道真有此意？果真如此，不就等于是要在各位的课程当中以古代文明的猥亵，去污染她们美好的心灵？要这些花样年华的少女去见识人间上百种可憎、可厌之事？而这些事可是不管什么年纪的女性，都会避之唯恐不及的（要是可以的话，连男性也会）。"

而译事的"查禁"功夫，不仅在于文本中的一字、一句，甚至可以株连一整支文明；千百年来，被征服的民族就屡屡是这样的下场。例如16世纪末，耶稣会士奉反宗教改革的急先锋、西班牙国王费利佩二世之命，追随方济会士的脚步远渡重洋，来到现属巴拉圭的丛林为教会开疆拓土。从1609年起，直到1767年耶稣会被逐之前，耶稣会士为原住民族瓜拉尼人建立土著村，四周砌起高墙，名之曰"归化镇"，因为入住的男女老少都要"归化"基督文明的信条。不过，被征服者、征服者二者间的差异，并不容易克服。瓜拉尼便有萨满对传教士说过："是什么使我在你眼中成为异教徒，便是什么阻碍你在我们当中作基督徒。"耶稣会士了解，宣教若要有成，必须建立在礼尚往来的基础上。要将原住民牢牢置于股掌之下——借用基督教神秘主义文学的词汇，也就是置于"隐性的囚禁"（concealed captivity）当中——了解对方便是关键。而了解对方的第一步，便是学习对方的语言，翻译对方的语言。

文化，乃由文化得以名之者勾画成形。而要进行钳制，入侵的文化就必须有语汇去指称对方的文化。所以，转译为征服者的语言，一直内含受到同化或是自取灭亡的风险；转译为被征服者的语言，也一直内含被强行鲸吞或是惨遭蚕食的风险。译事固有的诸般情境，都可以引申到各类政治失衡的状况。瓜拉尼语（现今于巴拉圭依然是超过一百万人在用的语言，只是改变不小）在耶稣会士来到以前，一直属于口头语言。方济各会修士路易·德·博拉诺斯以过人的语言天分，被瓜拉尼人叫作“神的巫师”，为瓜拉尼语编出第一本字典。耶稣会士安东尼奥·鲁伊斯·德·蒙托亚继承此业，更上层楼，苦心钻研数年，编出完整的《瓜拉尼语辞典》。

在一本耶稣会南美传教史的序文中，巴拉圭小说家奥古斯托·罗亚·巴斯托斯指出，传教士要说动南美原住民改信基督教，其首要之务，便是要说动他们暂时不管或是改变他们祖先传下来的生死观。所以，耶稣会士以瓜拉尼族的语言，利用基督教和瓜拉尼的信仰凑巧有一些相同之处，于重述瓜拉尼族神话的时候，将之用来预告或是宣告基督的真道。所以纳曼杜（Ñamandú），瓜拉尼“唯一、最终的、最初的父”，从开天辟地之初的迷雾当中创造出自己的身体和身体的属性，在耶稣会士笔下就变成《创世记》所述的基督教上帝。图帕（Tupa）这位始祖，这位瓜拉尼众神当中比纳曼杜小一级的神祇，也就成了亚当，开天辟地之后的第一个人类。交叉的木棍，yvyrá yuasá，在瓜拉尼宇宙论是支撑地界的架子，变成了圣十字架。不止，由于纳曼杜做的第二件事是创造语言，耶稣会士可以很便利地赋予译成瓜拉尼语的基督教《圣经》以公认的神圣权威的分量。

而瓜拉尼语有些语词指称的社会行为，在瓜拉尼族的观念是正当合宜，甚至应该赞美的，经过耶稣会士转译为西班牙语词之后，却套上了天主教会或是西班牙法庭对该行为观念的隐含意义。瓜拉尼族的诸多观念，如个人荣誉、收受礼物时的无声感谢、与概括性知识形成对比的具体知识、社会对季节和年龄变化的反应，都译得太粗糙、随便，例如译成“骄傲”“忘恩负义”“无知”“不稳定”等。译成这样的用语，就害得后世自维也纳远道而来的马丁·多布利茨赫弗，于耶稣会会士被逐出巴拉圭后十六年，也即 1783 年，在他写的《阿比彭族史》（Geschichte der Abiponer）一书中，感慨瓜拉尼族的堕落本性：

> 他们是有许多美德，那样的美德也是理性动物本来就会有的。只是，有能力谈文化、谈学习，只是作门面而已，只是将他们素质参差不一的真相遮掩在下面而已。他们就像机器人，零件包含骄傲、忘恩负义、无知、不稳定。从这些主要的素材，流露出丝丝缕缕的懒怠、醉态、骄慢、猜疑，外加诸多其他乱象，抵消了他们的道德素质。

纵使耶稣会信誓旦旦，但他们宣扬的新信仰却无助于原住民的福祉。这由法国探险家路易·安东尼·德·布干维尔于 1769 年对瓜拉尼族处境所作的简要描述，可见一斑："这些印地安人真是可怜虫，只能在装腔作势的假学者和威逼恫吓的主人棍子底下战战兢兢讨生活，没有财产，被人奴役，日日过的是千篇一律的生活，枯燥得足以致人于死。也就是因为这样，他们与世长辞的时候，了无眷恋。"

到了耶稣会被逐出巴拉圭之时，西班牙史家费尔南德斯·德·奥维耶多笔下写到驯化瓜拉尼族为所谓文明人的那一批人，已经忍不住引用不列颠人卡尔加库斯（Calgacus）据称在罗马远征军攻下不列颠时说过的话："那些延续这些行为的人，说他们征服的地方获得了'和平'。我倒觉得和平得过头——它们被毁灭了。"

盱衡古往今来，借译事作钳制也有更细腻的伪装术。在我们这时代，有的国家对于他们眼中属于"危险"作家的作品，便以翻译作为漂白的手段。（例如巴西作家内利达·皮农 [Nélida Piñon] 在古巴，堕落的奥斯卡·王尔德在俄国，美洲原住民史家在美国和加拿大，法国"顽童"乔治·巴塔耶在佛朗哥时代的西班牙，他们的著作于出版时，便都有掐头去尾的状况。还有，尽管我自称一秉善意，但我译的尤瑟纳尔，难道不也暗自有所查禁？）

一般要是对作者的政治观点不太放心，往往就根本不译；风格若很难缠，那就跳过去，另选容易的去译，要不也惨遭劣译，沦为差劲又难看的版本。

不过，论起译事，当然不是全天下的译笔都惨不忍睹或是欺世盗名。文化也有因为翻译之功而得救的，译者字斟句酌的孜矻苦工，也不是一概一无是处。1976 年 1 月，美国辞典学家罗伯特·劳克林拜见墨西哥南部小城奇纳坎坦的市长，呈上一部他费时十四年完成的书。这是佐齐尔语大字典，将墨西哥恰帕斯州总计十二万原住民佐齐尔人——也被称为“蝙蝠之族”——讲的玛雅语译成了英语。劳克林将字典呈献给佐齐尔族的长老时，还以他苦心作下记录的语言说：“再有外国人来这里说你们笨，说你们是愚蠢的印第安人，麻烦你们拿这一本辞典给他看，让他看看你们的知识、你们的理智，累积出来的三万个字词。”

这，应该够了；不够也不行。

秘密的分享者[1]

“你说不定可以拿那来开一下玩笑，”凑在爱丽丝耳边的细小声音对她说，“像是‘你要是可以就会愿意’这样的，你知道吧？”

“不要这样子逗我，”爱丽丝四下张望，想找出声音的来处，却什么也没看到，“你这么想开玩笑，为什么不自己来？”

——《爱丽丝镜中奇遇》第三章

1969 年，蒂莫西·芬德利南下纽约，和他的美国编辑一起，处理他的第二本小说《蝴蝶瘟疫》的校样。这一位从演员转行的作家的作品，未得加拿大出版社青睐，不过，美国名声响亮的大出版公司维京，倒是对这一位头角初露的新秀很有兴趣。维京分派给芬德利小说的编辑是寇尔利斯·M. 史密斯，大家爱叫他“寇克”（意为“软木塞”）；詹姆斯·乔伊斯书信集的编辑，也是他。《蝴蝶瘟疫》写的是好莱坞一户人家于纳粹德国时期的没落史。史密斯读完之后，虽然十分喜欢，但对一件事不太满意：他要知道小说里的“蝴蝶”到底有什么“含义”，所以力劝芬德利厘清这一点。

1　出自康拉德一篇短篇小说的标题。

当时芬德利还年轻，历练不足，生怕触怒他极想合作的出版社，便乖乖听话重写，将“蝴蝶”的作用说得更清楚一点。小说自然也如愿挂上了维京的招牌，出版问世。

这一件出版“轶事”特出的地方，就在于绝大多数北美读者不会觉得这样的事有什么特出的地方。即使最青涩的小说新手，也晓得稿子若要有出版的一天，就一定要在一个个专家当中先过关斩将一番。这些专家便叫作“编辑”，由出版社雇来审阅预计要出版的图书，看看他们觉得哪里需要修改。（各位现在读的这一段，不会和我原本写的字句一模一样，因为事先要由编辑审过；事实上，这一篇的较早版本，登在《周六之夜》杂志时，这一句就被砍得不见踪影。）

作家对自己的手笔向来不容外人染指，人尽皆知，他们对于这一类强制救援，不太愿意说破，要说也是含糊带过或是私下放话。当代作品多的是“业务过失”或者“救危扶困”的事例，只是，作家对这类外力干预都不愿张扬——也理当如此。毕竟，小说创作到头来终究属于作者一人所有，也应该视作作者一人所有。作者和编辑合作弄出来的补丁和缝线，毋须曝光（合作的编辑也不反对）。作家想要成为作品唯一的正主。

不过，谦抑腼腆的表象之下潜藏矛盾。作家本人知道自己便是文章唯一的作者，对文章竟然得以问世略有一点惊异，对文章内含的奥秘还不止有一点困惑，但是，他也清楚文章出版之前要先过专业质询这一关：有问题要他回答，有建议要他接纳。所以，作家对于自己独自拥有的作者身份，再不甘愿也至少要舍弃一些。北美的小说家（外加英联邦绝大多数的小说家）在闯荡江湖之初，都先要给自己弄一个“后座司机”才行。

承认编辑是“专门行业”，可不像盎格鲁－撒克逊世界里一般人想的那么古老或普遍。至于盎格鲁－撒克逊世界之外的地区，就等于闻所未闻；而且，即使在英格兰，也要晚到印刷机引进近两百五十年后，才出现这一行业。《牛津英语大字典》将“编辑”这一词出现的最早时间，定为1712

年，意思是“为他人编制文学作品”，由约瑟夫·艾迪生在《旁观者》杂志中使用，特别用来指称处理作者已经完成或是未完成作品的人。威廉·赫兹利特当年为了重申作者单独对文本负责，说“要说动编辑相信他是无名小卒，断无可能”，他所说的“编辑”，说不定就是这意思。至于编辑是“和作者合力进行小说创作的人”，出现的时代可就晚得多了，约在20世纪的头十年。此前，编辑为作者提意见只见零星的记载：例如伊拉斯谟为托马斯·莫尔写的《乌托邦》提过建议，狄更斯担任《家常话》周刊的编辑时，也指点过威尔基·柯林斯小说的情节布局，等等。

至于当代意义上的编辑，则要等到1920年代才看得到羽毛长齐的完整版：纽约出了一位已成传奇人物的麦克斯·珀金斯，菲兹杰拉德、海明威、厄斯金·考德威尔及托马斯·沃尔夫等名家的编辑。综合各家所述，珀金斯是个心胸开阔的编辑，乐于尊重作者的意图——只不过，珀金斯“撒玛利亚人”的天性，却也害得后世无从探知托马斯·沃尔夫的稿子在被珀金斯剪裁成出版形式之前是什么模样。编辑这一行，因为有珀金斯其人，而博得了敬重，也有了一位守护神。（不过，说不定有人要说编辑的守护神，应该是古希腊的强盗普罗克汝斯忒斯，他会邀请旅人做客家中，但要客人睡他特制的铁床，身型太短那就拉长，太长那就切短，直到客人的身型完全“合床”为止。）

至于普通读者，编辑所为何事，大概就是一团谜了。在一本署名作者有好几个的小册子《作者和编辑工作指南》（1983）中，里奇·阿奇博尔德，加拿大著名的自由编辑，便想为大家厘清一下：“编辑一般身兼数职，多寡视出版社的规模大小和组织繁简而定。这些职责可能包括为图书出版项目洽购版权、售出附属权、拟订推广和营销计划、为书籍封面写文案……监督书籍制作、校对。还有，当然包括编辑。”这样子写，没多大用处。所以，撇开专门领域，像教科书、杂志、技术类非虚构作品等不论，当编辑说他们在“编书”，他们到底是在做什么呢？

编辑的工作，至少有一部分单单是在核对事实、挑错字、改文法、依照出版社的规定改标点等，外加可能要问这类常识题：你知不知道你有一个角色在第二十一页是十五岁，到了第三十四页变成十八岁？这样的工作，有的出版社是由文字编辑在负责。无论一名编辑拿多少薪水，可能都不足以补偿这种没人道谢的检查再检查的苦差事。

然而，上述编辑的日常工作，看起来再重要，也暗含毒素。有的作家知道文章会有编辑帮他检查，可能就觉得该修的不修也无妨，反正会有编辑以个人自有的专业眼光修到他们觉得顺眼为止。托马斯·沃尔夫就随珀金斯去修理他的稿子，把写好但没修好的稿子往地板一扔，任由打字员去帮他整理、录入，再让编辑帮他剪剪贴贴。不过，长此以往，作者也须自负风险，也就是养成了坏习惯：写作之旅不再走到走不下去才停（用瓦莱里大胆的话说，不是完成而是“放弃”），而是走到教室门槛就好，反正有老师帮他改错字、修文法。

所以，“修文”确实属于一般公认的编辑工作内容。不过，历史不知走到哪时候，说不定早在珀金斯现身之前呢，编辑就已经搭桥跨过了质疑拼音与质疑用法之间的深谷，开始要问“蝴蝶”到底是什么意思。小说的内容，也就偷偷摸摸变成了编辑的责任。

依杰拉德·格罗斯编的《编辑的世界：内行人看编辑》一书，身兼编辑、书商、作家的威廉·塔尔格，对于编辑之所以有资格叫编辑，有如下一段话：“在职、合格的编辑人，不读书不行。而且，他应该从很小就开始读书，从不懈怠。他对印刷品有无法餍足的渴求，像是生理需求，既出自五脏六腑，也出自心灵大脑。这般无法压抑的欲望，一定来自基因。”总而言之，编辑不是读者不行。

诚然。编辑不先当读者，就还是不要编书的好。不过，又有谁读书可以超越个人的爱好？编者若要光明正大闯入作者未曾遭人染指的文章，就绝对不能当“笑眯眯菲利克斯”，只爱圆满的大结局，也不能当“爱哭鬼多洛雷斯”，宁愿以悲剧作收场。编辑必须当读者的某种柏拉图理型，必须当读者的化身，必须等于读者的“大我”。

只是，当上了“理想的读者”，就真的帮得上作者的忙？每一位读者都知道，文学是读、写双方共同的责任。但若因为有共同的承担，就说读者掌握得到作者追求的目标，而这目标大多连作者本人也未必参得透——做这样的假设，要不是头脑太简单，就是心态太狂傲。再借另一位作家的话一用：一本书是怎样，就是怎样。作家是不是追求到了自己要的目标，甚至是否真的知道自己是在追求什么，又或者是否想要达到的目标并非书籍封皮之间呈现出的效果，这些谜团没有谁真的有办法破解，连作者本人也是。问这问题简直多此一举，因为文学作品真正的成就，依我看，就在于内涵之丰富繁茂、扑朔迷离。意大利小说家切萨雷·帕韦泽针对评论指他的作品有形而上的主题，回应说：“我不是说我书里没这主题，我只是说这主题不是我放进去的。”

编辑一旦开始揣测作者的“意图”（圣奥古斯丁在 13 世纪发明的修辞概念），就会质问作者某一段到底是什么意思，安排某一件事到底又是为了什么；他们认为文学作品可以归纳为一套规则，或是写成简明的摘要。这样又是刺探，又是化约，其实等于威胁；因为作者大有可能（像芬德利那样）听进去了，结果反而打翻其原有的微妙平衡。等到芬德利年纪大了一点，见识多了一点，不那么怕赶跑出版社之后，他也终于起而反抗。1986 年，芬德利修订了《蝴蝶瘟疫》，删掉先前加进的解释，交由维京企鹅集团推出新版（既没有更好，也没有较差，纯粹是最早的版本而已）。

然而，这一威胁并非普遍存在。将编辑的工作想成是“探索作者的意图”，几乎只限于盎格鲁–撒克逊世界，而且英国比北美少见。至于世界其他地区，大致就认为编辑工作不过是修一修文稿，不过是出版的一环而已，而且连修文也不敢造次——包准吓得芝加哥、多伦多数以百计的编辑赶忙另觅足以发挥长才的事业。我在阿根廷、西班牙、法国、意大利和塔希提的出版公司工作过，也参观过巴西、乌拉圭、日本、德国、瑞典的出版公司，我找不到还有哪里的编辑工作，像北美这边管这么多的。前述几国的文学创作，据我了解，过编辑这一关的时候都还保得住原貌。

而北美为什么会成为编辑壮大的温室？依我浅见，答案大概要从美国社会重商的肌理去找。既然书籍一定也要是卖得出去的商品，自然必须雇用专家来保障产品有商业利益可言。这类统筹的工作，在最糟情形下制造的是大众市场的罗曼史小说，在最好情形下就是把托马斯·沃尔夫的作品剪裁合宜。至于拉丁美洲一带，由于卖书向来不太赚得到钱，出版社也就放牛吃草，随作家要把小说写到多长都不用担心编辑的剪刀。

但也不巧，美国的影响力已经在往外蔓延。例如德国、西班牙、法国所谓的丛书主编，以前就是单纯挑想要出的书就好，现在也会坐下和作者讨论他们正在写的作品。有的作家当然坚不让步，不肯被他们牵着鼻子走。不过，没几位作家有格雷厄姆·格林的勇气或实力。美国出版社一度要格林把小说《与姑妈同游》（1969）的书名改掉，格林回复一通电报，寥寥八个字：“换出版社比较简单。”

有的时候作家也会主动征询专业意见，请编辑帮他们修改文稿，而形成独树一帜的合作关系。现代诗坛最著名的例子，大概就是庞德修订艾略特的《荒原》。博尔赫斯谈到这一件事时，就说：“两人的大名应该并列书名页上。若有作者同意别人更动他的文章，他就不再是作者，而是作者之一，合作的每一方都应该据以正名。”

庞德删掉的诗行（也是艾略特同意删掉的诗行），有如下几句，于今永不会在诗中出现：

> 我们知道，那一定是曙光——
> 一种不同的黑暗，流过云朵上方
> 远眺但见死寂，苍穹衔接海洋

一线，一线白，一线长长的白，

一面墙，一道壁垒，我们驱车而去。

经庞德编辑的《荒原》出版之后，有“英语文学首屈一指的诗歌杰作”美誉，可是，我却怀念上述几行，也纳闷若非庞德出手干预，艾略特真的不会留下这几行吗？

当然，全天下的作家，不论在盎格鲁－撒克逊世界与否，都会将作品于出版之前示人（虽然纳博科夫认为这样很像吐痰给人家看）。所以，一大堆外行读者——作家的老妈、邻居、朋友、夫君或是贤妻——七嘴八舌完成“初审”的仪式，提出一大把问号、惊叹号。作家听或不听，随意。这一场聒噪难听的大合唱，没有哪一声部有分量、有官威，足堪考虑修改。约翰·斯坦贝克每写完一章，会拿给妻子过目，但附有条件——老婆大人只能千篇一律讲这一句：“亲爱的，这真精彩！”

专业的编辑就另当别论了。最为细心体贴的专业编辑（我有幸遇到少数几位），表达起意见也绝对不脱权威的色彩——单纯因为职位使然。领薪的编辑之有别于作家亲友团，恰似要病人作脑叶切除手术的医生，不同于说喝一杯浓茶就好的慈爱姑婆。

有个故事传诵已久：柯勒律治梦见了长诗《忽必烈汗》，清醒之后，他坐下提笔记录，却“被从波洛克来办事的一个人”打断，以致这一首气势非凡的诗作，结尾就此失落。盎格鲁－撒克逊世界的出版社，雇用的专业人士便像是从波洛克来办事的人：有的很机灵，用问问题来催稿；有的专门让人分心；有的吹毛求疵，蚕食作家虚飘的信心；有的赶在作品尚未出世就要去之而后快。在在都只是碍事而已。我要质问的，便是这一类“不动别人文章活不下去”的强迫症。

少了编辑，放眼所见的作品大概都会沦为杂乱无章、前后不一、唠叨重复，甚至攻讦谩骂的文本。里面满是这样的人物，前一天眼睛是绿的，后一天变成乌黑（像《包法利夫人》）；满是历史错误，像科尔特斯发现大平洋（在济慈的十四行中）；情节串得乱七八糟（像《堂吉诃德》）；笨手笨脚、七拼八凑出结尾（如《哈姆雷特》）或开头（如《老古玩店》）。可是，有了编辑——他们持续存在着而且现在是无法避免的，没有他们“放行”，几乎没有哪一本书出得成——我们可能就会错失某种令人难以置信的新颖，某种如凤凰一样绝无仅有的辉煌，某种不可能描述的东西——因为它尚未孕生，然而一旦孕生，将不容秘密的分享者染指。

纪念以诺·索姆斯

最后渡渡鸟说："每个人都赢了，大家都有奖品。"

——《爱丽丝漫游奇境》第三章

1997 年 6 月 3 日，一群书迷集聚伦敦大英图书馆的阅览室，准备迎接诗人以诺·索姆斯莅临。诗人并未现身，这一点大概不出众人所料。而促成这一场聚会的原因是：一百年以前，以诺·索姆斯，生前写的一本诗集《真菌》（*Fungoids*）只卖出了三册；他便和魔鬼订下交易，以自己抱负远大的灵魂作为交换，希望百年之后可以造访大英图书馆阅览室，看看后世对他的著作有何评价。只是，索姆斯何其不幸，后世对他未作评价，后世根本就不理他。图书馆汗牛充栋的目录找不到他的作品，他生前时代的文学史是提过他一次，放在一条注内，说他是想象出来的角色，出自英国幽默作家马克斯·比尔博姆[1]之手。所以，只能假设以诺·索姆斯在后世读者眼中，连盘桓不散的阴魂也算不上。文学的抱负再远大，也不过尔尔。

文学抱负戴的假面具有好几副，其中之一，身形鬼祟，书商怕得要命，

1　马克斯·比尔博姆（1872—1956），英国散文家、剧评家、漫画家。

一般叫作“穷紧张作家”。“穷紧张作家”会动脑筋，乔装成普通顾客在书店逡巡，找自己写的书，没有库存还会斥责店员，或者动手替书换位子，摆到显眼的地方去。有时“穷紧张作家”还会自己出钱买个一两本，背后的想法很可爱，以为这样可以带动人气，别人就会跟进。说不定就是被这样的迷信害的，1999 年获颁普利策奖的记者戴维 · 怀斯在新书《调查局与鼹鼠》出版之后，就自掏腰包买书，还不是几本，而是将近两万本。做这样的事，可能有人要说他未免被紧张冲昏了头。不过，怀斯大手笔买书倒不是因为自己高兴。他是大方过了头，决定要和一般大众分享作品，在个人网站分赠作者签名书。怀斯这样的做法（其中夹着错综复杂的金钱计算，例如大宗折扣、巴恩斯 – 诺贝尔书店网上购物的免运费服务、精算过的高额回报，还有书商提供的新书和抢手书的特惠价等）值得大家深思。

怀斯这一本书在他疯狂大采购之前，虽然已经打进《纽约时报》的畅销书榜，不过，一口气采购两万本，应该会把新书再推进到其他畅销书榜的名单。有人问他为什么要做这样的事，怀斯表示：“我的目的是提高《调查局与鼹鼠》的知名度。”

作家使一点小手段来争取读者，戴维 · 怀斯当然不是前无古人的一位。“best seller”（畅销书）一词似乎诞生于 1889 年美国堪萨斯市的一份报纸。不过，这样的观念，绝对早早几千年前就深植在人心了。公元 1 世纪，诗人马休尔就夸口说他的著作风靡罗马全城，只是，他到底使了什么招数，使得（据他自述）“读者热热闹闹地大排长龙，挤在店里，只为收藏此书”，今人就无由得知了。晚近一点的时代，惠特曼为宣传他的《草叶集》写下热情洋溢的书评。乔治 · 西默农为宣传新写的侦探小说，坐在百货公司的橱窗内打字。菲 · 韦尔顿也曾为了可观的一笔钱，答应在她最新的小说中置入宝格丽品牌。博尔赫斯年轻时也曾把他初入文坛时的作品，偷偷塞进挂在报社接待室的记者外套口袋。1913 年，D. H. 劳伦斯写信给爱德华 · 加尼特：“假如《哈姆雷特》《俄狄浦斯王》是在我们这时代出版，绝对卖不到一百本，除非大推特推。”

不过，和怀斯的花招一比，古人宣传书的招数就属于散兵游勇打的“小游击”了，未必引人侧目，倒是煞为有趣，而且，逗趣的效果远大于卖书。在这时代，出版人不再是热心帮著作助产的爱书人，反而变成身负经营绩效的经理人，置身于层层叠叠的公司架构中，不得不在同一屋檐底下和别人争夺地盘和利润。在这时代，作家不再离群索居，蒙缪斯点化而专心摇笔杆（几个品钦式的作家例外），反而变成演艺人员，疲惫地跋涉于全国各地，在下午的谈话节目游走，帮人补空档，兼在店面展示区露脸充当会讲话的人偶。一旦书籍不再（像卡夫卡想的）是“劈开我们内心冰封寒海的巨斧”，反而（像《调查局与鼹鼠》一般）变成冷冻速食食品，在经纪人的办公室就可以针对时下横流的人欲调制出来——在这样的时代，对于（怀斯说的）用“创意营销”来卖书，我们又何必大惊小怪？

在古代，有的作家会在书桌摆一颗龇牙咧嘴的头颅，提醒自己的辛勤笔耕，唯一确凿的回报便是墓冢。在现代，作家的死亡象征不是头颅，而是荧荧发亮的屏幕，通过那上面的畅销排行榜，作家看出自己的宿命和可怜的以诺·索姆斯几无二致：一样是一而再、再而三，在这些入选名单里找不到自己的名字。

不过，这般共通的命运，也不是没有特例。2000 年，亚马逊首席执行官杰夫·贝佐斯，出于博爱（如果不是出于逗乐子的话），决定挺身而出，拯救这些苦哈哈、没人理的作家。承蒙一个只能被描述为真民主的姿态，亚马逊网站畅销书榜不再以前二十名小小一份名单为限，改成将三百万册图书一网打尽，依销售量排出——这样的数字也没多大，单纯以亚马逊公司庞大记忆库收录的图书数量为准而已。

所以，拜新科技之赐，现下作家的死亡象征已经改为“梳妆台”（vanity chest）。你出了一本书，那它理应在亚马逊网站的三百万本书之列。你输入书名，然后，急急如律令！你的书在同类图书排行老几，一清二楚。想象一下图书排在第三百万名的作者那一抹得意的窃笑（活像挤上泰坦尼克号救生船的最后一名乘客），他可以傲视不列入榜单的第三百万零一名了，后者才是索姆斯一辈默默无闻、受苦受难的可怜虫。

至于哪一位作家能进排行榜、哪一位该踢出去，依循的法则比或然率还要奇怪。1895 年，世上第一份畅销榜单出现在《读书人》杂志，不过，那几本图书为什么会进榜，显然连魔鬼也参不透个中玄机。当然，要是你只是想让自己的名字曝光，倒是有不少门路能为你提供这般不算大的满足。例如，纠集朋友在同一天下午都去买一本你的书，你的大名也许就能在亚马逊排行榜亮晶晶地闪上漂漂亮亮的一小时。至于不肯走这一步的人，那就浏览一下两年前荣登排行榜的诸君大名，一样有益身心健康。除了区区几位，其他人是何方神圣？这一堆“奥兹曼迪亚斯”[1]写的书，据信卖出好几十万本，现在不也一样湮灭无存？原本是畅销书榜众所艳羡的天之骄子，这时不也一样无声无息、不知所终？

不过，爱自相矛盾的不是客串演出的怀斯或是贝佐斯，而是我们，我们这些读者。山姆 · 戈尔德温曾和萧伯纳交涉，要买大作家一出戏的版权，听到萧伯纳开出的价码相当惊讶。萧伯纳回答影业大亨说，“这问题啊，戈尔德温先生，在于你的兴趣是在艺术，我的兴趣是在钱”。读者也和戈尔德温一样，利字当头，要求每一件事都能够赚钱，却又认为智性活动应该摆脱物质需求的铜臭味。书籍该买，该卖，该课税，和别的产业制品没有两样，大家一概同意；但是，看到肮脏的商业手段伸进散文、诗歌的领域，却会生气。我们乐于称颂最新上榜的热销名作，也爱讲书的“上架寿命”；但是，发觉坊间的图书论起不朽，绝大多数的保鲜期没有鸡蛋长，却又大为灰心。虽然有贝佐斯的努力，怀斯的“壮举”却有告诫的寓意，这寓意

1　见雪莱同名诗。奥兹曼迪亚斯生前乃万王之王，死后不过一具沙漠中残破的石雕。

多年前就由作家希莱尔·贝洛克[1]珍藏在诗句当中了：“待我撒手人间，但愿得世人言：／虽然他罪孽深重，书籍却值诵念。”

但是，要再问计算销量有什么意思，可能就太过了。列举本身便是乐事，是诗歌的根本（像 W. H. 奥登说过的那样）。要是诗册《真菌》的作者想在晚宴对人作自我介绍：“您好，我是畅销作家，排名第 2999999。总共卖出七本！”连这也不准人家讲，心肠未免太坏。

说不定，一点点虚荣心是投身文学志业的必要条件。“七本，”托马斯·皮科克写于 19 世纪初的小说《梦魇修道院》中，主角就想道，“卖出七本。七，是一个神奇数字，这是好兆头。我应该去找出这七本书的买主，他们便是我的七盏黄金烛台，让我去照亮世界。”在当今这时代，贪婪也被认作美德，主角这么谦虚的野心，谁敢跟他吵？

1　希莱尔·贝洛克（1870—1953），20 世纪初期英国最为高产的作家之一，信仰天主教。

约拿和鲸鱼

"你还真搞不懂镜子屋蛋糕要怎么切啊，"独角兽说，"先在大家中间传过一回，然后再切。"

——《爱丽丝镜中奇遇》第七章

《旧约》中不时可见先知出没，有时咆哮，有时咕哝。在这一个个先知当中，依我之见，以约拿这一位最奇特，谁也比不上。我喜欢约拿。虽然他在后世的名声以"扫把星"为多，但我就是偏爱他。而我大概猜得到约拿为什么老是搞得大家提心吊胆。我觉得约拿有 19 世纪的人说的"艺术气质"。我看啊，约拿准是艺术家。

我头一次听到约拿的故事，是我叔公讲给我听的。他有个习惯很讨厌，讲话时老爱对着手帕吐痰。他自认略有犹太学术的根底，但我们觉得他的造诣大概不超出他要我们为犹太"成人礼"而背的那几首诗。不过，叔公有的时候讲的故事确实不错。只要你不去管他讲话时堆在嘴角的泡泡，听他讲故事还是蛮开心的。会听到约拿的故事，是因为我那一天脾气特别拗，大人要我这样那样，讲了一百遍我就是不肯乖乖就范。"跟约拿似的，"我这叔公说，手上的手帕遮在嘴上用力咳一口痰，再把手帕塞回口袋，"老是不不不。你长大了会是什么样子？无政府主义分子？”

尽管沙俄多次屠杀犹太人，我这叔公对沙皇却莫名其妙地十分仰慕。在他心里，全天下没有比无政府主义分子更糟糕的人——也许除了记者。他说全天下的记者都是偷窥狂，都是包打听；在他看来，如果谁想要知道这世界到底在发生什么事，找几个朋友到咖啡馆聚一聚不就得了。所以，我这叔公就身体力行，天天都去，无日不去，除了——还用说——犹太人的安息日。

约拿的故事大概写于公元前 4 或前 5 世纪。《约拿书》是《圣经》篇幅最短的一卷，也是最奇怪的一卷。它讲述的是先知约拿奉上帝命令，到尼尼微城去骂人，因为尼尼微居民之邪恶，已经传到了天上。不过约拿不肯，因为他知道他一去骂人，尼尼微的居民就会悔改，上帝跟着就会原谅他们，尼尼微的居民反而因此逃过惩罚。可是，他认为尼尼微的居民理当接受惩罚，不宜放过。为了逃避这神圣的命令，约拿便跳上一艘开往他施的船。船只出海后，遇上狂风巨浪，水手一个个惊惶万状，哀号求救。不知怎的，约拿知道自己就是海上气象猛然出现巨变的起因，便要水手把他扔进海里，以求平息风浪。水手乖乖照做，风浪也真的平息下来。约拿则是落海，被上帝安排的大鱼吞下肚去。约拿在大鱼的肚子里待了漫漫的三天又三夜，挨到了第四天，上帝要大鱼把先知约拿吐出来，落在旱地上，也再次命令约拿到尼尼微去宣告他吩咐的话。

这一次约拿就顺从上帝的意旨，乖乖去做。尼尼微的国王听了约拿传达的警告，马上表达忏悔，尼尼微城因此而得救。只是，约拿对上帝的做法十分火大，负气跑到沙漠，在尼尼微城的东边搭了一座棚子，坐在棚子下面准备看尼尼微的人在悔改之后会怎样。上帝便安排沙漠长出一棵植物，替约拿遮挡炽热的日头。约拿感谢上帝赐予这一礼物。不过，翌日早上，上帝就安排植物枯萎了。约拿备受烈日、狂风摧残，热得发昏，忍不住对他的上帝说，不如让他死了算了。上帝便对约拿说，你为了我单单弄死一棵植物就这么生气，却要我毁灭尼尼微城的众人，“何况这尼尼微大城，其中不能分辨左手右手的有十二万多人，并有许多牲畜。我岂能不爱惜呢？”随着这个问句，《约拿书》戛然而止，没有约拿的回应。

这一则故事吸引我的地方，在于约拿不肯到尼尼微去宣告上帝预言背后的理由。约拿获赐天启，却不肯去执行，因为他知道一旦执行，听者就会幡然醒悟而获得原谅。这样的事，大概除了艺术家，任谁都会觉得莫名其妙吧。约拿知道尼尼微的人对待艺术家，不出这两种态度：一是看出艺术家透过作品指责他们犯下恶行，反而因此将他们的恶行怪罪在艺术家头上；再一就是将艺术家的作品加以同化，以第纳尔标上价格，漂漂亮亮地镶上框，艺术就成了赏心悦目的装饰品。在这种环境里，约拿心里很清楚，没有艺术家赢得了。

所以，是要被人拿去指责还是做装饰，约拿面对非此即彼的难题，大概宁愿选择指责。约拿和大多数的艺术家一样，要的，其实是去刺激听者呆滞的心灵，去打动他们，唤醒他们心中隐约有所感觉但又完全神秘的东西，去打乱他们的梦，去骚扰他们清醒的时刻。而不管什么情况，约拿绝对不想要的，就是他们忏悔改过。要是听者仅仅自语：“那就全都原谅了吧，全都抛到脑后，过去就让它过去，不要再提什么不公不义，什么要惩罚报复，不要提教育经费删减，医疗制度不良，不要说税赋不公，失业率高，还有什么财政计划害惨千百万人。剥削别人的人、被剥削的人，两方就握手言和吧，朝下一步光辉的捞钱时刻迈进。”不行，约拿对此期期以为不可。纳丁·戈迪默，约拿从没听过的人物，就说过作家最悲惨的命运，就是身在腐败的社会却没有变成眼中钉。约拿才不想陷入沆瀣一气的命运。

更重要的是，约拿知道尼尼微社会的政客和艺术家正陷于斗争，他觉得艺术家（于施展技艺之外）的所有努力，终究不过是一场空，因为它们是落在政治的竞技场内。众所周知，尼尼微的艺术家（于追求艺术境界始终不懈怠）很快就受够了与官场和金融的斗争，即使还有区区几位英雄未曾放弃对抗腐败卿相、王室走狗、钱庄银号，却也屡屡以他们的艺术和明智为代价。开了一整天的小组会议、官方听证会之后，很难再回到工作室、回到泥版之前安心做事。尼尼微的官府当然算准这一点，祭出绝招“拖”。商量协议，拖！拨发经费，拖！签订合约，拖！发表任命，拖！明确答复，拖！他们说，等得够久，艺术家心头的那一把火就会渐渐熄灭，要不也会神秘地转化成创作的能量：艺术家会自动走开，写诗，做装置艺术，构思舞蹈。这些啊，对钱庄、民间商号当然就少有威胁。其实，生意人都很清楚，艺术的怒火一烧起来，反而是厚利可图的商品，此类事例不可胜数。尼尼微人就爱说：“以前的画家买颜料的钱都凑不出来了，遑论填饱肚皮，但你想想看，现在的人肯花多少钱去买这样的画家画出来的画！音乐家写出抗议歌曲，自己却死在救济院，你想想看，他写的歌现在是国家庆典一定要唱的歌。”他们世故地加上一句：“对于艺术家来说，身后功名才是真正的报酬。”

不过，尼尼微政客最大的成就，在于成功策动艺术家背叛自我。尼尼微上下执迷于累积财富，认为财富才是尼尼微追求的目标。艺术既然无法直接带来财富，自然就没有多大的价值，艺术家本身也跟着觉得在这世间应该维持自己的生计，创作划算的作品，不甘于失意落魄、无人闻问，最重要的是在面对有钱有势的贵胄时，要懂得曲意承欢。所以，视觉艺术家的作品就要悦目一点，音乐家的曲子就要悦耳一点，作家也要少想一点灰心丧气的场景。

在很久以前，有一些短暂的时期，官僚们还处于麻痹大意中，因而有心肠比较软或是脑筋不清楚的尼尼微国王，拨出经费以供艺术创作。之后，越发尽忠职守的官员开始纠正政府这样的财政疏失，大力删减拨发的经费。当然，做官的绝对不会承认官方支持艺术的政策有变。可是，尼尼微的财政大臣确实有手腕，既把拨发艺术活动的经费删到几近于零，又有官方记录可以对外宣传同一笔经费有增无减。在此所用的手法还是从尼尼微诗人学来的（政客既爱偷偷把诗人的手法拿去用，又瞧不起发明这些手法的诗人）。例如“借喻”，以某一样东西的某一部分或某一特性去代表那一样东西（像以“王冠”代表“国王”）。有了这样的手法，负责后勤补给的长官便可以削减对艺术家创作材料的补助。这时，艺术家从政府收到的补助，一概是一支四号鼠毛画笔，而不管艺术家到底需要什么。因为该长官写公文的用字，“画笔”代表“艺术家用具”的集合名称。至于“隐喻”，诗人最常用的手法，在官府这一批财政巫师手中用起来，也是卓有奇效。有一则有名的例子，总计一万枚第纳尔金币原本早早就特别挪了出来，准备专门作老艺术家的寄宿费用。尼尼微的主事官员却只要把公共运输所用的骆驼换上别的名称，像是写成“暂时居所”，财政大臣就可以把养骆驼的费用（这费用是由尼尼微城的政府机关负责），算在艺术家的寄宿费用当中，因为老艺术家确实也会用到公家的骆驼作运输工具嘛。

“真正的艺术家，”尼尼微的人说，“哪有理由怨东怨西。他们要是真有艺术创作的能耐，不管社会大环境的条件怎样，应该都赚得到银两。所以，这是其他那些人，那些叫‘实验派’的人，那些自命清高的家伙，那些什么先知，不好好去赚钱，只会自怨自艾。开钱庄不知道怎么利滚利，一样会亏钱。当官的看不出来哪些漏洞要堵住，一样会丢官。这便是生存的法则。尼尼微是往前看的社会。”

没错，尼尼微是有一小撮艺术家（外加许多假艺术家）混得不错。对于帮他们生产消费品的人，尼尼微社会也乐于好好回馈其中几位。至于其他众多艺术家，以种种尝试、种种闪光点和种种挫败为他人的成功铺路者，社会当然也就视若无睹。尼尼微社会哪有必要去支持它一看就不喜欢或是不了解的东西。但其实，这些占绝大多数的艺术家，当然还是会硬着头皮走下去，不计一切，因为不这样，又能怎样？上帝或是圣灵夜夜都在督促他们。所以，他们千方百计地继续坚持写作、绘画、作曲、舞蹈。尼尼微人就说：“和社会其他的工作者没有两样。”

据说约拿第一次听到尼尼微人独到的高见，还鼓起他先知的愚勇往尼尼微城的公共广场一站，对众人演说。“艺术家啊，”约拿希望大众明了，“才不像社会其他的工作者。艺术家处理的是现实，是将内在和外在的现实转化成具有内涵的象征。至于和钱打交道的人，他们所经营的象征，背后空无一物。想到千千万万的尼尼微股票经纪人，他们的现实便是数字任意地起起又落落，这些数字被他们在想象中转化为财富——只存在于他们想象当中的财富——就忍不住觉得好笑。奇幻作家再怎么写，虚拟现实艺术家再怎么画，都没有办法在观者心中创造出如此弥天盖地、无孔不入的信心，让他们像聚在一起的股票族一样，相信虚构也是真的。提起独角兽，即使当成象征来看，成年男女半秒钟也不会去信，但是，对于手中持有的公家骆驼肚皮股票，却认定是铁铮铮的事实，还因为持有这般铁铮铮的事实而自认为是生活安稳、幸福的人。”约拿讲到这一段末尾，尼尼微公共广场已经空无一人。

也因此，约拿下定决心要逃出尼尼微，躲避上帝。所以，他跳上了一艘开往他施的船。这一艘载约拿的船，水手全部来自约帕。约帕是一处海港，离尼尼微不远，也是尼尼微帝国的边哨站。尼尼微这帝国啊，各位这时应该已经推论出来了，社会上下都被贪婪冲昏了头。贪婪还不是野心——野心其实是驱策创造的动力，艺术家没有不行——而是虚妄的动力，为了敛聚而敛聚的动力。只是，约帕几十年来也一直是先知享有些许预言自由的地方。年年都有一身褴褛的大胡子男子、披头散发双眼圆睁的女子，自四面八方涌入，约帕居民一概怀抱一定程度上的同情理解，对他们来者不拒。反正这些人到此一游，也等于在为约帕做免费的公关，当先知到了别的城市游历，往往不忘在异地提一下约帕，而且说的还不会是坏话。不止，一年一度的预言季也会招徕许多名人来凑热闹。在约帕开客栈、骆驼商队旅店的老板，看到卧铺供不应求，当然也不会有半句怨言。

只是一待世道变得艰难，在尼尼微经济困境的影响下，约帕也难免池鱼之殃，生意的利润跟着下滑。约帕的有钱人迫于无奈，不得不出售自家一辆华丽的六驾马车，或是关闭一两家山里的血汗工厂。这时，对于预言艺术家在约帕城内出没的身影，约帕居民就不避讳展露不悦了。以前有钱时的包容力和莫名其妙的慷慨手笔，这时候在约帕居民心中，都变成了无谓的浪费，罪孽深重。许多人开始觉得艺术家来到他们这一不同流俗的小小庇护所，根本就不应该还有别的奢求，不管得到什么，都应该心怀感激：在最不入流的约帕房子里寄宿，应该感激；要不到合用的创作用品，应该感激；被允许靠自己筹钱开展新的创作项目，应该感激。在被迫腾出房间给有钱的巴比伦客人时，艺术家还被叮嘱要记住一点：作为艺术家，该晓得在群星之下裹着臭气熏天的山羊皮过夜，是十分光荣的事情。“大洪水”之前的著名先知、诗人，过的不也是这样的日子？

然而世道再艰难，大多数约帕居民原先对先知真挚的爱护，倒也不算完全流失，多少类似于大家对小时候就陪伴身边的年老宠物，会有难舍的眷恋。所以即使不方便，居民们也会设法收容他们，言行也特别留意，免得伤到艺术家敏感的心灵。也因此，即使在海上掀起暴风雨，约帕来的船只在怒涛中颠簸不堪，约帕来的水手却不好意思直接将指责的矛头对准船上的艺术家乘客约拿。由于不想采用激烈手段，水手改向各自的神明求救。他们知道天上、海上都听神明指挥，奈何百般哀求，也看不到明显的效果。事实上，风浪反而更大，好像约帕的神明有别的事要忙，听到约帕水手哭喊哀号，很不高兴。之后水手转向约拿（约拿正在船舱里蒙头大睡，艺术家有的时候就是这样），把他摇醒，问他可有法子。而约拿即使以艺术家的傲气，对他们说海上掀起暴风雨全是他的错，水手还是不愿意把他扔进海里。不过一个瘦弱的艺术家，能掀起多大风浪？一个失意落魄的先知，又有什么能耐惹得葡萄紫的大海气成这样？可是，风暴不减反增，狂风在桅索间咆哮，巨浪打得船板又是吱嘎呻吟又是尖声喊叫。后来，水手一个个想起了尼尼微的古训，他们小时候在约帕于祖母膝上听到的古训：全天下的艺术家啊，不外都是混吃混喝的家伙，管他叫约拿还是什么，都是同样的货色，镇日作诗填词强说愁，拿最不要紧的小毛病大做危言耸听的文章。社会既然以贪婪为成就的动力，那么，对于无助于直接聚敛财富的人，又何必出力去支持呢？所以，一名水手便对大家说，别再自责航海技术不佳了，干脆接受约拿的认罪，快快把这该死的家伙扔进海里了事。他才不会反抗。事实上，他刚才不就是这么要求的？

这时，即使约拿想要反悔，争辩说一艘船，又或国家这艘船，事实上需要一些有智慧的预言来压舱底、稳住船只，船上的水手却早已从尼尼微的政客那边学到了一身东风射马耳的功夫，练得对艺术心灵发出的警示充耳不闻。这些水手在世上的五湖四海曲折航行，左弯右拐寻找新天地作自由贸易，赚钱营利，这时候，管他艺术家说什么、做什么，他们就是认定金钱的分量比起任何艺术论述，是更稳固的压舱物。

水手把约拿抛入海里之后，风浪便平静下来。水手纷纷跪下感谢上帝，也就是约拿的主。没有人喜欢在颠簸摇晃的船上被晃得东倒西歪。所以，看到约拿一落水，船只不再颠簸，水手自然马上推论，海面忽起风浪真的是该怪在约拿这厮头上，他们扔他入海，也确实有正当的理由。

这些水手显然没有受益于古典教育，或缺乏深谋远虑的天赋。要不然他们就会知道，消灭艺术家的主张一度猖獗过，之后几百年间又再张牙舞爪起来。他们也会知道每一社会的基底都贯穿的古老冲动，都是有意回避这种人，他们让人不自在，老是试图撼动确然的信条，撼动大家安身立命的磐石。先说柏拉图，他便认为政治家才是真正的艺术家，唯有政治家才懂得依照正义与美的神圣理型打造国家。寻常的艺术家，像作家、画家，反映的却不是这类重要的事实，而是奇想幻象，不宜用在年轻人的教育。

这样的观点，也就是艺术唯有对国家有用才算有用，此后世世代代、形形色色的政府拥戴唯恐不及。罗马皇帝奥古斯都放逐诗人奥维德，就是因为奥古斯都觉得奥维德写的诗句透着隐藏的威胁。艺术家以作品勾引信徒偏离神圣的教条，一样遭教会斥逐。艺术家在文艺复兴时代也像高级交际花一样可以买，可以卖，再到了 18 世纪，甚至沦为（至少在大众的想象当中）幽居阁楼的可怜虫，忧郁、憔悴得要死不活。

福楼拜在《庸见辞典》就写下 19 世纪布尔乔亚对艺术家的成见：“艺术家：没一个不是小丑。赞美他们的忘我。发现他们穿着其实与常人无异，会吓一跳。赚得真多，花得精光。常到豪宅赴宴。女的，准是荡妇。”到了我们这时代，约帕水手的后代还对萨曼·鲁西迪发布追杀令，尼日利亚也将肯·萨罗维瓦问吊。他们看待艺术家的座右铭，便是加拿大第二次世界大战期间负责接纳犹太人的一名移民官说过的：“半个都嫌多。”

所以，约拿先被抛进大海，再被大鱼吞下肚去。在大鱼黑漆漆的柔软肚子里过活，其实没有多惨。那三天又三夜，有不易消化的蜉蝣生物、小虾咕噜噜像安眠曲一般抚慰心情，所以，约拿还有时间前思后想一下。这可是艺术家罕有的奢侈享受。鱼腹之内，没有截稿大限，没有杂货店的账单要付，没有尿布要洗，没有晚餐该煮，没有千呼万唤始出来的音符终于浮上心头可以写完奏鸣曲却卷入家庭纠纷，不必去求银行的人开恩，没有评论家气得你咬牙切齿。所以，这三天三夜的时光，约拿想了又想，做了祷告，入睡做梦。待他醒来，发现自己被大鱼一口又吐了出来，一头摔在旱地上面，上帝之声又再对他唠叨：“去吧，找到尼尼微，做你该做的。他们的反应如何，一点也不重要。每一个艺术家都需要观众。这是为了你的作品。”

这一次，约拿照上帝的吩咐去做。待在大鱼漆黑肚子里的那一段时间，约拿对自己的艺术又重振起些许信心，而有冲动要到尼尼微展出作品。不过，他的表演艺术才要开始，预备要说的预言没讲到五个字，尼尼微的国王便双膝落地，深切忏悔。尼尼微的众多居民也都撕开身上的名牌衬衫，同样表达忏悔，连尼尼微的牛群也群起低鸣，同声表示忏悔。尼尼微上下从国王到子民到牛群，还一律披戴麻布，抹上黑灰，彼此立誓，往者已矣，同声合唱尼尼微版的《友谊地久天长》（*Auld Lang Syne*），将忏悔的心意向高高在上的上帝一吐为快。眼看尼尼微城中上下集体忏悔活像狂欢，上帝也撤回了对尼尼微全城居民以及牛群的惩罚。约拿当然怒不可遏——我那叔公准会说是“无政府主义分子”的叛逆劲又在约拿身上作怪了——他一人跑到这座获赦的城市外不远的沙漠去生闷气。

各位应该记得上帝安排寸草不生之地长出一棵植物，帮约拿遮阳。上帝这一番示惠，又再教约拿感激，但是，后来上帝又教植物枯死，害得约拿再度被烈日晒得要焦了。我们无由得知上帝用植物耍的这一招——先是平白长出一棵植物帮约拿遮阳，再要它平白枯死——是不是有点化约拿的意思，要他明白上帝美善的意旨。说不定上帝此举在约拿眼中是一则寓言，象征本来要拨发的一笔补助款，后来因为尼尼微艺术协会削减经费而被砍掉——反正这样一来，害得他在正午的烈日下炙烤，没有一点遮蔽。依我猜，他心里一定清楚，世道艰难的年头——也就是穷人更穷，连富人的收入也差一点就达不到百万税级的门槛——上帝才懒得去管艺术价值的问题。作为宇宙至高无上的“作者”（Author），上帝对于约拿的困境，心中应该略有戚戚吧：想把时间用来琢磨构想，而不去管柴米油盐酱醋茶；想他的预言打进《尼尼微时报》的畅销榜，但又不想和滥竽充数、洒狗血的催泪作品搅和在一起；想用慷慨激昂的言论去鼓动群众，但是要鼓动他们反抗而不是臣服；想尼尼微探索城市之魂的深处，体认其力量、智慧和生命力，不存在于钱庄老板桌上每天往上堆、活像埋死人的金字塔般的银两中，而存在于艺术家的创作、诗人的字句中，存在于先知洞烛世事的怒火中——先知的使命，便是要摇得船只颠簸不定，这样大家才会清醒。这些，上帝无不明了。约拿心中的愤怒，上帝一样明了。因为，这应该不难想象吧，上帝自己有时候也会从他的艺术家身上学到一些事情的。

只是，上帝即使能教磐石出水，能教尼尼微城中众人幡然悔改，却无法让他们思考。牛群，没有能力思考，他可以怜悯。但是，像创作者（Creator）

对创作者（creator）、艺术家（Artist）对艺术家（artist）说话那样，上帝对约拿说，对于“不能分辨左手右手”——神圣的上帝如此讽刺——的人，能拿他们怎么办？

在这一点上，我想，约拿应该就是点一点头，不发一语吧。

渡渡鸟传奇

“喔，”渡渡鸟说，“最好的解释，不就是去做吗？”

——《爱丽丝漫游奇境》第三章

2007年3月23日，我在法国《世界报》读到，法国商业出版社阿尔班·米歇尔的总裁弗朗西斯·艾斯门纳德，在巴黎国际书展公开宣称“现在的小出版社太多了”，“搞得我们书店的架位乱七八糟”。针对这一点，安托万·伽利马，也就是法国声誉卓著、与他姓氏同名的伽利马出版社的总裁，还补充说小出版社“要为图书出版过量负责”。这样的说法很有意思，不由得叫我想起了毛里塔尼亚的一则古老传说：

很久很久以前，渡渡鸟，不会飞而且食量奇大的鸟类，发现有一座岛是当地山雀的筑巢地，岛上还有长得奇大无比的南瓜。想到可以大啖美食，渡渡鸟无不欣喜，便打造一条小小的木筏，划过隔开小岛的窄窄海峡。渡渡鸟在岛上暴食南瓜数天（岛上的南瓜真的长得特别硕大，果肉致密、香甜），岛上小小的莓果和谷物也被它们踩得一塌糊涂。这些都太纤巧了，不合渡渡鸟的特大号鸟嘴，它们便留给山雀享用。山雀鸟倒是细心又有耐心，在地上栽种一些，其余便带回鸟巢喂食幼雏。不过几个礼拜，岛上的大南瓜被渡渡鸟啃得一颗也不剩，渡渡鸟便决定打道回府。暴食多日，渡渡鸟一只只肚胀如鼓，不太走得动，只能硬拖着大肚皮回到木筏，将木筏拖入海中。没多久，大量海水便漫过了木筏的底板。“我看我们南瓜吃多了，”一只年纪较小的渡渡鸟声音颤抖地说，“我怕木筏要沉了。”

年纪最大的渡渡鸟却气呼呼的，一根羽毛朝桅杆一指，桅杆顶上正有一只小小的山雀栖息在那里，山雀嘴里还叼着一粒红莓果。

“罪魁祸首在那儿，”那一只渡渡鸟大喝，“它太重了，木筏载不动。这里载不了这么多鸟。马上赶它下去！”一只只渡渡鸟马上在木筏跳上跳下，要把小山雀吓飞。山雀听到了叫嚣，马上朝陆地飞去，木筏则沉入了鲨鱼出没的大海。

渡渡鸟就是这样绝种的。

第七部

罪与罚

“国王有一个信使，现在关在大牢里，犯罪了嘛。不过，审判没到下礼拜三不会开始；至于他犯的罪，那就要等到最后再来了。”

“那万一他一直不犯罪呢？”爱丽丝问。

“那岂不更好，你说是吧？”王后说。

——《爱丽丝镜中奇遇》第五章

念故人

“但我上过古典课。一个老螃蟹教的，真的是老螃蟹。”

“我倒没去上过，”素甲龟说，长叹一声，“他教什么拉钉和吸蜡[1]，听说是这样。”

“是啊，是啊。”鹰头狮说，换他长叹一声了，两只怪兽同时都用爪子盖住脸。

——《爱丽丝漫游奇境》第九章

这要从何说起呢？

从 1963 年至 1967 年，几乎每逢礼拜天，我都不和我父母一起吃午饭，而是到小说家玛塔·林奇的住处作客。她是我同学恩里克的妈妈，住在布宜诺斯艾利斯市郊住宅区的别墅里。很大一栋别墅，有红瓦屋顶，也有花园。恩里克发现我想当作家，便提议把我写的几篇故事拿给他妈妈看一看。我同意了。一礼拜过后，恩里克交给我一封信。我还记得是蓝色的信纸，打出来的字参差不齐，签名很大，字很难看。但我记得最深刻的是区区几

1　即拉丁和希腊。

页信纸洋溢着的慷慨大度，还有最后附上的一句警语。“孩子啊，”她写道，“恭喜你。只是，你可不知道我有多可怜你。”那时只有另外一个人，学校里的西班牙文老师，跟我说过文学也有大用。玛塔还在信中附上邀约，要我下礼拜天到她家吃午餐。那一年，我十五岁。

那时，玛塔的第一本小说我还没读过呢。那是一本半自传体的小说，讲她和庇隆遭黜之后上台的一位文人总统的政治和情爱纠葛，一举拿下文学大奖，暴得的盛名招来一个个记者致电访问她对“越战”和夏裙长度的看法。她那一张风情万种的妩媚大脸，大眼睛老爱半开半合像做梦，两三天就会登上杂志或是报纸一次。

就这样，每逢礼拜天，午餐前，玛塔和我会坐在一张花朵图案的大沙发上，玛塔以她气喘连连的嗓音谈论图书，我那时一直以为她是太兴奋才会讲得上气不接下气。午餐过后，恩里克、我，还有另外几个同学——里基、埃斯特拉、图略——就爬上阁楼，围坐在一张桌子四周，讨论政治，还以滚石乐队控诉般的音乐作为背景音。里基是我最要好的朋友，不过，恩里克是我们都很羡慕的一位，因为他已经交到了固定的女友埃斯特拉，她那时才十二三岁。两人后来也结为连理。

在少年时期，政治之于我们，是日常生活的一部分。1955 年，我父亲被推翻庇隆的阿根廷军政府逮捕，之后，随着一次又一次政变，我们已经习惯于在走路上学时，看到坦克车轰隆从街头驶过。总统换来换去如走马灯，学校校长因为政治利益也跟着来来去去。等我们读到了高中，光怪陆离的政治乱象也教会了我们，“公民教育”这一门课——民主体制学校的必修课——是妙趣横生的小说。

恩里克和我就读的，是布宜诺斯艾利斯国立高中。我们入学的那一年，1961 年，阿根廷教育部出了一位天才，决定拿这里当试点。我们读的高中课程不再由一般的高中老师来教，而改由大学教授接手，许多都是作家、科学家、诗人，还有评论家、历史学家。这些老师有权利（事实上教育部也鼓励这样）为我们讲授他们专擅的课题。也就是说，像西班牙文学这样的课程，我们除了要了解概论，也要花一学年的时间仔细钻研某一本著作。我们真是幸运到了极点：不仅学到了基本的知识，也学会针对细节再作深入的思索。这方法，日后我们不仅可以应用在整个的世界，也可以具体地应用在我们痛苦挣扎的国家。而上课会扯到政治，在所难免。我们才不会以为教室上的课，就到课本为止。

先前我已经提过，在我遇到玛塔·林奇，蒙她对我鼓励有加之前，另有别人也对我说过文学是很严肃的事。我父母跟我们几个孩子说过，艺术创作可不算什么“正经”的行当。运动对身体有益，再读一点书，就像巴素擦铜水[1]，可以把人妆点得亮晶晶。不过，数学、物理、化学这样的课，才是正经的学科，外加一点历史、地理作调剂也不错。西班牙文嘛，也就与音乐、美术归到一块。由于我爱书（也以守财奴的狂热劲儿收藏书籍），在我心里，就有一点所爱非人的惭惶。里基对我异于常人的怪癖，倒是以真心朋友才有的态度，百般宽容；每逢我过生日，他送的礼物一定是书。之后，有一年，开学第一天，一位新老师走进了我们的教室。

在此，姑且叫这一位老师里瓦达维亚。他和高中时教过我的几位大教授——例如教我们西班牙文艺复兴历史的专家，我就是因他而了解《堂吉诃德》——毫无相同之处。里瓦达维亚走进教室，连午安也没说，没跟我们啰嗦他要教什么，他的期待是什么，就直接打开他手上的书本念了起来，念的是：“门口有一名守门人在站岗。一名乡下人朝守门人走去，央求守门人放行，让他进‘法律’里去。可是守门人说这时候不准让他进去……”我们那时从没听过什么卡夫卡，也不懂什么叫寓言。但是，那一天下午，文学的泄洪闸门倏地为我们敞开。里瓦达维亚念的文章，和我们五、六年级学的那些枯燥经典片段完全不同；好神秘，好丰富，还探触到了一个人

1 英国老牌水性金属擦亮剂，起源于 1921 年。

的心底深处，若不是这样轻轻一探，我们大概永远不晓得有这样的事要去关心。

里瓦达维亚念卡夫卡、科塔萨尔、兰波、克维多[1]、芥川龙之介的作品给我们听，为我们介绍新生派的评论家又写了什么评论，为我们引述本雅明、梅洛－庞蒂和布朗肖的理念，鼓励我们去看《汤姆·琼斯》——虽然是限制级的电影，也告诉我们他有一天在布宜诺斯艾利斯听到洛尔迦以“满口石榴籽的嗓音”朗诵自己的诗作。

不过，最重要的还是他教我们如何阅读。我不晓得全班每一个人都学会了吗？也许没有。不过，单单是听里瓦达维亚带我们在文本走一遭，经由字句和回忆的联系、理念和经验的联系，推着我沉迷于纸页的世界，一生始终无法脱身。我思考的方式，感受的方式，我行走人间的那一个“我”，还有我更黑暗、形单影只的另一个“我”，大半便是诞生于里瓦达维亚那天下午在我们班上第一次为我们朗诵的那一刻。

后来，1966年6月28日，胡安·卡洛斯·翁加尼亚将军发动军事政变，推翻阿根廷文人政府。军队、坦克车包围政府大楼，那里与我读的学校仅隔几个街口。当时的阿根廷总统阿图罗·伊利亚，又老又病（漫画家把他画成老乌龟），被军政府扫地出门，一脚踢到街头。恩里克认为我们一定要组织起来，抗议示威。所以，我们几十人便站在学校大门的台阶高呼口号，不肯进教室上课。有几名老师也加入抗议的阵容。也略有推挤扭打的情况。我们有一名朋友就和亲军政府的人打起来，以致鼻梁断裂。

与此同时，我们每周到恩里克家小聚一次的习惯并未中断。有时埃斯特拉的弟弟会跟着来，有时只有恩里克和里基到场。我倒是兴致渐减。有几次周日，午餐过后我还会局促地捏造借口提早离开。那时，玛塔·林奇已经又出了几本小说，是阿根廷当红的畅销书作家，但她不以此为满足，

1　克维多（1580—1645），西班牙巴洛克时期最伟大的三位诗人之一。

期望还能名扬海外，例如到美国、法国去。只是事与愿违，始终未成。

高中毕业后，我在布宜诺斯艾利斯大学读了几个月，主修文学。可是，校园的步调如老牛拖破车，讲课乏味又呆板，搞得我无聊得要命。如今想来，我看是高中时听里瓦达维亚讲课，听他介绍各色评论，宠坏了我，害我再也受不了浅白的课程。里瓦达维亚以雄浑的嗓音透过博尔赫斯的小说《永生》讲述尤利西斯的冒险传奇，而《永生》中的叙述人荷马的寿命绵延数百年未止。听过这些之后，要再听别人喃喃叨念好几小时，就为了分析早期《奥德赛》稿本传抄的文字问题，确实强人所难。所以 1969 年初，我搭上一艘挂意大利国旗的船，离乡朝欧洲去也。

自此一别，往后的十四年，阿根廷等于没死也脱了层皮。这些年间留在阿根廷的人，只有两项选择：不是挺身而出，对抗军事独裁；便是苟且偷生，任由独裁猖獗。而我的选择，是懦夫的选择：我决定不回故乡。我的借口（其实不应该有借口），是我又不会用枪。在我流徙欧洲期间，我在家乡的昔日故旧，当然不时会有消息传到我耳里。

我读的高中本来就以政治活动知名。史上阿根廷政界的闻人，有许多于年少时便在我坐过的教室内听课。而在那样的年头，阿根廷军政府好像不仅盯上了我的母校，也盯上了我的同学，欲除之而后快。旧日同窗的遭遇，点点滴滴地传来，无月不有。两位朋友（一位自己学会吹单簧管，爱在房里即兴演奏，听得另一位忍不住说他吹得“比和自己老姐共舞还要无趣”），在布宜诺斯艾利斯市外的加油站遭枪击身亡。再一位朋友——于今芳名仿佛随芳魂共渺——当年个头儿真是娇小，我见她最后一面时，她十六岁，看起来却像十二岁。她在军事监狱被枪决。埃斯特拉的弟弟，没满十五岁，一天下午出门去看电影，就此一去不回。后来，尸体被人送回，装在邮袋里，放在他父母家的门口台阶。尸体面目全非，很难认得出来。恩里克远走西班牙，里基逃到巴西。玛塔自杀身亡。那一天，她在厨房，屋外还有一辆出租车在等她，要载她到广播电台接受访问。她留下一张字条，只写了简单一句话：“这一切，我受不了了。”

几年前，我有一次旅行转机，过境巴西。我有个弟弟曾经在布宜诺斯艾利斯巧遇里基的母亲，她将里基在里约的地址给了我弟弟，然后我弟弟转交给我。所以，那时我便打电话找到了里基。他已经结婚，有了几个孩子，在大学里教经济学。多年不见，我一直想搞清楚他到底是哪里和以前不一样，因为他并不显老，但就是不一样。后来，我忽然懂了，原来是他做的一切全都变慢了——讲话、手势、行动。他整个人变得软趴趴的，看不出有什么事情能让他提起劲。

他已经在巴西安家——他的妻子和孩子全是巴西国籍——但是，巴西于他依然是异地他乡。他对我说“流亡”的时候——这是他用的字眼——有一些难友成立了“记忆小组”。他说所谓的“记忆小组”，就是专门负责记下政治犯罪，不让任何一件事被世人遗忘。他们手上握有刑讯者、间谍、线人的名单。1983 年，阿根廷总统劳尔·阿方辛针对“失踪者”成立调查委员会，负责调查阿根廷军事独裁期间数以千计失踪人口的遭遇，后来，委员会也将幸存的受害者证词加以记录。而里基说的“记忆小组”，便是在为加害者保存事实记录，希望有朝一日能将加害者绳之以法。所以我猜，里基这么消沉，大概是因为他已经预见阿方辛承诺的审判会有何结果。后来，是有几件案子做出了宣判，是有几个人遭到了惩处；然后到了 1991 年，新上任的阿根廷总统卡洛斯·梅内姆，宣布特赦。

我对里基说起我们的朋友、我们的母校竟然会被军政府盯上，真是不可思议。里基回答我说，军方的一切都是靠线人。也就是说，我们读的那学校，有人把大家的活动、姓名、地址、性格等，一一通报给军方，供刑讯者利用。这我同意，我们确实有一些同学是公开支持军事政权的。不过，帮军方摇旗呐喊，不等于会帮军方的刑讯者通风报信当共犯，两者之间还是有一段距离的。

里基听了不禁失笑，说我显然搞不清楚状况。军方靠的，才不是一群只知道喊“祖国、家庭、教会”的反动小鬼头。他们需要的是会动脑筋、长袖善舞的人，像——里瓦达维亚。里基说他们的小组握有确切的证据，直指我们这位里瓦达维亚教授有好几年时间，一直在暗中替军政府搜集有关我们——也就是他教的学生——的情报。不仅名字，连我们的好恶、家庭背景、学校活动，无不在他搜集之列。他对我们的了解，可多了。

里基是好几年前跟我说这件事的。我听了之后，心里就放不下，不停在想。我知道，里基不会弄错。我想，我有三条路可以选择：

· 我可以判定这个人——我一生中最重要的一个人，我之所以是现在的我，可以说是因为有他这样一位堪称春风化雨的师道典范——其实是恶魔的化身。他教给我的一切，他鼓励我去爱的一切，尽遭染污。

· 我可以为他所做一切不仁不义的事找借口，而不去管他害我的朋友受折磨乃至送命。

·我可以承认里瓦达维亚既是优秀的老师，也是暴政的共犯，二者并存，宛如水火。

我不晓得三者当中，哪一项是对的。

在和里基道别之前，我问他知不知道里瓦达维亚后来怎样了。他点头，说里瓦达维亚后来离开学校，转到布宜诺斯艾利斯一家小出版社工作，也为阿根廷一家大报纸撰写书评。

就我所知，他还在那里。

上帝的耳目

“他们在写自己的名字，”鹰头狮压低声音回答爱丽丝，“就怕审判完了会忘记自己是谁。”

——《爱丽丝漫游奇境》第十一章

大家读书到后来都会读通这一点：人类的历史，便是不公不义的漫漫长夜。德国有希特勒，南非有种族隔离，罗马尼亚有齐奥塞斯库，美国有麦卡锡参议员，智利有皮诺切特，巴拉圭有斯特罗斯纳——追溯时代的图谱，史不绝书。大家好像不是身处专制的社会，就是刚走出独裁的社会；始终都不安稳，即使身在小小的民主社会也不脱阴影。只要想一想——正气凛然的法国国民看到犹太儿童成群结队被人赶上大卡车，一样嘲弄讥笑；奥卡[1]保留区的原住民抗议兴建高尔夫球场，有良好教育背景的加拿大人照样拿石头去砸群起抗议的妇女和老人——局面轻易就演变成那样，没有谁有权利觉得安稳。

1　奥卡位于加拿大魁北克省蒙特利尔近郊。1990年夏因扩建高尔夫球场，引起与印第安原住民莫霍克族的土地争议，最后演变成原住民与加拿大部队的78天对峙，史称“奥卡危机”。

为了维持社会看起来还像是社会，我们用来装点社会的饰品，当然必须坚实稳固，但也一定要通权达变才行。凡属排挤的、非法的、受谴责的，还是要明摆在大家眼前，供大家有所依凭，过日子时才不至于不小心打破这些社会的束缚。独裁统治的恐怖不在于暴行之“非人”，而在于其出自人性深处——暴行的威力，就是在这里。塞缪尔·约翰逊一度写下乐观的看法：“人性当中，藏有推翻暴政的解药；不论身处何种统治之下，秉诸人性，世人皆能求得保障。”然而，世间以独裁专制、剥削勒索、酷刑奴役为基础的统治，又无一不是在所谓的“民主”体制当中，由一人独掌大权而崛起、壮大的。

智利这国家奉行的座右铭十分特别：“公理或武力。”[1]解读至少可以有二：一是恃强凌弱的威胁，重点放在后者，再一则是老实承认世上的社会体系无不有其薄弱危殆之处，漂移“在武力与理性两片大海激荡的波涛”（墨西哥诗人阿玛多·内尔沃的说法）。西方社会多半相信我们应该选择理性，舍弃武力；依目前的世道，这样的信念还算是可以依傍的支柱。可是，世人也从来未能彻底挣脱权力的诱惑。我们的社会充其量也只做得到拥戴几个有关人道、正义的共通概念，以此继续存在下去，像我们加拿大人的座右铭说的，“从此岸到彼岸”，在两处象征的大海之中艰难航行。

奥登说：“诗，百无一用也。”我不信（说不定奥登自己也不信）。天下之书，未必本本都能启迪人心、点亮灵光；可是，我们在人世的茫茫大海航行，指路的往往便是某一页粲然的文字，或有如灯塔的诗句。诗人、小说家在艰险的人世旅程扮演的角色，未必一目即能了然，不过我们也许可以在某个独裁政权（对其十年血腥统治我予以了密切注意）所带来的余波中，找到某种形式的回答。

我想不起她的名字（人的记忆就这么不可靠），只记得她在布宜诺斯

1 这是智利国徽上的铭文。

艾利斯国立高中小我一届。我是在高二有一次跟学长去远足时认识她的。我们高中的学长向来热心，喜欢组队带我们出行；我们也跟着发现搭帐篷的艺术、围坐营火读书的趣味，以及政治的奥秘。至于所谓的“政治”到底何指，我们那时其实一直都没真的参透，只觉得“政治”在那时带着几分虚夸，呼应了我们对自由、平等的模糊理想。到后来，我们也开始读（或试图阅读）枯燥的经济学、社会学、历史学书籍；不过，“政治”一词，对我们大多数人始终只是很好用的工具，供我们表达同仇敌忾的情谊，宣泄我们对权力者的鄙弃。权力者包括我们立场保守的校长、巴塔哥尼亚偏乡的大地主（如前文所述，我们便是到巴塔哥尼亚的安第斯山脚远足、野营时，目睹贫苦的农工家庭在远在天边的僻壤过着我们难以想象的生活），还有军方——1966 年 6 月 28 日，我们亲眼目送军方的坦克隆隆驶过布宜诺斯艾利斯街头，朝五月广场的总统府前进；这样的阵式，在阿根廷屡见不鲜。

那一年，她十六岁。1969 年我离开布宜诺斯艾利斯，和她永别，未曾再见。我记得她的身形十分娇小，黑色的鬈发剪得短短的。她嗓音轻柔而明晰，即使透过电话，只要听到第一个音，我就认得出来是她。她爱画画，只是画得不顶出色，数学倒是很好。1982 年，马岛战争爆发前不久，阿根廷军事独裁也快要告终，我曾经回布宜诺斯艾利斯一趟，短暂停留。老朋友的近况，我自然略略打听一下。经过那几年恐怖岁月，好多朋友不是已经不在人世，就是下落不明。我听说她也在失踪名单之列。她是在大学的学联会参加静坐抗议之后遭人掳走的。于官方的记录，没有她遭到拘留的文件，不过，还是有人在艾尔坎皮托清楚看到她。那里是当时阿根廷军方的集中营之一；在身体检查的时候，蒙在她头上的黑布套被摘下来一下，所以，就有人看到她了。军方抓来的人犯一般都要头罩黑布，免得有人记住谁是刑讯者。

1995 年 4 月 24 日，维克多·伊巴涅斯接受布宜诺斯艾利斯《新闻报》

专访；他是阿根廷军方的一名中士，在艾尔坎皮托当过警卫。依照伊巴涅斯所述，1976 年至 1978 年，他在艾尔坎皮托当了两年警卫。于此期间，关在那里的人犯，不论男女老少，总共有两千至两千三百人被军方“处决”。伊巴涅斯在《新闻报》的访问中说，一待人犯处决的时候到了，“他们先为犯人注射一种强效药物，叫帕纳诺华（pananoval），几秒钟就可以教人身的系统大乱，出现类似心脏病发的状况。[注射这样的药物，不会致死，而是陷入昏迷。] 之后，就把犯人扔入大海。我们飞的高度很低，每一次都是幽灵任务，不留任何记录。有的时候在飞机上就看得到海上的大型鱼只，像鲨鱼，在尾随天上的飞机。飞行员还说这些鲨鱼都被人肉养得太肥了”。“其他就不多说了，你们自己想吧，”伊巴涅斯说，“往最坏的方向想就是了。”

伊巴涅斯这算是阿根廷的第二次“正式”认罪。在他之前一个月，阿根廷海军一名退役少校阿道夫 · 席林戈，已经先一步公开承认阿根廷军方用同一手法“处理人犯”（一样是在《新闻报》）。当时，阿根廷总统梅内姆针对他的自白，斥责他为“罪犯”，提醒报社这一位海军少校先前涉及一桩可疑的汽车交易案，然后质问小偷说的话怎么可以信。梅内姆甚至下令阿根廷军方褫夺席林戈的军阶。

梅内姆于 1989 年当选阿根廷总统之后，便一直要将阿根廷军方在所谓“肮脏战争”期间的一切罪责束诸高阁；1973 年至 1982 年，“肮脏战争”荼毒阿根廷，导致三万多人遇难。前任总统阿方辛已将起诉军方的最后期限定在 1988 年 2 月 22 日，梅内姆对此不仅犹有不满，还在 1989 年 10 月 6 日，针对绝大多数涉及侵犯人权案件的军方人士，发布赦免令。再一年后，圣诞节前三天，梅内姆又发布全面大赦令，凡涉及阿根廷九年血腥暴行者，人人因此得以全身而退。依据此令，梅内姆下令将豪尔赫 · 魏地拉中将（后来再度被捕[1]）、罗伯托 · 比奥拉将军自狱中释放。两人都曾获阿根廷军事

1　2006 年，梅内姆的赦令被宣布违宪。2012 年，魏地拉因“在任期内系统性地绑架儿童”，被判处五十年徒刑。2013 年死于狱中。

执政团指派出任总统，魏地拉是 1976 年至 1981 年，比奥拉则是 1981 年的短短十个月。依法而论，“赦免”，指的是免去其刑，但未免去其罪或是平反无辜。“大赦”就不一样（例如阿根廷军方 1982 年于濒死挣扎之时，对军方本身发布的大赦令，后来遭阿方辛总统撤销），而是于实效、于意图，都在承认当事人无辜，完全毋须归罪究责。后来，席林戈、伊巴涅斯相继公开自白，梅内姆总统一度威胁军方要撤销 1990 年发布的大赦令。

阿根廷军方在 1995 年席林戈、伊巴涅斯先后公开自白之前，始终不肯承认他们口中说的“打击恐怖活动”有何失当之处。军方一直宣称游击战有其“非常”之处，因而采取“非常”手段也是不得不然。祭出这样的说法，显然有高人指点。1977 年，国际特赦组织和美国国务院的人权局，联名发表报告，指控阿根廷的治安部队必须为数以百计的失踪人口负责。阿根廷军方因而聘用美国的博雅公关公司（Burson-Marsteller）为他们规划对策。

博雅公关公司提出一份长达三十五页的备忘录，建议阿根廷军方“应该以最好的专业通讯技巧对外传达：阿根廷那方面的事务表明恐怖分子问题正被以坚决的、公平正义的手段处理，没有一人的处置有失公平”。滑天下之大稽！但在广告挂帅的时代，倒非全然无稽。博雅公关公司活像深受老掉牙的格言“笔诛胜过剑伐”感召，竟然建议阿根廷军方不妨向“思想偏向保守或中间路线的”作家求助，请他们“发表正面的社论”。博雅的公关战术卓有成效，罗纳德·里根 1978 年 10 月 20 日在《迈阿密新闻报》撰文表示，美国国务院的人权局“破坏了我们和全球第七大国家阿根廷的关系，我们和阿根廷应该维持密切的友好关系才对”。

多年来，宣传者的诉求颇见回响。1995 年，席林戈、伊巴涅斯公开自白未久，西班牙《国家报》登出一篇文章，署名为马里奥·巴尔加斯·略萨。文章的标题是《玩火》。略萨认为，伊巴聂斯、席林戈两人的自白虽然骇人，却不是新闻，仅是证实“任谁只要良知尚未完全泯灭，皆会觉得恶心作呕的”

真相。略萨写道，“因此，犯下这般难以置信暴行的人，一一被送上法庭接受制裁，当然最好，却殆无可能。因为追究起责任，该负责的人远远超过军方这一块领域，牵连到阿根廷社会各阶层。即使现今大声疾呼、严词谴责过去暴行的人，有不少也以这样或那样的方式当了共犯”。

“当然最好”：修辞惯用语，看似遗憾，实则是从面对令人“恶心作呕的”真相义愤填膺，转而变成冷静领悟这一真相背后的“真谛”，也就是完全公平的正义固然是“最好”的目标，却也是永远无法达成的目标。略萨的观点有长久的历史，可以远溯于“原罪”的观念：于国家犯下的罪行，不论出之于人民或领袖，人人“以这样或那样的方式”一概有责，也因此没有谁可以真的去扛起责任。这样的谬论，一百多年前果戈理就提出来了，措辞还优雅得多：“找出法官，找出罪犯，再将二者同判有罪。”

略萨以自己国家的历史教训为例，提出他的肺腑之言（cri de coeur）：“秘鲁堪称前车之鉴，民主横遭人民扭曲——由于极端分子的恐怖暴力，由于某些政治势力的盲目煽动——以致民主宛如成熟的落果，沦为军方和个人权力的禁脔。在阿根廷，莽撞追求正义的人士，利用各界对 70 年代所受压迫的争辩进行报复，一吐多年积怨，或是换个手法，把他们主动掀起但是输掉的愚蠢斗争继续下去。这些人啊，看看秘鲁的殷鉴，及早幡然醒悟为要。”

博雅公关公司上哪儿找这么好的公关大将帮他们打宣传战？一般读者不会质疑略萨的知识权威，所以，看到他做出这一番慷慨激昂的结论，会作何感想呢？看到略萨拿阿根廷和秘鲁相提并论，说不定会顿一下（毕竟这一位转投政坛的大小说家曾在秘鲁的总统大选轰轰烈烈败下阵来），觉得他牢骚未免太多，也太明显了。不过，读者还是会被他牵着鼻子走进更加细腻的观点里去，也就是这些“追求正义的人士”，追求略萨所说美好但不切实际之事的正义人士，难道不也是伪善者吗？因为他们不仅是暴行的共犯，同时也是主动掀起战争却落败的罪魁祸首。如此这般，责任的天平倏地朝受害者那一边不祥地沉沉压了下去。所以，这些所谓“追求正义的人士”，背后的动机看来不是出于追求正义的必要性，不是出于对犯错者正式认错的迫切要求，而是出于对报仇的渴望，甚至更糟，纯粹出于恨意。失踪的三万人，何必悼念？他们都是挑起这一切的捣乱分子。这些幸存的人——“五月广场母亲”，数以千计流亡海外的人，失踪者国家调查委员会 1984 年报告中那些备受刑讯摧残、对完全无法形容的受难作出冷静描述的男男女女——这些人，若是不跟着一起受审，就不应该要求纠错！不止，70 年代都过去那么久了……往事已矣，忘掉岂不更好？

幸好，读者也不是人人都可以被牵着鼻子走。1995 年 5 月 18 日，略萨的文章转载于西班牙《世界报》。一周之后（5 月 25 日），阿根廷作家胡安·何塞·赛尔在同一报纸发表文章回应。赛尔先是纠正略萨文中几点重大的失实之处，例如指处于伊萨贝尔·庇隆总统任期的政府是“民主政府”，罔顾阿根廷人民从 1955 年到 1983 年，得以自由选举国家领袖的时间几乎未满六年。之后赛尔再将略萨的论点和军方将领的说辞出现的共通处，一一点破，例如阿根廷军方申辩官方以谋杀、刑讯为手段不是他们愿意的，而是被逼得没有办法而不得不采取的“非常手段”。

赛尔还指出略萨的“人人有责”说，很可能也害他自己陷入微妙的处境，因为，在阿根廷的知识分子备受酷刑虐待或是被迫出逃的那些年头，这位秘鲁的大小说家可是向来乐见自己的文章登上阿根廷的官方报刊。

赛尔就略萨扮演的角色作出回应，指控略萨根本是在代替阿根廷军方发言，表明对他的论点不屑一顾，反正他的立论基础不过是几项错误的假设而已。然而，略萨笔力遒劲，为阿根廷大赦军方辩护的主张就以他的文章最为雄健，因此说不定值得细究一番。

· 军方先以武力夺权上台，再以刑讯和谋杀铲除异己，固然有罪；然而受害者，如游击队、政治反对派、没有特别政治瓜葛的平民老百姓，同样其罪，便纯属谬论。虽然将起事的叛军和阿根廷政府的正规军视作势均力敌的两方，未尝不可（即使如此，比例似乎是一比一千），但是，将组织严明的政府军，和知识分子、艺术家、工会领袖、学生、神职人员等异议人士，看作势均力敌，可就说不通了。平民发言反对政府的作为，绝非犯罪；其实还相反，警觉心是民主社会的基本公民责任，也就是说，每一位公民都应该是上帝的耳目。“用我们的意见解释各种事情的奥秘，”李尔王说，“就像我们是上帝的耳目一样；在囚牢的四壁之内，我们将要冷眼看那些朋比为奸的党徒随着月亮的圆缺而升沉。”[1]

而阿根廷军方的迫害可是延伸到民间的反对阵营。由小说家萨瓦托领导的阿根廷失踪者国家调查委员会，在 1984 年 9 月公布的调查报告当中作出结论：“于此，我们可以断然指出，执行这一邪恶计划的人所言不实。他们追捕的不仅是进行恐怖活动的政治组织成员，另外有数以千计的受害者和他们说的这一类活动没有一点关系，却遭受残酷的刑讯，他们有的是因为反对军事独裁、加入工会或从事学生运动，有的是身为著名知识分子公开质疑国家恐怖活动，有的只是因为和所谓的颠覆分子是亲人、朋友，名字出现在该人的通讯簿中。”

· 政府一旦动用刑讯、谋杀作为执法手段，其统治的权利及执行的法律都归于无效，因为讲求人人平等的社会，立基的根本原则之一，便包括人的生命神圣不可侵犯。英国作家切斯特顿就写过：“当首席法官评论说杀人不对，却被看作是在说新颖的、炫目的警句，这样的社会，显然没有安全可言。”政府只要未能体认这一真理，未能将动用刑讯、谋杀的人绳之以法，便毫无正义可言。政府只要以罪行回应罪行，以违反国法之举回应违反国法之举，绝难自命理直气壮。政府的作为，不得以某个个体对正义、

1　出自莎士比亚《李尔王》第五幕第三场。引自朱生豪译文。

报复、贪欲，甚至道德的理解为指导。政府的作为，必须涵融一切，尽纳公民的个别行为，以国家宪法为界限。政府必须依法执法，谨守法律条文的字句。一旦跳脱法律的束缚，政府便不再是政府，而是在“篡逆”（usurped power）而已，也只能以“篡逆”视之。

·身处军事独裁政权而横遭迫害的受害者，不少人都是因为笃信法律至高无上的权柄，方才熬得过来。尽管深陷因官方凌虐所致的痛苦、困惑，心中却始终相信不必太久，暴行一定会摊在阳光下，依法受到公正的审判。受害者想必也很想要对刑讯者同样施以酷刑，对杀人者同样加以枪决，只是，他们更加强烈的念头是：要是以牙还牙，受害人将变得和加害人无分别，而且还以某种令人厌恶的方式，宣告加害者获胜。所以，受害者及亲属依然愿意相信，人世还是有其最后的审判，有冤屈的人在社会终究还是能将该负责的人依照社会的法律绳之以法。唯有在这样的正义得以实现的基础上，他们才有办法相信所属的国家还有自沉沦再起的机会。而梅内姆发布的大赦，剥夺了他们漫漫等待的最后一丝机会。

·“正义缺席”在阿根廷这国家，竟然和军方用在人民身上的“失踪”手法，形成残酷的反衬。二者的受害人——被绑架的、被刑讯的、被空投入海的、被埋进无名冢的——都未被正式判定死亡，仅属“下落不明”，留下悲痛的家属面对无存的尸骨作悼亡。科塔萨尔曾于 1981 年的一场演讲中，以这样一段话描述独裁者的手段：“一只手对真真假假的敌人进行镇压，另一只手制造风声鹤唳，恫吓受害者的亲友噤声不语，免得亲人存活的最后一丝希望也荡然无存，因为他们的心，无法假设亲人已死。”他又说：“若说有人死去，在生者是留下无法弥补的大洞，那么，另一类的大洞又该怎么说呢？明明是大洞却填着抽象的人形不灭，恍若明知空缺已成定数，却要顽强否认。”这样子看的话，梅内姆发布的大赦令，根本治不好过往的沉痾，反而只是将过往的沉痾延续到现在未能根治。

· 梅内姆走的翻案路线，并非首创。抹掉过去的紧张冲突而为现在粉饰太平，最早的例子出现在公元前 213 年，中国的秦始皇下令将境内的书籍全部烧光，以求(如传说所述)不留他母亲通奸之事的任何蛛丝马迹。然而，世人的一言一行，不论再凶残还是再琐碎，一概覆水难收——连中国这一位皇帝都办不到，遑论阿根廷总统。这是人世牢不可破的定律。过去不变的定局，既不是由政府的滔滔雄辩所定，也不是由报仇的狠劲或是外交的变通来定。木已成舟。可以原谅，可是原谅必须出自受害的一方，而非旁人，方才具有情感的效力。即使获得原谅，也不等于木已成舟之事有何改变：当时的情势没变，严重性没变，罪行没变，创伤没变。唯一有变者，仅止于加害者和受害者的关系而已：受害者因原谅，重拾一己独立自主的地位，一如《公祷书》内的祈祷文，“不计较我们的功，而原谅我们的过”。原谅是专属于受害者的权利，不是加害者的权利——这一点，梅内姆政府及其支持者，例如略萨，显然都忘了。

· 受害者原谅加害者——亦即仁慈的滴落——和伸张正义没有一点干涉。原谅无法扭转罪行，甚至无法减轻罪行；罪行的阴影向前投射，穿过无止无休的时间，抵至持续更新的现在。原谅，不等于任之湮灭遗忘。不过，依照社会奉行的法律进行审判，至少可以为罪行加上情境的脉络，也就是说，司法审判能将罪行收纳在过去，限定罪行在以前的角落充当提醒和警示，不让它再继续污染未来。说也奇怪，法律在社会发挥的作用，竟然类似写作，都是在纸面固定罪行，以文字勾画罪行，为罪行加上背景，但不是犯罪当下的可怕背景，而是回顾罪行的背景。这样，记忆的力量不再属于罪犯所有，而是落入了社会手中，由社会为其邪恶的过往写下历史记录，而供社会能够以对暴行的实在记录而非遗忘的虚空作为基础，进行重建。这是漫长、凄凉、可怕、痛苦的过程，却也是唯一的可行之道。这样的疗程，向来一定留下疤痕。

·梅内姆顺应公认的凶手、刑讯者要求，发布大赦令，自然是将这一疗程往后延，而且，一延应该就会很久。依现今的情势而论，既然军方的所有刑讯者、凶手尚未接受司法制裁，阿根廷这国家便是正义沦丧的国家，它行使社会正义的权力被置之不顾，进行道德教育的权力被废止，建立道德威信的权力亦丧失。所谓需要“往前看”，所谓需要“弭平歧异”，所谓需要“让经济得以重拾繁荣”等语，都是梅内姆及后任几位总统朗朗上口的说辞，以之为原谅、遗忘的上好理由。梅内姆有知识分子如略萨者流发言作后盾，显然真的相信：历史可以收买；好几千个像我母校朋友那般的人的记忆，可以扔进官署档案室的幽暗角落，堆在没人理的架上任其发黄；过往的历史不必用上一丁点儿力气，不必作正式的弥补，不必救赎，一样可以归正。

虽然苦候的正义迟迟不来，阿根廷军事独裁的受害者依然抱有一丝希望，可以期待另一类更古老的正义——虽然不如司法正义昭著，却更为恒久。政客错综复杂如迷宫的思路，几乎不容有对救赎的允诺。但是，作家以精彩的文笔盖起的殿堂，便几乎是以这样的允诺为唯一的基础。虽然奥登对诗歌有那样的格言，不过，文学作品，就是不准你忘。

幸好还有不少书籍问世（条列在此可能过长，也属个人的一隅之见，未必有用），不论是加害人还是受害人，都因此得以确知他们绝非孑然孤立人世，没人闻问，没人追究。正义，除了是文学俗套对于美满结局的需求，在某种根本的意义上，是人间共享的纽带，是我们度量自身的尺度。像古老的英格兰法律，就主张“正义不仅必须伸张，而且伸张必须昭彰”[1]。

1 英国首席大法官戈登·休厄特（1870—1943）在1924年国王诉苏塞克斯法官一案中所说。

奥登认为作家即使有笔如椽，也无力改变世界，这显然是现代人才会有的感慨。罗伯特·格拉夫斯[1]指出，爱尔兰语和威尔士语中的“诗人”和“讽刺作家”有细腻的区别：诗人做的是创造或疗伤，讽刺作家做的是摧毁或毒害，二者都可以改变世事运行的轨道。据说连自然万物都拜伏于俄耳甫斯的歌声，而莎士比亚讲起爱尔兰吟游诗人歌曲的力量，有“押韵念死一堆 [老鼠]”的说法。公元 7 世纪，大诗人桑肯·托佩斯特（Senchán Torpéist）有一天发觉老鼠偷吃他的晚餐，怒由心生，当下念诗弄死十只。其诗头两句如下：

> 鼠辈纵有尖嘴如彼，
> 却是无力搏战之徒。

不管是要对付鼠辈还是独夫，作家都可以作为上帝的耳目伸张正义，纵使形式荒诞离奇却又何妨。“阿伽门农以前的时代，英勇的壮士何其多矣，”贺拉斯在公元前 1 世纪就写过了，“但他们全都无人悼念，无人闻问，长埋于漫漫黑夜，因为他们少了一个诗人。”正如贺拉斯所暗示的，我们确实幸运一点。能救赎我们（或者我们能从中找到某种救赎）的诗歌、小说，或是已经在写，或是即将要写，再不然就是已经写好而且静待有缘的读者去读。这样的作品，古往今来一再加以认定的不外是这一点：人类的大脑始终比最残酷的暴行要略胜一筹，因为人脑还有办法为暴行命名；而将人类最可恨的行为笔之于书，优异的文笔能揭露恶行之可憎，也由此表明恶行并非常胜不败。纵使文字有其贫弱、飘忽的一面，作家以高才奇情，依然得以写下无以名之者，勾画难以想象者，邪恶不仅因此减损些许莫测高深的神秘，还被定格在一行行令人入目难忘的文字当中。

1　罗伯特·格拉夫斯（1895—1985），英国诗人、历史小说家、批评家、古典学者。

再提特洛伊

叮咚咚四下看了看，满意地笑了。“依我看啊，”他说，“等我们打完，准是一棵树也不剩。”

——《爱丽丝镜中奇遇》第四章

我的人生地图由阅读绘制而成。我的经历、回忆、想望为之上色，为之赋形，而划定界线、作出定义的是我的书。在我的地图中，俄勒冈州属于厄休拉·勒奎恩[1]，布拉格属于古斯塔夫·梅林克，威尼斯属于亨利·詹姆斯，阿尔及利亚属于拉希德·布杰德拉[2]。可是，想到贝鲁特，脑中映现的景象有三。

第一幕景象来自我母亲在1950年代初期到贝鲁特一游之后为我描述的风光。她之前去过巴黎，去过罗马，去过威尼斯，但她觉得论美丽、优雅、好客，没一处城市比得上贝鲁特。每逢布宜诺斯艾利斯又出了什么乱子（次

1 厄休拉·勒奎恩（1929—2018），美国小说家，以奇幻和科幻为主，1970年凭《黑暗的左手》获雨果奖和星云奖。

2 拉希德·布杰德拉（1941— ），阿尔及利亚诗人、小说家，用法语和阿拉伯语写作。

数还相当频繁），我母亲就会摇头抱怨。不过，不像契诃夫笔下三姊妹之一爱说的“莫斯科！莫斯科！”，我母亲轻叹叨念的是：“贝鲁特！贝鲁特！”仿佛当年她若留在贝鲁特没走，她在那人间天堂过的日子绝对不会这样。说不定也是，毕竟贝鲁特对她来说遥不可及。而遥不可及，一般等于十全十美。

第二幕景象来自我在 2004 年去过的那座城市。那里的人亲切友善，礼数特别周到，口音因为文化背景的多样而不停变换。对于自己的城市于战火蹂躏之后的重生，他们感到自豪和安慰；至于伤痕，他们不怕以之大方示人。他们奉诗歌、音乐、美食、机巧睿智的谈吐，为生命不可或缺的要素，为无法撼动的共同信仰——害我回家之后，蓦地勾起无限的怀念，怀念之前尝过的文明滋味。

第三幕景象则是 2008 年在晚间新闻播出的、这座城市惨遭炸弹摧毁的样子。一如每一座深陷浩劫的城市，那里，既是人身日日走过的无法言喻的磨难之地，也是古往今来战火肆虐过的每一座城市的写照：高墙久久才建得起来，却在瞬间化作街头的瓦砾；一人愣愣看着坍塌的屋顶，下面可能埋着兄弟姊妹、朋友、父母、孩子；士兵急急跑过身边。

不过我想，应该还有第四幕贝鲁特景象。构成这幕景象的，不灭的记忆应该比重建的石块、摧毁的石块要多。现在的人读《伊利亚特》，最动容的一刻，应该是猛然醒悟：说故事的人虽然带着希腊腔，所讲的悲剧故事却是普天之下人人能懂。也就是说，引爆冲突的口实是绑架（帕里斯拐走海伦），联军由势力最强的军事领袖阿伽门农率领，同意继续围城，继续打仗，直到被劫的财产拿回来为止。然而，诗中也明白指出战事之惨烈，僵持不下的两方同蒙其害。希腊这一方的帕特洛克罗斯，特洛伊城的赫克托耳，都是残酷战事的牺牲品。《伊利亚特》的作者（或是多位作者），对于两边之拥戴，其实无分轩轾。

古希腊人颂扬战争为英勇的壮举，连众神端坐高处也看得津津有味（罗伯特·菲格尔斯的英译本于第七卷就说得很明白），“睥睨人世如腐食的猛禽，如秃鹫鹰”。然而，纵使他们看待战士如同（或可能是）英勇的烈士，却未因此看不见战事之残酷或世人之痛苦。众神即使一时兴起，忍不下嗜血的欲望，希腊人却从未曾将人类还有的（或可以有的）悲悯心肠抛到脑后。

索福克勒斯写的悲剧《埃阿斯》当中，雅典娜兴冲冲地对她守护的奥德修斯说，他的死敌天生就背负多灾多难的宿命，奥德修斯便说了一段教人心碎的话，猛然将雅典这一位既睿智又冷酷的女神衬得反而不如希腊英雄高贵。“这一位命运乖舛的人，容或是我的敌人，”奥德修斯说，“然而，得知他背负厄运的重轭，我于心依然不忍。事实上，我的感慨与其说是对他而发，不如说是对我自己；因为，如今我已经看清楚，我们人啊，每一个活在这尘世的人，不过是幽灵或是飘摇的鬼影。”奥德修斯这般想起了自己是谁，既为埃阿斯的命运，也为奥德修斯本人的命运蒙上高贵的光晕。

记忆为我们是谁、为我们的所见所闻勾画背景。《伊利亚特》最后几卷，杀红眼的阿喀琉斯狂追赫克托耳不放，因为赫克托耳是杀死他的挚友帕特洛克罗斯的凶手。而阿喀琉斯和赫克托耳两人同样身为战士，同样双手沾满血腥，同样有心爱的人被杀，也同样认为他们的目标是正义的。他们一位是希腊人，一位是特洛伊人，但是，此时此刻，他们效忠哪一城邦简直没有意义。此时此刻，他们只是对阵的两人，一心要置对方于死地。他们追逐着，跑过城墙，跑过斯卡曼德河的双泉。这时，荷马（我们叫“荷马”的那一远古的身影）打断对战斗的叙述，停下来提醒我们：

> 这里，两条泉水近处，有一块濯流潭
> 由空心石块雕凿出来，宽阔，平整
> 特洛伊的妇女带着秀丽的女儿

以前便是在此洗涤珠光闪亮的袍服

阿开亚的子弟尚未来到之前的承平岁月。

……

两人拼命追逐。[1]

至今依然拼命追逐。

1 引自傅东华译文。

艺术与渎神

“我不吃你这一套，”老鼠回答，站起来走开，“跟我说这样的胡话，根本就是在侮辱我！”

“我不是这意思！”可怜爱丽丝说得好委屈，“你真的好容易生气，你知道吧！”

——《爱丽丝漫游奇境》第三章

“看图说话”，也可能十分危险。2005年《日德兰邮报》的事，没人敢不放在心上。历史循环上演：信仰，在真正的信徒应该是屹立不摇的梁柱，可是，遇到单纯的艺术创作，竟然好像也会站不稳，也会动摇。不过一道笔画，不过寥寥数语，便足以激起信徒以上主之名，宣告上主震怒，有人即将大难临头。

人世的残酷、暴虐可能会激怒造物主（或是造物主派到人间的先知），这固然也有道理；毕竟没有哪一位作者（不管是宇宙创作者还是一般作者）眼睁睁看着他的作品惨遭蹂躏、摧毁，还高兴得起来的。对同类横加杀害、刑讯、凌辱、谩骂，在神眼中一定有罪，这一点毋庸置疑。依本人愚见，既然古往今来还没有每一个月就来一次大洪水淹掉全世界，那么，众信徒应该有权理直气壮，认定这便证明了神的耐性永不耗竭。皮诺切特、小布什、本·拉登[1]者流，照样过他们高枕无忧的日子，也一样证明神的耐性绝对属于“非人”的最高等级。

既然如此，宣称一幅漫画、一则笑话或是玩一点文字游戏，也会触怒把永恒当一天过的神，会触怒蒙福的选民，在我看，这才是亵渎之最。我们，软弱的人类，遇到被人拿去当笑柄，大概没有谁会高兴得起来。可是，换成我们奉为至高无上、不会堕落、无所不知的神，他的反应绝对不至于此吧。博尔赫斯说神的文学品味，我们无由得知。然而，既然这一位无所不知，审美观还极为宏阔，既创造出优美如诗的羚羊，也创造出滑稽突梯的河马，很难想象他会不准狄德罗、马克·吐温、鲁西迪等人的作品摆到他的床头柜。穆罕默德是完全赞成欢笑的：“心情随时保持轻松，因为心头一旦沉重，精神跟着盲目。”

历史上伟大的宗教人物由于富有智慧，自然也不缺幽默感。基督（依圣哲罗姆的拉丁文版《圣经》）便曾拿彼得的名字开玩笑，用的还是有一点笨的双关语：“你的名字是彼得（Petrus），在这磐石（petram）上，我要建立我的教会。”佛陀准备徒步穿越沙漠，诸神为了帮他遮阳，纷纷从各天界扔伞下来。佛陀不想失礼得罪哪一方，就变出多位化身，每一位都拿着一位神送他的伞遮阳。再依《米德拉什》所述，摩西被人问到（无所不知的）上帝在发生偷吃苹果事件之后，到伊甸园去找亚当，何以还要喊：“亚当，你在哪里？”摩西回答：“这是神在教我们该有的礼貌，因为要进别人的屋子，不先打招呼，没有礼貌。”《阿里·穆萨塔特热飞经》[2]的第一卷也写过一名穷人去找穆罕默德，求他赏一头骆驼来骑。穆罕默德答应他：“我会给你一头小骆驼。”穷人听了不太满意：“可是小骆驼载

1　本文写作时，本·拉登尚未被美国海豹突击队狙杀。

2　15 世纪的一部阿拉伯百科全书。

不动我！”穆罕默德回答：“你要一头骆驼，你怎么会不晓得每一头骆驼，本来也都是另一头小骆驼？”

Blasphemy（“亵渎神明”）一词出自古希腊文，意思是“冒犯别人”。至于“渎神”与否，在希腊神话就全看被亵渎的神明有多敏感。少女阿剌克涅因为夸口说她纺织的功夫高过雅典娜，便遭雅典娜处罚，变成蜘蛛。中世纪的天主教会，“渎神”和“异端”是混为一谈的，只是，幸好他们的冬烘头脑专门爱在细节上面吹毛求疵，结果就不能将异端的罪名套在穆斯林和犹太人头上，因为穆斯林和犹太人又不是基督教的信徒。不过，穆斯林和犹太人倒是可能被安上污辱上帝以及圣人的罪名，计较的不仅是言行（例如单单说运气而非上帝主宰我们的人生），甚至是思想——有“思想亵渎”的名目。查士丁尼大帝在公元538年便发布一份诏令，宣布犯下“渎神”大罪者一概处死，只是罕见执行。迄至现今在犹太–基督教世界，“渎神”的罪名依然于法有据。例如美国便有数支宗教团体如愿将他们觉得亵渎上帝的书籍从中小学的图书馆下架。荣登黑名单的作家形形色色，像罗尔德·达尔、塞林格、J. K. 罗琳等人，便和经典作家如斯威夫特、福克纳成一伙儿了。

《古兰经》第十章有一条经文十分著名：“任何人都不会信道，除非奉真主的命令。”[1] 8世纪伊始，著名圣训学家哈桑·巴士里认为这一句经文的意思是：“任何人都不会向善，除非奉真主之命，令我们向善。”所以，信徒应该满足于坚信自己是蒙恩中选的人，而不能要求那些未蒙神恩青睐的人同样虔诚。他们要笑随他们笑去：因为（假如继续这一路论辩的话）这也是神的意志（其中的道理莫测高深）。信徒说他们的神要求他们牺牲、坚忍。这一点应该无可置疑，要不然他为什么要弄臣这样的人存在人世间呢？还有伏尔泰、伊拉斯谟、拉伯雷等人的继承人，一个个可都在秉承贺拉斯（他一样是神的造物）的遗训，弘扬逗人发噱也可教化人心的旨趣。

1　引自马坚译文。

10/6

疯帽客的茶会

“那儿，”柴郡猫说时右爪往外一挥，“住了疯帽客；还有那儿，”另一只爪子又再一挥，“住了三月兔。你要找谁都可以：反正两个都是疯子。”

“我才不要跟疯子搅和在一起。”爱丽丝回答。

“喔，这可由不得你啰，”柴郡猫说，“我们这里全是疯子。”

——《爱丽丝漫游奇境》第六章

读者只要心思敏锐一点，泰半都会赞同人世有一大鲜明的特征：疯狂。

蚂蚁整整齐齐排成一列急急前进，来回不断，规矩整饬得一丝不苟。种子长成大树，落下枯叶，重新发芽，往复循环，一成不变。鸟群移栖，狮子猎食，乌龟交配，病毒突变，岩石化作尘土，云朵聚拢成形又再散开变形——它们有幸对于创造出的一切、摧毁掉的一切，无知无觉。

唯独人类活在世间，对于一己之存在清楚明白，还有半共通的字词符码可以用来反思我们的行动，不管这些行动如何矛盾或费解。人类懂得疗伤、助人，懂得自我牺牲、关心和怜悯，懂得制作精巧、奇妙的装置，以求进一步了解世界和自我。然而，人类同时也将生命建筑在迷信之上，单纯因为贪婪而聚敛，故意为同类带来痛苦，污染大家赖以维生的水和空气，最后将人类所住的星球推到毁灭的边缘。对于这些事的后果，我们无不心知肚明，却像梦游一般，明知不宜却执意不悔，明知应该却百般不愿。“所以，有的时候，我们难道不该将疯狂说成是没有办法分辨人生中何为清醒、何为梦游？”刘易斯·卡罗尔 1856 年 2 月 9 日在日记中写道。

在疯狂奇境探险的第七章，爱丽丝看到一棵树下有一张桌子，摆了不少座位。虽然桌子很大，三月兔、疯帽客和睡鼠却硬是要挤在桌子一角，凑在那里喝茶。睡着的睡鼠还被另两位当成软软的靠垫。三月兔和疯帽客一见爱丽丝靠近，马上大喊：“没位子了！没位子了！”爱丽丝气嘟嘟回嘴：“多的是位子哪！”一屁股坐进桌子另一头的一张大扶手椅。

爱丽丝不甘不愿的东道主的餐桌礼仪，显然就疯疯癫癫。先是三月兔请她喝酒，可是，爱丽丝四顾看了一圈，说“没看见酒啊”。结果三月兔说“本来就没有酒嘛”，又请她再多喝一点茶。“我一口都还没喝，”爱丽丝生气地说，“所以没办法再多喝一点。”“那你应该说没办法少喝一点，”疯帽客插嘴进来，“从一口没喝到多喝一点，还不简单。”之后，几人的座位连番换来换去，全看疯帽客高兴。疯帽客想要换干净的杯子，大家便往前挪一个座位，结果坐到茶具弄脏的座位上了。大家这样子挪位子，唯一得到好处的，当然就是疯帽客他自己。像爱丽丝挪到的座位就“比前一座位要差很多”，因为三月兔把牛奶罐打翻在盘子上。

然而，爱丽丝历险的奇境，和人间的真实世界一样，再疯狂也找得到合理的说法作基础，做事也不是没有规矩，只是往往荒唐透顶。爱丽丝成长其中的社会的习俗，令她相信年纪比她大、地位比她高的人都是有道理的，不管她自己怎么作判断。也因此，在尝试理解她这怪诞的梦中奇境的逻辑时，爱丽丝以为她遇到的生物都有合理的行为。可是，爱丽丝一而再、再而三遇到的，都是他们“合乎逻辑”的疯狂。罗素于其九十寿诞曾经自述：“我从小到大，一直听说人是理性的动物。但这么多年下来，我却始终找不到证据来证明这一点。”爱丽丝的奇境奇遇，便是映照罗素此论的镜像。

爱丽丝以外行人类学家之姿，以为只要理解梦中奇境的风俗习惯，就可以理解奇境居民的行为逻辑，所以，她在茶会桌边以该有的理性和礼貌，跟着大家一起行礼如仪。遇到荒谬的状况，她便拿合理的质问反击；遇到别人问她问题，再离谱她也会绞尽脑汁找出合理的答复。只是，全属枉然。“喔，你真要问我的话，”爱丽丝说，“我看是没——”“那你就不用再说了。”疯帽客打断爱丽丝。

爱丽丝梦中奇境的礼节和我们的世界一样，内含不言自喻的责任感和价值观。疯帽客——绝对自私的代表，反对语言自由（他自己的语言除外），随便拿别人的财物作为己用（再怎么说，那茶桌可是三月兔的）。天下事对他都不重要，唯他本人的安乐和利益除外，也因此，他连自己的东西也不肯老实招认，就怕有人要他负责。《爱丽丝漫游奇境》末尾的审判，他不肯脱下帽子，因为啊，他说，帽子不是他的。“我留着这些帽子是要卖的，”疯帽客解释说，“我自己一顶帽子也没有。我是做帽子的啊。”疯帽客将他的财产有多少和他能卖的东西有多少画上等号，这样，他就不必去管他行为的后果了，管它是一排脏盘子还是法庭里的规矩。

疯帽客在爱丽丝的第二次奇遇——《爱丽丝镜中奇遇》中，只出现过一次（因为一桩他后来可能会做、也可能不会做的罪行，而被关进大牢）。不过，他的人生哲学在爱丽丝两次历险的梦中世界却无所不在。例如第三章过半时，爱丽丝忽然发觉她身在一节火车车厢，面前站着一名气呼呼的警卫向她要车票。一群隐形的估价员，还神秘地齐声呼应疯帽客的价值观。

> “快啊！票呢？小鬼！”警卫大声斥喝，气呼呼瞪着爱丽丝。忽然间，很多声音一齐说道（爱丽丝心想，“好像合唱团”）：“别害人家傻等啊，孩子，欸，人家的时间可是一分钟值一千英镑呢！”
>
> “我没有票呢，”爱丽丝好害怕，“我来的那里没有售票亭。”那些声音又一齐说道：“她来的那地方没售票亭的空间。那里的地可

是一英寸值一千英镑呢！”

“别找借口，”警卫说，“你该去找司机买票的啊。”那些声音又一齐说道：“开火车的司机啊，欸，火车单单喷一口烟便值一千英镑呢。”

爱丽丝心里暗想：“看来说也没用。”那些声音这一次没有出现，因为爱丽丝没说出口。可是，他们竟然换成了一齐暗想，吓爱丽丝一跳（但愿你们知道一齐暗想是怎么想的——因为，老实说我不知道）：“还是什么都别说的好。说的话可是一个字要值一千英镑呢！”

“那我今晚一定会做一千英镑的梦，一定会！”爱丽丝心想。

不管是浩瀚的时间还是无涯的空间，不管是单单喷一口烟还是讲出几个字，依众多隐形人齐声唱和的疯帽客的价值标准而言，普天之下的万事万物，没有不标上价钱的——在这里，就是一千英镑。在这些满脑子价钱的“复仇女神”眼中，万事万物一概可以买卖，万事万物（像疯帽客的帽子）一概可以转换成能讨价还价的商品。

我们的历史也有一幕场景，简直放得进爱丽丝的两本故事书中。1520年夏，阿兹特克国王蒙特苏马二世已经沦为西班牙阶下囚。他在常年征战之后心力交瘁，觉得继续奋斗已经无用，便决定投降，以免失去自由之余连性命也保不下来。因此，他同意将他的父王阿哈雅卡特尔生前苦心聚敛的庞大财宝交给埃尔南·科尔特斯，向西班牙国王宣誓效忠——只是，这一位西班牙国王远在天边，遥不可及，其权力仅仅由科尔特斯一帮人代表。西班牙史家费尔南德斯·德·奥维耶多论及这一场投降仪式时，曾提到蒙特苏马全程止不住泪水，并指出以自由之身自愿立誓，相较于镣铐加身悲痛立誓，二者可是天壤之别，他还引述了古罗马诗人马库斯·瓦罗的文句：“由武力得来的不是奉献，形同窃夺。”

阿兹特克王室的财宝，怎么说都算金碧辉煌，高高堆在那一帮西班牙人面前像三座金光闪闪的小丘。这些泰半是精雕细琢的器具，其神秘的用途令人联想到复杂的社交仪式。精细华美的颈环、手环、令牌、扇子，以七彩斑斓的羽毛、宝石、珍珠装饰；还有制作精巧的禽鸟、昆虫、花朵，依科尔特斯本人所述，“简直无法计算价值，不可思议；那些东西之新异、奇妙，等于无价。我不相信我们这世界有哪一位王公手中握有的宝物可以与之相提并论，能有同样精美的质量”。

蒙特苏马原本是要将财宝当作他的朝廷进献给西班牙国王的贡物。可是，科尔特斯手下的士兵却主张这一批财宝应该视作战利品，见者有份。西班牙国王有权取得五分之一，科尔特斯本人取得另外五分之一。再有一大部分必须用来偿还古巴总督资助他们远征的费用。韦拉克鲁斯的守军和参与其事的几位领军骑士，也都在等他们该分到的那一份。至于其他如骑兵队、火枪队、弓弩手等，也都有权获得双倍报酬。所以，算到最后，普通士兵分到的竟然只剩每人一百黄金比索。区区之数，比起他们预期的财富，微不足道，气得许多士兵后来拒领。

科尔特斯后来拗不过手下要求，找来阿斯卡波察尔科[1]几位有名的金匠，把蒙特苏马的宝物熔铸成金条，打上西班牙王室的徽章。几位金匠费时整整三日，方才完工。如今，游客到波哥大黄金博物馆，在大门的石砌门楣还看得到这样一行铭文，由阿兹特克诗人写给西班牙征服者：“眼看各位何其蒙昧、愚蠢，教我叹为观止，你们竟然将精工打造的珠宝熔铸成砖块。”

价值，是历史悠久的老问题。科尔特斯眼中原本单凭“新异”“奇妙”便“等于无价”的宝物，后来被打造宝物所用的材料，以及时人赋予该材料的市场价值所取代（至于市场价值会有波动，而且纯属象征，那就不要

1　现属于墨西哥首都墨西哥城的一个区。

管了）。由于科尔特斯以黄金为社会交易的价值标准，对于将阿兹特克的艺术作品熔铸成金条，自然觉得理所当然。（在我们这时代，商人大手笔买下梵高名画《向日葵》再锁进保险箱，也是出于同样的信念。）

当然，还存在着别的价值。例如德语中就用好几个词来代表价值，意义也有差别。像道德、美学、学术、认识论等领域，便各自有 Gewalt（权力的性质）、Wert（公认的重要性）、Geltung（目前的效力）、Gültigkeit（法定的价值或效用）等词。但在科尔特斯眼中，以钱计价才是一切。这种万般向钱看的心理，令两百年后的孟德斯鸠男爵嘲讽道，买卖假如真的是大家计算价值的标准的话，那么，“一个人的价值，就看他在阿尔及尔卖得到多少钱”。

像科尔特斯这样认定经济价值大于一切，自然会改变人与创造活动的关系。要是最终目标就只在金钱利益，那么，大家精益求精的目标，便会变成：作品以轻易即能换取金钱为佳。也就是说，众人若以金钱价值为度量一切的标准，在这样的世界，艺术作品只要未能带来立即可见的金钱报偿，创作的过程还每每费时费工，既找不到标签可以贴，也无法被一小段音频剪辑阐明，可能没办法经由复杂难解的美学、道德或是哲学偏门去挤出点滴的商业利益，那就一定被众人弃若敝屣，要不也顶多视作雕虫小技，不值一哂。要是做到最后竟然功亏一篑——承受失败是任何创作活动的固有部分——那就简直是天理难容了。被雪莱说是“永生不灭的婴孩”的诗歌创作，便是如此；因为依照经济法则，凡所创造者，必定不可不朽，要有“保质”期，否则生产链无以为继。作品的艺术质量务必以大众的品味为重，容或事有例外，但也以大众被告知可以出钱买到的、假想的“精英”品味为尚。既然以经济价值为共通的评价基准，其他价值标准自然涣散、湮灭。

这样的消费需求之创造，并非通过艺术作品本身，去开辟知性和感性探索的新领域，而在于以人口普查、市场研究的结果去规划营销攻势，以有效手段捏造出需求的“史前史”，而后再精心生产出物品，以满足这一需求。读者在发现并读到卡罗尔的作品之前，在发觉卡罗尔的文笔写出了各人自身未能言诠的体会之前，浑然不觉得自己“需要”去读爱丽丝的故事。然而，在宣传了为所有人预制的伪神秘主义之后，在将书店塞满末日的警示和阴谋论（当然，是基于真实的集体焦虑和恐惧）之后，那就有机会去制作书籍，以满足精神的“需求”。只是，卡罗尔描写的体验虽然恐怖，却没有提出慰藉的良方，只是以古代神谕的口气给出丰富的疑问。代用版的“爱丽丝文本”，却当头朝读者密密洒下清楚确切的答复，简单明了，四平八稳，看似周全，像教义问答，为读者制造一个个千古谜团已经解开的错觉，只是，既然是千古谜团，原本就以不要解开为好。

在我们这时代，为了制造高效能的庞大赚钱机器，维持机器顺畅运转，我们集体选择了速度，舍弃审慎的慢，选择了直觉反应，舍弃精细的批判性的反思，满足于遽下断语，不愿专注于不同可能性之间的张力而不求一定要有结果。一旦“利”字真的当头，创造力注定受害。一次，在谈到私营企业之外的科学研究缺乏支持时，我听到一名科学家说：“当初发现电力又不是为了要做更亮的灯。”

众所周知，每一时代自有其“愚人版”艺术。欧洲在中世纪是以庸医的说教和占卜者的预言最为流行；在卡罗尔的时代，则是三卷本的“傻气”（silly）小说和道德故事。我们这时代，愚人版艺术之极致便是广告——商业的、政治的或宗教的——专门煽动人心对虫蛀与蚀锈[1]的祭品产生欲求。广告攻势以谎言为跳板，信誓旦旦宣扬 X 牌的东西比其他品牌更重要、更必要、更优秀。任谁只要此物在手，包准像有了童话中的魔法宝物，会教他或她比隔壁的人更聪明、更美丽、更强大。柯勒律治认为读者要懂得主动悬置不信；广告便利用这一点，而且是诱发集体同时悬置不信：广告叫卖的货品或是服务不真的管你信还是不信；广告的重点只是要观者能以温

1 出自《马太福音》第六章第十九节，用以形容地上的财宝。

驯的态度去相信广告虚构出来的幻相，那些色彩缤纷、没有害处的影像，老套而空洞的象征，简单的保证或是命令，像催眠一样把观众哄得陷入浑浑噩噩的渴望。

如今这样的影像无孔不入，随时随地无不可见。我们谈现代的“图像文化”时，每每忘记这样的文化自史前远祖的年代起就已经存在，只是这些图像是在洞窟石壁上、在中世纪教堂里、在阿兹特克神庙的墙上，而且，都有深邃丰富的内涵。我们却刻意要把图像制作得庸俗、肤浅。当代的艺术市场由广告公司把持，还将刻意制作的那份庸俗和肤浅转化成品质，使艺术作品可以名正言顺地以金钱计价，这一切绝非偶然。

然而，庸俗和肤浅二者都是对一种世界观的回应。我们的世界打从我们出生的那一刻，在我们眼中便是符号的图书馆，是玄奥文本的档案馆，是动人图像的画廊。有的恣意随兴，有的经过精心擘划，但无论如何，我们都觉得应该好好破译、解读。这是人类的天性，乔凡娜·弗兰齐（Giovanna Franci）教授名之曰“诠释的焦虑”。大家由此而认为万事万物无不是语言，是词汇的图像，其钥匙可能已经遗失，可能从未存在过，或者必须重新造一把，以求打开宇宙之书。植物，动物，云朵，别人的脸庞、姿态，四时的风景，海潮和洋流，星座和林径，在在都有对应的象形文字、表意符号，有字母的组合、编码的记号，以供我们映照对世界的体验。阿兹特克人说他们的彩色手稿是“地图”，比起我们中性的“文本”，“地图”这说法可就把个中的关系点得比较明白了。

不过，地图也可能出错，带人走的不是出路而是回头路。过去二三十年，不可胜数的地图都是以疯帽客为祖师爷。一个个哲学家、社会学家、经济学家拿优美的文笔作论证的掩护，拿某种言论自由作盾牌，捍卫贪婪与自利的美德，为挟权逐利者平添知性的重量。一味吃碗里，看碗外，疯帽客不仅不为他人付出，还指着他摆出的茶桌叫别人多用一点，认为“从一口没喝到多喝一点，还不简单……”从一点也没有，到多要一点，才不简单，我们这星球就有千千万万的人可以作证。只是，疯癫茶会的规矩，便是出自我们打造的世界；有了这些规矩，我们才可以将原可容纳多人的广大空间留下自用，才可以请人喝桌上根本没有的酒，劝人“多”喝一点人家根本没喝到的茶，才可以在污染已经占领的天地之后，又再去占领新的天地。聚敛无度，已经远远超出了所需、所好；主张他人也应该加入这一被逐日腐蚀而由“空洞”取代的共有文化；建议原本就一无所有的贫苦大众要“多”为自己争取一点共有的财富；将大片山野砍伐净尽，大片矿脉开采耗竭，大片水域捕捞不剩，之后转往他处，故伎重施，只在身后留下污油和垃圾——这些便是世人无所不在的荒唐愚行，不论对待的是人类同胞，还是森林、海洋、我们居住的大地，抑或我们呼吸的空气。这便是我们和他人有难同当、有福同享的手法，但也仅限于表象而已，实则我们什么也不分享，什么也没递出去。美酒要藏起来，粗茶则舍不得；我们自以为是，还怡然自得。

哈罗德·品特领取诺贝尔文学奖时，致辞说：“我们直视镜中，以为面对的影像丝毫无误。然而稍稍挪动一毫厘，影像倏忽即变。我们看到的，其实是无止无休的长串映像。而有时候，作家不得不一把将镜子打碎——因为，真理就在镜子的另一面，朝我们冷眼直视。我相信，纵使世间怪象万千，但以勇往直前、坚定不移、凌厉猛烈的理性决断力，为一己的人生、为众人的社会阐述真实的真理，是身为公民的重责大任，人人责无旁贷。其实，这还应该说是强制的义务。这样的决断力若是未能体现于我们的政治见识，世人几已全然失去的人性尊严，就没有希望重新拾起。”

如今，疯帽客的茶会桌边坐的，不是爱丽丝遇到的幻想生灵，而是真实得要命的人类：有些是秉承科尔特斯遗绪的后人，将一切创作简化为条、块；有些是唯利是图的商人，认为牟利最保险的门道就是将社会大众的识见往下拉；有些是传授教义的人，认为艺术不是对话，不是交相诘问，而是提出一连串无须费神思考的沉闷答案；有些是收破烂的商贩，不论什么都有本事当作商品再送出去卖；有些是哲学家，假个人思考为名目，或以抽象的正义为大旗，为当权者辩护，提供谬误的论证；有些是自大狂，以公民自由为幌子，主张包容的美德也一样要包容“人上人”和“人下人”的分级；有些是广告大师，利用陈腔滥调制造虚假的需求；有些是宗教领袖，认定他们信仰的神，独独赐予他们教会神恩、启示、特权，高于其他任一教派；有些是革命分子，信奉不摧毁便无法净化；有些是政治领袖，以财富、权势作为拥有正直操守、道德威信的明证。一言以蔽之，他们尽是“人性尊严”的天敌。

爱丽丝和她在奇境遇到的幻影，将我们在真实世界的一切搬演了出来。他们的蠢事，或可悲，或可笑；他们本身，或是愚人的表率，或是他们的影子同胞所做蠢事的精彩见证；他们所讲的故事，或荒诞不经，或疯狂离奇，无一不在映照世人的情状，这样，世人才看得更清楚，懂得更透彻。个中的差异，在于他们的蠢事以书页的边缘为限，作者的想象再难以捉摸，想出来的蠢事也不会超出作者想象的限度，而真实世界的罪行、恶行，根源之深，后果之难料，世人永远无法完全理解，只能截取一时片刻，藏诸司法档案，或是以心理分析的放大镜加以审视。不同于文学世界中那些荒唐离谱的角色，人类犯下的这些事件于真实世界渗透之深广，所达之处，无一物、无一地不遭感染，再大的努力、再强的意志，也无力回天。

真实世界的愚行，费解难懂。我们只能于身、于心，有所体验（当然也确实能体验到），因之而受苦，因之承受残忍的压迫，因之遭受无情的摧残，而一步步走向绝境。我们甚至还可能在人性光辉特别灿烂的时刻，挺身做出非凡的义举，流露不合常理的大智慧和不合常情的大无畏。这些，言辞一概未足以名之。不过，语言发挥至极致，却可以将世人的愚行活逮个正着，透过文字迫使愚行再犯，重新搬演犯过的暴行、造成的惨剧（甚至光辉的事迹），但是，这一次它会被置于清楚的检视之下，伴随加上了防护网的情绪，隔着一层文字的消毒罩，在翻开的书页纸面，由桌灯照亮。

疯帽客桌边有血有肉的真人——军阀、刑讯者、国际银行家、恐怖分子、剥削者——外人大概无法逼他们说出他们做过的恶行，自白认罪，祈求原谅，承认他们是理性的正常人却蓄意做出残暴、破坏的事。不过，故事，有人会说；书，有人会写。也许，这能让世人在一定程度上理解他们做过的事，以明晰的理智去作领会。他们的行为没有合理的解释，用的是荒谬的逻辑。可是，他们的荒谬愚行、他们的恐怖暴行，会陷入笔墨设下的机关，困在故事或是“地图”中，以其吞噬一切、照亮一切的烈焰，神秘地给予我们的愚昧，以某种启蒙的理性。这种理性，其穿透力足以澄清我们的行为，其暧昧又足以帮助我们接受无以名状的事实。

第八部

神圣的文库

“那我现在宣布，太糟了！”憨弟蛋弟忽然十分兴奋地大喊，“你一定躲在门后偷听——躲在树后偷听——躲在烟囱偷听——要不然你怎么会知道！”

“我才没有偷听！”爱丽丝轻声回答，“它就写在书里。”

——《爱丽丝镜中奇遇》第六章

理想图书馆随笔

而且注意到上面满是碗橱和书架。

——《爱丽丝漫游奇境》第一章

理想图书馆专供特定一名读者享有。而每个读者都一定觉得自己便是被选中的人。

理想图书馆的门楣有一行字，改写自拉伯雷的名句："LYS CE QUE VOUDRA。"意即读所欲读。

理想图书馆可虚可实，网罗每一类科技、每一种载体、每一种表现形式中的文本。

理想图书馆进出方便，不用爬天梯，不用走滑溜的步道，不必穿过令人昏头转向的重重门禁，也没有威风凛凛的警卫挡在读者和图书之间。

理想图书馆要有舒适但有支撑力的座椅，有扶手，有弧形的靠背，例如法国国家图书馆拉布鲁斯特厅[1]教人深挚怀念的座椅。理想图书馆要有宽

1　法国建筑大师亨利·拉布鲁斯特（1801—1875）为法国国家图书馆设计的阅览室，建于 1862 年至 1868 年。

敞的桌子，以平滑的皮面为佳，有凹槽可以安放电子用品（电子用品的使用条件是完全无声），还有光线柔和的个人专用台灯，可教人想起布宜诺斯艾利斯国立高中的碧绿玻璃台灯。

1250年，理查德·德·富尔尼瓦[1]将理想图书馆比作关锁的园（hortus conclusus）。

理想图书馆有砖造或木造的温暖墙面，也有清凉的玻璃窗口迎向清幽的景致。理想图书馆绝非完全关锁的园。

理想图书馆以藏书为主，却不以藏书为限。地图、绘画、器物、音乐、语音、影片、相片，一样包括在内。理想图书馆是最广义上的“阅览”室。

理想图书馆会开放书库任由读者取阅，读者必须拥有邂逅巧遇的自由。

理想图书馆的书架高度以读者伸手可及为准，不太高或过低。在理想图书馆，不需要练特技。

理想图书馆绝对不会太热或太冷。

理想图书馆作编目但不贴标签。

理想图书馆所作分类，绝非一成不变。

理想图书馆的布置图便是目录。

理想图书馆供应方便、丰富的饮食和影印服务。

理想图书馆之于社交活动，既封闭又开放，既隐秘又公开，既供静思默想，又供对话交谈，既悭吝又慷慨，既博学又好问，既满载无以穷尽的绝望，也饱含尚未穷尽的希望。

理想图书馆收藏一切能够出现的书。

理想图书馆内的每一本书都有另一本书与之呼应。

理想图书馆是一部无止无休、不断更新的文集。

1　理查德·德·富尔尼瓦（1201—1260？），中世纪哲学家，著有《爱的动物寓言集》等。“关锁的园”出自《雅歌》第四章第十二节。

理想图书馆没有关闭的时候。

理想图书馆准许读者在书页涂涂写写。

理想图书馆既通俗又冷僻，尽纳众所公认之经典，兼及少数人的私房宝库。在理想图书馆，但丁的《神曲》和菲尔·库西诺[1]写的《临终絮语》并列，蒙田的《随笔集》和爱德华多·洛伦索的《蒙田传》并列，福楼拜的《包法利夫人》和埃德加多·科萨林斯基[2]写的《敖德萨新娘》并列，陀思妥耶夫斯基的《卡拉马佐夫兄弟》和拉斯洛·佛德尼写的《陀思妥耶夫斯基在西伯利亚读黑格尔不禁落泪》并列。

身在理想图书馆，读者的职责便是颠覆既定的秩序。

理想图书馆的藏书数量不一。亚历山大里亚图书馆据说藏书达七十万卷；博尔赫斯的书架却几乎不到五百册；比克瑙集中营有一个秘密的儿童图书馆，收藏了八本无比珍贵的书籍，每一晚必须更换收藏地点。

理想图书馆纵使有墙、有架、有书，却存在于人心。理想图书馆是记忆中的图书馆。

理想图书馆教人想到一片连绵不断的文本，往前辨不出起点，往后看不到终点。

理想图书馆既没有禁书，也没有推荐书。

理想图书馆既熟悉圣哲罗姆，也熟悉乔姆斯基。

理想图书馆不会冷落任何一位读者。

在理想图书馆中，每一页都是第一页，没有一页是最后一页。

理想图书馆一如瓦莱里脑中的盒子，同样分门别类贴上标签：良辰吉时再读。撇下不要去想。毋需再多费神。内容尚未检阅。无聊事。已知为无价宝典，有待来生再作细读。要紧。危险。精巧。匪夷所思。放弃。保留。

1　菲尔·库西诺（1952— ），美国作家、纪录片制作人，深受神话学者约瑟夫·坎贝尔影响。

2　埃德加多·科萨林斯基（1939— ），阿根廷导演，生于乌克兰犹太人移民家庭。1999 年诊断出癌症后，转向以写作为重。

留给别人去伤脑筋！我的特长。好难。等等。

理想图书馆破解了巴别塔的诅咒。

理想图书馆象征了社会所代表的一切。社会没有图书馆便无以了解自身，因为图书馆便是社会的记忆库。

理想图书馆可以无限拓展，却毋需扩大实体的空间，可以提供万事万物的知识，却毋需延长实际的时间。理想图书馆既然是美丽的痴心妄想，那就落在时间之外、空间之外。

古代藏骨堂的铭文云："汝等现今情状，我辈曾经如是；我辈现今情状，汝等亦将如是。"理想图书馆的藏书，理想图书馆的读者，大致也可以套用这一句话。

理想图书馆不是藏骨堂。

世上最古老的图书馆，有的是由埃及的祭司管理，他们会为逝者的灵魂配备书籍，以引领其穿过死者国度。理想图书馆同样有这种引领灵魂的功能。

理想图书馆既保存典藏之物，也一直更新。理想图书馆，流变不居。

有的书本身便等于理想图书馆。例子：梅尔维尔的《白鲸》、但丁的《神曲》、夏多布里昂的《墓畔回忆录》。

身在理想图书馆，毋需指南针。理想图书馆的实体外貌便等于其知识结构。

理想图书馆的建筑师以理想的读者为上上之选。

无论哪一位暴君都做不到的事：摧毁理想图书馆。

无论哪一位读者都做不到的事：重建理想图书馆。

理想图书馆（一如世间每一座图书馆）里至少找得到一句话，是专为你而写的。

犹太浪人图书馆

“我们这地方什么都慢！”王后说，“呐，在这儿，看到没有，你要拼命跑才有办法待在原地不动。再要到别的地方，那就最起码要比拼命跑再快上一倍才行。”

——《爱丽丝镜中奇遇》第二章

我五岁那一年，全家在加尔米施－帕滕基兴过暑假。那里活像明信片上画的阿尔卑斯山小村，家家户户的阳台满是天竺葵，活动遮板有心型开口，黄褐色的母牛映着暮色在窄窄的街中晃悠悠漫步，颈项的铜铃叮当作响。那些年，我对自己的社会身份或文化身份一概懵懂：我连我们家是犹太人家庭都不晓得，所以，我们这一户犹太人家竟然在第二次世界大战过后不到十年，挑中希特勒生前最爱流连的小村之一去度假，有多奇怪，我自然也浑然不觉。小村四周的山坡长满深黛色的树木，我们常沿着浓荫蔽天的小径爬到山坡顶去野餐。其中一条小径还是“苦路”（via Crucis），一站又一站的木雕架在高高的木柱顶端，总计十四幕小场景，像连环图画一样，表现从基督受审到判刑再到下葬墓穴的过程。

我的保姆（逃过纳粹魔掌的捷克犹太人，想象力少之又少，幽默感更少）对于耶稣受难的故事只知道个大概，因此，她对不同图景所作的解释，听得我很不满意。有一幕是基督第三次跌倒，她倒是知之甚详。基督扛着重重的十字架，在踉跄跌倒过两次后，又跌了一次，这一次倒在一名叫亚哈随鲁的犹太鞋匠家的门口。鞋匠没有一点恻隐之心，一把推开基督，叫他快走。"我会走，"基督回答，"但你可要一直等到我回来！"那一天之后，亚哈随鲁就被罚在人间永世漂泊，仅可于各处短暂居停。他脚上的鞋、身上的衣，绝对不会破到没办法穿，每隔一百年，便有奇迹要他重拾青春。他脸上的胡子长到了脚边，口袋里只有五枚钱币，一枚代表他触怒的那人身上的一处伤口，他还能说世上的每一种语言。由于在世的年岁比二千还要多一点，因此，世上无以计数的历史大事，他都见识过了，说得出来的故事也无所不包。

因为犯罪或失约而被判永世漂泊不定，在犹太教、伊斯兰教、早期基督教，甚至佛教的文献中都找得到先例。不过，现在大家知道的这一则故事，在 13 世纪才第一次出现。目前可追溯到的、最早的相关叙述以意大利文写成，收在一部时间跨度为 781 年至 1228 年的博洛尼亚编年史当中。依该编年史，1223 年，一群朝圣客抵达意大利费拉拉的修道院，告诉院长他们行经亚美尼亚途中遇见一名犹太人，该犹太人对他们透露他早在耶稣受难的时候便已在世，因为他将耶稣从家门口赶开，而身负诅咒，必须在人世勾留至基督复临为止。该编年史解释道："该犹太人据称每隔百年便再重返三十岁，不会死去，直至主再次降临。"

该意大利编年史之后五年，温多弗的罗杰，一个栖身在伦敦西北圣奥尔本斯修道院的英格兰人，在他的《弗洛尔斯史》中也记载了类似的事。罗杰写的故事显然以博洛尼亚的记载为本，而且详细得多，之后数百年一直被后人举以为正本，不过，所载的该犹太人的姓名和背上诅咒的缘由，就和今人所知有别了。依照罗杰的记载，1228 年，一名亚美尼亚主教造访圣奥尔本斯修道院，告诉东道主他在亚美尼亚的时候，有一位非常虔诚的人叫约瑟夫（至于他是不是犹太人，只字未提），常和主教同桌进餐。基督受审的时候，这约瑟夫便亲在现场。当彼拉多下达判决，基督被卫兵拖去钉上十字架，彼拉多有一个叫卡特菲勒斯的门房，伸手在基督背上捶了一下，嘲笑基督："还不快走，耶稣，还不快走；拖拖拉拉的干什么？"耶稣用严厉的眼神看着他，说："我这就要走了，但你要一直等到我回来。"基督死后，卡特菲勒斯由亚拿尼亚（使徒保罗也是由他施洗）施以洗礼，改名为约瑟夫。约瑟夫后来长住亚美尼亚宣教，也将得救寄望于他之所以犯罪纯属无知。

温多弗的罗杰的记载衍生出众多不同的故事版本。"卡特菲勒斯"在地中海一带变成了"布塔戴厄斯"（意为"殴打或推倒神的人"）；在法语中为"布帖迪厄"。这名字在意大利语中为"波塔迪奥"，又变成"瓦塔迪奥"（意为"奉献于神"），译作西班牙语就成了"胡安·埃斯佩拉·恩·迪奥斯"，译作葡萄牙语就成了"若昂·埃斯佩拉·安·迪奥斯"，再译回意大利语，成了"乔瓦尼·塞尔沃·迪迪奥"。"犹太浪人"以此诸多化名，出现于诸多重要西方作家笔下，从乔叟到塞万提斯，从弗朗西斯科·罗德里格斯·洛博到马克·吐温，从欧仁·苏到弗鲁特罗和卢森蒂尼，无不提到过他。[1]

这一传奇的古代版本当中，影响最大且为犹太浪人添加具体的当代况味者，是德意志流传的一本小册子，出版于 1602 年，标题为《犹太人亚哈随鲁简述》。小册子描述石勒苏益格的主教年轻时于 1542 年前往汉堡，有一个礼拜天在教堂看见"一名男子，长得很高，发长过肩，赤脚站在圣坛边"。男子的脚跟硬得像牛角，厚得可以并拢两根手指去量。这一名陌生男子便是亚哈随鲁，当年将基督从家门口赶走的那一名犹太人。他告诉

1　洛博（1580—1622）为葡萄牙诗人。欧仁·苏（1804—1857）为法国小说家，以《巴黎的秘密》最广为人知。弗鲁特罗和卢森蒂尼，即卡洛·弗鲁特罗（1926—2012）、弗兰科·卢森蒂尼（1920—2002），两人皆为意大利作家，从 1957 年开始文学上的合作。

主教，当年基督受难之时他是鞋匠，之后身负诅咒，于世间四处流浪，无法停驻。亚哈随鲁还将“诸位圣洁使徒的生平、受难和去世”细数道来，令主教大感惊讶。多年之后，1575 年，石勒苏益格派驻西班牙的几位使节致函主教，说他们在马德里也遇到了一名陌生男子，有同样的特征，还讲一口流利的西班牙语。（后来的版本更是给了他开口讲因巴别塔而问世的天下语言的能力。）“这样一个人，我们该怎么看呢？”小册子于结尾写道，“众人尽可以自由判断。神的事工，奇妙莫测，而且随时间流逝，不减反增；日后，幽藏的神秘会再一一揭露，愈积愈多，特别是……审判日近、世界将尽之时。”

这一则浪游不歇的故事，就此在我梦中盘桓。我不觉得他的命运像是诅咒，反而觉得形单影只四处游历，无止无休，走遍世上每一国家，看遍形形色色、特异不俗的人物，不知有多棒，尤其是可以读任何我拿得到的图书。我在八岁以前只会讲英语和德语。我父亲放在茶几上的《哈伽达》里印着希伯来字母，我母亲从开罗订购来的物品纸盒有阿拉伯文的埃及日期，在布宜诺斯艾利斯的姑姑寄给我的故事书里有西班牙单词——姑姑很有进取心，特别寄书给我，希望这能激励我学习母语——这些我都会细细端详，看得好欣羡。这些文字好神秘啊，把我迷得神魂颠倒，魅力绝不下于福尔摩斯侦探故事里的密码。而犹太浪人能够在宇宙图书馆读书，怎么不教人欣羡？

因为在每一种普适性思想背后，是关于普适知识的思想。在每个无限宇宙的梦魇背后，是巴别塔攀达无可企及的极限的大梦，是亚历山大里亚尽纳一切奥秘于一方屋顶之下的狂想。每一图书馆再小，都是巴别塔与亚历山大里亚图书馆的混合，都是潜在的宇宙图书馆，因为每一本书无不宣称其有着所有其他书的血统，每一个书架无不自承其无力尽纳所有书于其上。图书馆的根本，便在于谦冲自抑又好高骛远，既宣告有鸿鹄之志，也声言力有未逮。读者每一次拿起一本书，打开第一页，便等于打开一系列又一系列、无以计数的书册，它们排列在我们的书架上，从书写问世的黎明直至未来的最后一个午后。一切都在那里了，每一故事，每一体验，每一丑陋或壮丽的秘密：我们少的，只是洞察力、耐性、毅力、空间、时间。世上众人，无不如此。唯独“犹太浪人”例外。

而将犹太浪人四处漂泊、萍踪不定的命运，视作祝福而非诅咒，说不定没大家想的那么奇怪。人生在世的短暂逆旅，由人性的两大矛盾冲动主宰：一股驱力将我们往前拉，朝遥不可及的天际线推送，渴望探知越过天际线的风景；另一股驱力却将我们牢牢定在一地，只单看一片天空。两大驱力齐纳一身，在将我们定义为人上，所起的作用一如我们的自我意识，以及随自我意识必然生成的语言。往前推进的冲动和立定不动的冲动，形塑着我们的地方观。想知道自己是谁的欲求和质疑自己是谁的欲求，规定着我们的时间观。

没有国家的浪人相较于定栖城市的居民，放牛的牧人相较于耕地的农人，探险者相较于定居者（或者掉一下文学书袋，恩奇都相较于吉尔伽美什，该隐相较于亚伯，奥德修斯相较于珀涅罗珀）——古往今来，这些都是人性这两大向往的体现，其一向外索求，另一向内探寻。而我认为基督受难有两大时刻，也就是“苦路”有两站，也是人性这两大相反驱力的象征。前进和质疑，体现于第九站耶稣和亚哈随鲁相遇之时。站定不动和映照自我，出现在第六站，维罗尼卡拿一块布盖在耶稣脸上，结果出现奇妙的事：基督受难的容颜就此印在布上。

这两大人性驱力既相互拉扯，也相互辅成。离开自认所属的地方，才有机会对个人真正的身份有更透彻的理解，却又同时导致个人偏离自省；定在不动的一点，有助于我们在悟道中发觉个人的身份，但也害我们看不到周遭有形世界对我们的规定，反而找不到个人的定位。我们必须走向他人，由他人变动不居的镜面映照出来的影像，拼凑自我的肖像。然而，我们也一定要有一处地方供我们站定不动，以观照叶芝说的“创世之前我便有的面容”，而说出“我”这一个字。

我小时候对于自己本有的身份，对于故事书为我创造的身份，一直没有清楚的分别。我的意思是，我不懂得故事书为我创造的角色（不论辛巴达还是鲁滨逊），和家庭环境、基因组成为我塑造的角色，需要划分开来。看故事书的时候，做梦的时候，我都是第一人称单数的那一个“我”，故事书里的世界也会满出来，流到我们所习惯的现实中，然后再倒流回去。空间，便是辛巴达的魔毯飞过的空间；时间，便是鲁滨逊流落荒岛等人来救的漫长岁月。后来，日常生活与床边故事二者的差别，开始爬上心头，我才发觉，在某种程度上，幸好有书为我注入词语，我才能够领会一边的意义，明了另一边的道理，也在两边都找到些许慰藉。

世人为了要在自觉之路顺利前行，发明出来诸多利器，其中最有用、最实际、最具体的，可能就是书了。书为我们蒙昧惶惑的经验套上字词，宛如指南针，为我们定下四大方位：动、静、反省和前瞻。古人将世界比作一本我们正在读、也被人读的大书，正是意识到了书籍内含指点迷津、无所不包的特性。而书中，没有哪一点固定为北，因为只要选定一点为北，其他三大方位便会自动到位。即使尤利西斯已然返乡，安坐在清静的炉边，伊萨卡依然只是那令人心动的大海的一个停靠港，是宇宙图书馆内无数图书中的一卷。待但丁终于看到了至高无上的大爱，“在宇宙中被撕得五零七散的那些东西／在它里面则依靠爱而连为一体”，而觉得他的意志、他的欲望，由“推动太阳和其他群星”的爱移转。[1] 读者也是一样，最后终究会找到专门为他而写的那一页，收在卷帙浩繁的一部巨册当中；世间一座座图书馆无不尽纳于该巨册，大千世界的万事万物无不在巨册之内找到意义。

然而，现存关于犹太浪人的传说，几乎没提到书。这一位犹太浪人急

1 《天堂篇》第三十三首。

于求得的拯救，在肉身和石块的世界，不在语言文字的世界。这就不太对劲了。小说版的犹太浪人以欧仁·苏在19世纪写的连载小说《漂泊的犹太人》最为风行；只是，小说的隐含主题是耶稣会密谋统治世界的奸计，至于永生不死的犹太浪人有什么知性活动，就未曾探究了。（依照欧仁·苏的故事）亚哈随鲁于人世的漫漫旅途，图书室只是贵族豪宅中的聚会场所，藏书不是信仰小册子便是包藏祸心的罪恶大全——蒙着耶稣会忏悔手册的羊皮。

只是，仁慈的上帝竟然会惩罚一个人待在永无尽期的等候室，不给他读一点什么来打发时间？难以相信。不对，我看啊，亚哈随鲁应该是获赐两千年的时间，让他云游四海而阅读。依我的想法，亚哈随鲁应该走遍了世上各大图书馆、书店，广事搜罗，举凡途中所见新书，无不被他收进书包——从马可·波罗的《马可·波罗游记》到塞万提斯的《堂吉诃德》，从曹雪芹的《红楼梦》到伍尔夫的《奥兰多》。而他也会（像所有的读者一样）看到自己古怪命运的蛛丝马迹竟然在书页间映现。时代拉近一点，这一位浪人为了减轻负荷，说不定随身带的还是电子书，要定期到网吧充电。在他的读者的脑海中，印制的和虚拟的书页叠加交错，从记得和依稀记得的海量读物中，衍生出新的故事，进而将腹中的书册扩增千倍，如此循环往复。

然而，即使身在宇宙图书馆，犹太浪人也像理想读者一样永远不觉得满足，永远无法受限于伊萨卡一地，受限于一次追寻，受限于一本书。对他来说，每一面书页的天际线一定要超越他智慧和理解的极限——但我们要说，幸好如此——这样，每读到最后一页，才会再推展成第一页。因为，如前所述，每一本书翻到最后一页，都看得到有另一本书正在耐心等候；每一重新翻阅，都为一本书注入另一次变易的新生命。亚哈随鲁的图书馆（也像世间每一位出类拔萃的读者一样，以随身携带在脑中为主），透过一重又一重的连串镜廊，遥应每一文本的注解和批语。每一座图书馆都是记忆图书馆：首先是因为馆藏都是过往的经历，其次是因为它活在每一读者的心中。

犹太人对此知之甚详。耶路撒冷圣殿被毁很久之后，四散于各地的犹太人依然奉行该有的仪式，所行走的空间，不复存在于石块和灰泥之间，仅存在于引领方向的文字当中。这就是所有流亡的本质：证实记忆何其坚韧。科尔多瓦、托莱多、格拉纳达等地的阿拉伯人，被赶出原本居住的安达卢斯地区之后，先前有感于西班牙大地风光而写下的诗句，他们依然传唱不辍。在土耳其大屠杀中虎口余生的亚美尼亚人，流落美、加，沦为难民，一样将他们在安纳托利亚家园被毁的文库，重新笔之于书。逃过智利、阿根廷军事独裁毒手的人，离乡远赴异国开设出版社，撇下染满鲜血的沉默，一意延续文学的香火。在巴黎，挣脱卡斯特罗政权的古巴人，借用法语重新剪裁，量制成他们讲述故事的新衣。在伦敦，穆罕默德·达尔维什将笔下诗作的巴勒斯坦韵律，加入他读的博尔赫斯、保罗·艾吕雅、狄金森当中。纳博科夫流亡美国，不忘带着他的俄语字典，他说那字典保留了他整个童年的阅读中所用的文字积木。

说也不幸，这样的事例不胜枚举。被赶出城墙的群众，关在加莱、兰佩杜萨、马拉加，以及其他几十处拘留营中的亚哈随鲁旅伴，一个个随身携带往日图书馆的断简残编，博大而多样，我们护卫森严的内心堡垒相较就显得凄凉又荒芜。我们急于惩罚敌人，保护自己，到头来反而忘了我们到底是要捍卫什么。随着心头的恐惧变本加厉，我们手中的权利、自由反而横遭扭曲或削减。原本要将他人关在外面，最后落得是自己被关在里面。我们都忘了我们的图书馆原本应该向世界敞开，而非妄图将我们与世隔绝。我们成为了自己的囚徒。

犹太浪人永世漂泊的惩罚，内蕴的深层意义便在这里，其中必然而然的后果也在这里。因为，诅咒无一不是双面刃。有人因为没有恻隐之心而被罚永世漂泊，而这样一则传奇转而演变成没有恻隐之心的举措迫使许多人迁徙流离。屠杀、驱逐、种族清洗、不论国籍或信仰的灭族，都是从这一则传奇的解读所衍生出来的残酷恶果。只是，我总觉得这一则传奇可能还有别的解读，像我小时候第一次听到这故事时，出于直觉的诠释。

永世漂泊是受到了惩罚，还是享有了富有启迪的探索世界之旅？世间安逸、清静的一角，是一种奖赏，还是一座恐怖、死寂的墓冢？“他者”是无名无姓的敌人，还是我们自身的映像？我们是单一、孤立的群体，还是属于浩繁如恒河沙数、超越时间、胸怀寰宇的“大我”？当年基督对犹太鞋匠说的话，说不定没有惩罚的意思，而是在教他恻隐之心至关重要，因为，就像圣保罗对我们的教诲，仁心只“喜欢真理”。说不定基督的意思是：若想要懂得为什么遇到失意落魄的人不可以嘲笑，为什么遇到有需要的人不可以将他从家门口赶开，我们必须走进世界，活在邻人当中，也去当失意落魄的人，也去当有需要的人，这样才能深切领悟：不论我们是谁，不论我们身在何处，大家始终都是在城墙之外游荡的人。

我先前说过世间的图书馆于其根本，无不内含巴别塔意欲征服空间的壮志、亚历山大里亚图书馆企图凌驾时间的雄图。我也说过图书馆是世人的集体记忆库，划分成一代又一代、一个又一个读者千千万万的记忆库。在此我要再追加一句，世间的图书馆仿佛在基因就带着这样的因子，知道那围起的四壁不过是鹰架，所在的空间其实是广阔、开敞的世界，其中的读者，最早可是在远古的平沙广漠，拿他捧在掌心的泥版为经验和想象作记录。由于阅读给予了我们透过别人的双眼去看、透过逝者的言语去说的能力，又由于图书馆保留了启迪、见证、开启智慧的可能性，我们的忧惧便为读书的我们创造出象牙塔，创造出睡美人的城堡，利用雕琢的辞藻将现实世界远远隔离在外。不过，反过来说，也一样成立。堂吉诃德读书读到把风车看成巨人，把绵羊看成敌军，只是，他心底其实也在猜这些应该只是想象出来的东西罢了，像是比喻，以利更好体会血肉之躯真正承受的苦痛，以及在不义的社会仗义行侠的必要。包法利夫人也在书里找到她在人生永远找不到的美满恋情，书中谎称的美满为她注入力量，以抗拒不幸、卑屈的命运。小孩子也知道小红帽不是真的人，森林不一定就有大野狼。可是，可怕的故事证实了大家心头说不清楚的忧惧：童年确实不安全，阴影幢幢，没有一件事是表面看的那样子。书籍，强迫我们去看外面的世界。

然而，我们在图书馆和世间道路的漂泊，是迷失还是发现了自我，取决于我们自己的意志，而非在我们身前身后，或欢迎或敌视的城市。我们可以自溺于一面薄薄的书页，永远不再前行，也可以取法犹太浪人于人世随波逐流，朝愈来愈近的天际线推进。罗伯特·路易斯·斯蒂文森，一位性情极宽厚的君子，就说："就我而言，旅行不是要去哪里，而只是要去。我是为旅行而旅行。这趣味就在于去。"

以藏书为家

她干脆转圈就好，转到哪里就看哪里的架子……可是，最奇怪的是，每回当她睁大眼睛去看某个架子，要弄清楚它上面到底摆了什么，那个特定的架子就总是空的，而四周的其他架子却还是摆得满满的。

——《爱丽丝镜中奇遇》第五章

过去七年，我在法国住的一直是一栋古老的石砌神父宅邸，在卢瓦尔河谷南边，小小的村子，不到十户人家。我选这一栋屋子，是因为屋子毗连着一座谷仓。谷仓几百年前就已经拆掉一半了，不过，还够大，可以当书房，放我约三万本的藏书，我浪游人世六十多年的收藏。我知道，只要我的书找到了落脚的地方，我便一样找到了落脚的地方。

我的藏书说不上是哪一类的怪兽，而是好几头怪兽的合成体，是奇幻世界的动物，是我这辈子搜罗一批，扔掉一批，如此反复不断，经年累月而堆砌出来的。从小到大，我想不起有哪一阵子我身边没有一堆藏书。而目前的藏书，有一点像是层层叠叠的自传，每一本书都承载我第一次读的时刻。页缘的批注、扉页偶尔记下的日期、如今已想不起为何夹在书里的褪色车票，都像要我回想那时候的我是什么样子。不过，这泰半功败垂成。

我的记忆对我这个人的兴趣，可没有对书来得大，回想以前读过的小说，远比回想当年读小说的那个少年要容易得多。

我最早的记忆之一（我那时应该是两或三岁吧），是墙上有架子摆满了书，就在我睡的小床上方，我的保姆会从书里挑床边故事念给我听。这便是我在人世的第一批藏书。约一年后，我自己学会认字，那一个架子就出于安全移到了地板上，成了我的私人领域。我还记得我会依自己发明的秘密规则排放我的书，不时还要重排："黄金书"[1]要集中在一起；厚厚一大摞童话故事集，不准碰到尺寸超迷你的比阿特丽克斯·波特[2]；填充玩具动物不可以和书在同一排架上。我还在心里提醒自己：这些规矩没弄对，会倒大霉的。迷信和藏书的艺术可是有理不清的关系的。

我生平的第一批藏书，收在特拉维夫的一栋房子里；我父亲当年是阿根廷派驻以色列的大使。第二批藏书在布宜诺斯艾利斯，是我少年时累积出来的。我父亲在回阿根廷前，先交代秘书要去买书，把布宜诺斯艾利斯新家书房的书架放满。女秘书遵命，从二手书商那里订了好几车的书，临要上架，却发现有许多书的尺寸不合。女秘书并不气馁，要人把书裁成该有的尺寸，再改用墨绿色的封皮重新装订。墨绿的书皮配上黝暗的桦木，为书房增添了蓊郁森林的气息。我不时会到我父亲的书房去偷几本书来扩充我的藏书，我的卧室有三面墙都摆满了书。这些被裁切过的书，读起来特别费劲，因为每一页少掉的那点内容要靠自己补上去。这样子练出来的本事，无疑为我日后读威廉·巴勒斯运用了"剪裁法"的小说打下了基础。

我少年时的藏书，包括了几乎每一本对我至今依然重要的书，后来添加的重要书籍很少。慷慨大方的老师、热心的书店老板、朋友，都以赠书为亲密、信任的最大表示，他们使我的藏书有增无减。他们的幽影友善地

1　指美国西方出版社（Western Publishing）出版的童书系列"小金书"。

2　比阿特丽克斯·波特（1866—1943），美国童书作家，"彼得兔"的作者。

在我的书架流连不去，他们送我的书，依然有他们的声音萦回不已。所以，如今我翻开伊萨克·迪内森[1]的《七个哥特故事》，或是布拉斯·德·奥特罗早年的诗集，都有一种感觉，仿佛不是我自己一人在读，而是有人在对我大声朗读。这是我在书房始终不觉得形单影只的原因之一。

1969年，我启程前往欧洲，藏书也就留在身后；未几，阿根廷陷入军事独裁统治。我想，当年要是和很多朋友一样留下来，那我应该也不得不销毁藏书，因为怕警察找上门来。在那恐怖的年头，单单是被人看到手拿一本“不太对劲”的书，就足以被冠上颠覆的罪名（我认得一个人，就因为带了一本《红与黑》而被当成共产党抓走）。阿根廷的水管工就发觉找他们维修的来电数量之大，前所未见，因为有太多人试图把书塞在马桶里烧掉，导致瓷马桶裂开。

我每在一处地方落脚，藏书量就开始攀升，几乎像自体增生。在巴黎、伦敦、热浪蒸腾的塔希提（我在那里的一家出版社做过漫长的五年，我的梅尔维尔作品还留着波利尼西亚霉菌的痕迹）、多伦多、卡尔加里，我一路始终在收藏书籍，待又要他去，便打包成箱，送进墓穴似的仓库收好，耐心等待遥遥无期的复活之日。每一次我都会自问这是怎么回事，一页页白纸黑字老是像茂盛的藤蔓，爬满住处的四壁，猗欤盛哉！

目前，我的书房位于长长的壁面之间，石砌的壁面有几处还留着15世纪泥水匠的名姓；架着屋顶的梁木风化得十分严重——我毕生一批又一批藏书的残遗，尽数收纳在内。例如从我最早那一批藏书留到现在还没丢的《格林童话集》上下两册，字体用的是阴森森的哥特体，同样留下的还有一本手抄的《格洛斯特裁缝店》。至于地道的藏书家觉得值得收藏的，倒是不多：我有一本13世纪德意志抄经房制作的彩绘《圣经》，是小说家耶胡达·艾

1　也即丹麦作家、《走出非洲》的作者凯伦·布里克森。伊萨克·迪内森是她在英文世界的笔名，《七个哥特故事》是她的成名作。

博格送我的；也有六本当代艺术家的手工书、几本头版书和签名书。不过，本人既没本钱也没知识当个专业藏书家。在我的书房，亮晶晶的“企鹅”童书可是和庄严肃穆的皮面骨董书开心并排坐呢。

因为我的书房不像公共图书馆，不需要其他读者必须知晓并一起应用的共同规则。我的排列法，纯粹看我需要，看我高兴。我由一种滑稽的逻辑来决定书籍的布局。大分类由书籍写就的语言决定，也就是说，所有的书不分类型，原文是西班牙文的全部归并在同一架上，法文、英文、阿拉伯文，依此类推。不过，我也容许有多种例外情形。一些主题——例如书籍史，《圣经》研究，各种版本的“浮士德”，文艺复兴时期的文学、哲学，西方中世纪的动物寓言集——便各自独享专区。有的作者也有礼遇。侦探小说我有好几千本，间谍小说就只是区区之数。柏拉图比亚里士多德多。左拉，一本不漏；莫泊桑，几乎一本也没有。约翰·霍克斯、辛西娅·奥兹克[1]的著作几乎一本不漏，《纽约时报》畅销书榜作家的作品就几乎一本也找不到。

我也留了好几十本大烂书不丢，以备万一我要举例说明烂书的时候，可以一用。真的被我驱逐出境的书，就只有一本：布雷特·伊斯顿·埃利斯写的《美国精神病人》。我觉得这一本小说恣意刻画处心积虑凌虐施暴的情状，会污染我的书架。我把《美国精神病人》扔进垃圾桶，没送人，因为不喜欢的书，我不会送人。我也从来不把书借给别人。我要别人读书，就去买一本送他。我认为借书给别人，等于在怂恿偷书。

我的书房和所有的书房一样，到后来一定会放不下。布置未满七年，藏书已经满到主屋去了；我原本打定主意，主屋不摆一个书架的。游记，以音乐、电影为主题的书，各类主题的选集，如今已经爬满好几间房间的

1　约翰·霍克斯（1925—1998），美国后现代派小说家，著有《血橙》等。辛西娅·奥兹克（1928— ），美国作家，写作主题以美国犹太人的生活为主。

四壁。我的侦探小说占满一间客房，这间客房也就被毫不客气地改叫为“命案室”（murder room）。科塔萨尔写过一篇小说《被占的宅子》，描写一栋古屋被怪东西一步步攻占，逼得住在屋内的一对兄妹一间间房间换着住，最后逃到屋外，流落街头。我也可以预见我的书会像那说不出是什么的怪东西，步步进逼，最后彻底攻占我的屋子。届时，我就会被赶到花园了。可是，我知道书的德性，所以，只怕这一块看似安全的地方，在我的藏书的勃勃野心下，也未必能幸免于难。

阅读的末日

“试也没有用嘛，”她说，“根本不可能的事怎么去相信呢？”

“我敢说你准是练习不够，”王后说，“我在你这年纪的时候啊，每天可是要练上半小时的。欸，有的时候我连早餐都还没吃，就已经相信六件不可能的事是真的了。”

——《爱丽丝镜中奇遇》第五章

“为什么现在还要盖图书馆去摆书呢？”最近在一场图书馆大会，有一年轻的未来学家含笑问了这问题。（得向不读科幻小说的人说明一下，未来学是电子科学的分支，预测未来的科技发展及可能之运用。）“为什么还要浪费宝贵的空间去收藏无以计数的纸本印刷品呢？这些简简单单就可以贮存在一片小之又小、历久弥坚的芯片里了。硬是要读者出门走远路到图书馆，先是要等，看看要的书在不在，要是在就还要自己扛回家，借阅期限还不长，何必呢？有成千上万本书，离家最近的图书馆未必找得到，何必就此害得读者看不到呢？既然亚历山大里亚图书馆都可以尽数收纳在指尖之下，任你随地随时选取，那又何必非要面对酸雨腐蚀、装帧破损、墨水褪色、虫蛀、盗窃、水火等威胁呢？其实，我们所知的阅读如今已经不再是普遍的需求了，图书馆应该扔掉那些娇贵但过时的文本载体，也就是大家叫作‘书’的东西，一口气全部改用电子文本，就像先前扔掉了泥版、羊皮纸卷而改用册子本。大势所趋，就应该坦然接受；古腾堡的时代已经走到尽头了。”

该说不幸，还是该说大幸，我转述的这一段发言，是建立在误解之上。无论读者身在何处，零落星散的天下图书无不可以重现在读者面前，无所遗漏——这看法可是不乏圣灵降临节的美好，每位读者都像几位使徒遇到天降火雨，获得说无数种语言的才能。可是文本换了语言，说的绝对不会一模一样。书籍相较于电子记忆库，就像电子记忆库相较于人脑记忆库，即使负载的是一字不差的文本，却是不同的东西，各有不同的特性。我在《圣奥古斯丁的计算机》提过，这些工具不属于同一种类，各自的特性在供我们认识世界时发挥不同的效用。所以，任何逼我们消灭其中一种的反对声音，都比错误还糟糕：这么做没用。如今，拜电子科技之赐，弹指便找得到只记得半句的斯塔提乌斯的名句，转眼也找得到柏拉图深奥的信笺一读，这些事几乎没有谁做不到，还完全不需要像圣哲罗姆一样满腹经纶。只是，拿起有折角做记号的书上床，重拾已经读得滚瓜烂熟的旧书，在页缘的旧批旁添加新解——这些兴味，便有赖书册至今阴魂不散，几乎所有人尚得以寻觅。每一类技术皆有利弊，所以，放下以电子文本消灭印刷纸页的变革大旗，深入探讨各类技术各自的利弊得失，恐怕更为有益。

传统的图书馆依其本性，恐怕就不同于人脑，载体比不上内容的野心。科学研究说人脑的神经元能够贮存的知识，不管怎么塞，空处始终多到数之不尽。人类脑叶的迷宫里，一列又一列无法丈量的长串书架沿着秘密的走廊延伸，其中许多书架在我们一生中都是空的——害得图书管理员失去了他们众所周知的沉着，燃起了一肚子理所当然的嫉妒。我们从生到死不断累积字句与影像、情绪与感觉、直觉知识与理念，不断汇集我们对世界的记忆。然而，不论我们自认在脑中强塞了多少经验，人脑始终还有余地再作填塞，恍若那一种叫重写本的羊皮纸卷，新的文本可以复写在旧的上面，如此重复不断。波德莱尔于1869年便问过：“人脑若非漫无边际的天然重写本，又是什么？”人脑图书馆便像波德莱尔几乎看不到尽头的重写本，找不到边界。然而，砖石、玻璃盖成的图书馆内，社会记忆的贮藏室始终不够大，纵使官僚钳制，精心挑选，经费又短缺，还有意或无意毁损，众人希望流传后世的图书却始终不够地方放。为了解除这一层束缚，我们拜科技所赐，创立虚拟图书馆，贮存空间因之扩展至近乎无限。可是，连这样的电子方舟为后世抢救的文本，也不过区区几类形式。在这般幽灵似的图书馆内，文本的具体化身被扔下不管，文字的血肉因之荡然无存。

虚拟图书馆有其优势，但这不表示实体图书馆再也没有存在的必要。不管电子产业如何致力于说服我们相信相反的观点，不管谷歌一帮兄弟如何费尽力气表示他们在做慈善而非剥削智慧遗产，都无法抹杀这一点。世界数字图书馆是联合国教科文组织、美国国会图书馆、法国国家图书馆及其他国家图书馆多方合力支持的国际机构，进行的工程极其庞大、艰巨，虽然部分资金出自谷歌，（目前）尚未沾染商业利益的纠葛。只是，即使如此卓越的虚拟图书馆当真建成，传统图书馆依然不可或缺。电子文本是一回事，内容完全相同的纸质印刷书又是另一回事，二者无法相互替换，一如一句诗行的录音无法取代深植个人脑海的同一句诗行。一份文本的背景脉络、物质支持具体历史和经历，一如文本的语汇、音乐性，都属于文本的一部分。紧扣字面意义而言，物质（matter）并非无关紧要（immaterial）。

在任何以有文化自居的社会，传统图书馆的问题——存偏见的选书、带主观色彩的分类、层层分级的编目及隐含的审查工作，还有存档和流通的责任——都依然是重要问题。我们的心灵图书馆的困扰，是知道所有没有读过的书，我们都没有权利说是我们的书；而集体记忆的图书馆的困扰，则来自图书管理员们未曾青眼有加的所有图书：被排斥、被丢弃、被限制、被轻视、被查禁、没人爱、没人理的书。

我们的知识活动便由这样的钟摆运动在主宰，而且，还有问题好像在随钟摆滴答不断回响，既问感叹时间太少的读者，也问感叹空间太小的读者所属的社会：世人读书，所为何来？为何总想知道更多，知识的探索不断朝永在后移的天际线推进？探索得来的战利品，又为什么要收藏在砖石盖的图书馆库房和电子记忆库中？这一切，究竟是为了什么？前述未来学家急切提出来的问题，可以再往下深挖，而且，不是再问阅读何以走到穷途末日（这是自证的假设），而是要改问何谓阅读的末日穷途。

于此，以我个人为例，说不定有助于我们检视这个问题。

2008 年圣诞节前两周，我忽然被告知说我要动紧急手术，而且，紧急到没有时间让我收拾住院所需的东西。我就这样躺在陈设简单的急诊室，又别扭，又紧张，手边除了那天早上正在读的书，没有别的。那是塞斯·诺特博姆[1]写的怡人小说《荷兰群山》，在接下来的几小时内，就被我读完了。之后，一连十四天都要待在医院养病；没有东西可读，对我可是天大的折磨，受不了。所以，当我那另一半提议从家里的书房挑几本书带给我，我当然不能放过这个机会，也很感激。只是，该挑哪几本好呢？

《传道书》的作者，还有皮特·西格[2]，都告诉过我们：万事万物各有其时。同理，我不妨再加一句，天下之书一样各有其时。不过，但凡爱书之人，应该都知道不是随便哪一本书都适合在随便哪里读的。哀哉！是有不少倒霉鬼落得跑错地方读错书，像可怜的阿蒙森，这位发现南极的探险家，所带的书包掉进冰层底下，害他在冰天雪地只能夜复一夜地读他仅存的一本书——约翰·高登博士诘屈聱牙的《神圣陛下孤单受苦之画像》[3]。爱书

1　塞斯·诺特博姆（1933— ），荷兰小说家、旅行作家，著有《万灵节》等。

2　皮特·西格（1919—2014），美国民谣歌手、社会活动家，代表作有《花儿都到哪儿去了》等。

3　这里的“陛下”指的是英王查理一世。该书在查理一世上断头台后十天问世，引起巨大轰动，仅在当年便印到三十六次。

人都知道有的书要在云雨之后读，有的要在机场的候机楼读，有的要在早餐时读，有的要在浴室里读，有的要在待家里睡不着的黑夜读，有的要在住院睡不着的白昼读。没有谁——连爱书人中的佼佼者也是——说得清楚为什么有的时候就是该读哪一本书才好，其他就不太行。不知为何，就像人一样，时机和书的关系就是有的投契，有的犯冲。

人生走到某一当口，我们挑来作伴的书为什么是这一本，而不是那一本呢？王尔德在雷丁监狱开出的书单，有斯蒂文森的《金银岛》和一本法语–意大利语会话入门书。亚历山大大帝四处远征，行囊里有荷马的《伊利亚特》。杀害约翰·列侬的凶手预谋行凶的时候，认为随身带着塞林格的《麦田里的守望者》相当适合。而航天员进行太空探险，会带雷·布拉德伯里的《火星编年史》呢，还是觉得纪德写的《地粮》反而更好？伯纳德·麦道夫先生[1]入监服刑，会向狱方索阅狄更斯写的《小杜丽》吗？《小杜丽》中的莫多尔先生侵吞公款东窗事发之后，无地自容，可是拿借来的刀片刎颈自杀的呢。教皇本笃十三世可会带着夏尔–路易·菲利普[2]写的《蒙帕纳斯的蒲蒲》回到他在圣天使堡的书房，去研究何以少了保险套会害得巴黎在 19 世纪惨遭梅毒肆虐？讲究实际的切斯特顿也想过万一流落荒岛他要带什么书：简单一本造船手册便好。同样的状况，要是教儒勒·列那尔碰上了，他可就没那么讲究实际，他选的是伏尔泰的《憨第德》和席勒的《强盗》。

那我呢？在我流落医院斗室期间，我认为哪几本书最适合与我为伴？

我虽然认为虚拟图书馆有其明显可见的大用，但我自己不用亚述泥版

---

1 伯纳德·麦道夫（1938— ），美国著名金融经纪人，有史以来最大诈骗案的制造者。2009 年被判处一百五十年监禁。

2 夏尔–路易·菲利普（1874—1909），法国小说家，《蒙帕纳斯的蒲蒲》为其代表作，描写了巴黎妓女蒲蒲的故事。本笃十三世（1650—1730）似乎无法读到该书，从时间和思想主张来看，利奥十三世（1810—1903）更有可能。

在现代的化身——电子书，也不用小人国的 iPods，更不用怀古风的掌上型游戏机。我的看法和雷·布拉德伯里的说法一样：“因特网是玩物丧志的玩意。”我习惯的是书页的空间、纸、墨的“血肉之躯”。所以，我在心里盘点了一下家里堆在床头的书。新出版的小说，不要（风险太大，因为尚未通过考验）；传记，不要（在我这状况下会太挤：已经吊了一堆点滴[1]，再让闲杂人等进我的病房，会很讨厌）；科学随笔、侦探小说，不要（太花脑筋了，虽然那一阵子我对达尔文主义复兴的热潮兴趣颇大，也在重读犯罪小说经典，但觉得看别人详细描述自私基因和犯罪心理，可不是治病的良方）。我倒是盘算过要拿克尔凯郭尔的《致死的疾病》来吓一吓护士小姐——还是不要吧！我需要的不过是相当于“安慰餐”的书：以前就很爱读，可以轻松地多次重读，可以只为得到乐趣而读，同时又能点亮心中的明灯，维持大脑灵活运转。所以，我便要我那另一半为我带上下两册的《堂吉诃德》。

拉尔斯·古斯塔夫森在他动人的长篇小说《养蜂人之死》当中，安排主述的拉尔斯·伦纳特·魏斯丁于罹癌弃世之前，依艺术形式的难易程度，列了一张单子出来。排第一的是色情艺术，接下来依次是音乐、诗歌、戏剧、烟火，殿后的是喷泉建造、击剑、射击术。但有一类艺术形式放不进去：忍受痛苦的艺术。魏斯丁说：“所以，我们面对的就是这独一无二的艺术形式，难度之高，在世的人没一个做得到。”魏斯丁说不定没读过《堂吉诃德》。我就发觉《堂吉诃德》正是忍受痛苦的完美典范——我心头的大石也瞬间落下。枯等别人来在我身上又戳、又扎、又下药的时候，随手翻开《堂吉诃德》，不管哪一页，都找得到那位博学的西班牙老兵，以亲切的嗓音安慰我，要我放心，不管什么事，最后都会转危为安。由于从少年

1　这里作者应该是使用了双关，drip 除了有“静脉滴注”的意思，在俚语中还指“平庸的人、讨厌鬼”。

时我便不断回头重读《堂吉诃德》，所以，我知道《堂吉诃德》曲折离奇的情节不会绊倒我。也由于《堂吉诃德》单单是看情节想象之妙，单单是看故事如何推进，便趣味无穷，不用去钻研、分析其中的谜团和离题的枝节，因而可以安心随叙事的流动漂移，追随高贵的骑士和他忠心的仆从桑丘而去。

我高中第一次读《堂吉诃德》，是由以赛亚·勒纳教授指导的。多年来，在各种各样的地方，在不同心境里，我又多次重读。年轻时浪游欧洲，读起《堂吉诃德》，1968 年“五月风暴”的回音便看似在宣告巨变即将孕生新局，虽尚未得以名状，但像是正直骑士所寻求的理想的侠义世界。后来蛰居南太平洋，靠微薄的收入撑起一家子的生计，身在陌生的波利尼西亚文化环境，读起《堂吉诃德》，不禁略有一点怒由心生，像是一贫如洗的骑士厕身贵族群中。等再到了加拿大，读起《堂吉诃德》，多元文化兼容并蓄的繁茂国度，在我眼中便有堂吉诃德狂想的风情和气韵。读《堂吉诃德》的种种况味，不止于此中数端，在这节骨眼上，我又可以再加上另一部透着药味的《堂吉诃德》，既疗伤止痛，也慰藉心灵。

这一部又一部的《堂吉诃德》，当然没有一部在一般的图书馆内找得到。仅此唯一的馆藏，只在我记忆日衰的脑中图书馆里。卡雷尔·恰佩克在他谈花园的精彩著作当中，说园艺这一件事的奥妙，可以归结为一条规则：耕耘要大于收获。藏书的规则，亦复如是。不过，实体世界的图书馆搜罗再饥渴，也只能囤积既存的书册。我们都知道，每一本书在其自身之中，都包含着其于过去、现在和未来的每一可能的阅读；然而，书册所作的毕达哥拉斯式转世，那些有赖读者才得以发生的精彩现形，在书架却无处寻觅。保罗·梅森是科莱特的好友，在巴黎的法国国家图书馆做事。他发现图书馆的浩瀚书海中，15 世纪的拉丁文、意大利文书籍竟然相当缺乏，便自己动手为馆藏的编目捏造书名，说这样可以挽救“馆藏目录的威望”。科莱特也很天真，反问他查无此书又能有什么用，梅森听了愤愤不平，说哪能“什么事都要他去想！” 认真经营的机构，是应该多给图书管理员一点发挥的空间，只可惜痴心妄想不包括在内。

然而，心灵图书馆的藏书虽然没有实体，却不断塞得架位满溢：有的书是由以前读过、后来记得不太完全的书交融而成；有的书是对别的书作的注解、释义和评注，这些书太丰富，非一本书能承载；有的书是在美梦或噩梦中写下，保留着梦中国度缥缈朦胧的气韵；有的书是我们认为应该要写，却从来没人去写的书；有的书是以难以言喻的人生经历而写下的自传；有的书流露着难以启齿的欲望；有的书记录着一度明了后来却被淡忘的真谛；有的书是精彩绝伦、难以形容的虚构创作。《堂吉诃德》至今出版过的每一语言的每一版本，都可以网罗收藏——像马德里塞万提斯学院内的图书馆便有这样的收藏。不过，我自己的《堂吉诃德》，不同时期读出不同况味的《堂吉诃德》，由我的记忆所创造并由我的淡忘所改编的《堂吉诃德》，一概只能在我心头的图书馆找到位置。

而心中的图书馆和身外的图书馆，也有不谋而合的时候。《堂吉诃德》第一部第六章，骑士的实体书房，和对其进行大清洗的神父、理发师记忆中的书房，就有交集。查禁大队的这两位从架上每拿起一本书，就唤起以前读过的记忆，由他们先前的心得来评判该书的优劣。何者被判以火刑，何者侥幸逃过一劫，不取决于在书页白纸上印出来的黑字，而取决于神父和理发师第一次展读后留存在记忆里的文句。他们的判决有时以道听途说为准，例如神父说他听说《瓜拉的阿马狄斯》是西班牙最早出版的骑士小说，因此它作为万恶之源，一定要烧。理发师听了马上反驳，说他听说这也是最出色的一本，基于这一点，就应该获赦。有时先入为主的印象太强了，以致不仅被判有罪的书倒霉，还会殃及同宗；有时译本有罪，原书获赦；有时一些书虽然没送进火堆，但一样要扔掉，以免危害未来的读者。

要对堂吉诃德的书房进行大清洗的神父和理发师，实则是在将堂吉诃德的书房改造成他们两人心中的书房形象，他们占据了堂吉诃德的藏书，依他们的个人经验来编排它们。所以，堂吉诃德藏书所在的房间后来被砌墙封死，就不必大惊小怪了，因为这样看起来，才像根本就没有过这样一间书房。等老骑士醒了，找不到书房，被告知书房凭空消失了。是凭空消失没错，不过不是（像堂吉诃德说的）由邪恶的巫师施法变不见的，而是因为别的读者攫取了权力，将自己的版本强行套在别人收藏的书上。实体世界的每一座图书馆内的藏书，都取决于前人的阅读。

追根究底，这种“创造性诠释”——随读者个人的经验、好恶、直觉、知识去了解一本书——便是读者无上权柄的所在。这当然不是说百无禁忌，不是说天马行空的胡言乱语也一样来者不拒，虽然心理分析学家和超现实主义者都觉得，即使胡言乱语也有其效力和逻辑。这里是指以智慧、灵感对文本再作组织，充分发挥个人的思考力、想象力，将所读转化到另一幅画布，拓展浅表意义的天际线，拉到可见的疆界之外，拉到作者自述的创作意图之外。这样的读者权柄，界线还模糊得不得了：如前所述，埃科认为这条界线应该便是常识的界线。而有这样的裁量方式，说不定就够了。

不管有限无限，读者的权柄却无法遗传，只能学习。虽然人生在世就是要在万事万物当中找寻意义，在姿态、声音、色彩、形状当中解读意义，不过，破解社会通行的沟通密码，依然是要学习才能掌握的技巧。用字、语法、意义的层次、文本的摘要和比较，诸如此类，都是要别人教才学得会的本领；这样，进入社会大家庭的人，才能拥有完整的阅读力。不过，练就阅读力的最后一步，也就是在书册里发现对自己人生经验的记录，却只能靠自己单独来练。

只是，一般人却不太重视这样的本事。从远古美索不达米亚的文士精英学校到西方中世纪的修道院、大学，深入极致的阅读始终只是少数人的特权，后来到古腾堡活字印刷的年代乃至网络时代，文本不断流传扩散，但阅读的情形亦无甚改观。没错，在我们这时代，世人绝大多数都说不上是文盲，都还看得懂广告，订契约时也会签自己的名字。只是，单单如此未足以成为读者。阅读这样的能力，指的是钻进文本当中，以个人才具的极致，在字里行间深入探索，再于重建的过程当中，重新将文本纳为己有。不过，练就这本事，路上的障碍可是形形色色多得很（像我在《匹诺曹学认字》文中提的）。正因为阅读赋予读者权柄，诸多主宰我们的政治、经济、宗教体制，最怕我们拥有这类想象的自由。最佳的阅读，会导向反省和质疑，反省和质疑又会再导向反对和改变。不管哪一社会，这可还真是危险。

如今，图书管理员愈来愈多地遇到一个棘手问题：现在进图书馆的人，阅读能力都嫌不足，尤以年轻一辈为然。他们找得到电子文本，看得懂电子文本，也有办法拿几份网络文本剪贴重组成另一份文本。但是，对于一张印刷纸页上表达的意思，他们好像没办法作品评、批判、注解，也记不下来。电子文本唾手可得，太过容易，导致使用者产生错觉，以为不需要渡过学习的难关便可以据为己有。阅读的宗旨，他们浑然不知，所剩者，搜集信息而已，有需要时再加以运用。

可是，阅读，绝非取得文本便告了事。阅读要求读者进入文字的迷宫，披荆斩棘，开辟一条又一条小径，自行勾画路线图，一路超出页面之外。读电子文本当然不是做不到这一点，只是，电子文本吹嘘的包容力，反而害得电子文本难以让人充分理解特定的意思，难以透彻探索特定的页面。面对电子屏幕上的文本，读者的工作不像实体书的文本那般明确；毕竟，实体书的文本有页缘和装帧划出的界线。

“无不唾手可得。”这是一款手机打出的广告词。这款手机可以照相、录音、上网、传送文本文件和图片文件、收发短信，当然，还有打电话。不过，所谓的“无不”在此却岌岌可危，因为“无不”和“无一”只有一步之隔。所谓“习得”一样东西（而非任何东西），向来需要挑选，不能单靠无限量供应。观察、判断、选择，需要练习才做得好；责任感，甚至道德立场也是如此。但是，如今年轻一辈的读者好像只会开自动档汽车的旅人，没办法自己换档，只能依赖座驾，任由座驾带他们进行无际的漫游。

人类于其历史的某个点，在发明出一套符号供共同读写之后，有一天发现，由一位或许隔着遥远时空的作者写在泥版或是莎草纸上的文字，传达的不仅仅是通用符号中所表明的事——比如说，卖掉几头山羊或是对谁宣战。人们发现，当初这一段文字所指的那几头山羊，读到这一段文字的后人已经看不见了，所见者，反而换成读者经验中熟悉的山羊，或许是自家农场见过的山羊，或许是噩梦当中一闪而过的魔鬼羊。至于宣战，后人读起来也未必是拿起武器上战场，而可能像是警告，或是要求谈和，再或只是虚声恫吓而已。写下的文字，出于某人的意志和智慧；但是，读出来的文字，未必要敬谨依循原始的意志和智慧，不得有违，甚至毋需多去揣测。

在那一刻，读者发觉社会选择用来沟通的工具，也就是语言所用的文字，并不确定，也不清楚，而且模棱；不过，文字的威力，就在于不确定、不清楚、很模棱，就在于文字有魔法赋予名状，却又不以名状作囿限。远古有人写下“山羊”或是“作战”，心里要的意思必然十分明确。然而，如今的读者会在文字明确的意涵之上，添加千百万头山羊的映像，添加可能出现的和平回响。每一份文本既然是由文字构成，除了说出作者原本要说的意思，也说出了作者从没想过的意思，连篇累牍。日后还会再有读者继续连篇累牍地汇编、搜罗。有的具体形诸明文而再衍生其他文本，有的则写于半梦半醒之间，流变不定，替换不休，汇聚于心灵的图书馆。

《堂吉诃德》第一部第三十二章，客栈老板为筋疲力尽的英勇侠客安排铺位过夜休息，还和神父争辩骑士小说的好处，说他不懂这样的书怎么会害人失心疯。

店主道：“我不懂怎么会有这种事。老实说，我觉得世界上没有比这种书更有趣的了。收获的季节，逢到节日，收割的人都聚在我这里；我们中间总有个把识字的，就拿一本来读，我们三十多人都围着他，听得津津有味，简直都返老还童了。”

客栈老板爱听打仗的情节，镇上的一名妓女爱听浪漫的求爱故事，客栈老板的女儿最爱听骑士因为心上人不在身边而相思叹气。每个听者（也就是每一位读者），都将文句套进自己的经验或是向往之中，等于是将故事据为己有。这故事在厉行思想检查的神父心中，是害得堂吉诃德这样的读者鬼迷心窍的祸首，但在堂吉诃德本人心中，却是提供了在真实世界行侠仗义的光荣典型。一份文本，多重解读；说一则故事，听出一架子的书；每翻过一页，我们饥火中烧的图书馆便多吞下一本书。即使未必一本本都是白纸黑字，有的仅仅存乎一心，也一样是我的快乐体验。

我对我的《堂吉诃德》感激不尽。住院两周，上下两册始终在我床边守候。我需要解闷时，它们便对我讲话，逗我开心；不然就静静地等在我的床边，凝神伺候。它们从来不会不耐烦，也不会唠叨说教，或是颐指气使。两册《堂吉诃德》的对话起自好几世代之前（那时还没有我），它们对时间仿佛无动于衷，仿佛笃定眼下这一刻也会过去，它们这位读者的不适、焦躁会过去，而且笃定这位读者的书架只会保留他记得的书页以之自况，以之描述切身幽暗的心灵角落、无法自剖的角落。